Regina Wall

Sommersprossen zum Dessert

Über das Buch

Eine zauberhafte Liebeskomödie mit herzerwärmender Story, witzigen Dialogen und einer gehörigen Portion Sex-Appeal.

Zu geheimnisvoll, *zu* männlich und *zu* sexy – so wirkt Nikolas bei ihrer ersten Begegnung auf Yvonne. Ganz klar: Kein Mann für sie! Eigentlich hat sie sich von ihrer Schwester nur zu diesem Kurzurlaub mit deren Freunden überreden lassen, um ihre geplatzte Verlobung zu vergessen. Dumm nur, dass sie mit diesem Prachtexemplar von Mann wegen einer Fehlbuchung für fünf Nächte ein Zimmer in einem romantischen Landhotel teilen muss. Denn dabei bringt Nikolas Yvonnes Blut ordentlich zum Kochen. Trotz der knisternden Spannung zwischen den beiden weiß Yvonne aber eins mit Sicherheit: Sie wird nie etwas mit einem Frauenhelden wie Nikolas anfangen! Doch das Leben trifft seine eigenen Entscheidungen und hat so manche Überraschung in petto!

Über die Autorin

Regina Wall liebt es schon von klein auf, sich in der Welt der Bücher zu verlieren. Deshalb machte sie ihr Hobby zum Beruf und studierte Bibliothekswesen. Als sich 2004 eine Idee zu einer Geschichte hartnäckig in ihrem Kopf festsetzte, war der Grundstein zu ihrer ersten Liebeskomödie gelegt.

Amazon-Leserstimmen

„Witzige Dialoge, ein umwerfender Held, männlich, erotisch, wild und auch ein bisschen gezähmt. Eine sympathische Heldin, weiblich zart und steht doch ‚ihren Mann'. Es bleibt die Frage – wenn ich nicht schon glücklich verheiratet wäre: Wo kann man so einen tollen Mann finden?" (Delta27)

Bisher von Regina Wall erschienen:

Elementarteilchen küssen besser
Sommersprossen zum Dessert
Der Filmstar meiner Träume
Die *Pitbulls* – heiß auf Eis!
Band 1: ***Auf die Plätze, Kuss – und Tor!***
Band 2: ***Heiße Küsse eisgekühlt***
Band 3: ***Chefin küssen verboten!***
Band 4: ***Küss mich, Nachbar!***
Biografische Elemente in Alfred Hitchcocks Filmen – Diplomarbeit

Erhältlich bei Amazon und unter www.regina-wall.de
*** Weitere Romane in Vorbereitung ***

REGINA WALL

SOMMER SPROSSEN zum Dessert

Roman

Michael J. Franklin

2. Auflage 2024
Originalausgabe 2016

Umschlaggestaltung:
rauschgold – Catrin Sommer – rausch-gold.com
Verwendetes Bildmaterial:
Shutterstock.de @Natalya Yudina
freepik.com @rawpixel.com

Impressum:
Michael J. Franklin, Hügelsheim

ISBN 978-3-941101-24-1

Für meinen wundervollen Mann.
Ich verdanke dir sehr viel!

Prolog

Schockiert blickte sie auf die Blätter in ihrer Hand, die sie gerade gefunden hatte. Konnte das tatsächlich wahr sein? Hatte sie sich wirklich so täuschen lassen? Sie spürte, wie ihre Welt ins Wanken geriet – ohne dass sie etwas dagegen hätte tun können.

Heftige Empfindungen tobten in ihrer Brust wie ein alles verwüstender Orkan: Entsetzen, Fassungslosigkeit, Enttäuschung, Verbitterung, Empörung – und heißer Zorn.

Nie hätte sie so etwas vermutet, geschweige denn erwartet. Sie spürte, wie sich ihre Hand zur Faust ballte und das Papier darin vergrub.

Was sollte sie nun tun?, fragte sie sich, als ihr Herz in tausend Splitter zersprang.

Oh Gott, was sollte sie nur tun?!

Kapitel 1

Ziemlich skeptisch

Vier Tage und achtzehn Stunden früher ...

Was war schlimmer, als ein verlängertes Wochenende mit lauter wildfremden Leuten zu verbringen?

Yvonne Peters zog ihre hübsche Nase kraus, als sie an die nächsten Tage dachte, während sie in den dritten Gang ihres cremeweißen Mercedes 190 SL, Baujahr 1963 schaltete.

Das war definitiv ein verlängertes Wochenende mit lauter wildfremden Leuten *und* dem durchgeknallten Hannes! Frustriert seufzte sie auf und kontrollierte die Anzeige des Navigationssystems.

Zuletzt hatte Yvonne diesen Studienkollegen und speziellen Busenfreund ihrer älteren Schwester vor zwölf Jahren in Heidelberg gesehen, als Noreen mitten in ihrem Kunststudium steckte. Damals hatte Hannes nach einer feucht-fröhlichen Studentenparty die Wahnsinnsidee gehabt, seine schmutzige Wäsche nachts um drei mit einer halben Packung Waschmaschinenpulver in die Trommel zu stecken und dann ins Bett zu wanken. Im Badezimmer hätte man am nächsten Morgen ein Schaumbad nehmen können, ohne vorher Wasser in die Wanne laufen zu lassen!

Yvonne hatte an jenem Wochenende in der Wohngemeinschaft ihrer Schwester Noreen übernachtet und die Bescherung mit deren mühseliger Beseitigung hautnah miterlebt – während der Übeltäter noch in seinem Bett lag und selig schnarchte!

Früher schon hatte Hannes während Yvonnes wenigen Besuchen bei Nono keine Gelegenheit ausgelassen, ihr kleine, nervige Streiche zu spielen, über die er sich stets königlich amüsierte. Nach außen hin wirkte er damals klein und knuffig, mit grellbunten Pullis über dem dicken Bauch und Künstlerschal um seinen nicht vorhandenen Hals. Die rosigen Wangen in seinem runden Gesicht erinnerten an zwei gut aufgepumpte Kinderbälle, die mit seinen fantasievollen Käppis um die Wette strahlten.

Harmlos.

Unschuldig.

Ein bisschen wie der Komiker Dirk Bach, den Yvonne noch nie hatte leiden können.

Aber sobald er den Mund aufmachte, kamen nur alberne Ideen und moralisch doppeldeutige Bemerkungen herausgesprudelt. Manchmal erweiterte Hannes den Ausspruch *Das Kind im Manne* um eine völlig neue Dimension. Er war ein richtiger Lausbub, was Yvonne schrecklich auf die Nerven ging. Das wenig witzige Schaumdesaster brachte bei ihr dann das Fass zum Überlaufen. Sie schwor sich danach, Nono nie wieder in der WG zu besuchen.

Sie hatte schon lange nicht mehr an diese Zeit gedacht und ließ die Bilder vor ihrem geistigen Auge Revue passieren. Dabei genoss sie seufzend den heißen Fahrtwind dieses Hochsommerabends, der durch das offene Seitenfenster ihres Oldtimers strömte und genussvoll mit den rostroten Strähnen spielte, die sich aus ihrer Steckfrisur gelöst hatten.

Noreen – wie konnte es anders sein – liebte Hannes' Humor, sonst hätte sie damals nie und nimmer eine WG mit ihm gegründet. Und deshalb hatte sie auch immer, was seine Witze anging, einen amüsierten und schlagfertigen Kommentar parat. In der Beziehung lagen beide voll auf einer Wellenlänge.

Als die zwei im vierten Semester einen Kurs zu Beuys belegten, schmierten sie vor einer Vorlesung drei Pfund Butter in eine Ecke des Seminarraums und verzierten sie mit Senf und Ketchup. Vor der lachenden Studentenschar hielten sie einen flammenden Vortrag über das hochkünstlerische, blutige Geschwür in der Ecke und dessen tiefere Bedeutung für den Weltfrieden. Danach hatten sie auch noch die Frechheit, es meistbietend zu versteigern.

Unglaublich ...

Das einzig Gute an diesem bevorstehenden Kurzurlaub war für Yvonne die Aussicht, nach langer Zeit ihre Schwester wiederzusehen. Sie liebte Noreen heiß und innig – obwohl sie von jeher in vielen Bereichen so verschieden waren.

Als sie noch Kinder waren, hatte Yvonnes Zimmer beispielsweise stets ordentlich ausgesehen – so wie sie auch strukturiert und logisch Aufgaben in Angriff nahm. Bei Nono herrschte täglich das kreative Chaos, als ob eine Bombe eingeschlagen hätte, da sie immer mit viel wichtigeren Dingen beschäftigt war als „diesem blöden, nutzlosen Aufräumen“: zum Beispiel sich ein Theaterstück auszudenken, das sie nachmittags mit den Kindern aus der Nachbarschaft in Szene setzen wollte, oder sich einen Streich für den Nachbarjungen einfallen zu lassen, der sie am Tag zuvor an den Haaren gezogen hatte.

Auch Yvonnes pastellfarbene, mädchenhafte Kleidung ließ sich nicht mit Noreens abgewetzten Jungsklamotten vergleichen. Um auf Bäume zu klettern und in einem Raumschiff als mutiger Flottenkapitän in ferne Galaxien zu fliegen, waren weite Röcke und helle T-Shirts einfach unpraktisch.

Selbst für die Schule brauchte Nono nur das Notwendigste zu tun, um trotzdem gute Noten heimzubringen. Yvonne hingegen blieb nichts anderes übrig, als sich alles hart zu erarbeiten – und wurde dennoch von den Lehrern oft mit ihrer älteren Schwester verglichen. Ihr war nichts in den Schoß gefallen. Doch Yvonne hatte schon immer Ehrgeiz und das Talent besessen, sich an einem Problem festzubeißen wie ein Pitbull im Hosenboden eines Briefträgers.

Diese ganzen Unterschiede hatten dem guten Verhältnis zu Noreen jedoch keinen Abbruch getan. Yvonne war stets die Kleine, die sich von allen großartigen Spielideen ihrer älteren Schwester mitziehen ließ. Die sich nie selbst etwas ausdenken musste, da Nonos Ideen immer witziger und aufregender, doch nie gefährlich waren. So wurde sie zu einem bewundernden Mitläufer in Sachen Kreativität. Es war schön gewesen, eine große Schwester zu haben, die wusste, wie man leicht und sorglos, aber eben nicht leichtsinnig lebte, und auf die Yvonne sehr stolz sein konnte.

Leider hatten sie beide – außer bei gelegentlichen Treffen im Haus ihrer Eltern – seit Längerem keine Gelegenheit gehabt, sich zu besuchen. Der letzte gemeinsame Kurzurlaub lag schon beinahe drei Jahre zurück. Das war, kurz bevor Noreen mit ihrer sympathischen Lebensgefährtin Tanja zusammengekommen war, die sie fast um Haupteslänge überragte.

Yvonne warf einen prüfenden Blick auf das Display ihres Navis, um die restliche Fahrtdauer abzulesen. Siebzehn Minuten. Dann würde sie im Hotel ankommen, in dem sie die nächsten fünf Tage mit Hannes verbringen musste. Sie wusste nicht, ob sie es wirklich so lange mit ihm aushielt oder nicht schon nach achtundvierzig Stunden entnervt das Weite suchte, weil sie sein dummes Geschwätz nicht ertragen konnte.

Sie schüttelte den Kopf und zupfte gedankenverloren mit den Schneidezähnen an der störenden Nagelhaut ihres linken Daumens. Als sie sich dieser altbekannten, nervösen Marotte bewusst wurde, hörte sie sofort auf und strich ihren sorgfältig manikürten Nagel am Rock trocken.

Sie wusste immer noch nicht, wie Noreen sie vor einem halben Jahr hatte überreden können, an ihrem seit Studienabschluss stattfindenden, jährlichen WG-Urlaub teilzunehmen. Vermutlich hatte ihre Schwester sie in einem schwachen Moment erwischt.

Höchstwahrscheinlich sogar.

Bis dahin hatte sich Yvonne tatsächlich erfolgreich weigern können mitzukommen. Ihre übliche Reaktion war gewesen: „Ein Wochenende mit dem durchgeknallten Hannes?! Niemals!!!“ Irgendwann hatte ihre Schwester sie dann endlich in Ruhe gelassen. Bis vor einem halben Jahr …

Damals hatte Noreen sie regelrecht dazu gezwungen. Also, natürlich nicht mit vorgehaltener Maschinenpistole, wie Bruce Willis das mit blutverschmiertem Feinrippunterhemd in *Stirb langsam* getan hätte. Aber im übertragenen Sinn kam das diesem Bild schon sehr nahe. Laut Noreens amateurpsychologischer Meinung verbringe Yvonne nämlich viel zu viel Zeit in der Kanzlei und viel zu wenig mit besonders angenehmen Dingen wie Knutschen und Fummeln. Der Grund: Sie sei immer noch nicht vollständig über ihre letzte Beziehung hinweg, die mindestens zwei Menschenleben zurückläge und nicht täglich in Feinstarbeit exhumiert werden müsse. Das könne man daran erkennen, meinte Noreen mit lehrerhaft erhobenem Zeigefinger, dass Yvonne seit diesem schicksalhaften Tag der

Trennung nicht mehr ausgegangen sei. Sie müsse auf andere Gedanken kommen und ihre vor zwei Jahren geplatzte Verlobung endlich abhaken.

„Nein, es sind erst ein Jahr und fast sieben Monate her", hatte sie damals würdevoll geantwortet und gleich die prompte wie auch staubtrockene Bemerkung an den Kopf geworfen bekommen, diese Trauerzeit voller depressiver Verstimmungen und Selbstmitleid reiche sogar für drei Leben.

So kam es, dass Yvonne irgendwann entnervt nachgegeben hatte und Noreen freudestrahlend von dannen gezogen war, um ein zusätzliches Zimmer für ihre kleine Schwester zu reservieren.

Nun war Yvonne mit einem leicht nervösen Gefühl im Bauch unterwegs. Außer den Bewohnern der ehemaligen Wohngemeinschaft mit deren Partnerinnen wurden jedes Jahr auch immer andere Freunde eingeladen. Um mehr Spaß und Abwechslung reinzubringen, hatte Noreen ihr erklärt. Selbst sie kenne nicht alle, die heute ankommen würden.

Yvonne seufzte. Zu allem Überfluss war sie schon etwas später dran. Wie erwartet hatte sie sich nicht von der Arbeit losreißen können, weshalb sie mit Sack und Pack direkt von der Kanzlei losgefahren war.

Kurz vor ihrem Ziel fuhr Yvonne auf einer schmalen Landstraße an einer kleinen Kapelle vorbei aus einem winzigen Ort hinaus. Es war fast nicht zu glauben, dass sie sich keine zwanzig Kilometer von Heidelberg entfernt befand. Große Bäume säumten die seitlich liegenden Felder und warfen lange Schatten auf die Straße, die ihr Auto in regelmäßigen Abständen passierte. Weizenähren schienen in der flirrenden Hitze dieses Sommerabends Anfang Juli wie in einem Standbild erstarrt zu sein. Selbst die abgeblühten Gräser am Straßenrand bewegten sich nur dann widerwillig, wenn sie vom Fahrtwind eines Autos mitgezogen wurden.

Und diese Hitze sollte laut Wettervorhersage noch bis zum Ende der Woche anhalten, da sich ein stabiles Hoch über Europa festgesetzt hatte und die Einwohner mit Temperaturen bis vierzig Grad quälte. Dass Yvonnes Oldtimer keine Klimaanlage besaß, störte sie nicht im Geringsten. Sie war es gewohnt. Wenn man alte Autos liebte, musste man bestimmte Kompromisse in Kauf nehmen.

Nach der nächsten Kurve bemerkte sie ein großes Gebäude. Ah, das musste das Hotel sein, da es weit und breit nichts außer Felder gab und ihr Navi sie schon in zweihundert Metern mit dem Standardsatz „Sie haben ihr Ziel erreicht" begrüßen würde. Außerdem sah es genauso aus, wie Noreen das romantische Landhotel beschrieben hatte: ein weitläufiges Fachwerkhaus mit weinroten Fensterläden, pittoresken Gauben und einigen Anbauten, die es urig-gemütlich machten. Ein echter Hingucker waren die unzähligen Blüten im wunderschönen Vorgarten, der in einer explodierenden Farbenpracht ersoff – und sicher ebenso süß duftete, wie es die Farbpalette versprach.

Nachdem Yvonne neben Noreens schwarzem Opel Corsa geparkt hatte, betrat sie mit ihrem Gepäck die geräumige Lobby des Hotels. Warme Farben schmeichelten ihrem Blick, wobei helle, luftige Stoffe an den Fenstern und dunkle, antike Möbelstücke eine harmonische Balance schufen. Gegenüber der halbrunden Rezeption bot ein Holzregal mit einer Vielzahl von Büchern geistige Ablenkung, neben dem eine gemütliche Sitzecke zum Verweilen einlud. Diese wurde bereits von einigen Gästen belagert.

Kaum hatte Yvonne drei Schritte auf die Gruppe zu gemacht, löste sich ein kleiner Wirbelwind mit kurzen, roten Haaren und schwarzem Top und stürmte mit den Worten auf sie zu: „Na, du kleine, große Nervensäge. Hast es nach zehn Jahren schließlich geschafft, mit uns ins WG-Wochenende zu kommen." Noreen drückte sich an ihre jüngere, aber auch deutlich größere Schwester, die ihre langen Arme fest um sie legte. „Was ewig währt, wird endlich gut."

„Das stimmt, Nono. Wir haben uns zu lange nicht mehr gesehen." Sie ließ ihre Schwester los und grinste sie an. „Gut siehst du aus. Das Leben mit Tanja bekommt dir."

Lachend zog diese Yvonne zu den anderen. „Da könntest du recht haben."

Nun breitete auch Tanja ihre Arme aus, um ihre Schwägerin in spe herzlich zu begrüßen und ihr ein „Ich freue mich, dass du da bist" ins Ohr zu lachen. „Seit ihr euch das letzte Mal nach Fasching bei euren Eltern getroffen habt, redet Nono von nichts anderem mehr als davon, dass du zum WG-Urlaub mitfährst. Sie hat dich schon so vermisst."

Da Sie außer Tanja niemanden der Frauen und Männer kannte, war sie froh, dass Noreen gleich mit der Vorstellungsrunde begann. „Das ist meine jüngere Schwester Yvonne. Sie ist zum ersten Mal bei unserem jährlichen Treffen dabei und ich freue mich sehr, dass sie es endlich miterleben kann. Natürlich auch, weil wir das Zehnjährige feiern, bei dem wir uns ein paar Tage mehr in einem besonderen Hotel gönnen." Dann deutete sie auf einen mittelgroßen Mann mit hoher Stirn und kleinem Bauchansatz: „Hannes kennst du sicher noch. Und das ist seine Frau Annette."

Yvonne merkte, wie sie unhöflich die Augen aufriss. Wenigstens konnte sie gerade so den Mund geschlossen halten, damit ihr Unterkiefer nicht ein Stockwerk tiefer rutschte.

Kapitel 2

Unerwartet sympathisch

Das war Hannes?! Du meine Güte, hatte der sich aber verändert. Den hätte sie im Leben nicht wiedererkannt. Außer er machte den Mund auf und hörte sich genauso an wie vor zwölf Jahren. Doch seine freundliche Begrüßung und der angenehme Händedruck ließen sie fast vom Glauben abfallen. Vielleicht würde der Kurzurlaub nicht so schrecklich werden, wie sie befürchtet hatte.

Hannes war zwar immer noch kleiner als Yvonne (daran ließ sich bekanntlich nichts ändern), hatte dafür aber deutlich weniger Haare und dementsprechend eine andere Frisur als damals. Außerdem hatte er – im Gegensatz zu vielen Männern – das erstaunliche Wunder vollbracht, während der Ehe ziemlich abzunehmen. Das legte den Schluss nahe, dass seine Frau ihn entweder auf permanente Diät hielt oder eine ganz miserable Köchin war.

Schon reichte sie dem nächsten Pärchen die Hand. Mathis war der dritte und ruhigste Mitbewohner, den sie damals nicht mehr kennengelernt hatte. Er hatte schwarze, kurze Haare und trug ein ausgewaschenes, schwarzes T-Shirt, was ihm mit der dunklen Leinenhose und den bequemen Herrensandalen einen Hauch von Öko einbrachte. Groß, hager und mit einer schwarzen Hornbrille auf seiner kantigen Nase überragte er seine Frau Selina um fast zwei Köpfe. Diese trug ein schlichtes Sommerkleid und ihre braunen Haare in einem geflochtenen Zopf, der dick und schwer über ihre Schulter hing. Ihr hübsches, freundliches Gesicht strahlte Yvonne entgegen, während sie ihr versicherte, dass sie sich sehr freue, sie endlich kennenzulernen.

Das letzte Pärchen war auf Mathis' Einladung hin dabei und bestand aus seinem Cousin mit dessen Frau. Paul und Paula.

„Das ist kein Witz", grinste Paul sie mit einem sympathischen Lächeln und leichtem Überbiss an, als er ihr die Hand schüttelte. Er war so groß wie Yvonne, hatte sehr kurze, blonde Haare und humorvolle, blaue Augen.

Dann drängte sich Paula an ihrem Mann vorbei und gab Yvonne über das runde Gesicht strahlend die Hand, als ob sie sich schon seit Jahren kannten. „Ich bin so aufgeregt. Wir werden sicher herrliche Tage verleben." Sie strich sich die dunklen Locken nach hinten und fügte augenzwinkernd an: „Ich bin froh, dass ich nicht die Einzige bin, die hier sonst niemanden kennt."

Yvonne merkte, wie sie sich entspannte. Das schien eine ganz nette Runde zu sein. Jetzt freute sie sich noch auf ein ruhiges Zimmer und eine erfrischende Dusche, um sich den Staub der Reise abzuwaschen.

Auf einmal spürte sie einen Arm um ihre Taille und hörte die Stimme ihrer Schwester neben sich: „Süße, versprichst du mir etwas?" Neugierig schaute Yvonne auf sie hinab. „Dass du in diesen fünf Tagen den Alltag vergisst und deine Seele baumeln lässt?" Als sie nicht gleich begeistert zustimmte, fügte Noreen an: „Versuch es wenigstens. Bitte. Du kannst es wirklich brauchen."

Auch wenn sich bei Yvonne der altbekannte Widerspruchsgeist meldete – warum sollte Nono immer recht haben? –, seufzte sie resigniert. „Ja, ich versuche es. Zumindest das kann ich dir versprechen."

„Gut." Zufrieden strahlte Noreen ihre Schwester mit zurückgelegtem Kopf an. Dann fragte sie neugierig: „Was ist eigentlich aus Mamas neuer Küche geworden? Hat sich das Problem mit dem Eckschrank geklärt?"

„Nein, nicht wirklich. Durch den Messfehler ist der Schrank zu schmal geraten, weshalb der Herd nicht in die vorgesehene Lücke passt. Demzufolge konnte er noch nicht angeschlossen werden. Papa hat seit über einer Woche nur von kalten Gerichten gelebt – außer wenn sie mal essen gegangen sind." Yvonne schmunzelte und strich sich eine rostrote Locke hinters Ohr. „Und du weißt, wie er dann drauf ist. Mama meinte gestern am Telefon, es sei einfacher, einen hungrigen Wolf zu zähmen, als friedlich mit Papa auszukommen, wenn er nichts Warmes im Magen hat."

Noreen nickte wissend.

Ihr Vater war in solchen Momenten zu nichts zu gebrauchen. Vor vielen Jahren hatte ihre Mutter wegen einer Operation eine Woche im Krankenhaus verbringen müssen, weshalb er sich große Sorgen um sie machte und sie schmerzlich vermisste. In der Zeit versuchten Noreen und Yvonne, ihn mit selbst gekochten Leckereien aufzumuntern. Dass sie beide erst zehn und vierzehn waren, tat ihrer Begeisterung keinen Abbruch. So musste ihr Vater eine Woche lang von Rührei, Bohnen aus der Dose und Tiefkühlpizza leben.

Yvonne ließ ihre Augen über das bunt zusammengewürfelte Grüppchen wandern, das für die nächsten Tage miteinander auskommen musste. So wie sie die Lage einschätzte, würde es genügend andere nette Kontakte geben, wenn Hannes mal nervte. Ihr Blick blieb bei ihm und seiner zierlichen, blonden Frau hängen, da er ihr gerade liebevoll die Hand auf die Schulter legte und ihr etwas zuflüsterte. Als Annette ihrem Mann mit verschmitzt funkelnden Augen einen Kuss auf die Wange drückte, überlegte Yvonne, ob Hannes im Vergleich zu früher vielleicht einfach nur glücklich war und deshalb so viel Gewicht verloren hatte, da die ganze Frustnascherei aus Einsamkeit wegfiel.

„Wir hatten ja schon länger kein richtiges Frauengespräch mehr“, sprach Noreen sie wieder an, während sich Selina und Paula neben ihnen lachend über die daheimgebliebenen Kinder unterhielten. „Hat sich in den letzten Monaten irgendwas bei deinem Chef getan?“ Als Yvonne sie nur fragend anblickte, meinte sie achselzuckend: „So wie dein Chef dich vor einem halben Jahr angesehen hat, als ich dich im Büro besucht habe, hätte ich erwartet, dass er dich längst mal zum Essen eingeladen hat.“

„Nein!“, entfuhr es ihr überrascht. „Ich fange doch nichts mit meinem Chef an! Er ist sehr nett, das schon … Aber nicht so ganz mein Typ.“ Nono schaute sie unschuldig an, als ob sie Yvonnes Begründung nicht nachvollziehen könne. „Er ist zehn Jahre älter als ich …“

„Gott bewahre!!“, meinte Noreen nur trocken, während sie Paula angrinste, die ihr Gespräch mitbekommen hatte.

„… und für meinen Geschmack ein bisschen zu gesetzt. Außerdem wird er auch schon leicht kahl.“

„Das ist natürlich ein gewichtiger Grund, nichts mit ihm anzufangen.“ Sie nickte verständnisvoll mit dem Kopf.

Yvonne schämte sich für ihre letzte Bemerkung. Sie war anderen Menschen gegenüber sonst nicht arrogant oder überheblich.

Bevor sie jedoch die unpassende Äußerung abschwächen oder erklären konnte, fuhr Noreen fort: „Aber dennoch scheint ihm in deiner Gegenwart beständig was auf der Zunge zu liegen. So, als würde er mit sich ringen, ob er dich nun endlich etwas Bestimmtes fragen soll.“

„Dann würde ich trotzdem nichts mit meinem Chef anfangen. Wie würde das denn aussehen?“, fragte sie schockiert.

Noreen verschränkte locker die Arme vor ihrer schmalen Brust und zuckte mit den Achseln. „Solange er dich glücklich macht.“

„Worauf warten wir überhaupt?“, wechselte Yvonne das Thema. Sie hatte keine Lust mehr, über ungelegte Eier zu sprechen. Und die gemeinsame Zukunft mit ihrem Chef war definitiv ein ungelegtes Ei. „Eigentlich wollte ich gleich einchecken, damit ich aus diesen Klamotten rauskomme.“ Sie zeigte auf ihr Kostüm aus leichtem Baumwollstoff. Der kurzärmlige Blazer lag über ihrem Trolley.

„Einer unserer Gäste fehlt noch. Hannes' Freund. Wir warten jedes Mal, bis das letzte Mitglied unseres erlauchten Zirkels angekommen ist. Dann gehen wir erst in die Zimmer und machen uns fürs Abendessen fertig. Das ist fast schon Tradition. Deshalb kommen Hannes, Mathis und ich immer so früh, damit wir wenigstens mal die Koffer in den Zimmern haben, wenn ihr ankommt."

Am anderen Ende des Foyers war lautes Gerede zu vernehmen. Yvonne blickte Richtung Eingang und sah, wie ein großer, dunkelhaariger Mann mit einer Sporttasche, einem Rucksack und einer kleineren Umhängetasche das Hotel betrat. Seine Augen wurden von einer schwarzen Sonnenbrille verdunkelt, durch die sein wettergegerbtes, hageres Gesicht düster und undurchschaubar wirkte. Seine sandfarbenen Cargo-Shorts und das karierte Hemd schienen verschwitzt und so zerknittert, als ob er darin geschlafen hätte. Der dunkle, sprießende Bart ließ vermuten, dass sein Kinn seit mindestens acht Tagen keinen Rasierapparat mehr gesehen hatte – und seine längeren, strähnigen Haare seit mehr als einem halben Jahr keine Schere.

Er wirkte ungepflegt. Abweisend. Fast schon unheimlich.

Kapitel 3

Haltlose Schwärmereien

Als der Fremde die Sonnenbrille lässig hochschob und den Blick durch das Foyer wandern ließ, strahlten seine Augen unter den schwarzen Brauen in einem hellen, warmen Farbton. Dann erblickte er Hannes und ein breites Lächeln erschien auf seinem Gesicht, das strahlend weiße Zähne zum Vorschein brachte und den unfreundlichen Eindruck sofort zunichtemachte.

„Mensch, Niko, wir haben uns ja ewig nicht gesehen! Klasse, dass du kommen konntest." Lachend warf sich der kleine mollige Hannes in seine Arme.

„Tut gut, dich zu sehen, Mann", sagte der Fremde mit tiefer Stimme, während sie sich gegenseitig auf den Rücken klopften.

„Ja", bestätigte sein Freund erstickt, da er aufgrund seiner Körpergröße gegen den breiten Brustkorb des großen Mannes gedrückt wurde.

Yvonne grinste in sich hinein. Die beiden boten ein groteskes Bild, das stark an Pat und Patachon erinnerte. Und damit nicht genug der Erheiterung. Wenn sie sich vorstellte, wie Hannes früher ausgesehen hatte – rund und pummelig wie eine vollgefressene, äußerst zufriedene Honigbiene –, würde die Begrüßung wirken, als ob dieser Niko einen dicken, saftigen Semmelknödel umarmte.

„Gegen diesen Adonis ist der Marlboro-Mann echt ein Milchbubi", seufzte jemand hinter Yvonne.

Erst durch die laut gemurmelte Bemerkung nahm sie wahr, dass alle vier Frauen stumm und gleichsam fasziniert zu dem ungleichen Paar blickten.

Paula, die direkt neben ihr stand, raunte ihr zu: „Auch wenn ich keine Ahnung habe, wo dieser göttliche Kerl herkommt, wäre das ebenfalls ein geeigneter Kandidat für dich, der das exakte Gegenteil deines Chefs ist – weder kahl noch gesetzt."

„Das ist Nikolas", klärte Selina die Unwissenden halblaut auf und fügte hinzu: „Aber nicht Hannes' Bruder."

„Hannes hat einen Bruder, der auch Nikolas heißt?", fragte Tanja erstaunt.

„Ja, der sieht allerdings eher wie ein Buchhalter aus."

„Ich wäre nie im Leben auf die Idee gekommen, dass die beiden nur im Entferntesten verwandt, geschweige denn Brüder sein könnten. Die haben genauso viel gemein wie die Zwillinge Arnold Schwarzenegger und Danny DeVito in dem Film *Twins*."

Ein paar Frauen rutschte bei diesem passenden Vergleich ein prustendes Lachen heraus.

Als sich die beiden Männer voneinander lösten, blinzelte Hannes Nikolas verschwörerisch zu und boxte ihn spielerisch gegen die Brust: „Was macht die Arbeit? Und was machen die scharfen Miezen, die du immer ablichtest?"

„Ich bitte dich", erwiderte er stirnrunzelnd. „Ich habe gerade eine

Woche Fotoshooting hinter mir, von der ich allein zwei Tage damit verbracht habe, eine neue Vorspeise zu fotografieren, die sich verzweifelt darum bemüht hat, appetitlich auszusehen."

„Aber mit scharfen Bräuten hast du doch auch noch hin und wieder zu tun, oder etwa nicht?"

„Hin und wieder", gab er zu.

Das Gesicht seines Freundes leuchtete auf. „Ich beneide dich um dein aufregendes Leben."

Nikolas schüttelte den Kopf und steckte die Sonnenbrille in die Brusttasche seines Hemdes. „Du hast eine wunderbare Frau und tolle Kinder. Ich finde, du hast bedeutend mehr in deinem Leben erreicht als ich. Da habe ich mehr Grund zum Neid."

Er hatte Hannes während seiner Studienzeit in Heidelberg kennengelernt, als dieser bei einem Studentenfest durch sein loses Mundwerk fast mit einem gehirnamputierten Zwei-Meter-Muskelprotz aneinandergeraten wäre. Nikolas war dazwischengegangen und hatte Hannes weggezogen. Er hatte Angst, der Riesenkerl würde diesen quietschfidelen, kleinen Besserwisser durch den Fleischwolf drehen und die ganzen Essensstände demolieren.

Damals waren sie dicke Freunde geworden. Auch wenn Nikolas schon bald darauf aus beruflichen Gründen in der Welt herumreiste, um für Modekataloge schöne Menschen vor den schönsten Landschaften der Welt zu fotografieren, hielten sie immer Kontakt.

Und waren bis heute beste Freunde.

Yvonne hörte, wie Noreen Paula etwas über Nikolas erzählte, und drehte sich zu ihr um. „Hannes hat ihn während des Studiums kennengelernt. Ich selbst habe ihn erst zwei-, dreimal getroffen, was allerdings auch schon fast zehn Jahre her ist." Sie fuhr mit ihren Fingern durch ihre praktische Kurzhaarfrisur, wie sie es oft tat. „Er heißt Nikolas Wulff."

Paula, die einen halben Kopf kleiner als Yvonne war und sie an Betty Geröllheimer aus dem erfolgreichen Fred-Feuerstein-Cartoon erinnerte, schlüpfte ein genießerisches Seufzen über ihre vollen Lippen. „Ja, der Name passt."

„Nikolas?“, fragte Noreen trocken.

„Nein. Wulff. Das passt zu seiner animalischen Ausstrahlung.“

„Und zu seiner dunklen, geheimnisvollen Aura“, ergänzte Selina grinsend und zwinkerte Paula zu. „Der ist auf jeden Fall eine Sünde wert.“

Yvonne versuchte, die schwärmerischen Bemerkungen dieser reifen, gestandenen Frauen auf Hannes' ungepflegten Freund zu übertragen. Doch irgendwie blitzte immer nur das vorwitzige Bild von Catweazle vor ihrem inneren Auge auf, wenn sie Nikolas' lotterige Erscheinung betrachtete: ungekämmte Haare, zauseliger Bart und schmuddelige Klamotten. In der Fernsehserie von 1970 wurde die Geschichte eines schrulligen Zauberers erzählt, der aus dem England des elften Jahrhunderts in die Gegenwart katapultiert worden war. Yvonne hatte die Filme als kleines Kind immer mit Nono zusammen angesehen und sich herrlich über die vielen Abenteuer des Zeitreisenden amüsiert.

Okay, Nikolas' Bart war nicht so lang wie Catweazles, dafür aber umso ungepflegter. Und der irre Blick des verrückten Zauberers fehlte natürlich auch. Zum Glück.

Annette lächelte süffisant: „Jetzt sieht er noch besser aus, als vor drei Jahren, als ich ihn zum letzten Mal gesehen habe. Es ist wirklich ungerecht, dass Männer mit der Zeit immer attraktiver werden ...“

Yvonne blinzelte irritiert, um zu erkennen, was Annette in ihm sah. So wie er gerade auf sie wirkte, hätte sie ihn nicht vor drei Jahren kennenlernen wollen. Selbst heute hatte man den Eindruck, als habe er schon seit Längerem unter einer Brücke geschlafen.

In dem Moment ließ Nikolas lächelnd seinen Blick zur Begrüßung über die Frauengruppe schweifen. Dann sprangen seine Augen zurück und bohrten sich ein paar Herzschläge lang in Yvonnes, bevor er sie ungerührt weiterschweifen ließ.

Hoppla, was war das?!, fragte sie sich, da dieser intensive Blick sie irritierte. Zuerst hatte er überrascht-fasziniert gewirkt. Danach, als ob sich ein enttäuschter Ausdruck darübergelegt hätte.

So oder so. Sie war nicht interessiert. Ihr Alltag und ihre Herzensangelegenheiten waren vor zwei Jahren eh schon so durcheinandergewirbelt worden, dass es ihr für den Rest ihres Lebens reichte. Sie wandte sich wieder den Frauen zu, die – wie sie feststellte – immer noch kein anderes Thema gefunden hatten, über das sie sich unterhalten konnten. Man sollte wirklich nicht meinen, dass sie alle, wie sie hier standen, glücklich verheiratet waren – oder zumindest in glücklichen Beziehungen lebten.

„Er sieht besser aus, als ihm guttut", kicherte Paula gerade übermütig und strich sich über ihre Rubensfigur, als ob sie prüfen wollte, ob alles am richtigen Platz saß. „Man müsste ihm jetzt nur noch einen Hut aufsetzen und eine Peitsche in die Hand drücken, dann würde er als Indiana Jones durchgehen. Er wirkt wie ein Abenteurer."

„Nein, eine schwarze Lederjacke, zerrissene Jeans und eine heiße Harley zwischen seinen muskulösen Schenkeln würde besser zu ihm passen." Selinas blaue Augen bekamen einen verräterischen Glanz, während sie das Ende ihres geflochtenen Zopfs mit den Fingern zwirbelte.

Annette, die mit ihrer fransigen Kurzhaarfrisur und der grazilen Figur am sportlichsten von den Frauen aussah, schüttelte den Kopf und beugte sich vertraulich zu ihrer Freundin vor. „Meine Idealbesetzung für ihn war schon immer der verwegene Pirat, der furchtlos seinen Degen schwingt, um das Gouverneurstöchterlein aus den Klauen des Bösewichts zu retten. Aber da waren wir uns ja noch nie einig", grinste sie Selina an und stieß ihr den Ellenbogen in die Rippen.

Yvonne verstand die Welt nicht mehr. Nikolas wirkte wie ein Draufgänger, der sich schon lange hatte gehen lassen und dessen beste Jahre bereits hinter ihm lagen. Dass sein schmales Gesicht mit dem kantigen Kinn etwas Besonderes sein könnte, ließ sich unter dem struppigen Bart und den strubbeligen Haaren nur erahnen.

Sie vermutete jedoch, dass er unter seinem weiten, zerknitterten Hemd einen trainierten Körper versteckte. Als er vorhin den Rucksack abgesetzt hatte, war Yvonne nämlich ein deutliches Muskelspiel in seinem Oberarm aufgefallen. Außerdem waren seine Augen durchaus interessant. Die Farbe konnte sie auf die Entfernung zwar nicht erkennen. Doch sie war viel heller, als man es bei seinen vermutlich südländischen Wurzeln erwarten konnte.

Annette grinste und ließ ihre ebenmäßigen Zähne strahlen. „Wenn ich mir Hannes neben Nikolas so anschaue, ist mein Mann nicht wirklich ein Augenschmaus. Aber das ist auch gut so. Ich hätte meine Probleme damit, wenn fremde Frauen ihm auf der Straße hinterherschmachten. Hannes ist in der Beziehung wenigstens alltagstauglich."

Witzig, dachte Yvonne. Fast alle Mitglieder des weiblichen Geschlechts waren gleich. Frauen waren zwar optische Genussmenschen, aber im Grunde doch zu praktisch und sicherheitsliebend, als sich durch gutes Aussehen blenden zu lassen.

Jedenfalls meistens.

Dennoch: Dieser Mann ließ Yvonnes Blut definitiv nicht schneller durch ihre Adern rauschen. Dafür war er einfach nicht ihr Typ.

„Ich gehe ihn mal willkommen heißen. Kommt ihr mit?", wollte Noreen wissen.

Nach einer kurzen Begrüßung raunte Yvonne ihrer Schwester zu, dass sie sich jetzt endlich einchecken würde. Als sie dem Portier ihren Namen nannte, fragte sie noch, ob sie ein Nichtraucherzimmer habe.

„Ja, natürlich. So wurde es bestellt", meinte der freundliche Mitarbeiter, dessen blonde Haare einen schönen Kontrast zur dunklen Uniform bildeten. „Und hier sind ihre Schlüssel, Frau Peters."

Yvonne starrte überrascht auf die beiden schweren Schlüsselanhänger mit derselben eingravierten Zimmernummer, die ihr der Mann entgegenschob. „Warum zwei?"

„Nun, die meisten Gäste möchten zwei Schlüssel."

Zwei Schlüssel?! Yvonne verstand die Welt nicht mehr. Wahrscheinlich drückte ihr Gesicht dieselbe Ratlosigkeit aus, die sie empfand, denn der Portier deutete nacheinander auf die beiden Anhänger und erklärte ihr langsam, aber freundlich, als wenn er mit einem Kleinkind sprechen würde: „Ein Schlüssel ist für Sie. Und ein Schlüssel für Herrn Wulff."

Kapitel 4

Schicksalhaft

Für Herrn Wulff? *Herrn Wulff?!!!*

„Warum Herrn Wulff?! Ich kenne den Mann doch gar nicht." Yvonnes Herz begann zu klopfen. „Ich habe ihn heute zum ersten Mal gesehen. Wieso sollte ich mit ihm ein Zimmer teilen?"

Der Portier zog erstaunt die Augenbrauen hoch. „Weil Sie beide für ein Doppelzimmer gebucht sind." Er schaute erneut im Computer nach. „Gehören Sie etwa nicht zusammen?"

Noreen, die den Wortwechsel und Yvonnes Aufregung mitbekommen hatte, trat hinzu. „Gibt es ein Problem?"

„Scheinbar gehört Herr Wulff laut Buchung zu mir." Yvonne schüttelte heftig den Kopf, dass sich noch ein paar rostrote Strähnen mehr aus ihrem Knoten lösten. „Da liegt ein Fehler vor. Ich habe ein Einzelzimmer buchen lassen. Geben Sie mir also bitte einfach ein anderes Zimmer."

„Wenn das so leicht wäre, würde ich das gern tun. Aber wir sind leider ausgebucht", meinte der Portier bedauernd und entschuldigte sich kurz, um etwas im Büro nachzusehen.

Das durfte doch nicht wahr sein! Das Albtraumwochenende begann ja noch schlimmer, als Yvonne befürchtet hatte.

„Nikolas, komm bitte mal. Hier gibt es ein Problem", rief Noreen Hannes' Freund zu.

„Wenn ich fünf Nächte lang neben einem nach Zigaretten stinkenden Playboy-Abenteurer liegen muss, kotz' ich", zischte Yvonne ihrer Schwester halblaut zu.

„Vielleicht hast du ja Glück und er raucht nur Zigarillos."

„Haha."

Der Portier kehrte aus seinem Büro zurück und bestätigte Hannes' Zimmerreservierung in dem Moment, als Nikolas sich zu ihnen gesellte.

„Was gibt's?", fragte er mit müder Stimme. Noreen setzte ihn kurz ins Bild, während Yvonne mit ärgerlich klopfendem Herzen danebenstand und auf die Schlüssel starrte.

„Herrn Webers Buchung wegen des Einzelzimmers für Frau Peters war richtig", erklärte der Portier. Dann deutete er auf das Datum. „Zu der Zeit hatten wir allerdings ein neues Software-Update, das uns vereinzelte Probleme bei den Reservierungen bereitete. Womöglich hat sich da auch diese Fehlbuchung eingeschlichen." Der Vorfall war ihm sichtlich peinlich. „Der Fehler liegt also beim Hotel."

„Und es ist wirklich kein anderes Zimmer frei?", versuchte Yvonne es noch einmal. Sie spürte, wie sich brennende Verzweiflung ihre Speiseröhre hochfraß. Als der Portier den Kopf schüttelte, fragte sie resigniert: „Ich nehme an, im Zimmer stehen keine zwei Einzelbetten?"

„Tut mir leid. Aber das widerspricht der Philosophie unseres Hauses, das hauptsächlich von verliebten Paaren frequentiert wird", meinte er teilnahmsvoll.

„Und die anderen haben alle Doppelzimmer bekommen?", versuchte Yvonne es weiter.

Noreen nickte bestätigend. „Soweit ich weiß."

Nachdem er alles durchgesehen hatte, bestätigte er ihre Vermutung. „Leider sind auch unsere wenigen Zustellbetten belegt."

„In der näheren Umgebung gibt es wohl kein anderes Hotel oder eine kleine Pension?" Yvonne wollte nicht zu schnell aufgeben. Scheinbar war es diesem Nikolas völlig egal, neben wem er schlief, so eifrig, wie er sich bei einer Lösungsfindung beteiligte. Immerhin roch er nicht wie ein überquellender Aschenbecher, sondern verströmte trotz seiner lotterigen Kleidung einen angenehmen, dezenten Duft.

„Das nächste Hotel befindet sich mehr als fünfzehn Kilometer entfernt. Bei uns soll man die Möglichkeit haben, sich fernab vom hektischen Alltag erholen zu können. Deshalb liegen wir so weit draußen auf dem Land."

Na toll!, dachte Yvonne. Dann hatten sie ja alles richtiggemacht. Hier sagten sich noch nicht mal Fuchs und Hase gute Nacht.

Der Portier lächelte entschuldigend. „Eventuell gibt es private Zimmer zwei Orte weiter. Da müsste ich mich aber erst erkundigen."

Frustriert seufzte Yvonne innerlich auf. Sie hatte eigentlich keine Lust, woanders zu wohnen, wenn sie mit ihrer Schwester endlich mal wieder ein paar freie Tage verbringen konnte. Sie wollte morgens mit ihr am Frühstückstisch sitzen und von einem reichhaltigen Buffet schlemmen, statt allein in irgendeiner Pension an einem Marmeladenbrötchen zu knabbern. Außerdem gefielen ihr die Atmosphäre und die opulente, aber dennoch geschmackvolle Einrichtung des Hotels.

Unauffällig riskierte sie einen Seitenblick auf Nikolas. *Echt klasse!* Jetzt würde sie mit Indiana Jones ins Bett steigen. Wenigstens war sie schon immer ein Harrison-Ford-Fan gewesen.

Noreen meinte zögernd: „Wenn Hannes keine Kinder hätte und das nicht seit Langem sein erster Kurzurlaub allein mit Annette wäre, würde ich vorschlagen, dass er mit Nikolas in einem Zimmer schlafen soll und du mit seiner Frau."

„Nein, das will ich nicht. Ihr seid sicher alle froh, endlich dem Alltag entfliehen zu können. Da möchte ich euch nicht die wenigen Tage in diesem schönen Romantikhotel versauen." Sie blickte mit einem resignierten Schulterzucken zu Nikolas. „Das Doppelbett müsste breit genug sein. Da werden wir uns schon nicht beißen. Oder was denkst du?"

Dieser bestätigte ihre Frage nur mit einem gegrunzten Laut und griff nach einem der beiden Schlüssel.

Super!, dachte Yvonne. Da besaß ein Neandertaler ja noch bessere rhetorische Kenntnisse als ihr zukünftiger Bettgeselle!

Als sich alle zu ihren Zimmern aufmachten und Yvonne ihren Trolley ergriff, meinte Paula mitfühlend: „Die Situation ist für dich natürlich schon blöd, aber …" Augenzwinkernd flüsterte sie weiter: „… wenn ich nicht glücklich verheiratet wäre, würde ich dich glühend beneiden."

Kopfschüttelnd schaute Yvonne ihr nach. Was die alle hatten! So ungepflegt, wie dieser Niko war, hatte er vermutlich den Knitterlook erfunden und deshalb seine gesamten Klamotten einfach ungebügelt in die Reisetasche gestopft, damit sie seinen schmuddeligen Anforderungen gerecht wurden. In dem Fall, tröstete sie sich, hatte sie wenigstens mehr Platz im Schrank.

Als sie mit ihrem Trolley zur Treppe rollte, schloss sich ihr Nikolas schweigend an. Auch wenn Yvonne nicht gerade zu den kleinen Frauen dieser Welt zählte, kam sie ordentlich ins Schwitzen, als sie ihren schweren Koffer keuchend alle achtzehn Stufen nach oben in den ersten Stock schleppte. Aber sie würde sich nicht zu Nikolas umdrehen, das schwor sie sich. Sie wollte gar nicht wissen, wie dieser amüsiert in sich hineingrinste, wenn er ihre Bemühungen von hinten beobachtete. Und sie würde ihn mit Sicherheit nicht um Hilfe bitten – auch wenn sie bei jeder Treppenstufe ihre Fähigkeit verfluchte, auf kleinstem Raum so effektiv zu packen, dass der Koffer dadurch doppelt so schwer wurde.

Nachdem sie außer Atem – und mit Nikolas im Schlepptau – vor ihrer Zimmertür angekommen war, steckte sie den Schlüssel ins Schloss, öffnete die Tür und betrat als Erste das Zimmer.

Kapitel 5

Ein himmlischer Albtraum

Wenn sie gedacht hatte, der Start in diesen unglückseligen Kurzurlaub könnte nicht schlimmer werden, hatte sie sich grundlegend getäuscht. Ihr entfuhr ein tonloses „Scheiße!", woraufhin sie stocksteif stehen blieb, sodass Nikolas fast in sie hineinrannte. Hinter sich hörte sie einen unterdrückten Fluch, dann eine kurze, gemurmelte Entschuldigung, bevor er ihr über die Schulter schauen konnte. Das leise, verstehende „Aah", das daraufhin folgte, zeigte ihr, dass er das Objekt ihrer Missbilligung ebenfalls entdeckt hatte.

Dieses verträumte Hotel verwöhnte, was die Einrichtung betraf, nicht nur die Augen aller Turteltauben mit viel romantischem Chichi. Nein. Es offerierte Yvonne zu allem Überfluss auch noch ein französisches Doppelbett mit duftigem Stoffhimmel, spitzenbesetzten Kissenüberzügen und bloß *einer* breiten, reich bestickten Decke, die zum Aktivwerden einlud. Natürlich alles in edlem Cremeweiß.

Wie war das, sie würden sich nicht beißen? Für ihren Geschmack würden sie viel zu eng beieinanderliegen. Zu ihrem Glück war die nur ein Meter vierzig breite Matratze von den gymnastischen Aktivitäten der früheren Gäste auch noch so durchgelegen, dass sie sich beide nachts beim Schlafen unfreiwillig in der Mulde treffen würden.

Na toll!

Yvonne schloss kurz die Augen, während sich ihr Magen zusammenkrampfte und in ihrem Inneren ein lautes *Oh-Gott-oh-Gott-oh-Gott!!!* ertönte. Am liebsten hätte sie auf den Hacken umgedreht und wäre fluchtartig zu ihrem Auto gestolpert, um mit Vollgas vom Parkplatz zu brausen. Doch irgendwie schienen die Sohlen ihrer Schuhe auf dem hochflorigen Teppichboden festgeklebt zu sein. Sie ließen sich keinen Millimeter bewegen.

Einige Sekunden starrten sie schweigend auf diesen Traum von Himmelbett aus dunkel gebeiztem Holz mit einem wunderschön geschnitzten Kopfteil und weißen, an den Seiten zurückgebundenen Gazevorhängen. Dann tat Nikolas etwas Nettes. Fast schon Höfliches. Aber auf jeden Fall sehr Rücksichtsvolles.

Er murmelte: „Mmh. Was denkst du, sollen wir bei den anderen nachfragen, ob die ein normales Doppelbett haben und wir die Zimmer tauschen können?"

„Nein, die meisten haben eh längst ausgepackt. Da will ich nicht von ihnen verlangen, alles wieder in die Koffer zu schmeißen und umzuziehen. Meine Schwester reibt mir sonst die nächsten zehn Jahre meine Prüderie unter die Nase." Sie holte tief Luft. „Außerdem … So wie ich das Hotel einschätze, steht in jedem Zimmer ein solches Bett."

Und dann überraschte er sie mit einer unerwarteten Ritterlichkeit: „Ich könnte natürlich auf dem Boden schlafen, wenn dir das angenehmer ist."

Sie warf einen Seitenblick auf Nikolas und bemerkte, dass er mit unbewegter Miene wie hypnotisiert auf das Himmelbett starrte. „Nein, das kann ich nicht von dir verlangen. Du bezahlst schließlich auch mehr als genug für dieses Romantikhotel und möchtest erholt zurück in den Alltag fahren." Nach einer kurzen Pause, in der sie immer noch wie festgenagelt auf der Stelle standen, fragte sie: „Wie sieht's bei dir aus? Hältst du es mit mir für ein paar Nächte in einem französischen Doppelbett aus?“

„Ich werde es überleben.“ Er wandte ihr seinen Blick zu und schaute auf sie hinab.

Nun erkannte Yvonne auch seine Augenfarbe. Sie war von einem leuchtenden Goldbraun, versetzt mit einigen, hellen Sprenkeln. Es erinnerte sie an das Leuchten von sehr altem Whisky, den man in einem edlen Glas vor einem prasselnden Kaminfeuer schwenkte. Als sich seine Lippen zu einem warmen Lächeln und seine Augenwinkel zu vielen, feinen Fältchen verzogen, konnte sie zum ersten Mal ansatzweise nachvollziehen, was die anderen Frauen an ihm fanden.

„Du hast ja glücklicherweise keine Ähnlichkeit mit der alten Rose von den *Golden Girls*.“ Sein Lächeln vertiefte sich. „Sonst würde ich mir stattdessen einen Strick kaufen.“

Yvonnes Mundwinkel zuckte. „Ich finde Männer einfach unwiderstehlich, die ihr volles Charmepotenzial auffahren, um Frauen die unvergesslichsten Komplimente zu machen.“

„Tja, das kann ich ziemlich gut.“ Er grinste. „Dann wird das für uns beide ja ein besonders romantischer Kurzurlaub, in dem viel gekuschelt werden darf. Das wird sicher lustig. Matratzen-Mambo – bei *der* Hitze!“ Er warf noch mal einen skeptischen Blick auf das Bett und machte eine kleine Handbewegung, die ihr den Vortritt ließ.

Das in einem warmen Gelbton gestrichene Zimmer war geräumig und hatte rechter Hand ein großes Fenster, dessen Läden zum Schutz vor der Abendsonne geschlossen waren. Wie gesponnenes Gold schimmerten Lichtstrahlen durch die weinroten Lamellen und zeichneten ein Muster auf die Decke des Betts. Helle Vorhänge aus luftig duftigem Stoff bedruckt mit kleinen gelben Blümchen und grünen Blättchen rahmten die Scheiben ein. Eine dunkle Kommode mit silbernen Beschlägen, zwei gemütliche Sessel und ein Tischchen mit einer Vase bunter Blumen aus dem Garten standen rechts neben der Tür und ein restaurierter Bauernschrank neben dem Fenster. Auf der linken Seite befand sich die Badtür.

Yvonne war überwältigt von der schlichten Eleganz und der

romantischen Wirkung des Zimmers. Und das Himmelbett … jetzt war sie wieder beim Bett angelangt … war so wunderschön, dass es ihr die Tränen in die Augen trieb, wenn sie daran dachte, dass es in seiner ursprünglichen Bestimmung ungenutzt bleiben würde.

„Auf welcher Seite schläfst du?", fragte sie Nikolas.

Er zuckte nur mit den Achseln. „Egal."

Sie entschied sich der dem Bad zugewandten Betthälfte und stellte ihren Trolley daneben. Nikolas ließ seine Sporttasche auf der anderen Seite zu Boden fallen und wollte wissen, ob sie als Erste duschen wolle.

Yvonne kickte seufzend ihre hochhackigen Schuhe von den Füßen und öffnete die Klammer, die ihre Locken zusammenhielt. Während sie ihr Haar ausschüttelte und kurz ihre Kopfhaut massierte, meinte sie nur: „Geh du ruhig. Ich packe erst ein paar Sachen aus und versuche, geistig anzukommen."

„Harter Tag?"

„Ja. Heiß und hart", bestätigte sie. Als ihr die anzügliche Doppeldeutigkeit bewusst wurde, spürte sie, wie Hitze ihren Hals hinaufkroch und ihr zu allem Überfluss noch die Röte in die Wangen schoss.

Nikolas reagierte jedoch mit kaum mehr als einem ironisch zuckenden Mundwinkel. Mit einer fließenden Bewegung zog er den Reißverschluss seiner Sporttasche auf und legte einen ordentlich zusammengefalteten – und gebügelten! – Stapel Kleidung aufs Bett. Bewaffnet mit frischen Sachen und seinem Waschbeutel verschwand er im Bad.

Kaum merklich atmete Yvonne auf. Erst jetzt wurde ihr bewusst, dass ihr Körper die ganze Zeit unter Anspannung gestanden hatte. Wenn Nikolas fertig mit Duschen war, würde sie ihn nach unten schicken und sich in aller Gemütsruhe – und vor allem allein – fertigmachen. Sie musste ihn noch fragen, wann sie sich im Hotelrestaurant treffen würden. In dem Durcheinander mit den falsch gebuchten Zimmern hatte sie vergessen, sich bei Noreen zu erkundigen.

Kapitel 6

Faszinierend fotogen

Nachdem sich Nikolas zum ersten Mal seit Tagen wieder rasiert hatte, stieg er unter das kühle Nass der Dusche, ohne das warme Wasser aufzudrehen. Die Hitze, die sich schon seit fast einem Monat in ganz Süddeutschland breitgemacht hatte, war unerträglich. Besonders, wenn man – so wie Nikolas die vergangene Woche – in einem nicht klimatisierten Gebäude arbeiten musste, umgeben von eingeschalteten Strahlern, Lichtformern und Diffusoren. Dass er es heute noch einigermaßen pünktlich zum Kurzurlaub geschafft hatte, erschien ihm fast wie ein Wunder ...

Während er seine Haare einseifte, nahm er sich fest vor, demnächst einen Friseur aufzusuchen. In den letzten Monaten war er beruflich zu eingespannt gewesen, um sich über eine solche Nebensächlichkeit den Kopf zu zerbrechen. Doch als er vorhin vor dem Rasieren einen kurzen Blick in den Spiegel geworfen hatte, wunderte ihn Yvonnes skeptisch abweisender Gesichtsausdruck im Hotelfoyer überhaupt nicht mehr. Er hätte seine Zimmergenossin voll und ganz verstanden, wenn sie sich standhaft geweigert hätte, mit ihm ein Zimmer, geschweige denn ein Bett zu teilen.

Während er das wohltuend kühle Wasser durch seine sauberen Haare fließen ließ, schweiften seine Gedanken zum Himmelbett ab ...

Nonos Schwester war sichtlich schockiert gewesen, als sie das Zimmer betreten hatte. Das war nicht zu übersehen. Er hatte allerdings mit so etwas auch nicht gerechnet. Aber zwei Fremde auf einem Meter vierzig Breite ...? Das war schon eine Herausforderung. Er hoffte nur, dass Yvonne nicht zu den Frauen gehörte, die bei jeder zufälligen Berührung böswillige Absichten unterstellten.

Sauber und erfrischt, schob er den Stoffduschvorhang zur Seite und stieg aus der Wanne. Nachdem er sich angezogen und gekämmt hatte, öffnete er die Badezimmertür und meinte: „Yvonne, du kannst jetzt rein ...“

Überrascht blieb er stehen und ließ seinen Blick von schlanken

Beinen über einen kurzen Rock zu ihrem entspannten Gesicht wandern. Sie schlief. Ausgestreckt auf der bestickten Bettdecke.

Er betrachtete ihren halb ausgeräumten Trolley, der geöffnet auf ihrer Seite auf dem Boden lag. Die Türen des antiken Schranks standen offen und zeigten zwei belegte Fächer. An drei Bügeln hingen bereits farbenfrohe Kleidungsstücke.

Nikolas schmunzelte. Yvonne hatte scheinbar wirklich einen sehr harten Tag hinter sich. Und einen sehr heißen noch dazu. Bei der Erinnerung an ihren verbalen Ausrutscher musste er grinsen. Er war keine fünfzehn Minuten im Bad gewesen. Und doch schlief sie schon so tief und friedlich wie die Prinzessin auf der Erbse nach Entfernung derselben. Beide Beine lagen ausgestreckt nebeneinander, die Hände waren auf ihrem Bauch gefaltet. Nur der Kopf war leicht zur Seite geneigt und wurde von großen, weichen Locken ihres kastanienroten Haares eingerahmt. So wie sie unter diesem wunderbar fluffigen Baldachin lag, erinnerte sie ihn an Dornröschen, die auf den erlösenden Kuss des Prinzen wartete. Für den perfekten Gesamteindruck fehlte bloß noch ein kleines Krönchen.

Moment mal ... Auch wenn er Fotograf war: Seit wann dachte er im Zusammenhang mit Frauen in Märchenbildern?! Und seit wann benutzte er Wörter wie *fluffig*?!

Irritiert schüttelte er den Kopf und blickte kurz auf seine Armbanduhr. Okay, sie hatten noch Zeit, bevor sie sich mit den anderen unten im Hotelrestaurant trafen. Dann konnte er sie schlafen lassen. Vorsichtig griff er nach einem Stapel Kleidung und wollte ihn in den Schrank räumen. In dem Moment regte sich Yvonne, nahm die Hände vom Bauch und drehte sich mit geschlossenen Augen und einem wohligen Seufzen auf die Seite. Dabei zog sie die Beine an und rollte sich wie ein kleines Kätzchen zusammen. Danach lag sie wieder still da und Nikolas konnte den angehaltenen Atem entweichen lassen.

Fasziniert hing sein Blick an ihren vollen, weichen Lippen, die entspannt aufeinanderlagen. Ein leichter Druck setzte sich neben seinem Brustbein fest, den er instinktiv mit den Fingern verrieb. Nikolas verschloss sich vor der völlig aus der Luft gegriffenen

Möglichkeit, dass Yvonnes kleine Bewegung und das leise, behagliche Seufzen der Grund für dieses Gefühl waren – oder ihr betörender Anblick auf irgendwelchen mysteriösen Pfaden sein Herz erreicht haben könnte. Dafür war er, was Frauen anging, ein viel zu abgebrühter Hund.

Dennoch spürte er wieder dieses seltsame Empfinden, als ob sein Brustkorb auf halbe Größe geschrumpft sei und ihm deshalb das Atmen schwerfiel. Höchstwahrscheinlich kam das von der angehaltenen Luft. Ja, das musste es gewesen sein. Klang logisch.

Neugierig betrachtete er Yvonnes Gesicht, das ihm nun zugewandt war. Er konnte sie zum ersten Mal genauer betrachten, ohne aufdringlich zu erscheinen.

Als Nikolas sie bei seiner Ankunft im Foyer erblickt hatte, war er vom ersten Moment an fasziniert gewesen. Sie hatte etwas an sich, das sogleich die Neugierde des Fotografen in ihm weckte. Er war sich nur immer noch nicht sicher, ob es an ihrem herzförmigen Gesicht mit dem kleinen, spitzen Kinn und den vollen Lippen lag oder an der ungewöhnlichen Farbe ihrer Haare, die sich nicht entscheiden konnten, ob sie in einem rötlich warmen Kastanienbraun oder einem dunklen Rostrot leuchten sollten. Oder war es der irritierte Blick, mit dem sie ihn kritisch gemustert hatte? Vielleicht war es auch die Kombination aus allem.

Zugleich hatte er sich des Eindrucks nicht erwehren können, dass sie sehr viel Wert auf ihr Äußeres legte. Groß und schlank, dezent geschminkt und in engem elegantem Rock mit passendem Seidentop wirkte sie auf eine geschmackvolle Art modisch schick. Sein erster Gedanke bei ihrem Anblick war gewesen, welche Frau sich mit solchen Klamotten in einen ungezwungenen Kurzurlaub aufmachte. Aber vermutlich war sie wie er direkt von der Arbeit zum Hotel gefahren. Wie sie es jedoch geschafft hatte, trotz der mörderischen Hitze wie eine duftende Blüte im Frühlingswind zu wirken, war ihm ein Rätsel. Er mit seinem zerknitterten Aussehen hatte bei dieser Zielvorgabe auf ganzer Linie versagt.

Doch gerade Yvonnes übertrieben gepflegter, äußerer Eindruck hatte ihn an die vielen überdrehten Modepüppchen erinnert, die er für Modejournale oder Prospekte größerer Bekleidungsketten ablichten musste. Und das hatte ihn wiederum – wieso, wusste er selbst nicht – enttäuscht. Kein Wunder hatte Yvonne sich an ihrem Trolley und der kleinen Reisetasche beinahe einen Bandscheibenvorfall gehoben. Als Frau musste man schließlich auf alle modischen Eventualitäten vorbereitet sein, wenn man in Urlaub fuhr. Auch wenn es nur für fünf Tage war.

Nachdenklich strich er sich über die glatt rasierte Wange und trat kurzerhand zur Fototasche, um seine Kamera herauszuholen. Nachdem er vorsichtig die Objektive gewechselt und ein paar Einstellungen vorgenommen hatte, kniete er sich neben seine Seite des Betts. Er fokussierte Yvonnes Gesicht, das ihm zugewandt von ihren weichen Locken und den reichhaltigen Baumwollspitzen des Kissens umrahmt wurde. Da sie das leise Klicken der Kamera nicht zu stören schien, begann er, im Dämmerlicht Fotos zu machen.

Dann öffnete er vorsichtig erst das Fenster und danach die Fensterläden, um den goldenen Schein der untergehenden Sonne hereinzulassen. Dadurch wandelte sich die Atmosphäre des Zimmers schlagartig und bescherte ihm ein leichtes Kribbeln im Nacken, das sich nur dann einstellte, wenn sein professionelles Auge ein großartiges Motiv erblickte.

Nachdem er diesen wunderbaren Moment mit einigen Bildern eingefangen hatte, legte er widerwillig seine Kamera beiseite, räumte den Rest seiner Kleidung in den Schrank und setzte sich mit einer Zeitschrift in einen der Plüschsessel.

Kapitel 7

Schlichtweg erstaunlich

„Yvonne", raunte eine samtweiche, tiefe Stimme, die von irgendwoher zu kommen schien und ihre Haut wie kostbare Seide umschmeichelte. „Du musst aufwachen."

„Mmh?", murmelte sie träge und blinzelte, bis sie im Dämmerlicht etwas erkennen konnte.

Das Erste, was sie sah, waren zwei lange, braune Beine in maritim karierten Bermudashorts, die sich um schmale Hüften spannten. Darüber befand sich ein enges, dunkelblaues Rippenshirt mit kurzer Knopfleiste, in dem ein fester flacher Bauch und breite Schultern steckten.

Verwirrt riss sie die Augen auf und blickte dem fremden Mann ins Gesicht, der mit den Händen in den Hosentaschen vor ihrem Bett stand. „Wo … wer …?“

Dann erkannte sie das Himmelbett und konnte sich wenigstens orientieren, wo sie sich befand. Nur der Mann, der mit einem kleinen Lächeln auf sie hinabblickte, war ihr völlig unbekannt. Oder war das …? Das konnte kaum sein. Oder doch?

Sie blinzelte den Schlaf fort und strich sich mit der Hand über ihre kribbelnden Arme. Erstaunt stellte sie fest, was eine Rasur und eine erfrischende Dusche alles vollbringen konnten! Das Fehlen des struppigen Barts ließ Nikolas' hohe Wangenknochen und die beinahe hageren Gesichtszüge deutlicher hervortreten. Sein schön geschwungener Mund war zu einem leicht spöttischen Lächeln verzogen, das auch seine ungewöhnlichen Augen strahlen ließ. So wie Nikolas vor ihr stand, wirkte er mit seinen längeren, fast schwarzen Haaren, der athletischen Statur und der gebräunten Haut wie ein nordischer Wikinger mit mexikanischen Vorfahren. Sie schluckte schwer, als sie sich aufsetzte.

„Äh, ach so … Wie spät ist es?“, fragte sie und kam sich ziemlich dämlich vor.

„Wir treffen uns in zwanzig Minuten unten im Foyer, um im Hotelrestaurant zu essen. Du hast also noch genug Zeit, um zu duschen.“

„Schon in zwanzig Minuten?!“ Erschrocken blickte sie auf ihre Armbanduhr und schwang die Beine vom Bett. „Habe ich so lange geschlafen? Und warum hast du mich nicht früher geweckt?“

Nikolas zuckte nur mit den Schultern. „Du hast es offensichtlich gebraucht. Nach deinem harten Tag.“

Yvonne senkte bei seiner Anspielung den Blick und nutzte die Gelegenheit, aus ihrem offenen Trolley den Waschbeutel, Unterwäsche und ein Sommerkleid herauszunehmen.

„Wenn du willst, kannst du schon runtergehen", versuchte sie, ihn loszuwerden.

„Ich warte noch auf dich, sonst bin ich zu früh dran. So wie ich Hannes kenne, lässt er sich keine freie Minute mit seiner Frau – ohne Kinder – entgehen." Dann setzte er sich in den Sessel und nahm entspannt eine aufgeschlagene Zeitschrift zur Hand.

Da Yvonne nichts Sinnvolles erwidern konnte, musste sie ihn wohl oder übel als Wächter vor ihrer Badtür akzeptieren. Sie betrat den hell gekachelten Raum und sah sich bewundernd um. Mittelpunkt war eine nostalgisch geschwungene Badewanne auf Füßen, die man auch als Dusche benutzen konnte. Drum herum waren die Toilette, ein Waschtisch mit einem Aufsatzwaschbecken in der Form einer flachen Müslischale und dunkle Holzregale angeordnet. In Letzteren stapelten blütenweiße Hand- und Badetücher.

Nachdem sie die Badezimmertür abgeschlossen und die Toilette benutzt hatte, streifte sie ihre Kleidung erleichtert von ihrer klebrigen Haut. Das kühle Wasser war eine Wonne. Genussvoll seifte sie sich ein, nur um anschließend ihr Gesicht mit geschlossenen Augen in den Wasserstrahl zu heben und die Welt zu vergessen.

Nach einer gefühlten Ewigkeit stieg sie aus der Wanne und trocknete sich ab. Nachdem sie sich mit einer wunderbar duftenden Mandellotion eingerieben und die Haare durchgekämmt hatte, ließ sie ein Klopfen zusammenzucken. Schnell raffte sie das Badetuch um ihren Körper, bevor ihr einfiel, dass die Tür abgeschlossen war und Nikolas nicht einfach vor ihr stehen konnte. „Ja?"

„Wir haben jetzt halb neun. Wie weit bist du?"

O-ha, schon so spät?! Sie schnappte ihre Unterwäsche und stieg in ihr Höschen. „Ich muss mich nur noch anziehen und die Haare machen."

„Soll ich mal runtergehen, um Bescheid zu sagen, dass du gleich nachkommst?", vernahm sie seine gedämpfte Stimme. Bevor sie antworten konnte, sagte er hörbar amüsiert: „Wenn wir *beide* zu spät erscheinen, könnten sie sonst auf dumme Gedanken kommen."

Yvonne hörte schlagartig auf, im Bad herumzuwerkeln. „Oh!

Ähm, ja … ja, das wäre wirklich besser. Danke."

Nach seinem „Bis gleich", klappte die Tür. Dann war sie allein.

Nachdem sie ihre Haare geföhnt und etwas Mascara und Lipgloss aufgetragen hatte, stieg sie in ein leichtes Sommerkleid mit Spaghettiträgern. Schnell legte sie die restlichen Kleidungsstücke aus dem Trolley in den Schrank, schlüpfte in ihre Riemchensandaletten und ergriff ihre Handtasche.

Als sie das Restaurant betrat und sich nach den anderen umschaute, blieb sie stehen, um die geschmackvolle Einrichtung zu bewundern. Edle Tischdecken lagen auf den Tischen, die mit bunten Blumen aus dem Garten und passenden Kerzenständern geschmückt waren. Die Wände waren in einem cremigen Weiß gestrichen, vor denen die antiken Holzmöbel in einem goldenen Braunton bestens zur Geltung kamen. Warme Rottöne rundeten den optischen Genuss ab und harmonierten mit den vielen Grünpflanzen, die in jeder Ecke standen.

Da Yvonne kein bekanntes Gesicht erblicken konnte, steuerte sie auf die weit geöffneten Terrassentüren zu, die sie in den von alten Bäumen beschatteten Garten führten. Dort entdeckte sie an einem langen Tisch ihre Schwester mit deren Freunden, wie sie über Speisekarten gebeugt ihre Bestellung diskutierten. Mit einem resignierten Seufzen nahm sie wahr, dass sich der einzige freie Stuhl neben Hannes und gegenüber von Nikolas befand. Allem Anschein nach saß Hannes auf ihrem Platz neben Nono und tauschte Neuigkeiten mit ihr aus.

Wer zuletzt kam, den bestrafte bekanntlich das Leben.

Annette entdeckte sie als Erste und sagte etwas zu Noreen. Die drehte sich um und winkte Yvonne zu. Wie immer trug ihre Schwester enge schwarze und bei dieser Hitze vor allem bequeme Kleidung. Diesen Stil pflegte sie bereits seit über zehn Jahren, wodurch ihre hellroten Haare einen guten Farbtupfer abgaben.

Während Yvonne auf ihren Stuhl zusteuerte, nahm sie wahr, wie Nikolas ihr entgegenblickte und sich seine Augen für einen kurzen Moment verengten. Sein Gesicht blieb jedoch reglos. Irgendwie hatte er etwas Lauerndes, fand sie. Aber sie konnte seinen undurchdringlichen Blick nicht einordnen und zupfte verlegen am Träger ihres Kleidchens. Als sie saß, merkte sie, wie sie schon den linken Daumen zum Mund führen wollte, um wieder an der störenden Nagelhaut zu knabbern. Doch sie beherrschte sich gerade rechtzeitig. Sie formte die Hand zur Faust und versteckte ihn in der Höhle. Beim Aufschauen stellte sie fest, dass Nikolas sie beobachtete.

Zum Teufel mit ihm!

Sie würde sich von seinem Blick nicht verunsichern lassen. Das wäre ja noch schöner! Auch wenn sich seine dunkle Aura geheimnisvoll um ihn zu legen schien und die weibliche Seite in ihr lockte, würde sie ihm weder verfallen, noch sich aus dem Konzept bringen lassen.

Betont gelassen griff sie nach der Speisekarte und bestellte bei der Bedienung einen gemischten Salat mit Putenbruststreifen und ein stilles Wasser. Bei diesem Wetter brauchte sie auf jeden Fall etwas Leichtes.

Dann wandte sich Hannes ihr zu: „Schön, dass du dich entschlossen hast mitzufahren."

„Nono war zu hartnäckig, als dass ich hätte ablehnen können", antwortete Yvonne automatisch.

„Du warst bisher wirklich nie dabei?", meldete sich Annette zu Wort. „Ich konnte Hannes nicht glauben, als er es mir erzählte. Und warum bist du nie mitgefahren? Hattest du keine Zeit?"

Während Yvonne noch ihre gedankenlose Ehrlichkeit verfluchte, bemühte sie sich um eine diplomatische Antwort, ohne lügen zu müssen.

Doch bevor sie etwas sagen konnte, ging Annette ein Licht auf und sie meinte verschmitzt: „Oder lag es etwa an Hannes?" Yvonne stutzte. „Hannes sagte mal, er habe das Gefühl gehabt, dich aus der WG vertrieben zu haben, weil du Nono irgendwann nicht mehr besucht hast." Sie lachte, als sie die Bestätigung ihrer Vermutung von Yvonnes Gesichtszügen ablesen konnte. „Ja, Hannes war damals wirklich gewöhnungsbedürftig, was ich so alles von Nono gehört habe. Als wir uns kennenlernten, war er schon deutlich gemäßigter und ruhiger. Aber die Geschichten von früher höre ich mir trotzdem noch gern an."

„Wieso? So anstrengend war ich doch echt nicht", empörte sich ihr Mann und warf sich in die Brust.

Noreen machte ein prustendes Geräusch: „Von anstrengend kann gar keine Rede sein. Da war es leichter, ein vernünftiges Gespräch mit einem Lachsack zu führen."

Und Nikolas ergänzte mit einem breiten Grinsen: „Hannes Weber, du warst damals ein verdammtes Arschloch. Wenn ich nur an Mathis und die Sardellen denke …"

Der Beschuldigte wehrte sich augenblicklich mit: „Das war Nonos Idee gewesen" und zeigte mit dem Finger in ihre Richtung.

Diese schlug ihm mit der flachen Hand auf den Schenkel, dass er aufjaulte, und stellte sofort richtig: „Ja, aber du hast sie postwendend ausgeführt."

Kapitel 8

Lausbubenstreiche

Noreen erzählte Yvonne, garniert mit Hannes' spitzfindigen Bemerkungen und Mathis' trockenen Kommentaren, dass Letzterer nach seinem Einzug in die Wohngemeinschaft abends immer sein Müsli fürs Frühstück mit Hafermilch ansetzte, damit es über Nacht quellen konnte. Als Willkommensgruß hatten die beiden dann heimlich, still und leise klein geschnittene Sardellen untergemischt. Mathis' Gesicht am nächsten Morgen, als er sich den ersten Löffel in den Mund schob, sei unvergesslich gewesen, lachte Hannes.

„Und seit damals kann Mathis keine Sardellen mehr sehen, nicht mal auf Pizza", klärte seine Frau Selina die anderen mit einem Schmunzeln auf.

„Aber Müsli schon noch?", konnte sich Hannes nicht verkneifen zu fragen.

„Klar", meinte dieser nur und verzog den Mundwinkel zu einem schiefen Grinsen.

„Verfluchter Körnerfresser."

„Ich sag doch", grinste Nikolas in Hannes' Richtung, „ein verdammtes Arschloch."

Der Blick, den dieser seinem Freund zuwarf, war genauso deutlich in seiner Botschaft wie ein ausgestreckter Mittelfinger. „Aber du hast mich damals trotzdem regelmäßig besucht. Dann kannst du dich mit mir nicht so unwohl gefühlt haben."

„Nur weil du den besten Tequila auf dem ganzen Campus hattest."

Yvonne hörte dem Schlagabtausch fasziniert zu.

Noreen klärte sie auf: „Du musst wissen, dass Mathis zu der Zeit schon sehr gesundheitsbewusst eingestellt war – und Hannes überhaupt nicht. Deshalb hat Hannes heute fast keine Haare mehr auf dem Kopf und Mathis immer noch einen so dichten Schopf." Sie überging ungerührt Hannes' lautstarken Protest wegen ihrer Diffamierung und erzählte weiter: „Jeder wollte den anderen bekehren. Das war manchmal zum Schießen. Aus dieser Situation profitierte ich am meisten. Ich pickte mir nämlich von jedem der beiden das Beste heraus."

Hannes grunzte beleidigt auf und wandte sich an Mathis: „Kannst du dich noch an den Abend erinnern, als das Endspiel Deutschland gegen England lief und du diese vollauf biologischen, politisch korrekten, ungespritzten Kirschen aus dem Garten deiner Eltern mitgebracht hast?"

„Oh! Sei bloß ruhig, sonst wird mir wieder kotzübel!", rief Noreen dazwischen.

Doch Hannes ließ sich nicht von einer guten Geschichte abbringen und fuhr grinsend fort: „Obwohl ich damals schrecklich gern Kirschen aß, lehnte ich sein Angebot ab, da ich gerade ein Bier trank. Als er dann aber anfing, jede Kirsche aufzubeißen, nach kleinen, weißen Maden zu suchen und mehr als die Hälfte in eine Abfallschüssel zu werfen, ist mir echt schlecht geworden …"

„Und ich Unglückselige hatte zu dem Zeitpunkt schon fünf Kirschen gegessen", unterbrach Noreen und rechnete den anderen vor: „Das heißt mindestens zwei Maden. Vielleicht auch drei." Sie verzog angeekelt das Gesicht, während Mathis seine Hornbrille zurechtrückte und still vor sich hin grinste.

„Das war echt widerlich. Ich habe seither nie wieder eine Kirsche probiert", fuhr Hannes fort, „außer sie hat sich in einen Rumtopf verirrt." Nachdenklich zog er eine Augenbraue in die Höhe. „Wenn ich mir das so recht überlege … Dafür, dass Mathis damals schon Vegetarier war, hat er bei seinem ganzen ungespritzten Zeug trotzdem viel Fleisch abbekommen."

Dieser grinste: „Glaube ich nicht. Ich habe ja alle durchgeschaut. Aber die paar Kirschen ohne Maden waren sehr fruchtig lecker und schön fleischig."

„Ganz besonders fleischig", lachten Hannes und Noreen wie aus einem Mund, worauf Letztere hinterherschoss: „… weil du – so kurzsichtig, wie du schon immer warst – die restlichen Maden sicher alle übersehen hast." Der ganze Tisch grölte laut auf – und Mathis musste noch so einige Kommentare einstecken.

Yvonne stellte verwundert fest, dass sie sich tatsächlich amüsierte – obwohl sich wieder einmal alles um den bekloppten Hannes drehte. Eigentlich war er ziemlich umgänglich und süß, fand sie, wie er dasaß und vor sich hin strahlte wie ein besonders zufriedenes Honigkuchenpferd.

Das brachte sie dann doch ins Nachdenken. Vielleicht war er damals wirklich nicht so schlimm gewesen, wie sie es immer empfunden hatte? Tja. Entweder er hatte sich tatsächlich zum Positiven verändert. Oder sie hatte früher ganz entschieden auf ihrem Humor gestanden.

„Na, hast du deine drei Racker wieder bei deinen Eltern geparkt?", wandte sich Nikolas an Hannes, nachdem das Gelächter verebbt war.

„Ja. Die genießen es immer, von den Großeltern umsorgt zu werden, die ihnen natürlich viel mehr erlauben als Annette und ich. Und meine Eltern freuen sich, ihre Enkelbrut zu verhätscheln und zu vertätscheln, dass wir danach die üblichen vier Wochen brauchen, um sie wieder an den knallharten Alltag bei Mama und Papa zu gewöhnen." Nikolas grinste zur Antwort. „Mann, du fehlst mir. Es ist so schade, dass wir eine Autostunde voneinander entfernt wohnen.

So kann man abends nicht mal schnell auf ein Bier vorbeikommen oder ein Fußballspiel zusammen in der Glotze anschauen."

„Aber jetzt sind wir immerhin hier", tröstete er seinen Freund, der ihm mit seinen dummen Sprüchen auch gefehlt hatte. Es waren schon mehr als zwei Jahre ins Land gegangen, seit sie sich das letzte Mal gesehen hatten.

„Darauf trinke ich", prostete Hannes ihm zu.

Während Nikolas das Glas an den Mund führte, merkte er, wie Yvonne sie beide beobachtete. Sie sah hübsch aus, fand er, und wirkte ganz anders als bei seiner Ankunft im Foyer. Viel natürlicher. Als sie zum Tisch gekommen war, hatte der weite Rock ihres bunten Sommerkleides reizvoll über ihren Knien hin und her geschwungen. Die großen, goldenen Kreolen, die sie statt der adretten Perlenstecker angelegt hatte, blitzten frech unter ihrem offenen Haar hervor, das in großzügigen Locken bis über die Schultern fiel.

Er mochte Frauen, die sich ihrer weiblichen Seite bewusst waren, ohne zu übertreiben. Zum Beispiel bei den Augenbrauen. Auch wenn Yvonne sich sehr feminin gab, gehörte sie doch nicht zu den Frauen, die ihre Brauen zu Tode zupften, bis sie kaum mehr zu erkennen waren. Nein. Ihre verliefen in einem markanten Bogen über ihren ausdrucksstarken, wachen Augen, die in einem intensiven Eisblau leuchteten und denen nichts zu entgehen schien.

War sie möglicherweise, auch wenn sie viel Wert auf ihr Äußeres legte, doch nicht so oberflächlich und von sich eingenommen wie die Frauen aus seinem beruflichen Umfeld? Diese Models mit den endlosen Beinen und den knochigen Körpern, die sich für ihn vor der Kamera verrenkten – und ihn sehr oft danach zu bezirzen versuchten. Denen er nie nachgab. Fast nie … nur wenn er seiner Neugierde oder seinen Trieben folgte, da die letzte seiner Beziehungen wieder eine Weile zurücklag.

Auch wenn der Sex überwiegend gut war, hielt die kurzfristige körperliche Befriedigung meist nicht lange an und machte am nächsten Tag schnell einem anderen Zustand Platz. Nikolas verspürte vermehrt den bitteren Nachgeschmack der Unzufriedenheit, versuchte aber, ihn zu ignorieren. Irgendwann hatte er sich jedoch eingestehen müssen, dass die Sache mit den flüchtigen sexuellen Abenteuern unbefriedigend war. Unbefriedigend für Geist und Seele.

Nikolas' Aufmerksamkeit wurde wieder von Mathis' tiefer, ruhiger Stimme angezogen. Dieser erzählte von einem Streich, dem ein Kommilitone zum Opfer gefallen war und in dem eine mit Backpulver angereicherte Bierflasche die Hauptrolle spielte.

„Olli hatte wirklich nicht bemerkt, dass die Flasche schon einmal offen und deren Inhalt von Hannes aufs Schändlichste manipuliert worden war. Als er sie bei uns im Garten öffnete, spritzte ihm das Bier gnadenlos um die Ohren."

Hannes schien sich – so diabolisch, wie er dabei grinste – gern daran zu erinnern. „Das war eine herrliche Sauerei ..."

„Da können deine Kinder ja noch einiges von dir lernen", rief Paul vom anderen Ende des Tisches und prostete Hannes mit seinem Radler zu.

„Ist schon in Arbeit", lachte dieser und zwinkerte frech zurück. „Bei Mathis' nächster Geburtstagsfeier können sie dann ihre Erfahrungen an deine zwei Schlawiner weitergeben."

„Bloß nicht!", rief Paul.

„Du weißt ja", begründete Hannes seine Vorliebe für schweinische Streiche, „es wohnt zu *achtzig* Prozent eine Sau in mir."

Selina blickte ihn fragend an: „Nur zu achtzig Prozent?"

Hannes grinste. „Klar. Lass mal das W von meinem Nachnamen weg."

Weber – Eber.

Selina lachte auf und tat so, als werfe sie ihre Gabel nach ihm.

Yvonne genoss die Rolle der stillen Beobachterin und lehnte sich entspannt zurück. Wenn sich schon so viele Mitspieler gegenseitig die Bälle zuwarfen, musste sie nicht unbedingt auch noch mitmischen.

Die Dämmerung senkte sich immer weiter auf das Feld vor ihnen, das nur von vereinzelten Bäumen gesäumt wurde. Unter dem kühlenden Einfluss der Nacht wurde die schlimmste Hitze des Tages abgemildert. Genussvoll sog Yvonne das würzige Aroma der warmen Abendluft ein, die nach Gräsern, Erde und dem schweren Duft verschiedener Blumen roch.

Entspannt lauschte sie im goldenen Kerzenschein den alten Geschichten, die sicherlich schon bei früheren WG-Wochenenden aus der Mottenkiste hervorgekramt und herzlich belacht worden waren. Einige Erlebnisse waren lustig, andere abenteuerlich, manche einfach unglaublich.

Langsam begann Yvonne zu verstehen, warum ihre Schwester Hannes so mochte. Sie hatten alle zusammen eine unvergessliche, ja, eine geile Zeit miteinander verbracht. Und immer standen die enge Freundschaft, der unausgesprochene Respekt und die Zuneigung für den anderen im Mittelpunkt. So saßen sie bis weit nach Mitternacht, bis die Ersten anfingen zu gähnen.

„Bevor wir die Runde auflösen, wollten wir euch noch fragen, was wir morgen unternehmen sollen. Ihr wisst, dass wir uns beim WG-Wochenende auch immer an ein bisschen Kultur versuchen …"

„Freibad … Freibad …", röchelte Paul mit beiden Händen an der Kehle – kurz vor dem Hitzetod.

Hannes unterband sofort etwaige Meutereiversuche. „Das kommt später, keine Angst. Für morgen haben wir aber eine andere Idee."

Er schlug vor, nach einem Bummel durch die Innenstadt zum Heidelberger Schloss hochzuspazieren – es gäbe dort eine ganz fantastische Aussicht und sicher auch ein kühles Lüftchen.

Nach einer kurzen Pause ergänzte er noch: „Wenn es für manche zu anstrengend wird, können wir das Programm gern kurzfristig ändern oder in getrennten Gruppen losziehen. Es soll sich keiner gezwungen fühlen, der Herde nachzutrotten."

„Von wegen. Sklaventreiber", ließ sich eine vorwitzige, weibliche Stimme vom anderen Ende des Tisches vernehmen.

Als alle seinem Plan zugestimmt hatten, zahlten sie und wünschten sich eine gute Nacht. Auch Yvonne wurde nicht mit besten Wünschen verschont, wobei manche davon leicht ironisch oder sogar neidvoll gemeint waren. Unbehaglich wurde ihr bewusst, dass sie gleich allein mit Nikolas in einem Zimmer war. Und das für die nächsten acht Stunden.

Langen acht Stunden.

Als sie auf ihre Zimmertür zusteuerte, achtete sie nicht auf den hochwertigen Teppichboden und die antiken Möbel im Flur. Auch die Ölgemälde unbekannter Künstler konnten ihr Interesse nicht wecken. Das Einzige, was ihr wie ein rot blinkendes Ausrufezeichen ins Auge sprang, war die Zimmertür, die Nikolas schon geöffnet und für sie angelehnt hatte. Unwillkürlich begann sie, an ihrem Daumen zu nagen ... und zu fluchen.

Verdammte Angewohnheit!

Trotz aller guten Vorsätze machte Nikolas sie nervös. Am Abend hatte er immer wieder geistreiche, sogar witzige Bemerkungen zur Unterhaltung beigesteuert – und dadurch nicht ganz so geheimnisvoll und verschlossen gewirkt wie zuvor. Dennoch ... Unschlüssig blieb sie im Hotelflur stehen. Seine ruhige, beobachtende Art ließ sie irgendwie unruhig werden – und am Daumen nagen. Dann setzte sie sich in Bewegung, verlangsamte jedoch erneut ihren Schritt und zögerte vor der angelehnten Tür, bevor sie die Höhle des Löwen betrat.

Höhle des Löwen?!, schalt sie sich. Was sollte denn das schon wieder? Das war einfach nur ein Hotelzimmer mit einem Himmelbett, das sie sich mit einem Unbekannten teilen musste.

Allerdings hatte sie bereits seit zwölf Jahren mit keinem fremden Mann mehr in einem Bett gelegen. Seit sie mit Rolf zusammengekommen war. Na ja, und wenn sie ehrlich war, war das damalige, freiwillige Gefummel und Geknutsche zweier fast Fremder nicht mit der Situation heute Abend vergleichbar.

Dann rief sie sich zur Ordnung. Was sollte das denn werden? Gut, sie würde die nächsten acht Stunden nicht allein in ihrem französischen Doppelbett verbringen. Aber so beengt konnten ein Meter vierzig überhaupt nicht sein, als dass sie vor dieser Herausforderung kniff. Schon gar nicht, wenn Noreens jahrelange Stichelei als Folge drohte. Deshalb holte sie tief Luft und betrat das dunkle Zimmer.

Ein dünner goldgelber Strahl, der durch die fast geschlossene Badtür auf den Boden fiel, zeugte von Nikolas' Anwesenheit. Nach den

Geräuschen zu urteilen, war er gerade dabei, sich die Zähne zu putzen.

Als sie dann allein am Fußende des Betts stand, stellte sie fest, dass sie sich nur etwas vorgemacht hatte. Mit erschreckender Klarheit befand sich dieser Traum aller Verliebten vor ihr mit seinen luftigen Vorhängen, dem Spitzenbesatz an den Kissen und all seinen romantischen Forderungen – und verkörperte Yvonnes größten Albtraum.

Wie konnten ein Meter vierzig bloß so erbärmlich schmal sein?!!

Kapitel 9

Ausgesprochen peinlich

Wie Yvonne feststellte, hatte Nikolas das Fenster nach Betreten des Zimmers geöffnet, denn es strömte angenehm würzige Nachtluft herein. Das silberne Licht des fast kugelrunden Mondes fiel durch die seitlich befestigten, hauchdünnen Vorhänge des Betts wie in einer romantischen Inszenierung von *Romeo und Julia* und erleuchtete einladend das weiße Laken.

Wunderschön ...

Ein impressionistischer Maler wie Monet hätte seine wahre Freude daran gehabt.

„Möchtest du dich als Erste für die Nacht fertigmachen?“ Nikolas' tiefe Stimme aus dem Bad riss sie aus der Erstarrung und von ihren unheilvollen Überlegungen weg.

„Nein, nein. Mach du ruhig“, wehrte Yvonne ab und zog ihre Schuhe aus.

Über den Tag hinweg war durch die geschlossenen Fensterläden nur wenig Hitze ins Hotelzimmer gelangt. Trotzdem war es durch die aufgeheizten Hauswände noch warm genug. Yvonne bedauerte, dass sie nicht einfach in ihrem Slip schlafen konnte, wie sie es getan hätte, wenn sie ein Zimmer für sich allein gehabt hätte.

Bis sie ihre Nachtwäsche gerichtet und die Ohrringe auf ihr Nachtschränkchen gelegt hatte, trat Nikolas schon aus dem Bad – nur mit locker sitzenden, dunklen Boxershorts bekleidet.

„Ich hoffe, es macht dir nichts aus", meinte er und zeigte auf seinen nackten Oberkörper. „Aber mit einem Oberteil gehe ich bei der Hitze ein."

Der Glückspilz!, dachte sie neidvoll und murmelte, das ginge schon in Ordnung. Dabei wandte sie ihren Blick ab, um nach ihrem Nachtzeug zu greifen. Sie war nicht prüde, stellte sie für sich klar, als sie ins Bad ging. Doch sie wollte Nikolas etwas Privatsphäre auf diesem engen Raum lassen. Die Situation musste für ihn ja genauso unangenehm sein wie für sie.

Nachdem sie sich für die Nacht fertig gemacht hatte, zog sie sich nackt aus, griff gedankenverloren nach dem kurzen Pyjama ... und erstarrte.

Oh je! Was hatte sie sich nur dabei gedacht, gerade *diesen* Shorty für den Kurzurlaub einzupacken? Klar, sie hatte schließlich keine Ahnung gehabt, in welcher Gesellschaft sie ihre Nächte verbringen würde. Aber was musste Nikolas von ihr denken, wenn sie ganz ungeniert eine so frivole Aufforderung auf ihrer Brust zur Schau trug?

Voll böser Vorahnungen entfaltete sie das weiße Oberteil und hielt es an den Trägern vor sich, die aus roten, zu Schleifen gebundenen Satinbändern bestanden. Ein niedliches Kätzchen blickte ihr entgegen, das sich genussvoll ein Pfötchen leckte. Darunter stand in verspielten Druckbuchstaben: *Streichel mich – und ich schnurr' für dich.*

Sie konnte gerade noch ein frustriertes Aufstöhnen unterdrücken, indem sie sich das Hemdchen vor den Mund presste. Im Laden hatte sie den Schlafanzug supersüß und superniedlich – und den Spruch extrem witzig gefunden. Er war wegen seines Tragekomforts im letzten Sommer zu ihrem Lieblingsshorty avanciert. Aber in Nikolas' Gesellschaft kam sie sich nun mit dieser Aufschrift vor wie Freiwild.

Wie war das mit der Höhle des Löwen, in der man nicht mit Fleisch spielen sollte? Na ja, wenigstens wäre es dunkel, wenn sie aus dem Bad ins Zimmer trat. Und wenn sie schnell unter das Bettlaken schlüpfte, würde Nikolas auch nichts bemerken. Zur Not konnte sie sich morgen von der Gruppe abseilen und einfach einen neuen Pyjama kaufen, wenn sie in der Stadt waren.

Doch zu ihrem Leidwesen war es das nicht: dunkel.

Nikolas hatte das Fenster zugemacht und lag mit geschlossenen Augen im Schein seiner Nachttischlampe auf dem Rücken – vom Leintuch nur bis zur Hüfte bedeckt, die Hände hinter seinem Kopf verschränkt. Sein wenig behaarter Brustkorb zog Yvonnes Blick wie magisch an und ließ sie ihre Bedenken bezüglich des unpassenden Spruchs schlicht vergessen.

Da das gedämpfte Licht seinen athletischen Oberkörper und die langen Arme wie in Stein gemeißelt modellierte, juckte es sie in den Fingerspitzen, sanft über die bronzefarbene Haut zu streichen und die festen Muskelstränge zu ertasten. Leonardo da Vincis *David* hatte einen ernst zu nehmenden Konkurrenten bekommen.

In dem Moment öffnete der lebendig gewordene *David* seine Augen und blickte in ihre Richtung: „Ich wollte dich fragen, ob wir das Fenster …" Dann verstummte er. Sein Blick klebte auf ihrem Oberteil.

Mit einem unbehaglichen Gefühl zupfte sie am gekräuselten Saum ihrer kurzen Hose und sehnte sich verzweifelt ein großes Loch im Boden herbei, in das sie hüpfen konnte. Sie kam sich vor, wie das kleine Mädchen, das sie in ihrer Kindheit gewesen war – und das den Mund nicht aufbekam, um die peinliche Situation mit einem lockeren Spruch zu entschärfen.

Wie Nono es getan hätte.

Aber sie fühlte sich durch Nikolas' überraschten Blick auch in ihrem Stolz gepackt. Immerhin war sie nun deutlich älter und lebenserfahrener als damals. Das wäre doch gelacht, wenn sie es nicht schaffte, passend zur heiklen Lage der Nation eine zwanglose Bemerkung vom Stapel zu lassen und die aufgeladene Atmosphäre zu entspannen.

Deshalb reckte sie ihr Kinn entschlossen vor und meinte nur: „Ich weiß, ich weiß … Das soll aber trotzdem keine Aufforderung für dich sein."

Seine Augen wanderten wieder ein Stückchen nach oben, bis ihre Blicke miteinander verschmolzen. Langsam verzog er seine

Lippen zu einem leicht wölfischen Grinsen. „Versprochen – nicht heute Nacht."

Als Yvonne kurz darauf im Dunkeln mit dem Rücken zu Nikolas – unter ihrer Hälfte des Leintuchs – lag, versuchte sie, sich so wenig wie möglich zu bewegen. Sie war fernab jeder Müdigkeit. Die überbreite Steppdecke hatten sie auf den Sessel gelegt und das Fenster sperrangelweit geöffnet, damit die laue Nachtluft zumindest versuchen konnte, das warme Zimmer abzukühlen.

Gerade als sie dachte, Nikolas sei eingeschlafen, bewegte er sich und kämpfte ein bisschen mit dem Laken, bevor er wieder still dalag. Yvonne lauschte im Dunkeln seinen Atemzügen, die mit der Zeit immer regelmäßiger und ruhiger wurden, bis sie sicher war, dass er endlich schlief. Dann versuchte sie, ihr verkrampftes Zwerchfell zu entspannen und leise durchzuatmen.

Sie verhielt sich unmöglich!

Ihre Gedanken schweiften wie so oft seit ihrer Trennung zu Rolf. Ihr fiel auf, dass sie im letzten halben Jahr ihrer Beziehung häufig so eingeschlafen waren: Rücken zu Rücken gedreht – ohne sich zu berühren. Meistens lag sie schon im Bett, bevor Rolf überhaupt ins Schlafzimmer kam, nur um leise „Gute Nacht" zu murmeln und wegen seines beruflichen Stresses in kürzester Zeit einzuschlafen. Wenn sie Glück hatte, drückte er ihr vorher noch einen flüchtigen Kuss auf die Wange. Ansonsten wiegelte er ihre Annäherungen mit der Begründung ab, er sei einfach erledigt und sie könnten es ja auf den nächsten Abend verschieben.

Erst jetzt merkte sie, dass sie die kleinen Intimitäten am Ende ihrer Beziehung völlig vernachlässigt hatten. Das Kuscheln auf der Couch vor dem Fernseher und die beiläufigen Zärtlichkeiten im Alltag fanden fast nicht mehr statt, da Rolf nur noch knöcheltief in Arbeit steckte. Projekte, die er vor einem bestimmten Termin abschließen musste, um bei seinem Chef Punkte für die Beförderung zu sammeln. Punkte, die sein Konkurrent für die Bewerbung um den Posten nicht ergattern durfte. Deshalb arbeitete er länger, nahm Unterlagen übers Wochenende mit nach Hause und war an manchen

Tagen zu nichts zu gebrauchen.

Schon damals hätte Yvonne stutzig werden sollen. Doch sie zeigte Verständnis, verschob Besprechungstermine bei Restaurants, die für die Hochzeitsfeierlichkeiten in die engere Wahl fielen, und hielt Rolf den Rücken frei. Denn sie tröstete sich darüber hinweg, es sei nur eine kurzfristige, stressbedingte Phase in ihrer Beziehung, die bald beendet sei.

Tja, und dann kam der Abend, an dem er ihr freudestrahlend mitteilte, dass er mit allem, was er für die Beförderung schaffen wollte, fertig sei und der Chef seine Entscheidung am nächsten Tag kundtun würde. Und Rolf sei sehr zuversichtlich, dass die Wahl auf ihn fiele.

Yvonne freute sich so für ihn. Sie wusste, jetzt würde wieder Normalität in ihren Alltag einkehren. Sie konnten die Hochzeit weiter planen. Mehr Zeit miteinander verbringen. Die Geduldsprobe war vorüber.

Doch in der Beziehung irrte sie sich leider gewaltig.

Am nächsten Tag bereitete sie extra für den Abend Rolfs Lieblingsspeise zu, warf sich dessousmäßig in Schale und zog lediglich ein unkompliziertes Sommerkleid über. Unkompliziert deshalb, da es nur einen langen Reißverschluss besaß, mithilfe dessen Rolf zügig zu den wichtigen Dingen des Lebens vorstoßen konnte. Keine Knöpfe, keine Schnallen, keine Schleifen, die einen hungrigen Mann womöglich aufhielten.

Und Rolf musste ja nach diesem halben Jahr Dauerstress völlig ausgehungert sein – der arme Kerl!

Hatte sie damals gedacht.

Tja, falsch gedacht.

Jetzt wusste sie natürlich, dass er nicht nur durch die berufliche Belastung so müde gewesen war, sondern auch durch die hormonelle Achterbahnfahrt, die eine Geliebte mit sich brachte. Diese Doppelbelastung war schließlich nicht ohne. Kein Wunder.

Rolf kam an diesem Abend später heim, als Yvonne erhoffte. Und er blieb auch kürzer, als sie erwartete. Er erzählte ihr erst überglücklich, dass er die Beförderung in der Tasche hätte, ließ sich von ihr umarmen und beglückwünschen und trat dann einen Schritt zurück, um ihr mit einer dem Anlass entsprechenden, ernsten Miene den Todesstoß zu versetzen.

So ein Scheißkerl!

Nein, sie wollte jetzt nicht daran denken, sonst würde sie gar nicht mehr einschlafen. Yvonne drehte sich vorsichtig im schmalen Bett um, ohne an Nikolas zu stoßen, und spürte, wie ihr Herz vor Wut hart gegen die Rippen klopfte. Sie hatte die Nase gestrichen voll von Männern und würde so schnell auch nichts Neues mit einem anfangen, selbst wenn gerade ein Prachtexemplar der Gattung direkt neben ihr lag und tief und fest schlief.

Außerdem hatte sie keine Lust, sich diesen Kurzurlaub mit Gedankenwälzen zu ruinieren, ohne dass dabei etwas wirklich Sinnvolles herauskam. An der Vergangenheit konnte sie schließlich nichts ändern. Was sie aber wusste, war: Sie brauchte diese geistige Erholung. In dem Punkt hatte Noreen recht – auch wenn Yvonne es ihr gegenüber nie zugeben würde.

Sie wusste jedoch nicht, ob ihre Schwester in der zweiten Sache ebenfalls recht behielt, nämlich dass dieser Urlaub sie auf andere Gedanken bringen sollte, um mit der Vergangenheit wirklich abzuschließen. Gerade für Letzteres würde sie sicher noch sehr lange brauchen, da sie von viel zu vielen Dingen in ihrem Alltag an die gemeinsame Zeit mit Rolf erinnert wurde.

Frustriert schob sie das Laken von sich und drehte sich auf den Rücken. Ihr war nach wie vor zu warm. Und die aufwühlenden Erinnerungen an ihren Ex hatten ihr Blut auch nicht abgekühlt.

Nikolas zuckte im Schlaf kurz zusammen und erinnerte Yvonne an seine Gegenwart. Sie hatte immer noch ein ungutes Gefühl im Bauch. Aber es ließ sich nichts daran ändern: Nikolas würde für die nächsten fünf Nächte ihr unfreiwilliger Bettgeselle sein.

Sie ärgerte sich bloß wegen ihrer Prüderie. Noreen hätte sich garantiert nicht so angestellt. So angestellt wie eine Fünfzehnjährige, die sich ihres sprießenden Körpers nur allzu bewusst war und zum ersten Mal die Nacht neben einem gut aussehenden Jugendlichen verbringen sollte.

Herrgott noch mal! Sie war alt genug, um das mit Anstand und Gelassenheit eines reifen Erwachsenen hinter sich zu bringen. Schließlich musste sie es doch bloß ein paar Stunden neben Nikolas aushalten. Kein Mensch verlangte mehr von ihr! Wenn die erste Nacht vorüber war, versuchte sie, sich zu beruhigen, würde es sicher leichter werden.

Kapitel 10

Unbestreitbar imponierend

Yvonne genoss mit geschlossenen Augen die träge Bettschwere und die seidige Weichheit des Kissens. Draußen schienen ein paar Vögel vor der drohenden Mittagshitze ein lautstarkes Wettsingen zu veranstalten, das keiner gewinnen konnte. Zufrieden drehte sich Yvonne um und grub ihr Gesicht in die leicht gestärkten Spitzen des Kissenüberzugs, wobei ihr ein würziger Duft in die Nase stieg. Ein Duft, den sie von ihrem Bett zu Hause nicht kannte. Voll übler Vorahnung schlug sie die Augen auf in der Annahme, Nikolas direkt vor ihr liegen zu sehen. Doch seine Betthälfte war leer. In dem Moment hörte sie das Wasser im Bad laufen. Dann erneute Stille.

Unwillkürlich zog sie das Laken bis über die Brust hoch, falls er herauskäme. Fluchend schob sie es gleich wieder hinunter und stand auf. Was war das denn für ein altjüngferliches Verhalten?

Über sich selbst verärgert legte sie Shorts und ein Top zurecht, damit sie sich im Bad umziehen konnte, wenn Nikolas fertig war. Dann begann sie, einen kleinen Rucksack für den heutigen Ausflug zu richten: Wasserflasche, Sonnenmilch, Schildmütze, Geldbeutel.

Dabei ließ sie ihre Gedanken schweifen. Das Resümee nach der ersten Nacht: keine unerfreulichen Kollisionen – jedenfalls keine, an die sie sich erinnern konnte. Nikolas war – ganz gentlemanlike – auf seiner Seite des Betts geblieben.

„Guten Morgen, Schlafmütze“, grüßte er, als er angezogen aus dem Bad trat. Seine goldbraunen Augen blitzten sie unternehmungslustig an und bescherten ihr einen schnelleren Herzschlag.

„Ich hab's überlebt", war Yvonnes Antwort auf Paulas Augenzwinkern, das der Frage folgte, wie die Nacht gewesen sei.

Während des reichhaltigen Frühstücks hatte sie absichtlich am anderen Ende des Tisches bei Selina und Annette Platz genommen, um nicht wie am Abend zuvor wieder Nikolas gegenübersitzen zu müssen. Nicht, dass sie etwas gegen ihn hätte – rasiert und mit frischen Klamotten wirkte er ganz annehmbar.

Okay. Er sah schon ziemlich fantastisch aus. Aber sie war schließlich nicht hier, um Nikolas besser kennenzulernen, sondern um viel Zeit mit ihrer Schwester zu verbringen. *Jawoll!*

Dummerweise war Noreen mit ihrem voll beladenen Teller dann doch wieder woanders gelandet. Daran war eindeutig die Gruppendynamik schuld.

Als sie sich zu den Autos aufmachten, lief Yvonne im Hof ein Kätzchen über den Weg, das zielstrebig auf sie zusteuerte und sich an ihren Knöcheln rieb. Sein Fell war pechschwarz und seidig. Nur die Pfötchen und die Ränder der kleinen Ohren waren cremeweiß. Mit einem leisen Lachen ging Yvonne in die Hocke und streichelte das schnurrende Tier.

Sie war mit Katzen aufgewachsen. Solange sie denken konnte, hatten ihre Eltern welche besessen. Sie liebte die Anhänglichkeit dieser schönen Tiere genauso wie deren Unabhängigkeitsstreben und Selbstständigkeit. Rolf hatte keine Katzen gemocht, weshalb sie während ihrer gemeinsamen Jahre nie eine gehabt hatte.

„Na, da haben sich ja die zwei Richtigen gefunden", lachte ihre Schwester, die mit Tanja Hand in Hand aus dem Hotel kam und die Augen vor der intensiven Morgensonne zusammenkniff.

„Ja, sie ist niedlich, nicht wahr?", strahlte Yvonne und richtete sich auf.

Noreen, die heute zur Abwechslung wieder Schwarz in Schwarz gekleidet war, nickte grinsend. Als sie zum Parkplatz weitergingen, fragte sie leise: „Ihr habt vermutlich wie wir auch ein schmales Bett. War es arg unangenehm?"

„Nein, ging schon. Er ist glücklicherweise sehr unaufdringlich."

„Dann ist ja gut." Noreen zog den Autoschlüssel aus der Hosentasche. „Ich habe mir noch so meine Gedanken gemacht …"

Bevor sie weitersprechen konnte, rief Hannes ihr von hinten zu: „Ich muss dir unbedingt etwas erzählen, Nono. Ich hab' das gestern total vergessen … Mich hat letzte Woche Till angerufen. Kannst du dich an den erinnern?"

Noreen blickte überrascht über die Schulter, als sie die Tür ihres Wagens öffnete. „Till? Tillie-Maus?!"

Hannes nickte so enthusiastisch, dass sein Käppi verrutschte.

„Nein!"

„Doch!!"

„Das gibt's ja nicht! Der hat sich bei dir gemeldet?!"

Schon war Hannes auf der Beifahrerseite ihres Corsas und zog am Türgriff. „Das war echt der Hammer! Er hat …"

„Du fährst bei uns mit?" Sie warf Yvonne einen überraschten Blick zu. „Warum nicht mit deinem Auto?"

„Mein Galaxy ist für die Parkplatzsuche zu groß. Dein Corsa ist da viel praktischer. Außerdem müssen wir noch die Fahrkarten für die Schifffahrt am Freitag abholen."

„Aber ich dachte, meine Schwester fährt mit uns, weil sie ja sonst keinen kennt."

„Schnickschnack. Erstens habe ich schon zu lange auf dich verzichten müssen und will dir unbedingt von Tillie-Maus erzählen. Im Übrigen ist sie bei Nikolas in guten Händen. Ist ja nicht so, dass ich einen Gewaltverbrecher zu unserem Urlaub einlade." Er grinste fröhlich in die Runde und stieg gefolgt von seiner Frau ein.

Na, danke. Das ist ja sehr beruhigend, dachte Yvonne, die auf Noreens fragenden Blick gottergeben nickte. Dann wandte sie sich zu Nikolas um, der gerade herbeigeschlendert kam und Hannes' letzte Worte mit angehört hatte. „Mit deinem oder mit meinem?"

Er zuckte mit den Achseln und deutete auf einen roten BMW X5. „Und welcher gehört dir?"

„Ach, der SUV ist deiner?!", fragte sie angenehm überrascht und schob ihre dunkle Sonnenbrille in die wilden Locken. „Das ist nicht zufälligerweise der 4,8 Liter mit 360 PS?"

Überrumpelt blinzelte er ein paar Mal, bevor er sagen konnte: „Äh … keine Ahnung. Das ist ein Diesel."

Sie nickte und meinte anerkennend: „Über 500 Newtonmeter Drehmoment sind auch nicht schlecht." Nikolas' irritierten Gesichtsausdruck nicht beachtend fuhr sie fort: „Schöne Farbe übrigens. Viele SUVs sieht man nur in Weiß oder Schwarz."

„Genau das wollte ich nicht. In Schwarz hat sie jeder. Und in Weiß sieht die Schnauze bei manchen Automarken aus wie ein Soldat von Darth Vader."

Yvonne lachte lauthals auf. „Ist mir zwar nie aufgefallen. Aber jetzt, wo du es erwähnst … Da hast du verdammt noch mal recht."

Das Eis war gebrochen.

„Und für Rentnerbeige bin ich eindeutig zu jung."

„Du meinst Platinbronze", korrigierte sie ihn schmunzelnd.

„Genau."

Als er grinste, stimmte ihm Yvonne zu: „Dafür bist du definitiv zu jung", *... und definitiv nicht der Typ.* „Mir gehört der weiße SL."

„Das ist deiner?" Nun war es an Nikolas, erstaunt die Augenbrauen hochzuziehen. „Dann würde ich heute gern bei dir mitfahren. Ich bin dafür morgen dran. Versprochen."

„Wenn es dir nichts ausmacht – ohne Klimaanlage."

Als er sich – mit seinem Rucksack zwischen den Füßen – in ihr Auto zwängte, schob er zuallererst ächzend den Sitz zurück und kurbelte danach erst sein Fenster herunter. Yvonne unterdrückte ein Lächeln und steckte den Schlüssel ins Zündschloss. Er wirkte wie ein großer Bär, der sich in einen überdachten Bollerwagen quetschte.

Und dann plötzlich … hatte sie das unbestimmte Gefühl, als würde ihr auf einmal weniger Sauerstoff zum Atmen zur Verfügung stehen. Nikolas füllte den Innenraum ihres Autos mit seiner testosteronstrotzenden Ausstrahlung, dass ihr schlicht und ergreifen die Luft wegblieb. Sie hätte *doch* das Verdeck aufmachen sollen!

Konzentriert zog sie den Atem durch die Nase ein und bemühte sich, den Schlüssel richtig herum zu drehen, um den Motor anzulassen. Irgendwie, stellte sie fest, wurde sie immer wieder in

Schüben von Nikolas' Wirkung platt gewalzt und musste sich erneut mental aufrappeln, um die alltäglichsten Dinge zu bewältigen. Dann ging es eine Zeit lang gut und – *Peng!* – kam die nächste Charmeoffensive.

Seltsam.

Als sie im Konvoi vom Parkplatz rollten, sah Yvonne durch ihr offenes Seitenfenster, wie Hannes ihre Schwester in einem fort vollquasselte. Die beiden hatten sich offenbar wirklich viel zu erzählen.

„Wo hast du den her?", fragte Nikolas, der bewundernd mit seinen langen, schlanken Fingern über das von der Sonne aufgeheizte Armaturenbrett fuhr. „Er scheint sehr gut gepflegt zu sein und muss ein Vermögen gekostet haben." Seine Augen wanderten über die weinroten Ledersitze.

„Hat er nicht. Ich habe vor zehn Jahren nur 'n Appel und 'n Ei dafür gezahlt." Ungläubig musterte er sie von der Seite. „Allerdings hättest du ihn in dem Zustand, in dem er war, nicht geschenkt haben wollen. Das war, bevor die Oldtimerpreise selbst für Schrottkarren in astronomische Höhen geschnellt sind."

„Und wer hat ihn wieder hergerichtet?"

„Mein Vater und ich."

„Du?!" Sein Kopf schnellte überrascht herum, dass seine langen Ponysträhnen über sein rechtes Auge rutschten. Faszinierende Funken aus Gold regneten mit seinem Blick auf sie herab.

Nun musste sie grinsen. „Ja, ich. Das hast du wohl nicht erwartet, was?"

Mit dem Brustton der Überzeugung antwortete er: „Nein, wirklich nicht."

„Tja, manchmal darf man sich nicht von Äußerlichkeiten beeinflussen lassen", stichelte sie mit einem kleinen Lächeln. „Weißt du, wenn man schon zwei Stunden nach der Geburt einen Schraubenzieher in die Hand gedrückt bekommt, prägt das ein Kind." Schmunzelnd setzte sie den Blinker und folgte Pauls Wagen, der an einer Kreuzung nach rechts abbog. „Bei Nono hatte mein Vater kein Glück. Die hat, was technisches Geschick angeht, zwei Hände mit zehn Daumen dran. Also versuchte er es bei mir –

und ich sprang voll drauf an."

„Was macht dein Vater beruflich?"

„Er ist gelernter Kfz-Mechaniker, begann als junger Mann aber bald, nebenberuflich alte Autos herzurichten – und das sehr erfolgreich. Denn er hatte schon immer eine Vorliebe für die klassischen Formen und die ursprüngliche Technik. Als alles noch so war, wie Gott es erschaffen hatte und wie es sein sollte: nämlich manuell oder mechanisch. Er ist kein Freund von Elektronik, das kannst du dir sicher vorstellen." Sie grinste. „Von ihm habe ich nicht nur mein technisches Verständnis, sondern auch die Liebe zu alten Autos geerbt."

Ihr Vater war seit jeher ein Riesenfan vom Jaguar E-Type aus den 1960ern gewesen und hatte – neben seinen anderen Aufträgen – gern an seiner silbernen Wildkatze herumgeschraubt. Da Yvonne mit Geschichten rund um Oldtimer, maschinelle Funktionsweisen und Restaurierungsarbeiten aufwuchs, färbte diese Leidenschaft zwangsläufig auf sie ab.

Bereits als kleines Mädchen klebte sie oft an seiner Seite und steckte ihren roten Lockenkopf neugierig unter die Motorhaube. Dabei fragte sie ihrem geduldigen Vater Löcher in den Bauch: warum diese Schraube genau an jener Stelle saß und wieso dieser Riemen jene Welle antrieb. Schon bald ging sie ihm auch hilfreich zur Hand. Mit acht wollte sie als Erwachsene eine große Werkstatt mit vielen Mitarbeitern für die Restaurierung von Oldtimern aufbauen. Doch später entdeckte sie ihr Talent für Sprachen und entschied sich für eine realistischere Berufsrichtung, die sie mit der gleichen Leidenschaft beschritt.

Und auch wenn sie nach der Fertigstellung ihres SL nicht mehr ganz so oft ihre Nase in die heimische Werkstatt steckte, gab es dennoch eine Tradition: Sobald Yvonne zu Besuch bei ihren Eltern war, zog ihr Vater sie mit einem hintergründigen Lächeln in die Garage und führte ihr stolz sein neuestes Projekt vor.

„Und du magst Oldtimer?", fragte Yvonne mit einem Seitenblick auf Nikolas.

„Wer nicht?!", gab dieser zu und strich noch einmal genießerisch über die Verkleidung aus Wurzelholz. „Diese alten Formen sind reiner optischer Genuss."

Während sie durch die flirrende Sommerlandschaft fuhren und der heiße Fahrtwind in seinem Haar spielte, stellte Nikolas fest, dass Yvonne wirklich etwas von Autos zu verstehen schien. Jedenfalls wusste sie, wie dieser wunderschöne Oldtimer zu fahren war. Das Wechselspiel von Kupplung, Gas und Schaltung war butterweich und harmonisch. Ein Gang flutschte beim Beschleunigen in den nächsten. Ohne Ruckeln. Ohne Hopsen. Ohne Stottern.

Yvonne hatte vor ihrer Abfahrt ganz offensichtlich kein Känguru-Benzin getankt.

Nikolas warf ihr einen Blick zu, wie sie mit der rechten Hand die Gangschaltung bediente, während ihre linke auf dem Lenkrad ruhte und sie ihm lebhaft von den aufwendigen und langwierigen Instandsetzungsarbeiten an ihrem Mercedes 190 SL erzählte. Sie war eine Frau, die ihn überraschte. Sie war ganz anders als viele, mit denen er normalerweise zu tun hatte.

Wie von selbst erschien ein Bild vor seinem inneren Auge: Yvonne in einer dunkelblauen Latzhose mit engem, bauchfreiem Top, wie sie sich mit einem schweren Schraubenschlüssel über den Motor ihres Mercedes beugte.

Eine typisch männliche Fantasie!

Grinsend musste er sich eingestehen, dass er auch nur ein Mann aus Fleisch und Blut war, der nicht gegen seine hormonell gesteuerten Träume ankam. Als noch ein kleiner Ölfleck auf Yvonnes süßem Näschen das Gesamtbild abrundete, bekam Nikolas ein warmes Gefühl im Bauch.

Er musste innerlich schmunzeln, als er daran dachte, wie sie am Abend zuvor aus dem Bad gekommen war. Der Pyjama hatte wirklich zum Anbeißen an ihr ausgesehen, weshalb ihm bei ihrem Anblick fast die Gesichtszüge entgleist waren. Die kurze rote Hose mit den weißen Herzchen. Das weiße Trägerhemdchen mit den roten Schleifen auf den Schultern. Nicht zu vergessen der zu sündhaften Handlungen animierende Spruch auf ihrer Brust. Ihre

Verlegenheit und die zarte Röte auf ihren Wangen hatten dem Ganzen noch eine unschuldig reizvolle Note gegeben.

„Und seit wann hast du deinen X5?", fragte Yvonne neugierig.

„Was … ?!" Ihre Frage hatte Nikolas scheinbar aus seinen Gedanken gerissen. „Äh … seit fast zwei Jahren."

„Hast du ihn damals …"

Weiter kam sie nicht, da sie auf einmal das Gefühl hatte, eine Ameisenhorde würde wie auf Kommando in ihre Nase krabbeln. Mit einem explosionsartigen Niesen befreite sie sich von diesem Übergriff. Sie schaffte es gerade noch, eine Hand vorzuhalten, bevor sie die gesamte Windschutzscheibe in unappetitlicher Weise vollprustete. Warme Finger legten sich fest um ihre, die sich um das Steuer krampften. Erst als sie wieder die Augen öffnen konnte, merkte sie, dass Nikolas das Auto durch sein geistesgegenwärtiges Handeln auf der Spur gehalten hatte. Sonst hätte sie das Lenkrad verrissen.

Erfolglos versuchte sie, weiterhin auf die Straße zu schauen, als sie spürte, wie ein zweiter, gewaltiger Nieser auf sie zugerollt kam und sie überwältigte. Zur Vorbeugung weiterer Überfälle drückte sie ihre Nase zusammen, während sie den Fuß vom Gas nahm. Doch es half nichts. Noch einmal erleichterte sie sich lautstark und öffnete keuchend die Augen. Nach wie vor hatte Nikolas ihre rechte Hand fest mit seiner umfasst.

„Puh, jetzt ist es, glaube ich, vorbei. Ich weiß nicht, was gerade über mich gekommen ist." Sie warf ihm einen kurzen Blick zu und kratzte verlegen ihre Nasenspitze. „Danke. Du kannst wieder loslassen."

„Ich möchte kein Risiko eingehen. Am Ende wickelst du deinen SL noch um einen Baum – und ich sitze mit drin", spottete Nikolas gutmütig. „Reagierst du vielleicht allergisch auf mich?"

„Nein, sonst hätte ich letzte Nacht im Bett vor lauter Niesanfällen längst das Zeitliche gesegnet", konterte Yvonne.

Er lachte leise. „Auch wieder wahr." Dann zog er seine Hand von ihrer zurück, wobei seine Fingerspitzen wie ein zarter Hauch über ihren Handrücken strichen.

Diesmal fiel ihr Seitenblick etwas länger aus, da sie sich über seine Absichten klar werden wollte. Doch Nikolas sah entspannt geradeaus und schien nichts von ihrer Unsicherheit zu bemerken.

Kapitel 11

Schokoladig dekadent

Da Noreen erst noch mit Hannes die Tickets für die Schifffahrt abholte, schlenderte Yvonne mit Nikolas, Paul und den anderen schon mal in Richtung Fußgängerzone. Sie waren deutlich später als geplant unterwegs, weshalb die Temperaturen in der Innenstadt bereits nahe dran waren, die Dreißig-Grad-Marke zu knacken. Und obwohl sich der eine oder andere Luft zufächelte, genossen es doch alle, über das Kopfsteinpflaster der wunderschönen Altstadt von Heidelberg zu schlendern.

Sie betraten die Heiliggeistkirche am Marktplatz und seufzten vor Erleichterung auf, als sie von der angenehmen Kühle des spätgotischen Gotteshauses empfangen wurden. Dementsprechend viel Zeit ließen sie sich, um die langen Säulenreihen abzugehen und die bunten Glasfenster zu betrachten.

Als sie die Kirche wieder verließen, stießen mit großem Hallo Noreen, Tanja, Hannes und Annette zu der Gruppe. Hannes hatte natürlich gleich die Idee, ein Gruppenfoto auf dem weitläufigen Platz vor dem historischen Rathaus zu machen. Es war seiner Meinung nach immer sehr praktisch, bei den Ausflügen einen Profi-Fotografen für die Bilddokumentation mit dabei zu haben.

Yvonne musste unwillkürlich lachen, als sie Hannes wie ein aufgescheuchtes Huhn herumrennen sah. Seine quietschgelbe Schildmütze war verrutscht und leuchtete mit seinem verzückten Grinsen um die Wette. Die Hände fuchtelten geschäftig vor seinem kleinen Bäuchlein und scheuchten alle zu einem Haufen zusammen, während er jedem seinen Platz zuwies.

Eines musste man Nikolas zugutehalten, dachte Yvonne bewundernd: Er ließ sich von Hannes' übermotivierter Heiterkeit in keiner Weise beeindrucken. Gelassen, als hätte er alle Zeit der Welt und bereits mit größeren Nervensägen zusammengearbeitet, befestigte er seine Kamera auf einem Stativ und stellte sie mit wenigen Handgriffen auf die Lichtverhältnisse ein. Die eh schon fröhliche Stimmung lockerte er mit einigen, pointierten Bemerkungen, die von Hannes postwendend mit einem frechen Grinsen und einem dummen Spruch kommentiert wurden. Dann gesellte sich Nikolas zur Gruppe, woraufhin alle auf sein Kommando „A-mei-sen-schei-ße“ riefen und mit Fernauslöser geknipst wurden. Danach schlenderten sie in ausgelassener Stimmung weiter.

Auch wenn Yvonne sich schon die ganze Zeit bemühte, mit Noreen, Tanja oder Selina ein Gespräch zu führen, wanderte ihr Blick doch viel zu oft zu Nikolas, der meistens mit Hannes oder Mathis redete.

Sein fast schwarzes Haar glänzte in der heißen Mittagssonne wie poliertes Ebenholz. Wenn er es gelegentlich mit den Fingern nach hinten kämmte, fiel es wieder weich auf seinen ursprünglichen Platz zurück und umrahmte seine schmalen Gesichtszüge. In einem solchen Moment hätte sich Yvonne am liebsten die Hände an den Bauch getackert, um nicht selbst zu prüfen, ob es wirklich so seidig war, wie es aussah. Ein leises Seufzen schlich sich über ihre Lippen.

Erschrocken blickte sie zu Mathis' Frau Selina, die sich in ihrer Nähe befand. Glücklicherweise schien diese zu sehr von Hannes' Erklärung abgelenkt zu sein, dass es hier in Heidelberg einen Karzer aus früheren Zeiten für unartige Studenten gäbe. Nikolas hörte ebenfalls amüsiert zu. Seine dunkle Sonnenbrille stand im krassen Gegensatz zu den weiß aufblitzenden Zähnen, als er Hannes anlächelte.

Noreens vorwitziger Kommentar: „Wenn es an unserer Hochschule damals auch eine solche Arrestzelle gegeben hätte, wären wir dort garantiert Stammkunden gewesen. Nicht wahr, Hannes?“ verstärkte Nikolas' gute Laune noch, sodass sein tiefes, ansteckendes Lachen Yvonnes Wirbelsäule vibrieren ließ.

Schlussendlich wurde sie bei ihren Beobachtungen doch von

Paulas wissendem Grinsen ertappt und bemühte sich, sich auf die Gespräche anderer Personen zu konzentrieren. Verlegen strich sie sich über die feuchte Stirn und zupfte an ihrem leichten Top, nur um frustriert festzustellen, dass die Luft nicht wirklich kühler als ihre Körpertemperatur war.

In der letzten Stunde musste sich das Quecksilber mächtig angestrengt haben, den Rekord vom Vortag zu übertrumpfen. Die Affenhitze hatte sich zwischen den alten Gebäuden verfangen. Jeder Stein schien die Wärme des Sommers gespeichert zu haben wie Schamottsteine eines Kachelofens, nachdem das Feuer abgebrannt war. Und dementsprechend gnadenlos strahlte er die Hitze ab: drückend, heiß und atemraubend.

Da alle ein reichhaltiges und spätes Frühstück eingenommen hatten, wurde einstimmig beschlossen, das Mittagessen aufgrund der Temperaturen zugunsten von Eiscreme ausfallen zu lassen.

Großartig! Endlich würde sich Yvonne wenigstens innerlich abkühlen können.

Nachdem sie sich vor einem Eiscafé unter einem großen Schirm an zwei zusammengeschobenen Tischen niedergelassen hatten, wurden reihum kühle Köstlichkeiten bestellt.

Als Nikolas an der Reihe war, wandte er sich mit einem kleinen Lächeln der freundlichen Bedienung zu. Die junge Frau rückte daraufhin etwas näher an ihn heran, um mit den Augen jedes Wort von seinen Lippen zu lecken.

„Ich habe gesehen, dass Sie dunkles Schokoladeneis haben. Könnte ich dazu bitte eine Soße aus geschmolzener Zartbitterschokolade bekommen?"

Freudestrahlend antwortete sie, das ließe sich arrangieren. Dabei hatte Yvonne den Eindruck, Nikolas habe der jungen Bedienung mit seiner Bestellung einen großen Gefallen getan, nicht umgekehrt. Es hätte Yvonne überhaupt nicht gewundert, wenn die Frau ihm vor lauter Verzückung über seine Worte begeistert auf den Schoß gekrabbelt und ihm zum Dank die Arme um den Hals geschlungen hätte.

Er schien die herbe Süße zu lieben, dachte sie. Und so dunkel und faszinierend, wie er auf sie wirkte, so raffiniert und sündig schmeckte dieses fast schon dekadente Dessert, das er bestellt hatte.

Ein Bild blitzte in ihrer Vorstellung auf, bei dem sie Schokoladensoße von seinem trainierten Oberkörper leckte. Erschüttert starrte sie auf den Tisch. Okay, es war eine Weile her, seit sie mit einem Mann zusammen gewesen war (um genau zu sein zwei Jahre und dreizehn Tage). Doch Nikolas war eigentlich gar nicht ihr Typ. So ein Mädchen war sie nicht. Sie hatte sich nie mit geheimnisumwitterten Männern eingelassen, die eine Harley genauso oft zwischen den Schenkeln hatten wie eine vollbusige Blondine unter sich. Was je nachdem oft oder auch nie sein konnte, falls Nikolas kein Motorrad besaß. Aber selbst dann schätze sie ihn …

„Fährst du eigentlich Motorrad?", fragte jemand das Objekt ihrer verwirrten Gedanken.

„Ja." *Aha!* „Seit zwei Jahren habe ich wieder eins zu Hause herumstehen."

Selbst wenn er keins hätte, kam ein Mann wie Nikolas frauenmäßig garantiert nie zu kurz. Sicherlich musste er bloß einen Fuß in eine Bar setzen – und schon scharwenzelten genug Vertreterinnen des weiblichen Geschlechts um ihn herum, dass sogar Casanova blass vor Neid geworden wäre. Und dass Kerle, die eine so hypnotische Wirkung auf Frauen hatten, in Bezug auf Yvonnes Seelenheil nur Ärger machten, war auch klar.

„Und? Ziehst du regelmäßig deine Lederkombi mit Helm an?", stichelte Selina weiter. Ihr war anzusehen, dass sie sich Nikolas mit verwaschenen Jeans, weißem T-Shirt und wild fliegenden Haaren auf einem *Demon Ride* – bei Nacht ohne Licht – vorstellte.

„Immer", gab er mit Nachdruck zurück.

Yvonne merkte an seiner Miene und seinem bestimmten Tonfall, dass er in der Beziehung keine Ausnahmen zuließ. Dafür schien ihm seine Sicherheit zu wichtig zu sein.

Interessant.

Als die junge Bedienung die Eisbecher brachte, fragte Paula: „Ist dir der Schokobecher nicht zu schokoladig? Ich meine … Fehlt da nicht die ausgleichende Note, die zum Beispiel Vanilleeis oder eine Portion Sahne reinbringt?“

Nikolas lehnte sich nach seinem ersten Löffel sündhafter Süße zurück und leckte etwas dunkle Soße aus dem Mundwinkel. Yvonne starrte wie gebannt dorthin, wo seine Zungenspitze für kurze Zeit zu sehen gewesen war.

„Ein Schokobecher muss für mich aus dunklem Schokoladeneis bestehen und in flüssiger Zartbitterschokolade ersaufen. Erst dann ist es ein echter Schokobecher. Nur selten will ich einen Klecks Sahne dazu.“ Wieder einmal schob er sich mit den Fingern seinen widerspenstigen Pony aus den Augen, was eigentlich überhaupt nichts brachte, da seine Frisur danach genauso aussah wie zuvor. Aber vermutlich war diese lässige Bewegung schon so automatisiert, dass er die Wirkung auf die holde Weiblichkeit völlig unterschätzte. „Ich liebe die herbe Süße. Die beste heiße Schokolade habe ich in Florenz getrunken.“

Den überraschten – ausnahmslos weiblichen – Zuhörern am Tisch stand die unausgesprochene Frage auf den Gesichtern geschrieben: *In Florenz?!!*

„Als ich bei drückend warmem Wetter in einem Straßencafé auf der geschichtsträchtigen Piazza della Signoria saß und nichts ahnend eine heiße Schokolade bestellte, wusste ich nicht, was da auf mich zukommen und wie es meine geschmacklichen Erwartungen verändern würde. Der hohe Becher sah auf den ersten Blick unscheinbar aus. Genauso die braune Flüssigkeit, die sich darin befand. Doch als ich sie zu meinem Mund führte, bemerkte ich, dass sich der Inhalt nur langsam und zäh bewegte. Dann spürte ich den ersten, cremigen Tropfen auf meiner Zunge.“

In Erinnerung an die geschmackliche Offenbarung leckte er sich über die Lippen. Yvonne merkte, wie Gänsehaut ihre Arme überzog.

„Ich werde das Aroma nie vergessen“, erzählte Nikolas mit einem kleinen Lächeln weiter und schloss kurz die Augen. „Ich war so überrascht, das weiß ich noch. Die dunkelbraune Schokolade war dickflüssig, von raffinierter Süße und schmeckte sehr intensiv. Sie legte sich weich um meine Geschmacksknospen und berauschte meine Sinne. Ich hätte mich in diesem Moment verlieren können.“

In Gedanken versunken griff er zu seinem Löffel und strich damit über sein Eis. Erst als er ein gestöhntes Seufzen vernahm, blickte er überrascht auf und merkte, dass alle Frauen an seinen Lippen hingen und ihre Eisbecher unberührt vor ihnen standen.

„Da kann man mal wieder sehen", meinte Hannes in theatralischem Flüstern zu Nikolas und fuhr sich zufrieden über sein Bäuchlein, in dem schon der Großteil seines Erdbeerbechers schlummerte, „dass ein Mann nicht bloß auf die übliche Art eine Frau erregen kann. Du hast es gerade mit nur ein paar Worten bei sechs Frauen gleichzeitig geschafft. Ohne dich auszuziehen – oder sie überhaupt zu berühren. Gratuliere."

Kapitel 12

Überraschend hilfsbereit

„Uuups ..." Yvonne spürte, wie es in ihrem Kopf heftig schwindelte, als sie von einer Steinmauer im Hof des Heidelberger Schlosses aufstand, um mit den anderen zum Treffpunkt für die Führung zu gehen. Dunkle Sprenkel schwirrten vor ihren Augen, die wie schwarze Tintenspritzer ihr eingeschränktes Blickfeld verschmutzten – und den Boden unter ihren Füßen gefährlich schwanken ließen. Schwerfällig plumpste sie wieder auf die harte Mauer und kippte kontrolliert zur Seite.

„Was ist los?", fragte Noreen besorgt und kam mit Tanja im Schlepptau auf sie zugeeilt.

Nachdem sie die Eisdiele verlassen hatten, waren sie gemütlich zum Schloss, dem aus dem Mittelalter stammenden Wahrzeichen Heidelbergs, hinaufspaziert, wo trotz der sommerlichen Hitze ein angenehmes Lüftchen zu spüren war. Von dort konnte man nicht nur die Stadt, sondern auch die Villen auf der anderen Neckarseite erkennen, die man über die historische Bogenbrücke erreichte.

Nach dem Aufstieg hatte sich Yvonne auf einer Mauer im Schatten ausgeruht. Und jetzt wollte ihr Körper plötzlich nicht mehr so wie sie.

„Keine Ahnung. Ich bin zu schnell aufgestanden, glaube ich", meinte sie schwach und versuchte, sich wieder aufzurichten. Doch der Schwindel und der dumpfe Kopfschmerz wurden erneut stärker und ließen sie stöhnend zurücksinken. Paula, Mathis und ein paar andere gesellten sich dazu und redeten durcheinander.

„Ist nicht so schlimm", wiegelte Yvonne flach atmend ab. Der unnötige Wirbel um ihre Person war ihr peinlich. „Ist nur der Kreislauf. Kein Wunder, bei der Hitze."

„Hast du heute überhaupt genug getrunken?", fragte Paula.

„Ja, doch … äh …" Krampfhaft überlegte sie, was sie an diesem Tag zu sich genommen hatte. Außer dem kleinen Glas Orangensaft beim Frühstück und dem großen Eisbecher fiel ihr nichts ein. Letzterer zählte vermutlich nicht zur flüssigen Verpflegung.

Schon wurde ihr von Nono eine Flasche Wasser vor die Nase gehalten. „Trink das aus, dann geht es dir bald wieder besser." Sie setzte sich neben Yvonne und stützte ihren Kopf, als sie zu trinken begann. „Ich bleibe mit dir hier, während die anderen die Führung machen, und du kannst die Beine hochlegen und dich erholen."

Sie wiegelte ab. „Aber du …"

„Ich bleibe bei ihr", meldete sich eine tiefe Stimme aus der zweiten Reihe. Alle drehten sich zu Nikolas um, der auf seine ruhige Art nur ergänzte: „Wir teilen ein Zimmer, deshalb bin ich auch für sie verantwortlich."

Noreen sah nach oben, um ihm prüfend ins Gesicht zu blicken. Mann, war Nono klein, fuhr es Yvonne durch den Kopf. Oder Nikolas groß – wie man's nahm.

„Du brauchst nicht …", versuchte Noreen zu widersprechen.

Doch er fiel ihr ins Wort: „Das ist für mich okay. Hannes hat mir erzählt, dass du Burgen und Schlösser liebst. Und ich habe die Führung schon mal mitgemacht. Also verpasse ich nichts."

Nach einigem Hin und Her brach Noreen mit den anderen und einem enorm schlechten Gewissen im Rucksack zum Sammelpunkt auf und ließ ihre Schwester in Nikolas' Händen zurück. Auf dem Weg dahin blickte sie noch zweimal über die Schulter, als ob ihre Schuldgefühle sie nicht in Ruhe lassen würden. Yvonne winkte ihr beschwichtigend hinterher und seufzte kurz. Nono hatte ihr gegenüber von jeher einen Beschützerinstinkt gepflegt, der dreimal so groß war wie ihre zierliche Gestalt.

Dann schielte Yvonne aus ihrer liegenden Position zu Nikolas, der seinen Rucksack auf den Boden stellte und seine Sonnenbrille abnahm. Leicht genervt versuchte sie, das Kribbeln im Bauch zu ignorieren, das zweifelsohne nicht von der Hitze herrührte. Sie hatte außer den gemeinsamen Nächten nicht so viel mit ihm zu tun haben wollen. Aber irgendwie …

„Du solltest den Ratschlag deiner Schwester beherzigen und die Beine hochlegen. Dann geht es deinem Kreislauf schnell wieder besser", riet Nikolas und betrachtete sie durch leicht zusammengekniffene Augen.

Gehorsam stellte Yvonne die Füße gegen eine Wand und trank noch einige Schlucke aus der Flasche, bis sie fast leer war. Sie seufzte leise. Wenigstens würde sie heute bei der Hitze keine Hektik verbreiten müssen, um sich einen neuen Pyjama zu kaufen. Das Kind war längst in den Brunnen gefallen: Nikolas hatte diese Peinlichkeit von einem Shorty bereits gesehen. Aber sie würde sich eher erhängen, als durch diesen Tiefschlag ihren Umgang mit ihm bestimmen zu lassen.

„Das war sehr nett von dir, auf die Führung zu verzichten", begann Yvonne. „Nono hat sich nämlich schon darauf gefreut, auch wenn sie das Schloss von früher kennt."

„Kein Problem." Er setzte sich neben sie auf die breite Mauer. „Brauchst du noch was zum Trinken?"

„Ja. Ich habe eine Flasche in meinem Rucksack. Würdest du sie mir bitte herausholen?"

Als Nikolas sich an ihrer Tasche zu schaffen machte, lag Yvonne nach wie vor flach auf dem Rücken und betrachtete die Ruine, die vor ihr in den azurblauen Himmel ragte. Sie war eine beeindruckende Zeugin längst vergangener Tage, die sicher von mehr Leid als Freud berichten konnte. Einige Besucher gingen an ihnen vorbei, gefolgt von einer japanischen Touristengruppe, die – um das viel zitierte Klischee zu bedienen – mit Fotoapparaten und Handys im Anschlag und einem asiatisch freundlichen Lächeln laut schwatzend über den Schlosshof zogen.

Nachdem Yvonne ihre Flasche dankbar von Nikolas entgegengenommen und zur Hälfte geleert hatte, meinte sie: „Es wird, glaube ich, schon etwas besser. Ich konnte immerhin den Kopf heben, ohne dass mir schwarz vor Augen wurde." Auf einmal zog sie zischend die Luft durch die Zähne.

„Was ist los? Wird dir schlecht?", fragte Nikolas geistesgegenwärtig und richtete sich kampfbereit auf.

„Nein. Aber ich habe einen Krampf in der rechten Wade", knirschte sie mit den Backenzähnen. Vorsichtig versuchte sie, die Ferse durchzustrecken, und stöhnte auf, da es sich anfühlte, als ob Ali Baba und die vierzig Räuber mit Dolchen auf ihre Wade einstachen. Gleichzeitig verkrümmten sich ihre Zehen in eine unnatürliche Position. „Scheiße, tut das weh."

Unter brennenden Schmerzen bemerkte sie, wie Nikolas den Platz wechselte und sich an ihr Fußende setzte, wo er wie selbstverständlich – und ohne zu fragen – ihre Fußsohle gegen seine Schulter drückte und den rechten Unterschenkel zu massieren begann.

War sein Verhalten unschicklich? Anstößig? Nein. Es war Yvonne in dem Moment sogar ziemlich schnuppe. So verkrampft, wie sich ihre Wade anfühlte, war es ihr noch nicht einmal ansatzweise peinlich, dass sie den gut aussehenden Mann gar nicht kannte, dessen braun gebrannte Finger vertraulich über ihre helle Haut glitten … und mit weichen, sanften Bewegungen über ihre harte Muskulatur strichen. Mmh, tat das gut … Sie schloss die Augen und spürte, wie der stechende Schmerz langsam nachließ. Dann blickte sie wieder zu Nikolas, der ganz auf die Arbeit seiner Hände konzentriert war.

Um die Stille zu überbrücken, fragte sie: „Was machst du eigentlich beruflich? Also, ich habe natürlich mitbekommen, dass du Fotograf bist. Aber was fotografierst du? Hochzeitspaare? Babys mit hübschen Schleifchen auf dem Kopf? Schulklassen?"

„Nein." Er lachte leise und suchte ihren Blick.

Diese Andeutung eines Lächelns ließ seine scharf geschnittenen Gesichtszüge weicher wirken – und hinterließ bei Yvonne den dankbaren Eindruck, in seinen bernsteinfarbenen Augen baden zu dürfen. Ein eigenartiges Flattern strich sanft wie Engelsflügel an Yvonnes Magenwänden entlang. Sofort ermahnte sie sich, nichts in sein Verhalten hineinzuinterpretieren. Sie hatte gewiss nicht vor, irgendetwas mit ihm anzufangen. Und bei seinem Charme war selbst Flirten äußerst gefährlich.

„Ich arbeite als freier Mitarbeiter für Hochglanzmagazine von *Schöner wohnen* über *Besser essen* bis zu *Schicker kleiden*. Alles."

„Bist du gut?", konnte sich sie nicht verkneifen, mit provozierender Stimme zu fragen.

Nikolas ließ die Frage auf sich wirken, während er weiter mit seinen Händen über Yvonnes Wade glitt. „Ich habe immer volle Auftragsbücher. So schlecht kann ich also nicht sein, oder?", gab er mit einem kleinen, schiefen Lächeln zurück. „Nein, im Ernst. Ich bin zufrieden. Ich kann sehr gut von der Arbeit leben, die ich liebe."

„Und womit bist du gerade beschäftigt?"

„Ich habe in der vergangenen Woche Essen fotografiert. In den letzten beiden Tagen kam dann die Krönung des Ganzen." Bei der Erinnerung schüttelte er nur fassungslos den Kopf. „Bei diesen schweißtreibenden Temperaturen war ich vollauf damit beschäftigt, etwas, das sich als trendige Vorspeise etablieren sollte, jedoch aussah wie zwei abgeschnittene grüne Finger in eitriger Soße, ansprechend und appetitlich abzulichten. Aber egal, wie der Koch es präsentierte oder wir es beleuchteten, egal, aus welcher Perspektive ich es fotografierte – es hat immer noch ausgesehen wie zwei abgeschnittene, grüne Finger …"

„… in eitriger Soße", fiel sie ihm grinsend ins Wort.

Dabei stieß sie ein kehliges, fast schon glucksendes Lachen aus, das ihn ungemein faszinierte. Während sie ihn von unten her mit belustigt blitzenden, blauen Augen anblickte, ließ er diesen rollenden Laut auf sich wirken. Ihm gefiel, wie sie ganz tief aus dem Bauch heraus lachte, dass er die Vibration in seinem Magen spürte.

Versonnen fuhr er fort: „Wir haben sogar die üblichen kosmetischen Verbesserungen ausprobiert, etwa, das Grün grüner und das

Rot intensiver zu gestalten oder dem Ganzen mit Lack einen seidigen Glanz zu geben. Es hat nicht wirklich geholfen. Dabei hat es gar nicht so schlecht geschmeckt, wie es ausgesehen hat. Es war einfach nicht fotogen." Er verzog sein Gesicht zu einem angedeuteten Lächeln. „Ich schätze, diese Vorspeise hätte an Halloween den größten Erfolg. Da würde sie reißenden Absatz machen."

Wieder lachte Yvonne und sein Zwerchfell vibrierte. Sein Blick fiel auf ihre Hände, die entspannt auf ihrem Bauch ruhten. Sie hatte gepflegte, schmal gewachsene Nägel, die kurz geschnitten und mit durchsichtigem Lack bemalt waren. Gestern beim Abendessen war ihm jedoch aufgefallen, dass der Daumennagel ihrer linken Hand auf einer Seite nicht so behütet im Nagelbett lag wie beim anderen Finger. Als ob sie früher zu viel daran geknabbert hätte.

Irgendwie fand er es beruhigend, dass Yvonne bei ihrem geschmackvollen Äußeren auch kleine Fehler hatte, die sie noch sympathischer erscheinen ließen.

„Und welche Lieblingsmotive hast du sonst, wenn du mal keine abgeschnittenen Finger fotografieren musst?", fragte Yvonne neckend – und wunderte sich, warum sie auf einmal in Nikolas' Gesellschaft so ein vertrautes Gefühl beschlich.

Etwas hatte sich in ihrer Wahrnehmung verschoben und kam ihr vage bekannt vor – obwohl sie mit absoluter Sicherheit wusste, dass sie ihm noch nie in ihrem Leben begegnet war. Es musste an der Art liegen, wie seine trockenen Kommentare vom Stapel liefen. Aber je mehr sie sich bemühte, die Erinnerung einzufangen, desto mehr entglitt sie ihr.

Nachdenklich betrachtete sie ihn unter halb gesenkten Augenlidern, wie er von seiner größten Leidenschaft erzählte: Geschichten und Schicksale auf den Gesichtern der Menschen festzuhalten – eingefroren im Augenblick eines Bildes. Sie merkte, wie seine Sprache lebhafter wurde und seine whiskyfarbenen Augen aufblitzten. Was genau war es, das ihr so bekannt vorkam – woran sie sich nicht erinnern konnte?

Etwas anderes fiel ihr außerdem auf: Nikolas war umgänglich.

Er war sogar nett. Bei Weitem nicht der große, geheimnisvolle Schweiger, wie sie anfangs gedacht hatte.

„Du hast eine eigene Ausstellung in München?!" Yvonne war schwer beeindruckt.

„Noch nicht ganz. Es ist meine Erste. Sie wird in drei Monaten eröffnet. Ein Bekannter von einem meiner Freunde kennt einen Galeriebesitzer, mit dem ich in Kontakt getreten bin. Nachdem er meine Arbeiten gesehen hatte, war er sofort damit einverstanden."

Erst jetzt merkte Yvonne, dass seine warmen Hände nach wie vor über ihre Wade glitten. Doch aus seiner wirkungsvollen Massage war ein sanftes, gedankenverlorenes Streicheln geworden. Ihr war klar, dass sich seine Finger verselbstständigt hatten, während er von seiner Arbeit erzählte. Ihm war sicher nicht bewusst, was er da gerade tat. Erst als er ihren amüsierten Gesichtsausdruck bemerkte, senkte er den Blick auf seine Hände und stockte in seiner Bewegung. Als er wieder aufsah, lachten sie beide fast gleichzeitig los, während er ihr Bein behutsam ablegte.

„Wie geht es deinem Krampf?"

„Ist schon lange vorbei."

„Freut mich."

Yvonne setzte sich vorsichtig auf und merkte zufrieden, dass es ihr wieder sehr gut ging. Neugierig fragte sie: „Was zeigen deine Bilder in der Ausstellung?"

„Ich habe mal drei Wochen in einem Kloster in Südfrankreich verbracht. Dort habe ich das Leben der Mönche kennengelernt und wunderbare Fotos von ihnen geschossen. Jedes Gesicht erzählt eine eigene Geschichte. Die Ausstellung trägt den Titel *Erleuchtung*."

„Und wie waren diese drei Wochen im Kloster für dich persönlich?"

Er zwinkerte ihr zu. „Sehr erleuchtend." Dann fasste er sich an den Hals und nahm ein kleines, wie mit der Hand behauenes Metallkreuz an einem Lederband zwischen die Finger, das ihr bereits am gestrigen Abend aufgefallen war. „Das habe ich damals zum Abschied von Père François bekommen."

Yvonne stellte überrascht fest, dass Nikolas bedeutend tiefgründiger war, als er auf den ersten Blick wirkte. Es war sehr angenehm, dass er nicht das tat, was man bei seinem Aussehen erwartete. Nämlich zu locken, zu prahlen und zu verführen …

Sie war noch nie einem Mann begegnet, der so faszinierend vielschichtig war wie Nikolas. Auf der einen Seite das Offensichtliche: seine markanten anziehenden Gesichtszüge, die herb männliche Wirkung – und das strahlende Lächeln, wenn er es an jemanden verschenkte. Auf der anderen Seite gab es aber auch die Ernsthaftigkeit, mit der er seinem künstlerischen Beruf nachging. Den Respekt und die warme Zuneigung, die er seinem Freund Hannes zollte. Dann die selbstsichere Ausstrahlung und die humorvolle Gelassenheit, mit der er durchs Leben schritt und die ihn unglaublich attraktiv wirken ließ – attraktiver sogar als sein fantastisches Aussehen.

Allerdings war das alles nur ein erster, flüchtiger Eindruck, da sie diesen Mann schließlich überhaupt nicht kannte. Obwohl … Immer noch rätselte sie, warum ihr manche Dinge an Nikolas so bekannt vorkamen.

Mit Sicherheit erinnerte er sie nicht an ihre Zeit mit Rolf, mit dem sie – bis auf zwei kurze, weniger bedeutende Erfahrungen vor ihm – ihre erste langfristige Beziehung gehabt hatte. Rolfs Aussehen konnte bei Weitem nicht mit Nikolas' konkurrieren. Doch hatte ihr Ex-Verlobter durch seine selbstsichere Art und seine verbale Gewandtheit attraktiv auf viele Frauen gewirkt. Er hatte gewusst, was er wollte, und – bei einigen Entscheidungen in Yvonnes Alltag – durch sein fundiertes Wissen dominiert.

Während sie Nikolas zuhörte, überlegte sie, dass ein Leben mit ihm sicher nicht so vorhersehbar und geplant verlaufen würde wie mit Rolf. Dafür steckte hinter dieser coolen Fassade zu viel Leidenschaft und Spontaneität. Die Stimme ihrer Schwester ließ sie aus ihren Beobachtungen auftauchen.

„Geht es dir besser?“

Sie blickte auf und sah, wie Noreen mit Tanja und den anderen auf sie zukam. „Ja, ist alles wieder beim Alten.“

Erstaunt schaute sie auf ihre Armbanduhr und stellte fest, dass schon fast eineinhalb Stunden vergangen waren. Nikolas' Gesellschaft war bedeutend angenehmer, als sie es sich gestern vorgestellt hatte. Im Nachhinein war sie nur froh, dass Nono sie nicht mit seinen Händen um ihre Wade erwischt hatte. Sonst hätte sie sich vor spitzfindigen Bemerkungen nicht mehr retten können.

Vor allem, wenn Hannes auch noch mit eingestiegen wäre.

Der frühe Abend verlief ruhig, da keiner bei der Sommerhitze in hektische Aktivität ausbrechen wollte. Sie fuhren mit den Autos in ein gemütliches Restaurant am Rande der Stadt, wo sie auf der Terrasse saßen und sich über kleine und große Leckereien hermachten.

„Nach dem Essen fahren wir ins Hotel, würde ich vorschlagen", begann Mathis und rückte die schwarze Hornbrille auf seiner Charakternase zurecht. „Dann können wir uns endlich unter die Dusche stellen und uns danach zu einem gepflegten Bier in den Garten setzen."

„Du willst ein Bier trinken?!", fragte Paul mit weit aufgerissenen Augen und fuhr sich erstaunt über seinen blonden Zwei-Millimeter-Haarschnitt, der seine beginnende Glatze kaschieren sollte. „Ich habe dich noch nie Bier trinken sehen – obwohl du mein Cousin bist."

„Erstens treffen wir uns höchstens zweimal im Jahr und zweitens habe ich auch nur selten Gelüste nach einem. Wie zum Beispiel heute, wo es so unerträglich heiß ist. Da habe ich richtig Lust, den ganzen Staub in meiner Kehle mit einem schönen, kühlen Bier runterzuspülen."

„Du hörst dich ja an wie John Wayne, der nach einem höllischen Ritt durch die Wüste den Saloon betritt", stichelte Hannes.

„Also, letztes Jahr bei unserem WG-Wochenende hat Mathis auch ein Bier getrunken. Aber nur eins ...", mischte sich nun Annette ein und gab dem Gespräch neuen Zündstoff.

„Ach so, war das zufällig an dem Tag", hakte Paul nach, „als er sich im Straßencafé auf einen Stuhl mit geflochtener Sitzfläche gesetzt hat und durchgebrochen ist? Hannes erzählte gestern, dass ihr mit drei Mann geschlagene zehn Minuten an ihm und dem Stuhl herumziehen musstet, bis ihr Mathis' Hintern befreit hattet."

Alle lachten. Ein Zuckertütchen flog in Pauls Richtung, verfehlte das Lästermaul jedoch.

„Nein, das war an dem Tag", erinnerte sich Noreen, „als Hannes unseren WG-Konvoi bestehend aus vier Autos mit seinem neuen Navi in ein Spargelfeld führte, obwohl wir eigentlich nur ins Schwimmbad fahren wollten."

„Genau!"

„Das war echt der Hammer!"

„Da hättest du wohl ein paar Euro mehr ausgeben sollen, um ein gutes Marken-Navi zu erstehen – und nicht so ein billiges aus dem Discounter", frotzelten die Freunde.

„Da kann ich *ü-ber-haupt* gar nichts dafür", verteidigte sich Hannes.

„Nein, natürlich nicht", lachte Nono. „Das kannst du nie."

„Das lag nämlich daran, dass ich die falsche Einstellung drin hatte."

„Die für Fußgänger oder was?!", legte Nikolas noch einen nach und grinste unverschämt.

„Pass auf, dass ich nicht mit meinem Kaffeelöffel zu dir rüberkomme und dir die Leber rausschneide", drohte Hannes seinem Freund mit gespielt ernster Miene.

So ging es eine ganze Weile hin und her. Yvonne, die das Treiben amüsiert beobachtete, wandte sich schließlich an Noreen, die neben ihr saß. „Wen, sagtest du, kennst du von eurer Gruppe nicht? Paul und Paula?"

Diese fächelte sich Luft zu, da ihr vom Lachen so warm geworden war. „Genau. Die beiden kannte ich noch nicht persönlich. Nur von Hannes' Erzählungen. Sie arbeitet im Pflegebereich, hat sie mir erzählt, und er … mh, weiß ich gar nicht. Selbst Nikolas habe ich nur wenige Male gesehen, was auch schon knapp zehn Jahre her ist. Selina kenne ich mittlerweile sehr gut, obwohl sie mit Mathis erst nach unserer WG-Zeit zusammengekommen ist. Am engsten bin ich natürlich mit Annette befreundet. Sie ist Sachbearbeiterin im Finanzamt." Als sie Yvonnes verdutzten Blick wahrnahm, lachte sie und meinte nur: „Ja, da kannste mal sehen.

Ich habe mich schon oft gefragt, wie eine so sympathische Frau einen so unsympathischen Berufszweig wählen konnte."

Kapitel 13

Atemberaubend mystisch

Obwohl es schon nach acht Uhr abends war, stand die Sonne noch ziemlich hoch am Himmel, als alle in die Autos stiegen und zum Hotel fuhren. Der Tag war lange und anstrengend gewesen. Nicht allein durch die sommerliche Hitze. Selbst jetzt um diese Uhrzeit war es Yvonne mit ihren kurzen Hosen und dem leichten Top mehr als warm. Sie freute sich auf eine erfrischende Dusche und ein kühles Getränk danach. Vielleicht würde sie auch noch ein kleines Eis bestellen. Die Dessertkarte des Hotelrestaurants bot wenige, dafür sehr leckere Eisbecher an.

Drei Stunden später begannen bereits die Ersten zu gähnen. Im weichen Kerzenlicht sahen einige Augen schon schmal und manche Gesichter trotz der sommerlichen Bräune blass vor Müdigkeit aus.

Nach gegenseitigen Gutenachtwünschen betrat Yvonne gefolgt von Nikolas ihr stickiges Zimmer, ließ aber das Licht aus und öffnete stattdessen das Fenster. Dann atmete sie tief durch, da es draußen mittlerweile geringfügig kühler war als drinnen.

„Kann ich das Bad zuerst benutzen?", fragte sie ihn, da zwei große Gläser Apfelschorle unbequem auf ihre Blase drückten.

Als Nikolas zustimmend nickte, verschwand sie mit ihrem Pyjama im Bad. Vor dem Spiegel schüttelte sie das leichte Unbehagen ab, das abermals ihren Nacken hinaufkroch. Was war nur mit ihr los? Sie hatte sich heute schließlich eine Stunde lang gut mit Nikolas unterhalten, da brauchte sie nicht schon wieder anzufangen, Gedanken wegen der anstehenden Nacht zu wälzen. Das hatte sie bereits gestern Abend zu Genüge getan.

Nachdem sie sich umgezogen und Zähne geputzt hatte, trat sie ins dunkle Zimmer und überließ Nikolas das Bad. Erschöpft legte sie sich aufs Bett, schob das störende Laken von sich und schloss die Augen.

Es war wirklich ein schöner Tag gewesen. Lustig, unterhaltsam und sorglos. Morgen würden sie vormittags mit der Bergbahn auf den höchsten Punkt Heidelbergs, den Königstuhl, fahren. Danach konnten sie sich den ganzen Nachmittag im Freibad erfrischen. Das wäre dringend nötig, da es genauso heiß werden sollte wie heute.

Auf einmal hörte Yvonne ein Plätschern, das nicht vom laufenden Wasserhahn stammte. Nikolas pinkelte im Stehen. Irgendwie fühlte sie sich peinlich berührt, da es ihr in dieser Situation bei Weitem zu intim war. Sich mit ihm allein bei Tageslicht im Schlosshof zu unterhalten, war etwas völlig anderes, als ihm beim Urinieren zuzuhören und sich danach halb nackt in dasselbe Bett zu legen.

Etwas völlig anderes.

Unruhig stand sie auf und trat ans offene Fenster. Das silberne Mondlicht erhellte die Terrasse des Restaurants, neben der Yvonne einen kleinen, mit runden Steinen umlegten Teich entdeckte, in dem sich der Mond hell widerspiegelte. Weiter entfernt konnte man ein Feld und dahinter den Waldrand erkennen, der sich schwarz gegen den nachtblauen Himmel abhob. Bei dieser mystischen Atmosphäre erwartete sie fast, ein paar Elfen über die Wiese tanzen zu sehen.

Einfach magisch.

Wieder wanderten ihre Gedanken zu Nikolas. Yvonne musste sich eingestehen, dass er ein ausnehmend schönes Exemplar Mann war, vor dessen Charisma sie sich nicht verschließen konnte. Ihr erster Eindruck von ihm war eine eklatante Fehleinschätzung gewesen, das musste sie zugeben. Dennoch gehörte er zu dem Typ Mann, der sie mit seiner ruhigen Selbstsicherheit, seinem eindringlichen Röntgenblick und seiner extrem männlichen Ausstrahlung verunsicherte. Dass sie nach so langer Zeit zum ersten Mal wieder im Bett neben einem Mann lag, der all diese Eigenschaften unablässig wie Radiowellen ausstrahlte, machte alles nur noch schlimmer.

Die Badtür ging auf und etwas Licht fiel ins Zimmer, das sofort erlosch, als Nikolas auf den Schalter drückte. Yvonne drehte sich nicht um, sondern meinte bloß: „Die Nachtluft ist wirklich herrlich.

Wir müssen das Fenster heute Nacht unbedingt wieder offenlassen."

„Ja, das können wir machen", bestätigte er halblaut.

Danach war alles still. Als er nichts mehr sagte und sich auch nicht bewegte, überlief Yvonne eine leichte Gänsehaut.

Manchmal war er ihr unheimlich.

Sie warf ihm einen kurzen Blick über die Schulter zu und sah, wie er auf den Sessel zusteuerte.

„Hast *du* das bestellt?", hörte sie Nikolas leise hinter sich fragen. Ein erstaunter Unterton war deutlich herauszuhören.

Sie drehte sich um und blickte zum kleinen Tisch, auf den er deutete. Da die Sitzgruppe in einer dunklen Ecke lag, sah sie bloß etwas silbern schimmern. Als sich ihre Augen an die tiefe Dunkelheit gewöhnt hatten, erkannte sie einen Sektkübel randvoll mit Eis, in dem eine Flasche mit schlankem Hals steckte. Daneben befanden sich zwei elegante Sektflöten und eine weiße Karte.

Yvonne schüttelte nur überrascht den Kopf und trat an den Tisch. Sie würde mit Sicherheit keinen Sekt für ein Schäferstündchen mit Nikolas bestellen, wenn sie allein bei dem Gedanken, im selben Bett mit ihm zu liegen, Herzrasen und Atemnot bekam.

Er nahm die Karte zur Hand und stellte sich ins helle Mondlicht. Dann grinste er Yvonne an: „Das Hotel entschuldigt sich für die Unannehmlichkeiten, die sie uns mit dem Himmelbett bereitet haben, und wünscht uns noch einen ganz besonders netten Abend."

Sie zog eine Augenbraue hoch. „Steht das so da drin?"

„Nein. Aber sinngemäß." Er kehrte zum Sessel zurück und legte die Karte auf den Tisch.

„Wann haben die uns den Sekt wohl hingestellt?! Das Eis ist kaum zerlaufen."

„Wahrscheinlich, nachdem wir angekommen und geduscht hatten. Da konnten sie sicher sein, dass wir bald ins Zimmer zurückkehren würden."

Vorsichtig zog Yvonne die Flasche halb heraus und meinte anerkennend: „Mmh, gute Marke. Was meinst du, sollen wir die morgen mit den anderen zusammen köpfen?"

Nikolas machte ein nachdenkliches Gesicht und brummte dann

trocken, aber entschieden: „Nö."

Sie lachte. „Das denke ich auch. Die müssen schließlich nicht mit einem wildfremden Menschen das Bett teilen." Ohne nachzudenken, fischte sie einen Eiswürfel aus dem Sektkübel und strich sich damit über den Hals.

Als sie Nikolas' lauernde Augen auf sich spürte, hielt sie in der Bewegung inne und ließ ihn zurück zu den anderen gleiten. Jetzt hatte er es wieder geschafft, sie allein mit seinem Blick zu verunsichern.

Bevor sie jedoch auf sich selbst ärgerlich werden konnte, zog er die Flasche aus dem Eis. Nach ein paar geübten Handgriffen lockerte sich der Verschluss mit einem vornehmen „Plopp" und Nikolas goss den Sekt in ein Glas, das er Yvonne reichte.

Als er sich ebenfalls eingeschenkt hatte, prostete er ihr zu: „Auf unser erstes Mal …" Beim Anblick ihres Gesichtsausdrucks fügte er noch das fehlende „bei Hannes' und Nonos WG-Wochenende" hinzu.

Nun musste sie doch lächeln wegen seiner augenzwinkernden Unverschämtheit. Irgendwie schaffte er es immer wieder, sie aus der Reserve zu locken.

Dann trat Nikolas ans offene Fenster und meinte: „Die Stille ist traumhaft. Es wirkt so idyllisch und friedlich. Wenn ich da an meine Wohnung denke … Die liegt zwar nicht gerade an einer Hauptverkehrsstraße. Aber selbst dort im Wohngebiet ist es nie so ruhig."

Sie stellte sich neben ihn. „Ja, das stimmt. Und die Luft riecht und schmeckt auch ganz anders als bei mir daheim."

Da Yvonne ein betäubender Jasminduft in die Nase stieg, beugte sie sich vor, um nach dem Busch Ausschau zu halten. Doch sie konnte vor lauter Blumen und Sträuchern, die dicht an der Hauswand entlang wuchsen und im hellen Mondlicht in allen Silberschattierungen leuchteten, nichts Genaues erkennen. Langsam und bewusst sog sie die Luft ein und genoss das berauschende Potpourri der süßen Düfte. Sie konnte eine Spur Vanille und eine leichte Zimtnote ausmachen. Am deutlichsten neben dem Jasminduft reizte jedoch das intensive Aroma alter Rosenstöcke ihren

Geruchssinn ... wie im Garten ihrer Großmutter.

„Was für eine Nacht ...", murmelte Nikolas, während sie von der fast ohrenbetäubenden Stille wie von einer weichen Decke eingehüllt wurden. Nur hin und wieder wurde sie vom Zirpen einer Grille unterbrochen.

Yvonne warf einen kurzen Seitenblick auf Nikolas' scharfes Profil und verharrte auf seinem andächtigen Mienenspiel, das vom Mond erhellt wurde. Seine längeren Haarsträhnen rahmten die hohe Stirn ein, die zu einer schönen, geraden Nase führte, die wiederum gut in die Proportionen seines Gesichts passte. Seine Lippen lagen weich aufeinander. Darunter befand sich ein energisches Kinn, das gerade nur so energisch war, um nicht zu weit hervorzustehen. Es zeigte einem, dass Nikolas von seinen Leidenschaften angetrieben wurde. Alles, was er tat, tat er mit Hingabe. Eine bemerkenswerte Eigenschaft.

Er schien ganz in die nächtliche Landschaft versunken zu sein. Vermutlich betrachtete er sie mit den Augen eines Fotografen, der von schönen Motiven angezogen wurde wie ein Nachtfalter von einer Kerze. Gerade jetzt sah er friedlich und entspannt aus – und wirkte gar nicht mehr so unergründlich und distanziert wie sonst manchmal.

Er war ein Mann, bei dessen Anblick eine Frau entweder einen trockenen Mund bekam oder sich der Speichel sintflutartig auf ihrer Zunge ausbreitete, dass sie wie eine Bulldogge zu sabbern begann. Yvonne gehörte zu keiner der beiden Gruppen. Sie würde es bei sich nicht so weit kommen lassen, obwohl sie sein Äußeres mehr als anziehend fand. Dafür war ihr Selbsterhaltungstrieb nach der letzten Enttäuschung zu stark ausgeprägt.

Blinzelnd konzentrierte sie sich wieder auf den Garten vor ihr und führte das Sektglas an die Lippen.

Kapitel 14

Erschreckend romantisch

Nikolas fühlte sich völlig entspannt. Denn er betrachtete die Landschaft ausnahmsweise mal nicht mit seinem beruflichen Auge, sondern hatte einfach nur sein Herz geöffnet und ließ die Schönheit des Augenblicks wie eine heilende Flüssigkeit hineinfließen. Sein Kopf war vollkommen leer. Frei von Gedanken und Gefühlen, die er aus dem Alltag in den Kurzurlaub mitgeschleppt hatte. Dafür quoll sein Herz über von der optischen Pracht des Moments.

Die Sterne am klaren Himmel waren kaum zu erkennen, da die Helligkeit des Mondes alles überstrahlte. Das Hotel hatte wirklich die perfekte Lage, einen alle Sorgen vergessen zu lassen, fand Nikolas. Es stellte die passende Kulisse dar für romantische Schäferstündchen zwischen Verliebten. Und wenn man noch nicht verliebt war, konnte man sich dem Zauber dieses Ortes nicht lange verschließen.

Er warf einen kurzen Blick auf Yvonne, die ruhig neben ihm stand und die Wirkung der Nacht auf all ihre Sinne genoss. Die weichen Satinschleifen ihres Pyjamaoberteils lagen dunkel auf ihren Schultern, während das Kätzchen zwischen ihren Brüsten saß und sich die Pfote leckte.

Er musste aufpassen, was dieses Hotel mit ihm – und seinen Gefühlen – anstellte. Er war eigentlich nicht auf der Suche nach einer Beziehung, denn er hatte sich seinen Alltag als Single gut eingerichtet. Aber diese Nacht ließ ihn seine Einstellung überdenken. Diese Nacht war wirklich wie für die Liebe gemacht. Sie war perfekt, sich Hals über Kopf in ein Abenteuer zu stürzen … und sich in seinen Gefühlen zu verlieren.

Doch das würde er schön bleiben lassen. Er führte sein Glas an die Lippen und nahm noch einen Schluck von der kalten, prickelnden Flüssigkeit.

„Rauchst du eigentlich?"

Die Frage riss ihn aus seiner romantischen Stimmung. „Wie bitte?"

„Ich meine, ich habe dich in diesen zwei Tagen nie rauchen

gesehen. Du riechst auch nicht danach. Aber …“ Als Yvonne seine hochgezogenen Augenbrauen bemerkte, verhaspelte sie sich und erklärte: „Also, ich meine nicht, dass du nicht gut riechst …“

„Danke. Solche Komplimente bekommt man nicht alle Tage zu hören“, lachte er auf.

„… nein, du riechst gut …“

„Freut mich zu hören. Ich versuche, regelmäßig zu duschen“, versicherte er ernsthaft.

„Aber so meine ich das doch nicht.“

„Wie dann?“, fragte er neugierig.

Nikolas schien Spaß daran zu haben, Yvonnes Verwirrung auf die Spitze zu treiben. Mittlerweile hatte er sich zu ihr gedreht und lehnte – die Arme locker vor der nackten Brust verschränkt – am Fensterrahmen.

Sie hielt frustriert inne. „Ich meine das so: Als ich dich zum ersten Mal sah, dachte ich, dass du rauchen würdest …“

„Wie kamst du zu der Annahme?“

„Frag nicht. Dann standst du wegen der Zimmerverwechslung neben mir an der Rezeption und ich roch rein gar nichts außer einem Rest deines Deos.“

„Da hattest du aber Glück, da ich vor Urlaubsbeginn nicht duschen konnte“, scherzte er.

Yvonne versuchte, nicht auf seine Kommentare zu achten und erzählte weiter: „Ich wollte nämlich nicht fünf Nächte mit jemandem das Bett teilen, der wie ein überquellender Aschenbecher riecht.“

„Das kann ich verstehen. Wollte ich auch nicht.“

„Das heißt dann, dass du noch nicht mal hin und wieder eine Gelegenheitszigarette rauchst?“

„Du meinst in speziellen Situationen oder nach körperlich besonders anstrengenden Aktivitäten?“

Warum hatte Yvonne das Gefühl, er würde sich über sie lustig machen? Möglicherweise, weil in seinen tiefgründigen Augen ein kleiner Schalk aufblitzte, der sich auch in seine Mundwinkel stahl.

Da er mit der letzten Bemerkung eindeutig auf die postkoitale Zigarette anspielte, ging sie nicht darauf ein, sondern schaute ihn nur fragend an.

„Nein, tu ich nicht. Nicht mehr", fügte er an. „Im Schwäbischen gibt es ein Sprichwort, demzufolge der *Schwob* mit vierzig *g'scheit* wird. Ich habe es in Bezug auf das Rauchen schon zehn Jahre früher geschafft und mit dreißig aufgehört."

„Gut."

Er blickte erneut zu ihr. „Ja, finde ich auch. Ich kann wieder gutes Essen und edle Weine schätzen, weil kein Teer und Nikotin meine Mundhöhle verkleben. Außerdem kann ich diese schweren Blütendüfte hier im Garten besser genießen." Er holte noch mal tief Luft, bevor er ihr ein kleines, verschmitztes Lächeln zuwarf.

Drei Zimmer weiter lagen zur selben Zeit Noreen und Tanja – wie Gott sie geschaffen hatte – eng aneinandergekuschelt im gedämpften Licht einer Nachttischlampe. Der königsblaue Seidenbaldachin ihres Himmelbetts aus weiß lackiertem Holz spannte sich wie ein Nachthimmel über sie. Noreens rechtes Bein hatte sich frech unter dem bestickten Laken hervorgestohlen und besitzergreifend über Tanjas Oberschenkel gelegt. Ihre Nase war tief in deren braunem Haar vergraben.

„Sollen wir uns auch so ein Himmelbett für zu Hause anschaffen?", fragte Noreen mit gedämpfter Stimme. „Ich würde dich gern jedes Mal unter einem blauen Seidenhimmel lieben."

„Dann bräuchten wir eine neue Wohnung. Mit unseren Dachschrägen hätten wir enorme Probleme, ein solches Bett ohne Benutzung einer Säge passgerecht aufzustellen", murmelte Tanja schläfrig.

„Ich würde Himmel und Hölle für dich in Bewegung setzen, wenn du nur mit dem kleinen Finger winkst." Nach einer kurzen Pause fragte Nono unvermittelt: „Glaubst du, sie fühlt sich wohl?"

„Yvonne?"

„Mmh …"

„Ich denke schon. Sie hat sich mit uns Frauen gut unterhalten. Die anfängliche Zurückhaltung hat sich schnell gelegt." Tanja lachte auf.

„Ihr verdatterter Gesichtsausdruck war herrlich, als du ihr Hannes vorgestellt hast."

„Ja, das ist mir auch aufgefallen." Noreen grinste ebenfalls und hätte fast geschnurrt, als Tanjas Finger begannen, in ihren kurzen Haaren zu kreisen. „Sie hatte ihn anscheinend noch völlig anders in Erinnerung. Immerhin hat er in den letzten Jahren fünfzehn Kilo abgenommen. Und Annette hat aus ihm einen gesellschaftlich akzeptablen, reifen Mann gemacht." Sie ließ ein grunzendes Lachen hören. „Jedenfalls, bis er den Mund aufmacht."

„Nach den alten Geschichten zu urteilen, hat er sich schon gebessert", nahm Tanja ihn in Schutz.

„Ja, stimmt." Noreen hob kurz ihren Kopf und blickte in ihr liebevolles Gesicht. „Ich hatte am Anfang Zweifel, ob sie mit Hannes klarkommt. Aber jetzt habe ich den Eindruck, dass sie ihn einigermaßen akzeptiert und sich über ihn amüsieren kann. Das ist immerhin eine große Verbesserung zu früher." Nonos Hand strich langsam von Tanjas Schlüsselbein runter zu ihrer linken Brust und umfasste sie sanft. „Ich wollte ja wegen meiner Sorgen um sie, dass sie mitfährt. Sie lebte von jeher nach einem Plan und hatte ihr Lebensziel direkt vor Augen, wofür ich sie bereits als Kind bewunderte. Doch nach Rolfs Verrat veränderte sie sich total. Sie zog sich zurück in ihr Schneckenhaus, verließ nur noch für die Arbeit und zum Einkaufen ihre Wohnung. Selbst bei meinen Eltern ließ sie sich die erste Zeit kaum blicken. Und wie sie aussah … Sogar mit Schminke und ihren tollen Klamotten merkte man ihr an, wie tief verletzt sie war und wie sie unter der Zurückweisung litt. Ich hätte Rolf damals am liebsten …"

Da Tanja spürte, wie sich Nono bei der Erinnerung versteifte, strich sie ihr beruhigend über den nackten Rücken.

„Schon vorher hasste ich seine engstirnige, blasierte Art. Als Sohn eines Stadtrats legte er natürlich enormen Wert auf gesellschaftliches Ansehen und politisch korrektes Verhalten. Schließlich durfte er sich nichts zuschulden kommen lassen, was seinen Vater angreifbar machte oder ihn kompromittierte. Dass dieser noch Kirchengemeinderatsvorsitzender war, trug bei Rolfs Erziehung sicher auch viel dazu bei, dass er stets bemüht um eine weiße Weste war." Ein abfälliges Auflachen rutschte Noreen über die Lippen. „Und dann passiert der gesellschaftliche Super-GAU: Der konservative, auf Konventionen bedachte Rolf nimmt sich eine Geliebte, betrügt monatelang Yvonne und lässt meine ahnungslose Schwester in dem Glauben, die Hochzeitsvorbereitungen hätten ihre Berechtigung. So ein Schwein." Trotz der Hitze im Zimmer zitterte Noreen am ganzen Körper vor Anspannung und Wut.

Tanja, die diese starke Reaktion auf Rolfs Geschichte kannte, nahm Noreen fester in die Arme und strich ihr beruhigend über den Kopf. „Sch-sch-sch." Sie wusste, dass es ihr besser ging, wenn sie alles herausgelassen hatte.

Nachdem sich Noreen wieder etwas beruhigt hatte, fuhr sie fort: „Weißt du, Yvonne und ich hatten selbst als Erwachsene ein sehr enges Verhältnis – obwohl ich vier Jahre älter bin und wir in verschiedenen Städten leben. Aber Rolf schaffte es, diese Verbundenheit zu zerstören. Damals hätte ich ihn dafür umbringen können. Denn sogar ich bin zu der Zeit nicht an sie herangekommen. Erst nach über einem Jahr merkte ich, dass es sich besserte. Doch ihr Optimismus und die Lebenslust fehlten immer noch."

Abschließend atmete Nono tief ein und stieß die Luft mit einem leisen Seufzen aus. Ihre Hand strich dabei sanft über Tanjas Bauchdecke. Jetzt fühlte sie sich etwas leichter und konnte deshalb ein kleines Zugeständnis wagen: „Rolf wäre – bei der richtigen Frau – sicher ein guter Ehemann geworden. Aber er passte einfach nicht zu Yvonne. Ich hoffe, sie wird das irgendwann selbst erkennen, damit sie mit der Vergangenheit abschließen kann. Und ich hoffe, der Kurzurlaub mit uns gefällt ihr, dass sie wieder lebensfroher und entspannter wird. Das wünsche ich ihr so sehr."

Noreens Zeigefinger war mittlerweile an Tanjas Nabel angekommen und beschrieb kleine Kreise um ihn herum. Fasziniert beobachtete sie, wie die Haut auf den Reiz reagierte.

Ihre verständnisvolle Partnerin drückte sie an sich und gab ihr einen zärtlichen Kuss auf die Stirn. „Ich bin mir sicher, dass sie auf dem richtigen Weg ist."

Noreen richtete sich halb auf und zog Tanjas Mund an ihren. „Was täte ich nur ohne dich?", murmelte sie zwischen zwei feuchten Küssen. Sanft knabberte sie an deren Unterlippe und saugte kurz daran. Dann vertiefte sie den Kuss und freute sich über die bereitwillige Reaktion.

Himmel, sie wusste nicht, wie sie diese wunderbare Frau verdient hatte. Sie liebte Tanjas herbe Süße. Ihren trockenen Humor wie auch ihre Gelassenheit, was Noreens spleenige Ideen betraf. Ihre Bereitschaft, vieles und noch mehr gemeinsam auszuprobieren. Die Ruhe, die sie in ihre Beziehung brachte. Tanja stand aller Respekt zu, den sie ihr geben konnte.

Nono fegte das Leintuch vom Bett und setzte sich rittlings auf deren Oberschenkel. Dann beugte sie sich vor, zog ein achtlos weggeworfenes Seidenhemdchen zu sich heran und begann, mit dem weichen, brombeerfarbenen Stoff Tanjas volle Brüste zu liebkosen. Sie liebte es, wenn die Frau ihres Herzens in privaten Situationen ihre überaus feminine Seite auslebte, indem sie verführerische Dessous trug, die Nonos Sinne reizten. Dementsprechend vielfältig war ihre Nachtwäsche für diese wenigen Tage ausgefallen.

Tanjas wohliges Seufzen rieselte über Noreens Rücken und ermunterte sie, die rosigen Knospen auch mit ihrem Mund zu verwöhnen. Dabei ließ sie ihre Hand langsam über den weichen Bauch etwas tiefer wandern.

„Was meinst du?", murmelte sie, als sie merkte, wie ihr Handeln die gewünschte Wirkung zeigte. „Hättest du Lust auf eine zweite Runde?" Tanjas durchgestreckter Oberkörper ermunterte sie weiterzumachen. Und ihr lustvolles Aufkeuchen war wie Musik in Noreens Ohren.

„In diesem Himmelbett … mit dir … doch immer."

Mit einem zufriedenen Lächeln begann Nono ihren Erkundungsweg aufs Neue. Diesmal jedoch provozierend langsam.

Kapitel 15

Aufregend ästhetisch

Yvonne war mit einem Schlag wach. Ihr war am ganzen Körper heiß und ihre Zunge klebte am Gaumen. Das Erste, was sie in der sie umgebenden Dunkelheit tat, war, ihren Bauch nach seinem Umfang abzutasten.

Dem Himmel sei Dank! Es war bloß ein Traum gewesen. Sie hatte zwar immer noch das Gefühl, kurz vor der Explosion zu stehen – als ob sie zwei Kilo Hefe gegessen hätte, die nun lustig vor sich hin gärte. Aber der enorme Druck in ihrem Bauch rührte nicht daher, dass sie eine Wassermelone verschluckt hatte, wie sie gerade geträumt hatte. Die Erklärung war ganz einfach: Sie musste nur tierisch aufs Klo.

Erst als sie versuchte aufzustehen und aus Versehen einen Ellenbogen berührte, merkte sie, dass sie nicht zu Hause in ihrem Bett lag. Deshalb erhob sie sich langsam und vorsichtig, um Nikolas nicht zu wecken. Im Dunkeln tastete sie sich zur Badtür, machte das Licht an und schlüpfte schnell hinein. Als sie sich kurz darauf nicht mehr so prall und rund fühlte, wusch sie sich das Gesicht mit kaltem Wasser und trank einige Schlucke direkt aus dem Wasserhahn. Jetzt ging es ihr bedeutend besser.

Sie hatte keine Ahnung, wie viel Uhr es war, als sie im Spiegel ihre müden Augen betrachtete. Doch sie konnte kaum zwei Stunden geschlafen haben. Nikolas und sie waren nicht mehr lange am offenen Fenster stehen geblieben. Irgendwann hatte sie sich aufgewühlt neben ihn gelegt und war – wider Erwarten – recht schnell eingedöst, begleitet von einem Bild, das sich tief in ihre Netzhaut eingebrannt hatte: Nikolas, wie er gedankenverloren in den Garten hinausblickte und seine nackte Brust im Mondlicht wie silberner Marmor leuchtete.

Sie konnte sich bloß noch an ihren letzten Gedanken erinnern, erst gar nichts mit einem solchen Mann anfangen zu wollen. Er war zu gut aussehend, zu männlich, zu kraftvoll, unter der Oberfläche zu leidenschaftlich. Er besaß von allem zu viel.

Zu viel, um treu zu sein.

Nur dämliche – oder masochistisch veranlagte – Frauen würden eine Affäre mit Nikolas in Betracht ziehen. Und Yvonne war weder das eine noch das andere. Immerhin würde sie ihn nach diesem Urlaub nie wiedersehen. Und er würde garantiert kein Interesse daran haben, mit ihr in Kontakt zu bleiben, wenn man seine Wirkung auf Frauen bedachte. Da hatte er sicher überall ein besseres Angebot als hier bei ihr. Mit diesem Gedanken war sie schließlich eingeschlafen.

Leise öffnete Yvonne die Badtür, um zurück ins Bett zu schlüpfen. Doch sie verharrte mitten in der Bewegung – die ausgestreckte Hand am Lichtschalter. Ein breiter, goldgelber Streifen fiel auf die Matratze – und damit auch auf den unbedeckten Rücken des auf dem Bauch schlafenden Mannes neben ihrem Kissen. Sein Kopf und das nur bis zur Boxershorts hochgezogene Leintuch lagen im Schatten.

Dieses Bild, das sich ihr hier bot, sabotierte ihre guten Vorsätze, Nikolas *nicht* als begehrenswerten Mann zu betrachten. *Mist, verdammter!* Zwei Tage lang hatte sie es einigermaßen durchgehalten. Und wenn sie doch in die Verlegenheit geraten war, seinen gut gebauten Körper bewundern zu müssen, hatte sie gleich wieder weggesehen, da sie seine Privatsphäre genauso respektieren würde wie er die ihre. Sie wollte nicht zu den Frauen gehören, die Männer nur auf ihren Testosterongehalt reduzierten – und auf ihre Fruchtbarkeitsrate.

Aber das, was sie nun vor sich sah, war von einer faszinierenden Ästhetik, die ihren Blick fesselte. Und Yvonne hatte – so wenig Kreativität sie im Gegensatz zu ihrer Schwester besaß – schon immer Schönheit zu schätzen gewusst.

Außerdem war diese Situation hier völlig anders als bei ihren Begegnungen tagsüber. Was sich ihr hier bot, konnte sie ungeniert betrachten, da das betreffende Objekt tief und fest schlief. Niemand würde je erfahren, dass sie diesen Anblick aus tiefstem Herzen genoss. Die glatte, bronzefarbene Haut bewunderte, die sich über fein modellierte Muskelstränge spannte. Jede dunkle Mulde, jede honigfarbene Erhebung seines schönen Rückens mit einem anerkennenden Blick in sich aufsog, als wäre sie am Verdursten.

Dieser athletische Oberkörper mit der schlanken Taille erinnerte sie an die kraftvolle und gleichzeitig elegante Ausstrahlung eines Panthers. Auch wenn Nikolas im Schlaf entspannt dalag, konnte man die ungezähmte Kraft unter der Oberfläche erahnen.

Ihre Augen glitten zu seinem kräftigen, braun gebrannten Arm, der auf dem schneeweißen Laken angewinkelt neben seinem Kopf lag. Er ließ sie an auf Schnee gegossenes Karamell denken. Seine Haut würde vermutlich selbst im Winter nicht ganz verblassen. Yvonnes Hautton war zu jeder Jahreszeit so hell wie ein Glas Milch. Wie musste es sein, sich ohne Sunblocker in der Sonne aufhalten zu können und keine Verbrennungen dritten Grades zu erleiden?

Ihr Blick wanderte weiter. Seine Hand hatte Nikolas halb unter den Spitzenrand seines Kissens geschoben. Der drastische Unterschied zwischen romantischen Rüschen und purer Männlichkeit hätte eigentlich lächerlich wirken müssen. Tat es aber aus irgendeinem unerfindlichen Grund nicht. Es wirkte, als ob es genauso sein müsste.

Lebendige Bilder von weiten, weißen Hemden, engen, dunklen Hosen und schwarzen Schaftstiefeln tauchten vor Yvonnes Augen auf. Ein entschlossener Gesichtsausdruck mit einer verwegenen Narbe auf der Wange und Wind zerzaustem Haar, das erfolglos von einem schmalen Lederband im Nacken gebändigt wurde.

Wildromantisch und verführerisch.

Mit angehaltenem Atem näherte sie sich langsam dem Bett und warf einen prüfenden Blick auf Nikolas' Gesicht, das ihr zugewandt war. Beruhigt merkte sie, dass er tief und fest schlief. Über seinem hohen Wangenknochen lag eine schwarze, seidige Haarsträhne. Sein rechter Arm befand sich seitlich am Körper, wobei die Handfläche entspannt mit leicht gekrümmten Fingern Richtung Decke zeigte und bei Yvonne einen verletzlichen Eindruck hinterließ. Beinahe schutzlos.

Was sie aber am meisten faszinierte, war ein Tattoo auf seinem linken Schulterblatt, das sie am Tag zuvor – aus Mangel an Gelegenheit – noch nicht bemerkt hatte. Vorsichtig ließ sie sich auf ihrer Hälfte des Betts nieder und beugte sich ein wenig vor.

Es stellte einen stilisierten, fast schwarzen Phönix in seiner ganzen Pracht dar, der sich majestätisch in die Lüfte erhob. Das Bild sah aus wie eine elegante Tuschezeichnung. Die Schwingen waren kraftvoll ausgebreitet, der Hals des Tieres leicht gestreckt und die Krallen voll ausgefahren. Der Schweif ergoss sich in kleinen verschlungenen Wirbeln übers Schulterblatt. Es wirkte kunstvoll und in diesem Licht beinahe dreidimensional. Welche ganz persönliche Bedeutung der Phönix für Nikolas hatte? Und in welcher Lebenssituation er ihn sich hatte stechen lassen?

Yvonne erschauderte. Sie spürte den unwiderstehlichen Drang, mit einer Fingerspitze sacht die Linien nachzufahren. Vorsichtig hob sie die Hand und folgte einer Schwanzfeder des schönen Vogels. Die Haut war wirklich so glatt, wie sie gewirkt hatte.

Als sie nochmals einen kurzen Kontrollblick über Nikolas' Gesicht huschen ließ, erstarrte sie. Zwei goldbraune Augen bohrten sich in ihre und hielten ihren Blick gefangen.

Kapitel 16

Mitternächtliches Plauderstündchen

Nach einer kurzen Schrecksekunde begann Yvonnes Herz wieder zu schlagen und Röte schoss ihr ins Gesicht. Als ob sie sich verbrannt hätte, zog sie ihre Finger zurück und rutschte von Nikolas weg. „Entschuldige bitte. Das wollte ich nicht."

Er drehte sich zu ihr um und stützte den Kopf in die Hand. Yvonnes Blick wanderte wie von selbst zu seinen kleinen, tiefbraunen Brustwarzen, die sich deutlich vom helleren Braun seiner Haut abhoben.

„Was wolltest du nicht? Dass ich aufwache? Oder mich berühren, obwohl du es getan hast?", fragte er mit vor Schlaf rauer Stimme. Seinen Augen merkte man die Müdigkeit jedoch nicht an. Sie blitzten wie goldene Funken in einem dunklen Bernstein. „Oder war da jemand einfach nur neugierig?“

„Entschuldige bitte. Das stand mir nicht zu“, wiederholte Yvonne peinlich berührt und blickte auf ihre verschlungenen Finger im Schoß. Was sollte sie auch sagen? Es gehörte sich wirklich nicht, an einem fremden, schlafenden Mann herumzufingern.

„Ist schon in Ordnung. Du brauchst dich nicht dafür zu schämen, von anderen Menschen fasziniert zu sein.“ Noch ein belustigtes Funkeln in diesen tigerartigen Augen. „Ich kenne das Gefühl. Das macht das Herz meiner Arbeit aus.“

„Aber ich hätte es trotzdem nicht tun dürfen. Als ich aus dem Bad kam, sah ich deine Tätowierung und fragte mich, was sie für dich bedeutet“, sprudelte es aus Yvonne heraus.

Okay, das war wenigstens ein Teil der Wahrheit.

Nikolas setzte sich auf, schob das lästige Bettlaken zur Seite und lehnte sich bequem an die großen Kissen. Obwohl er außerhalb des schmalen Lichtscheins saß, konnte sie sein amüsiertes Lächeln gut erkennen.

„Den Phönix habe ich mir wegen seiner ursprünglichen Bedeutung stechen lassen. Er steht für mich für die Wiedergeburt und einen Neuanfang.“ Er machte eine kurze Pause. „Ich hatte mit vierundzwanzig einen ziemlich schlimmen Motorradunfall, nach dem ich mehr als fünf Monate brauchte, bis ich wieder einigermaßen hergestellt war. Es war damals weniger die Geschwindigkeit, sondern eine Verkettung unglücklicher Umstände, die mir schwere Knochenbrüche einbrachte. Die Schutzkleidung hatte mich immerhin davor bewahrt, meine Haut und mein Gehirn vom Asphalt kratzen zu müssen.“ Gedankenverloren spielte er mit dem Kreuzanhänger um seinen Hals, während Yvonne am Fußende des Betts im Schneidersitz saß und fasziniert zuhörte. „Damals war ich so froh, dass ich keine bleibenden Schäden zurückbehielt, dass ich für mich einen Neuanfang beschloss. Deshalb wählte ich dieses Motiv.“

„Hast du noch andere Tattoos?“, fragte sie neugierig und rutschte ein wenig näher.

„Nein. Ich bin niemand, der darauf abfährt, seinen ganzen Körper anmalen zu lassen. Das eine reicht mir – und erinnert mich immer, wie wertvoll das Leben ist." Nikolas rückte sein Kissen zurecht und lehnte sich wieder gegen das reich beschnitzte Kopfteil des Betts.

„Dann bist du wohl auch nicht gepierct." Diese Vermutung hörte sich eher nach einer Frage an, wie Yvonne feststellte. Sie wusste nicht, ob sie den Gedanken anregend oder abstoßend finden sollte. Piercings und andere Verstümmlungen riefen bei ihr normalerweise Letzteres hervor.

„Nein. Ich hatte noch nie den Drang, Körperteile von mir perforieren zu lassen. Ist nicht mein Ding." Nikolas zog eines seiner langen, braunen Beine an und wollte dann wissen: „Was machst du eigentlich beruflich. Hannes hat irgendwas von Sprachen erzählt."

„Ja, ich bin Fremdsprachensekretärin und arbeite in einer internationalen Anwaltskanzlei mit Schwerpunkt auf Frankreich und Spanien. Dementsprechend viele unserer Klienten kommen aus diesen Ländern."

„Und du sprichst Englisch, Französisch und Spanisch fließend?"

„Ja. Ich wickle täglich einen Großteil der Korrespondenz in diesen Sprachen ab und bereite – neben der Terminkoordination und Reiseplanung für unsere Anwälte – auch Präsentationen für Vortragsveranstaltungen vor."

„Das ist beeindruckend. Englisch war bei mir ein Selbstläufer, Französisch hingegen nie meine Sprache. Immerhin konnte ich im Kloster wieder ein paar Kenntnisse herauskramen – obwohl ich in diesen drei Wochen nicht wirklich viele Gelegenheiten dafür hatte." Er musste lachen. „Aber einmal tappte ich voll ins Fettnäpfchen, als ich Père François über seinen Kräutergarten befragte und ein Wort benutzte, von dem ich dachte, es hieße Schnittlauch."

„Und was hast du ihn dann gefragt?"

„Ich wollte wissen, warum er so viele Schlampen anbauen würde und was genau er mit denen vorhätte."

Yvonne grinste. „Und so etwas fragst du gerade einen Mönch!"

„Ich weiß …" Schnaubend nickte er. „Er korrigierte mich nur mit einem freundlichen Lächeln und antwortete mir. Erst später schlug ich das Wort nach und erfuhr seine wirkliche Bedeutung. Da hätte ich im Erdboden versinken können."

Erneut fuhr er sich mit den Fingern durch die dunklen Haare, wobei sich sein Bizeps kurz anspannte. Und wieder bemerkte Yvonne, dass er sich seiner Wirkung keinen Zentimeter bewusst war.

„Wenn ich in der Schule null Bock hatte zu lernen, predigte meine Großmutter mir immer, wie wichtig die Hauptfächer Deutsch, Mathe, Englisch und Französisch seien", erzählte er weiter. „Alle anderen Fächer seien ebenfalls wichtig – wer hätt's gedacht! Aber in den Hauptfächern lerne man am meisten fürs spätere Leben: in Mathe die logische Herangehensweise an Probleme und schrittweise Bewältigung von großen Arbeitsmengen; in Deutsch die korrekte Rechtschreibung wie auch einen guten schriftlichen Ausdruck fürs kommende Berufsleben. Natürlich gehörten die Fremdsprachen zum Allgemeinwissen, was internationale Kommunikationsfähigkeit, Aussprache, Bedeutung bestimmter Wörter und deren Schreibweise anging." Nikolas grunzte amüsiert auf. „Und was soll ich sagen? Sie hatte recht."

„Ja, du hast eine weise und sehr lebenserfahrene Großmutter."

„Das stimmt. Trotzdem bewahrten mich meine Französischkenntnisse nicht davor, im Kloster voll ins Fettnäpfchen zu tappen. Ich hätte meine Vokabeln besser lernen sollen." Dann blickte er wieder zu ihr. „Was war dein peinlichster Moment im Leben?"

„Du meinst wie der gerade eben, als ich einen fremden Mann im Schlaf betatscht habe?"

Als Nikolas breit grinste, strahlten seine Zähne selbst im Dämmerlicht hell auf und ließen ihn noch faszinierender wirken. Während Yvonne überlegte, kratzte sie sich an ihrer Nasenspitze.

„Da gibt es so einige. Aber mein persönlicher Favorit ist eine Beerdigung, die ich in meinem ganzen Leben nicht vergessen werde."

„Das hört sich vielversprechend an", meinte Nikolas und stand auf. „Wir haben einen Rest Sekt. Willst du welchen?"

Als Yvonne nickte, schenkte er ein und reichte ihr ihr Glas. Nach dem ersten kühlen Schluck begann sie zu erzählen: „Das Büro, in dem mein früherer Freund arbeitete, war ein komischer Laden. Der Chef lief immer mit einem verkniffenen Mund herum, die Mitarbeiter waren bis auf einen völlig humorlos und das Betriebsklima so gemütlich wie der Winter in der sibirischen Steppe. Rolf hatte das nicht weiter gestört. Heutzutage frage ich mich, ob mich das schon damals hätte stutzig machen sollen … Ich weiß auch nicht. Jedenfalls starb nach ein paar Jahren dann die Frau seines Chefs an Krebs, der sehr überraschend und sehr aggressiv aufgetreten war. Sie war gerade mal siebenundfünfzig gewesen. Die Beerdigung fand an einem warmen Frühlingstag statt. Alle Mitarbeiter waren mit Partnern anwesend – so wie Rolf mit mir – und gaben der Gattin des Chefs ehrenvoll das letzte Geleit." Wieder nippte sie am Sekt, der kühl und erfrischend durch ihre Kehle perlte. „Extra zu diesem Anlass war der alte Pfarrer ihrer Kindheit angereist, der sie konfirmiert und getraut hatte. Er war klein, bucklig und klapperdürr – und geschätzte 102 Jahre alt."

Bei der Erinnerung schlich sich in Yvonnes Mundwinkel ein respektloses Lächeln. Während sie noch in Nikolas' erwartungsvoll glänzende Augen blickte, merkte sie, dass er ein guter Zuhörer war.

„Dass er bei der Andacht nach jedem zweiten Wort ein knackendes Geräusch mit dem Gaumen machte, das durch die Nase entwich, war echt seltsam. Es hatte fast schon Didi-Hallervorden-Qualität. Aber ich saß hier schließlich bei einer Beerdigung und nicht im Kabarett. Also hielt ich tapfer Rolfs Hand und war still. Als der Pfarrer sich jedoch nach der Predigt auf einen bereitgestellten Stuhl setzen wollte und ihn beinahe verfehlte, kroch ein aufsässiges Kichern meine Kehle hoch. Ich drückte Rolfs Hand fester und presste mir die andere auf den Mund, damit ich nicht laut herausplatzte. Zum Glück merkte nur Rolf, was mit mir los war, der mir dann auch einen tadelnden Blick zuwarf.

Während des langen Zugs zum Grab gingen wir als Letzte in der Schlange. Dabei hatte ich genügend Zeit, mich zu beruhigen. Ich hatte mich gerade wieder einigermaßen im Griff, als der Pfarrer noch mit seiner kurzen Rede am offenen Grab begann. ‚Meine lieben'", Yvonne machte zwei knackende Geräusche mit dem Gaumen, „‚Trauergäste. Wir nehmen – *knack, knack* – heute Abschied – *knack, knack* – …' In diesem Moment stolperte er über eine Schaufel und fiel fast ins Grab." Ein ungehemmtes Glucksen befreite sich aus ihrer Kehle, während auch Nikolas lauthals auflachte. „Da konnte mich nichts mehr halten. Ich brüllte los und lachte und lachte. Ich hatte meine mühsame Beherrschung völlig verloren. Selbst wenn mir Rolf eine Pistole auf die Brust gesetzt hätte – ich hätte nicht aufhören können. Er zog mich dann zur Seite und schimpfte leise mit mir, wie ich nur könne, was der Chef von mir – und vor allem von ihm – denken müsse. Das sei doch ein *trauriger* Anlass ..." Erneut begann sie zu kichern. „Doch bei dem Wort ‚traurig' musste ich wieder an den Pfarrer denken und grölte noch lauter. Tränen rannen mir über die Wangen, mein Gesicht fühlte sich total verkrampft an und mein Bauch tat weh. Es war mir so peinlich. Aber ich konnte nicht anders."

Nikolas grinste bis zum Anschlag.

„Über hundert Leute standen am Grab und schauten befremdlich in meine Richtung. Doch je mehr Rolf auf mich einredete, umso schlimmer wurde mein Lachkrampf. Irgendwann zog er mich fuchsteufelswild und mit rotem Kopf vom Friedhof und steckte mich mit den Worten: ‚Jetzt hör aber mal auf!' in sein Auto. Das brachte mich noch mehr zum Lachen. Auf der ganzen Heimfahrt schimpfte Rolf mit mir, was ich nur mit hartnäckigen Heiterkeitsausbrüchen quittierte, bis er wütend schwieg. Am nächsten Tag trat ich den schweren Gang nach Canossa an und fuhr in Rolfs Firma, wo ich mich bei seinem Chef für mein Verhalten entschuldigte."

Auch wenn Rolfs Verärgerung in einer solchen Situation absolut verständlich war, wurde ihr klar, dass er ansonsten sehr oft bei weit weniger schlimmen Missgeschicken humorlos reagiert hatte. Die heitere Gelassenheit fehlte ihm genauso wie die innere Ruhe, unabänderliche Dinge mit einem Lachen im Herzen hinzunehmen. Yvonne wurde bewusst, wie wichtig ihr diese Charaktereigenschaft bei einem Partner war.

„Unglaublich", keuchte Nikolas und wischte sich die Lachtränen aus den Augenwinkeln. „So was hätte mir auch locker passieren können. Ich kenne das: Wenn man mal auf den Lachkrampf-Zug aufgesprungen ist, kriegt einen da kaum noch einer runter."

Yvonne genoss grinsend die ungewöhnliche Situation. Wann saß man schon mal nachts im Halbdunkeln auf dem Bett und unterhielt sich gut mit einem ziemlich netten und überaus attraktiven Mann? Und wieder hatte sie ein unbestimmtes, aber vertrautes Gefühl im Bauch …

Als sie kurz auf ihre Hände hinunterblickte, fiel ihr auf, dass sie ja ihren Shorty mit diesem dummen Spruch trug und dabei Nikolas ganz ungeniert im Schneidersitz gegenübersaß. Doch genau in diesem Moment war ihr das überhaupt nicht peinlich. Denn Nikolas hatte eine lockere Art an sich, die sie entspannt genießen ließ – etwas, was bei Rolf nicht möglich gewesen wäre.

Nachdem sie sich eine Weile über weitere peinliche Situationen im Leben unterhalten hatten, streckte Nikolas irgendwann die Hand nach seiner Armbanduhr aus. „Wie viel Uhr haben wir eigentlich?"

„Womöglich müssen wir schon bald aufstehen", frotzelte Yvonne aufgedreht.

„Nein, dafür ist es zu dunkel." Er warf einen Blick auf die Uhr. „Viertel nach drei. So gern ich mit dir weiterplaudern würde, ich glaube, wir sollten trotzdem noch 'ne Runde schlafen, sonst schaffen wir Hannes' Pflichtprogramm heute nicht. Und die anderen wundern sich dann, warum wir beide so übermüdet aussehen."

„Ich dachte, wir fahren nur mit der Bergbahn auf den Königstuhl und gehen nachmittags ins Freibad."

„Da kann man bei Hannes nie sicher sein."

Kapitel 17

Äußerst verführerisch

Er konnte nicht mehr schlafen. Sobald sich der Himmel silberblau gefärbt hatte, war er aufgewacht. Trotz des netten Intermezzos mit Yvonne, das seine Nacht verkürzt hatte, lag er nun ohne eine Chance auf Schlaf im intensiver werdenden Morgenlicht, bis er sogar entnervt die Fensterläden schloss. Aber selbst das brachte nichts.

Nikolas war hellwach.

Als er im Bad stand und sein Gesicht wusch, ließ er Bilder der letzten Nacht vor seinem inneren Auge aufsteigen, wie Yvonne vor ihm saß und mit sehr bildhafter Mimik von ihrem peinlichsten Moment in ihrem Leben erzählte. Ihre Hände waren kaum stillgestanden und ihre Körpersprache hatte ihm deutlich zu verstehen gegeben, wie sie sich damals gefühlt hatte. Und dabei hatte sich das Kätzchen zwischen ihren Brüsten immer ein klein wenig mitbewegt.

Und ihn gelockt.

Er mochte Yvonne. Sie war aufgeschlossen, witzig und warmherzig – auch wenn sie zwischendurch wieder etwas ruhiger und distanzierter wirkte. Aber das lag vermutlich an dieser ganzen Situation.

Nachdem Nikolas sich angezogen hatte, öffnete er vorsichtig die Tür und trat ins dämmrige Zimmer. Yvonne schlief noch. Umrahmt von Spitzen, edel bestickten Laken und einer Fülle von hauchzarten Stoffbahnen, die über das romantische Himmelbett drapiert waren. Sie lag auf dem Rücken und hatte eine Hand unter ihren Kopf geschoben, wo große, rostbraune Locken über das spitzenbesetzte Kissen flossen. Das Leintuch war züchtig bis über die Brüste hochgezogen. Nur ihr angewinkeltes rechtes Bein hatte sich nach Kühle sehnend aus der schützenden Bedeckung des Lakens hervorgestohlen und präsentierte sich Nikolas in seiner langen und schlanken Pracht.

Er konnte fühlen, wie sein Herz einen Gang zulegte und gegen seine Rippen schlug. Dieses Hotel, ganz besonders aber das Himmelbett mit der schlafenden Yvonne darin, verführten seine Sinne und verwirrten seine Gedanken. Nur mühsam widerstand er dem Drang, nach seiner Kamera zu greifen und diesen Moment für immer festzuhalten.

Stattdessen öffnete er die Fensterläden etwas, wobei sein Blick auf Yvonnes Schuhe fiel, die neben dem Schrank auf dem Boden standen. Ein elegantes Paar mit höherem Absatz, das an jeder Ferse mit einem winzig kleinen Schleifchen geschmückt war, und bequeme Sandalen, mit denen man den ganzen Tag unterwegs sein konnte. Als er noch mal genauer hinschaute, entdeckte er ein Motiv an einer Lasche.

Herr im Himmel! Sogar ihre Jesus-Latschen-Sandalen hatten aufgestickte Blümchen! Ihm war bereits aufgefallen, dass fast jedes ihrer klassisch dezenten Kleidungsstücke viele kleine Applikationen besaß, die ihre Garderobe nicht mehr schlicht, sondern sehr raffiniert wirken ließen.

Absolut erstaunlich!

Kopfschüttelnd setzte er sich in den Sessel und griff nach einer Mappe mit Unterlagen zu seinem nächsten Auftrag. Doch Yvonnes Modegeschmack ließ Nikolas nicht in Ruhe. Dafür, dass sie so auf ihr Äußeres achtete, war sie verblüffend uneitel.

Gestern waren sie in der Stadt an etlichen Schaufenstern entlanggebummelt. Yvonne hatte aber, wie ihm positiv aufgefallen war, nur in zwei der Spiegelfronten reflexartig zur Orientierung hineingeschaut – und dabei allem Anschein nach nicht mal sich selbst betrachtet. Sehr ungewöhnlich, wenn man bedachte, wie narzisstisch veranlagt die schönen Frauen waren, mit denen Nikolas normalerweise zu tun hatte.

Wieder versuchte er, sich auf seine Unterlagen zu konzentrieren.

Als Yvonne kurze Zeit später aufwachte, hatte er schon fast die Hälfte durchgesehen und sich Notizen gemacht. Während sie sich noch mit geschlossenen Augen und einem wohligen Seufzen im Bett rekelte, genoss er den Anblick ihres grazilen Körpers: Schlanke Beine, die unter dem Laken hervorblitzten. Lange Arme, die sich Richtung Baldachin streckten. Runde Brüste, die sich unter dem edlen Leinen abzeichneten, während Yvonne den Rücken genussvoll durchbog.

Ein Fest für die Sinne.

„Oh, du bist schon ausgehfertig?“, stellte sie erstaunt fest und blinzelte verschlafen. „Wie viel Uhr haben wir denn?“

„Erst kurz vor neun. Wenn du angezogen bist, sind wir garantiert immer noch die Ersten beim Frühstück.“

„Ich habe einen Bärenhunger“, stöhnte Yvonne und schlüpfte unter dem Bettlaken hervor, um mit frischen Kleidungsstücken im Bad zu verschwinden.

Als sie wieder auftauchte, trug sie bunt gestreifte Shorts mit einem engen, marineblauen Top, auf dem sich ein Schriftzug aus Glitzersteinchen befand und das ihre runden Brüste, wie Nikolas fand, sehr ansprechend umspannte. An den Füßen hatte sie weiße Segelschuhe mit aufgestickten, gelben Butterblumen.

Sie sah zum Anbeißen aus.

„Können wir gehen? Ich komme fast um vor Hunger."

„Ja, das sagtest du bereits", schmunzelte Nikolas und legte seine Mappe weg.

„Hach, ist das ein Ausblick!" Selina stand selbstvergessen an einem Aussichtspunkt auf dem Königstuhl und schirmte ihre Augen gegen die Sonne ab. Unter ihr breitete sich die Innenstadt von Heidelberg wie ein kunstvoll bestickter Teppich aus, durch den der Neckar – geziert von einigen Brücken – als blaues Band verlief. Paula und Tanja traten neben sie und genossen das angenehme Lüftchen, das die vormittägliche Hitze minderte.

„Auch wenn es hier deutlich erträglicher als in der Stadt unten ist, freue ich mich schon aufs Freibad heute Nachmittag", seufzte Tanja und strich sich über die feuchte Stirn.

Dieses Stichwort nahmen Selina und Paula dankbar auf und begannen, sich über die ganz eigene Ästhetik, was Bademode anging, zu unterhalten.

„Ich fühle mich einfach nicht wohl, wenn ich ins Schwimmbad gehe und mich nicht rasiert habe. Dann denke ich immer, alle starren mir auf die sprießenden, dunklen Haare, die neben dem Beinausschnitt wachsen", klagte Selina und holte eine Plastikflasche mit Wasser aus ihrem Rucksack.

„Das kenne ich", stimmte Tanja zu. „Wenn ich auf dem Kopf einen genauso starken Haarwuchs wie an der Bikinizone hätte, hätte ich eine Frisur wie Tina Turner zu ihren besten Zeiten."

„Dann will ich dich heute nicht im Bikini erleben", frotzelte Paula gutmütig und rückte ihre große, dunkle Sonnenbrille zurecht, durch die sie ein wenig wie eine kleine, dralle Schmeißfliege wirkte.

„Keine Angst, ich wachse mich regelmäßig", lachte Tanja. „Aber ein

Fluch ist das schon. Ich beneide alle Frauen mit spärlicher Körperbehaarung."

Yvonne, die ein paar Meter weiter an einer Informationstafel stand, musste grinsen. Das Thema hatten Noreen und sie ebenfalls zu Genüge diskutiert: Welche Enthaarungsmethoden waren für welche Körperteile die besten, praktischsten, hautschonendsten oder nachhaltigsten? Auf einen gemeinsamen Nenner waren sie nie gekommen.

Unter ihrer rot-weiß-blau karierten Schirmmütze blinzelte sie auf Heidelberg und den Neckar hinab. Die Fernsicht war ziemlich gut, sodass man sogar einzelne Gebäude erkennen konnte. War das nicht die eine Kirche, an der sie gestern vorbeigeschlendert waren?, fragte sie sich und überlegte, was noch in der näheren Umgebung stand.

Wenn sie doch nur ein Fernglas hätte!

Nachdem Nikolas einige Fotos von der Landschaft und viele von den Mitgliedern ihrer Gruppe geschossen hatte, hielt er sich nun in Hannes' und Noreens Nähe auf. Dabei betrachtete er Yvonnes Rückenansicht, wie sie allein neben einer Infotafel stand und in die Ferne blickte. Nebenbei bemerkte er, wie Nonos Argumentation den Höhepunkt erreichte.

Schon seit fast zwanzig Minuten erörterten die beiden den Zusammenhang der Farbgestaltung bei Andy Warhols Siebdrucken mit seiner nicht öffentlich ausgelebten Homosexualität. Nikolas musste innerlich grinsen. Nur Noreen und Hannes schafften es, über ein so abstruses Thema stundenlang leidenschaftlich zu diskutieren.

Irgendwann stöhnte Hannes gequält auf und raufte sich die wenigen hellen Haare: „Du rückst wie immer keinen Zentimeter von deiner Meinung ab. Ich wünschte, du hättest wieder eine Afte im Mund so wie vor Urzeiten, als du drei Tage lang wegen einer riesigen Blase auf der Zunge nicht reden konntest. Gott, war das damals herrlich still in der WG ..."

Noreen boxte ihn mit der Faust. „He, das hat scheißweh getan!"

„Ich weiß. Trotzdem habe ich diese Zeit der Stille in vollen Zügen genossen!"

Nikolas beschloss, die beiden Sturköpfe ihren Kampf allein austragen zu lassen, und schlenderte zu Yvonne. Als er sich ihr näherte, bemerkte er, dass sie halblaut vor sich hin murmelte. Irritiert schaute er sich um, fand aber niemanden, der für ein Gespräch infrage kam. Die anderen Frauen standen zu weit weg.

Als er ihr zwei Minuten lang interessiert zugehört hatte, fragte er dann doch mal nach: „Redest du öfter mit dir selbst? Oder ist das nur eine Nachwirkung der kurzen Nacht?"

Yvonne fuhr erschrocken herum. „Herrjemine! Hast du mich erschreckt!" Sie konnte schlecht zugeben, dass sie das wirklich öfter mal tat – mit sich selbst zu reden.

Unauffällig ließ sie ihren Blick über ihren Zimmergenossen wandern. So wie Nikolas hier vor ihr stand, hätte er auch in einem Hollywoodstreifen mit mexikanischen Pistoleros mitspielen können. Die dunkle Sonnenbrille unterstrich Nikolas' hagere Gesichtszüge, die wie gemeißelt wirkten, und betonten seine gerade Nase. Die längeren schmalen Koteletten lugten zwischen den seidig glänzenden Strähnen seines dunklen Haares hervor und gaben ihm ein cooles Aussehen.

Der abwartende Ausdruck in seinem Gesicht führte sie in Zugzwang. Deshalb fuhr sie fort: „Ich habe eben versucht zu rekapitulieren, wo welche Gebäude stehen. Früher habe ich das mal gewusst. Aber ich kriege es nicht mehr zusammen."

„Dann warst du schon mal hier oben?" Mit zusammengekniffenen Augenbrauen ließ Nikolas seinen Blick über die Stadt schweifen.

„Ja, vor einigen Jahren. Rolf kannte sich ziemlich gut aus und konnte mir genau sagen, wo was zu sehen ist. Er wuchs hier in Heidelberg auf." Ein schmerzlicher Unterton schlich sich in ihre Worte, während sie wieder in die Ferne blickte.

„Wie lange wart ihr zusammen?"

„Fast zehn Jahre."

„Und dein Ex hat dich wirklich für eine andere verlassen?"

Erstaunt drehte sie sich zu Nikolas um, der seine Sonnenbrille ins Haar hochgeschoben hatte und sie prüfend anblickte.

„Woher weißt du das?“

„Noreen hat es Paula gegenüber beim Frühstück erwähnt, weil sie wissen wollte, ob du verheiratet bist und Kinder hast.“

Sie schaute ihn an und überlegte, ob sie ihm davon erzählen sollte. Diese Erfahrung hätte sie in ihrem Leben zu gern verpasst. Aber das Schicksal hatte sie diesbezüglich nicht verschont. Sie merkte, wie sich ihr Zwerchfell verkrampfte. Doch irgendwann musste sie darüber hinwegkommen. Noreen hatte recht. Es war wirklich schon eine ganze Weile her.

„Ja, es stimmt. Wir waren eineinhalb Jahre lang verlobt. Aber dann erklärte er mir Knall auf Fall und mit überaus zerknirschter Miene, er habe einige Zeit zuvor eine andere Frau kennengelernt, die wie ein Orkan in sein Leben gefegt sei und alles durcheinandergebracht habe. Dummerweise hatte ich davor nichts geahnt, weshalb mich sein Geständnis wie ein Keulenschlag traf. Noch am selben Tag packte er seine Siebensachen, da er nicht zweigleisig fahren und mich nicht verletzen wolle, wie er mir mit Dackelblick beteuerte.“ Sie senkte ihren Blick und starrte in Erinnerungen versunken auf den Boden.

Sie merkte, dass Nikolas weiterhin geduldig auf das Ende der Geschichte wartete, und blickte wieder zu ihm hoch. „Er hat mir bis heute nicht wirklich erklärt, was ihm an unserem Zusammenleben oder an mir nicht gepasst hat. Zu allem Überfluss war diese Dumm-tussi zum Zeitpunkt seines Auszugs im vierten Monat schwanger – und er sehr glücklich darüber.“

Erst bei diesem letzten Geständnis – Rolf konnte damals den Stolz in seiner Stimme und den selbstzufriedenen Ausdruck in seinem Gesicht nur schlecht verbergen – war Leben in Yvonne gekommen. Giftige Galle fraß sich wie Salzsäure durch ihre Magenwände und ließ ihr Temperament hochkochen. Was danach kam, war weder für Rolf noch für Yvonnes Selbstachtung besonders erhebend. Wie eine Furie fiel sie verbal über ihn her und machte ihm Vorwürfe, schrie ihn mit weit aufgerissenen Augen fassungslos an und jagte ihn vor Wut bebend zum Teufel.

„Zwei Monate später hat er diese Schnepfe dann geheiratet.“

Sie verstummte.

„Der muss ja vollkommen blind und verblödet gewesen sein!!", fluchte Nikolas teilnahmsvoll und fuhr sich durch die Haare, wobei er seine Sonnenbrille fast zu Boden fegte.

Seine warmen Augen betrachteten sie voll Mitgefühl. Yvonnes Blick schweifte jedoch in die Ferne. Sie konnte ihm bei dieser Geschichte nicht ins Gesicht sehen. Nach wie vor erwartete sie, von einer großen Welle des altbekannten Schmerzes und einer Flut von Tränen überrollt zu werden.

„Bei Letzterem kann ich dir nur lebhaft beipflichten", stimmte sie sarkastisch zu. „Und das Allerschlimmste für mich war damals, dass er mich auch noch um meine Familienträume betrogen hatte. Mein Leben war an einem Punkt angelangt, an dem ich beruflich etwas erreicht hatte, zufrieden und bereit für eine Familie war. Ich sehnte mich nach einem Kind und dachte, Rolf sei der geeignete, ja fast schon ideale Partner für mich: bodenständig, zuverlässig … Und dann überfiel er mich hinterrücks und bohrte mir mit der Schwangerschaft seiner Freundin einen Dolch in mein Herz. Ich war so erschüttert, da mir in dem Moment klar wurde, dass es mein Kind hätte sein können – es aber nicht war."

Sie hatte seit damals mit keinem mehr darüber gesprochen. Gerade dieser Punkt ließ immer noch ihre Brust schmerzen. Dennoch war es befreiend, alles nach so langer Zeit laut auszusprechen. „Noreen mochte ihn von Anfang an nicht – was auf Gegenseitigkeit beruhte", fuhr sie fort. „Sie fand schon nach der ersten Begegnung, dass er nicht zu mir passte." Yvonne stieß ein Schnauben aus. „Sie provozierte ihn beim nächsten Familientreffen zu einem Thema, sodass er nur steif seine Meinung ausführte und sich gleich einem Gespräch mit unserem Vater zuwandte. Ihr furztrockener Kommentar mir gegenüber: ‚Eine Feinrippunterhose mit Eingriff ist deutlich aufregender als Rolf.'"

Nikolas gab ein verständnisvolles Grunzen von sich. Und Yvonne merkte verwundert, wie sich Schleusen in ihrem Inneren öffneten, die schon zu lange hermetisch verriegelt gewesen waren. Warum konnte sie in Nikolas' Gegenwart darüber reden? *Gerade* in seiner

Gegenwart? Vielleicht, weil er aufgrund seiner ruhigen Art nicht alles zu Tode analysierte und ungebetene Ratschläge erteilte – wie Noreen so oft?

„Er fand Nono im Gegenzug oberflächlich und sprunghaft. Außerdem kam er mit ihrem Humor nicht zurecht. Ich gebe zu, der ist manchmal etwas speziell", sie grinste leicht, „aber so speziell nun auch wieder nicht. Dementsprechend war Rolf stets ein wenig irritiert und ignorierte sie dann einfach. Irgendwann hörte Noreen ebenfalls auf. Nur dachte ich damals überglücklich, sie hätten sich zusammengerauft. Man heiratet schließlich auch immer die Familie des anderen mit. Deshalb war mir so daran gelegen, dass sie sich einigermaßen gut verstanden. Mir ist ein harmonisches Familienleben sehr wichtig. Aber im Endeffekt hielt Nono bei Familientreffen aus Rücksicht auf mich einfach bloß die Klappe."

„Eine solche Selbstbeherrschung kann ich mir bei ihr fast nicht vorstellen", meinte Nikolas nur trocken.

„Sie sah, dass ich glücklich war – und das war das Einzige, was sie wirklich interessierte. Außerdem trafen wir uns nicht so oft, da wir zu der Zeit bereits in verschiedenen Städten wohnten." Sie schwieg und blickte kurz zu Nikolas, der ihr gegenüberstand und seine Daumen locker in die Jeanstaschen eingehängt hatte.

„Bist du schon darüber hinweg?"

Sie überlegte. „Ich dachte es. Noreen war davon allerdings nicht überzeugt. Deshalb lud sie mich auch hierher ein. Damit ich unter Menschen komme. Nach dem Gespräch mit dir habe ich festgestellt, dass es mir tatsächlich leichter fällt, über dieses Thema zu reden. Es tut zwar noch weh. Aber das wird hoffentlich bald besser. Wahrscheinlich war die Trennung sogar gut so. Heute bin ich mir nicht mehr sicher, ob ich langfristig wirklich glücklich mit ihm geworden wäre." Sie warf Nikolas einen prüfenden Blick zu. „Warst du schon jemals so weit, dass du dachtest, die Frau fürs Leben gefunden zu haben? Ich vermute mal, dass du gerade keine Partnerin hast, sonst wärst du nicht allein da. Oder bist du jemand, der vor einer festen Bindung schreiend Reißaus nimmt?"

„Mmh, im Moment habe ich mein Leben gut als Single eingerichtet. Ich hatte schon einige Beziehungen", und mit Sicherheit nicht nur langfristige – darauf würde Yvonne ihr ganzes Geld verwetten, „aber bloß bei einer hatte ich wirklich das Gefühl, es könnte was daraus werden. Doch dann merkten wir nach drei Jahren, dass wir aneinander vorbeilebten, da wir durch unsere Berufe zu oft getrennt waren und sich dadurch ein paar unserer Lebensziele widersprachen." Er zuckte mit einer Schulter. „Grundsätzlich habe ich nichts gegen die Ehe. Wenn ich die Richtige treffen würde …"

„Möchtest du irgendwann auch Kinder haben?"

Nun war es an Nikolas, in die Ferne zu starren. Dabei verengten sich seine Augen leicht, als ob er etwas fixieren wollte und Probleme hätte, es genau zu erkennen. Zwischen den Augenbrauen bildete sich eine senkrechte Falte. Er stand so lange schweigend mit den Fäusten in den Hosentaschen da, dass sie ihm schon versichern wollte, er müsse nicht antworten, wenn die Frage zu persönlich sei.

Dann meinte er jedoch: „Ich weiß nicht. Ich habe ehrlich gesagt keine Ahnung, ob ich ein guter Vater wäre …"

Kapitel 18

Ungewöhnlich redselig

Yvonnes Augenbrauen schnellten überrascht in die Höhe. Mit einer solchen Antwort hatte sie scheinbar nicht gerechnet.

Als sie Nikolas darauf ansprach, warum er so etwas von sich dächte, meinte er nur: „Ich bin bei meiner Großmutter aufgewachsen und hatte kein wirkliches Vater-Vorbild." Da er an ihrem Gesichtsausdruck ablas, dass sie mit dem Schlimmsten rechnete, fuhr er fort: „Ich bin keine Waise. Meine Eltern leben noch. Aber sie haben mich nicht aufgezogen, weil sie ihr Leben der Entwicklungshilfe in Afrika verschrieben haben."

Als Nikolas merkte, dass Yvonne mit dieser Erklärung für die Negativeinschätzung seiner Vaterrolle nicht zufrieden war, erzählte er weiter: „Sie lernten sich bei *Ärzte ohne Grenzen* kennen. Nach meiner Geburt lebten wir eine Zeit lang in Deutschland. Aber als ich dann zwei Jahre alt war, ergriff meine Mutter wieder die Rastlosigkeit. Sie packten ihre Siebensachen, lieferten mich bei meiner Großmutter ab und flogen nach Afrika."

Er machte eine kurze Pause und verschränkte seine Arme vor der Brust, während er nachdenklich in ihre Augen blickte. „Danach sah ich sie regelmäßig einmal im Jahr, wenn sie mich in Deutschland besuchten. Sie schrieben mir Briefe, dachten an meinen Geburtstag."

Zu dem Anlass hatten sie ihm immer eine Besonderheit aus Afrika geschickt: Sand aus der Wüste, ein afrikanisches Spielzeug oder ein getrocknetes Blatt einer fremden Pflanze. Aber das war kein Ersatz für die Mutterliebe, die ihm dadurch verloren ging. Er hatte diese Geschenke gehasst.

Verwundert stellte Nikolas fest, dass er ganz gegen seine Gewohnheit sehr offenherzig über dieses Thema redete. Normalerweise vermied er Frauen gegenüber Geschichten, die seine „schwere" Kindheit betrafen. Er hatte schon erlebt, wie tränenreich sie auf das weibliche Geschlecht wirkten und ihn in eine Rolle zwängten, in der er sich nicht wiederfinden wollte: Die eines Mannes, der umsorgt und verhätschelt werden musste, da ihm als Kind essenzielle Dinge vorenthalten worden waren. Er wollte aber nicht von mütterlichem Getue erdrückt werden. Wollte keine mitleidigen Blicke, als ob er emotional zurückgeblieben wäre und das allein auf die elterliche Vernachlässigung zurückzuführen sei. Und wollte schon gar kein Hausmütterchen mit Schürze am Herd, das ihn zur Begrüßung erst einmal an seinen Busen drückte, ihm sanft über den Kopf strich und ihm eine warme Mahlzeit vorsetzte, damit der Bub' Fleisch auf die Knochen bekam.

Was er wollte, war eine gleichberechtigte Partnerin, die ihn nicht nur körperlich faszinierte, sondern ihn auch geistig herausforderte und zum Lachen brachte. Eine Frau, neben der man gern einschlief und deren Gesicht man morgens nach dem Aufwachen als Erstes erblicken wollte. Doch einer solchen Frau war er bisher noch nicht begegnet.

Dann ergänzte er: „Aber ansonsten waren sie eher entfernte Bekannte für mich als meine Eltern."

Spontan legte Yvonne ihre warme Hand auf seine verschränkten Arme. „Wie hast du das als Kind nur verkraftet?", fragte sie und er konnte in ihrem Gesicht ablesen, wie es ihr bei der Vorstellung das Herz zerriss.

Sein erster Gedanke war: *Oh nein, bitte nicht schon wieder!* Doch dann merkte er, dass etwas anders war als sonst. Yvonne war anders. Ihre polarblauen Augen hüllten ihn in einen behaglichen Kokon des Mitgefühls und schienen ihm bis tief in seine Seele zu blicken. Er konnte keine Spur des üblichen Mitleids erkennen. Ein ungewohntes Gefühl setzte sich in seiner Brust fest, das nichts mit ihrer warmen Hand auf seinem Arm zu tun hatte.

Wie in einem angenehmen Sog gefangen erzählte er weiter: „Meine Großmutter ist eine willensstarke Frau und bekam das gut hin. Sie war damals noch sehr jung, weil sie meine Mutter mit achtzehn bekommen hatte. Außerdem besaß sie schon immer einen eisernen Willen, an dem ich mir als Kind die Zähne ausbiss, wenn ich meine Grenzen austesten wollte." Nun musste er grinsen, wurde jedoch schnell wieder ernst. „Schlimmer für ein kleines Kind als die Tatsache, dass es ohne Mutter aufwächst, ist die Frage, warum die eigene Mutter Tausende von Kilometer entfernt lebt und anderen Kindern hilft, wo doch ihr eigen Fleisch und Blut in Deutschland sitzt und sie braucht. Sie braucht, damit sie es in den Arm nehmen, ihm abends Geschichten vorlesen und ihm über die Stirn streichen kann, wenn es mit Fieber im Bett liegt."

Yvonnes einfühlsamer Blick schien seinen Schmerz zu teilen. Trotzdem fühlte sich Nikolas nicht von Mitleid überschwemmt. Ganz im Gegenteil.

„Das war sicher nicht leicht …"

„Es ging. Es gab Phasen, in denen ich meine Eltern gar nicht vermisste, und Phasen, in denen ich so zornig war, dass ich Möbel hätte an die Wand werfen können. An solchen Tagen ging ich in den Wald laufen, um körperlich Dampf abzulassen. Ich war damals jahrelang in einer Leichtathletikgruppe aktiv."

Ohne diese Möglichkeit, sich physisch auszutoben, hätte er seine überschüssige Energie höchstwahrscheinlich in anderen Bereichen abreagiert – mit weitreichenderen, negativen Folgen. Während seiner Schulzeit hatte er sowieso schon den Ruf eines wilden Kerls innegehabt. Seine Großmutter musste mehr als einmal zu einem Gesprächstermin in die Schule kommen. Doch er war kein Schläger. Bis auf ein paar Keilereien unter Jungs fiel nie etwas vor. Die langen Waldläufe – auch im Winter – besänftigten seine rebellischen Gedanken und lenkten seine unbändige Energie in die richtigen Bahnen. So lernte er, mit frustrierenden Gefühlen umzugehen, Probleme zu analysieren und Lösungen zu finden. Diese prägenden Erfahrungen ließen ihn früher reifen als seine Klassenkameraden.

Er blickte kurz auf seine verschränkten Arme hinunter. Yvonne hatte schon längst ihre Hand zurückgezogen. Doch er vermisste irgendwie den warmen, beinahe tröstlichen Kontakt ihrer Haut. „Etwas besser wurde das Verhältnis zu meinen Eltern, als ich sie in zwei aufeinanderfolgenden Jahren während der Sommerferien in Afrika besuchte. Aber ein wirkliches männliches Vorbild habe ich im Familienverbund nie erlebt. Mein eigener Vater war kein ernst zu nehmender Teil meiner Kindheit."

„Und deshalb glaubst du, du würdest einen schlechten Vater abgeben", verstand nun Yvonne.

Er zuckte nur mit den Schultern. „Weiß nicht."

Plötzlich hörten sie einen erleichterten Ausruf und drehten sich um.

„Endlich Freibad!!! Hannes und Noreen haben doch noch Erbarmen mit uns!!" Paul stand zehn Meter hinter ihnen und reckte seine Faust triumphierend in die Höhe.

„Na, dann auf ins kühle Nass", spottete Nikolas, der mit seinem gedanklichen Ausflug in die Kindheit fertig war.

Zusammen mit Yvonne machte er sich auf zur historischen Bergbahn, um zurück zur Talstation und zu ihren Autos zu fahren.

Kapitel 19

Schwesterlich verbunden

„Ich hätte jetzt richtig Lust auf einen großen, fetten Döner mit massig Soße und Zwiebeln drauf!"

Yvonne merkte, dass sie fast eingeschlafen wäre, wenn Noreens Stimme sie nicht aus einem entspannten Schlummer gerissen hätte. Die kurze Nacht und die sengende Hitze forderten ihren Tribut.

Bei ihrer Ankunft im Schwimmbad hatten sie glücklicherweise den letzten Schattenplatz ergattert, bevor alle jauchzend ins erfrischende Wasser gerannt waren. Nachdem sie unzählige Male die lange Rutsche heruntergeschlittert und sich eine ausgiebige Wasserschlacht geliefert hatten, lagen die meisten ziemlich erschöpft auf ihren Picknickdecken und schwafelten über die alten Zeiten. Yvonnes Aufmerksamkeit hatte sich dann irgendwann ausgeklinkt und wäre ins Reich der Träume abgedriftet, hätte die Stimme ihrer Schwester neben ihr sie nicht wieder herausgerissen. Doch in dem Moment merkte sie, wie ihr Magen knurrte.

Träge richtete sie sich aus der Bauchlage auf. „Ich habe vorhin tatsächlich jemanden gesehen, der mit einem Döner aus dem Imbiss gekommen ist. Vielleicht hast du Glück und es ist für dich auch noch einer da."

„Echt?!! Oh, lecker!" Begeistert setzte sich Noreen auf. Ihr Körper stand bis zur Igelfrisur unter Spannung. „Hast du Lust, einen mit mir zu teilen – wie früher? Tanja mag keinen, sonst würde ich sie fragen."

„Hunger hätte ich tatsächlich … Wie viel Uhr haben wir denn jetzt?"

„Fast halb vier", meinte Noreen.

„Dann müsste ein halber gehen, sonst krieg' ich heute Abend nix mehr runter."

Schon sprang Noreen mit dem Geldbeutel in der Hand auf und eilte Richtung Imbiss. *Die muss aber am Verhungern sein,* grinste Yvonne in sich hinein.

Früher, als sie mit ihrem Abitur und Noreen mit dem Studium

beschäftigt gewesen waren, hatten sie sich öfter mal wegen notorischen Geldmangels einen Döner geteilt. Yvonne hatte damals ihr ganzes Taschengeld für Klamotten ausgegeben und Nono für Malutensilien.

Als Noreen ihr eine Hälfte gespickt mit saftigem Fleisch und knackigem Salat in die Hand drückte, stellte Yvonne fest, dass sie schon seit Ewigkeiten keinen mehr gegessen hatte. Genussvoll sog sie das würzige Aroma ein und biss herzhaft hinein. Dann schloss sie die Augen und ließ die verschiedenen Geschmacksrichtungen auf ihre Sinne wirken.

Oh, wie war das himmlisch!! Das Fleisch war knusprig und gut gewürzt und verband sich geschmacklich mit den Tomaten, Zwiebeln und Salatblättern zu einer perfekten Symphonie. Und die Soße rundete die Köstlichkeit harmonisch ab.

Mit entrücktem Gesichtsausdruck und einem seligen Seufzen leckte sie ihren Zeigefinger ab und öffnete wieder die Augen – bloß um Nikolas' unergründlichem Blick zu begegnen, der sich auf ihren Lippen eingebrannt zu haben schien. Sofort hörte sie mit Kauen auf und wischte sich mit der Serviette über den Mund, da sie vermutlich bis zum Kinn mit Soße vollgekleckert war.

Was musste er nur von ihr denken?! Yvonne wäre am liebsten vor Scham im Boden versunken. Ein Döner war immer schwer zu essen. Aber als erwachsene Frau sollte man das einigermaßen ohne Sauerei hinbekommen. Als er keine Reaktion zeigte und seinen Blick abwandte, ließ er sie verunsichert zurück.

Früher als Kind hätte sie sich in einer solchen Situation zu Tode geschämt und wäre der betreffenden Person monatelang aus dem Weg gegangen. Sie war damals sehr schüchtern und zurückhaltend. Zwar hatte sie einige Freundinnen, mit denen sie viel herumalberte. Aber schon bei deren Eltern fing ihre Unsicherheit an. Fremden gegenüber war sie noch befangener, weshalb diese blöde Angewohnheit mit der Nagelhaut ihres linken Daumens begonnen hatte. Nur in der Werkstatt ihres Vaters fühlte sie sich wohl. Geborgen. Dort konnte sein, wie sie war.

Yvonne war stets Papas liebes Mädchen gewesen. Sein Nesthäkchen, das Küken, die Tochter, die sich brennend für sein liebstes Hobby interessierte: die einzigartige Schönheit von Oldtimern, deren Instandsetzungsarbeiten und den Geruch von Motorenöl.

Noreen hingegen fühlte sich ihrer Mutter näher, da sie deren offenes Wesen, den Ideenreichtum und den Sinn für Ästhetik geerbt hatte. Sie war ein wilder Freigeist, dessen Begeisterung für abenteuerliche Spiele gepaart mit großem Gerechtigkeitssinn die anderen Kinder aus ihrem kleinen Heimatort wie magisch anzog. Keiner hatte Nono je zur Anführerin ernannt, aber trotzdem folgten ihr alle bereitwillig. Deshalb summte ihr Elternhaus jeden Nachmittag wie ein Bienenstock.

Ach, wie hatte sie ihre Schwester damals um deren Selbstsicherheit und Aufgeschlossenheit beneidet!

Yvonne hielt sich bei den Abenteuern lieber im Hintergrund und beobachtete alles. Sie wurde in der Gruppe zwar als Nonos kleine Schwester toleriert, aber mehr auch nicht, weil sie zu brav, zu ruhig, zu wohlerzogen und zu adrett war. Mit den geflochtenen Zöpfen stellte sie das krasse Gegenteil zu Noreens Wildheit dar, die diese mit ihrem flammend roten Bürstenhaarschnitt und den praktischen Jungsklamotten symbolisierte. Selbst wenn Yvonne mit kurzen Jeans und T-Shirt zum Spielen herauskam, haftete ihr noch ein Hauch von blumigem Seifenduft und mädchenhafter Unschuld an.

Zudem konnte keines der Nachbarkinder wirklich verstehen, was Yvonne an alten Autos faszinierte. Und wie sie sich stundenlang in der Werkstatt mit dem Herumschrauben an einer Schrottkarre beschäftigen konnte – und das auch noch in Gesellschaft ihres Vaters. Freiwillig Zeit mit den Eltern zu verbringen war damals ja so was von uncool! Und weil Yvonne immer so leicht zu hänseln war, war sie ein gefundenes Fressen für ein paar Kinder, die unschmeichelhafte, manchmal gehässige Kommentare von sich gaben, die den unvermeidlichen Schmutz in der Garage betrafen.

Deshalb gewöhnte sich Yvonne schon früh an, sich nach der Arbeit in der Werkstatt ordentlich sauber zu machen und sich hübsch anzuziehen – nur um diesen Bemerkungen keinen Nährboden zu geben. Seit damals trug sie auch kurz geschnittene Fingernägel, die sich mit Papas Spezialreinigungsmittel und Nagelbürste besser säubern ließen – und jetzt zum Tippen auf der Computertastatur bedeutend angenehmer waren als mörderisch lange Krallen.

Aber das hatte alles nichts gebracht. Sie war immer noch Nonos kleine, schüchterne Schwester gewesen, die sich beim Spielen nicht traute, den Mund aufzumachen. Ganz besonders die für Rothaarige so typische helle Haut, die sie schneller erröten ließ, nervte sie kolossal. Daher übte Yvonne an kleinen Situationen, ihr Selbstbewusstsein zu verbessern.

Irgendwann mit fünfzehn merkte sie schließlich, wie ihre Bemühungen langsam Früchte trugen und sie anderen gegenüber ihren Standpunkt vertreten konnte, ohne zu stottern oder rot anzulaufen. Endlich hatte sie gelernt, lästige Bemerkungen an sich abperlen zu lassen wie Regen an einer frisch geputzten Fensterscheibe. Die dickere Haut verbunden mit mehr Gelassenheit war sehr hilfreich – gerade auch in ihrem Berufsleben. Dennoch gab es gelegentlich Situationen, die sie nicht so entspannt bewältigte. Die Nagelhaut ließ dann herzlich grüßen.

„Erde an Yvonne. Befindest du dich noch in der berechneten Umlaufbahn?" Nono wuschelte ihr durch die feuchten Locken.

„Ja ... ja klar. Bin wieder da." Yvonne riss sich von der Vergangenheit los und merkte, dass sie den halb aufgegessenen Döner in Händen hielt. Genussvoll biss sie hinein – nicht ohne einen schnellen Blick in Richtung Nikolas zu werfen, der ein paar Badetücher weiter saß. Doch dieser unterhielt sich gerade mit Mathis über die letzte Niederlage des FC Bayern München und schoss ein Foto von Paul und Paula, die sich aneinandergekuschelt hatten. Er beachtete Yvonne nicht im Mindesten. Was für ein Glück. Dann konnte sie den Rest ihres Essens in aller Ruhe genießen.

„Tanja macht dich glücklich, stimmt's?", fragte sie kurz darauf, als sie den letzten Bissen Fladenbrot in den Mund schob, und betrachtete Noreens wild abstehende, orangerote Haare und deren feingliedrige Figur, die in einem schlichten, schwarzen Bikini steckte. „Wenn ich euch so beobachte, könnte ich neidisch werden."

„Ja, da habe ich einen echten Glücksgriff getan." Nono lachte auf.

„Sie erledigt im Haushalt klaglos die Aufgaben, die ich hasse, und backt zweimal in der Woche superleckere Kuchen. Nur manchmal macht sie mich wahnsinnig, weil sie ständig das Geschirr vorspült, bevor sie es in die Spülmaschine stellt. Aber sonst ist sie okay."

„Es ist immer herzerwärmend, wenn du so gefühlvolle Liebesbekundungen machst." Die Schwestern grinsten sich an. „Du bist völlig verrückt nach ihr, gib's doch zu!"

Noreen nickte. „Irgendwie denke ich, dass wir so gut zusammenpassen, dass es mir schon fast Angst macht. Wir ergänzen uns in bestimmten Bereichen und blicken bei anderen Dingen in dieselbe Richtung. Außerdem liebe ich es, Tanja mit gelöstem Gesichtsausdruck in ihrem Blumenladen werkeln zu sehen. Dann sieht sie nämlich mit ihrer kurvenreichen Figur und dem zufriedenen Lächeln auf ihren sinnlichen Lippen aus wie Flora, die griechische Göttin der Blüte." Sie beugte sich zu Yvonne vor und flüsterte mit einem frivolen Kichern: „Da würde ich mich am liebsten vergessen und sie in den hinteren Bereich des Ladens ziehen, um unanständige Dinge mit ihr anzustellen."

Das konnte sich Yvonne bei Noreens Temperament bildhaft vorstellen. Deshalb wunderte sie sich auch nicht darüber, wie sich ihre Schwester bei Tanja dafür bedankte, dass es sie gab: Als diese sich mit einem Eis wieder an ihren Platz setzte, legte Noreen ihr die Hand in den Nacken und zog die überraschte Tanja an ihre Lippen, um ihr einen liebevollen Kuss zu geben.

Kapitel 20

Grausiges Vergnügen

„Was, um Gottes Willen, ist ein Billigfest mit Kuschelnest?!", fragte Paul, dessen Stimme dabei eine Oktave höher rutschte, da er sich gegen die laute Musik und das Stimmengewirr der vielen Gäste behaupten musste. An diesem dritten gemeinsamen Abend waren sie in einer lateinamerikanischen Tanzbar gelandet.

„Tja, das war ein denkwürdiger Abend, stimmt's Niko?", wandte sich Hannes an seinen Freund, der gerade einen Tequila ablehnte, da er noch fahren musste.

„Ein sehr denkwürdiger Abend“, stimmte dieser zu.

„Damals veranstaltete ein Studentenwohnheim sein jährliches Sommerfest, bei dem es zehn Tequilas für zehn Euro gab. Niko ging zusammen mit mir und einem Freund dort hin. Da wir keine Freundinnen dabei hatten, konnten wir das Kuschelnest leider nicht ausprobieren – und so auf die Schnelle schafften wir es auch nicht, welche aufzureißen. Na ja, ... Niko wäre das mit seinem überwältigenden Charme garantiert gelungen.“ Ein durchtriebener Ausdruck machte sich auf Hannes' Gesicht breit, während seine Freunde mit gespitzten Ohren seiner Geschichte lauschten. „Aber wir anderen beiden konnten schon damals den Durchschnittsmann in puncto Aussehen nicht ausstechen. Jedenfalls hielten wir uns deshalb an die Tequilas, die im Zehnerpack nie aufgingen, da wir zu dritt waren. Aus dem Grund musste jeder eine Runde ausgeben, bis alle im Laufe des Abends gleich viele intus hatten. Wie wir uns danach fühlten, könnt ihr euch sicher denken. Niko und unser Freund ließen sich beim Heimweg die alkoholische Investition noch mal durch den Kopf gehen. Ich dagegen markierte den starken Mann und schleppte mich heim. Welchen Durchmesser mein Schädel am nächsten Morgen hatte, ist nicht schwer zu erraten. Keine Tür war breit genug, dass ich ohne anzustoßen durchgepasst hätte.“

„Dummerweise“, griff Nikolas den Erzählstrang seines Freundes auf, „hatte ich die Idee, am nächsten Tag in die Mensa zu gehen. Es gab chinesische Gemüsepfanne. Die erste Gabel war schwierig. Die zweite schon etwas besser. Als ich dann die dritte in den Mund steckte, hatte ich auf einmal das Gefühl, ein Haarknäuel des Kochs würde sich um meine Zungenspitze wickeln. Ich begann zu würgen und musste all meine Beherrschung zusammennehmen, damit mir nicht alles, was sich in meinem fast leeren Magen befand, hochkam. Angewidert spuckte ich den Reis auf den Teller und verließ fluchtartig die Mensa.“ Angeekelte Gesichter bestätigten ihn in seiner Reaktion. „Von da an entschied ich mich grundsätzlich für Gerichte, die in einzelnen Stücken auf den Teller gelegt wurden: zum Beispiel eine Bockwurst mit Pommes. Da lauerte immerhin keine böse Überraschung in der Soße auf mich."

„Und das Beste war", ergänzte Hannes das Abenteuer. „Ich war an dem Tag auch in der Mensa, nur eine halbe Stunde nach Niko. Und mir ist dasselbe passiert: ein Haarknäuel auf der ersten Gabel, das ich zum Glück noch entdeckte, bevor ich es mir in den Mund schieben konnte. Sonst hätte ich in meiner Verfassung echt auf den Teller meines Tischnachbarn gekotzt." Die ganze Mannschaft johlte vor grausigem Vergnügen. „Und seit damals heißt mein Lebensmotto: Finger weg vom Alkohol." Dabei nahm er sein Tequilaglas und spreizte den kleinen Finger weitmöglichst ab, bevor er es in einem Schwung leerte.

Nikolas nickte zustimmend und setzte ein verwegenes Piratenlächeln auf, bei dem seine weißen Zähne aufblitzten. „Ich habe seit damals nie wieder so viel getrunken."

Sein atemberaubender Charme hätte Yvonne glatt den Boden unter den Füßen weggezogen, wäre sie nicht bereits auf der gemütlichen Sitzbank aus dunkelrotem Plüsch gesessen. *Hallo?!*, erinnerte sie sich selbst, *du wolltest mit Männern nichts mehr zu tun haben. Schon vergessen?* Nachdem sie zweimal trocken geschluckt hatte, fand sie auch wieder ihr seelisches Gleichgewicht, um dem Gespräch am Tisch folgen zu können.

So unterhielten sie sich eine Weile über Studentenfeste, Alkoholkonsum und jugendlichen Leichtsinn, bis Mathis in die Runde fragte, wer Lust hätte, mit ihm im Nebenraum Billard zu spielen.

Hannes meldete sich postwendend mit den Worten: „Frag Papa Hannes, der kann alles", woraufhin Noreen ausgelassen weiterdichtete: „Frag die kleine Noreen, die lässt für Billard alles steh'n." Nun fehlte nur noch ein Mitspieler, damit sie in zwei Teams an zwei Tischen spielen konnten.

„Komm, Yvonne, spiel mit mir. Mit Hannes und Mathis kann ich eh nicht mithalten, weil die mich immer abzocken", versuchte Noreen sie zu überreden.

„Eigentlich ist mir heute nicht danach. Außerdem weiß ich nicht, ob das besser für dich ist. Ich habe dich früher immerhin auch oft genug geschlagen“, gab Yvonne zu bedenken.

„Dazu gehört nicht viel“, mischte sich Hannes ein. Dann stahl sich ein unverschämtes Grinsen in seine Mundwinkel, dem eine freche Feststellung folgte: „Mit einem harten Prügel konnte unsere Noreen noch nie viel anfangen. Nicht, Nono?“

Dafür erntete er keinen Schlag gegen die Schulter, wie Yvonne erwartet hatte, sondern nur eine süffisante Retourkutsche: „Du meinst, wie dein eigener nicht vorhandener?“

Schlussendlich zogen die drei mit Paul im Schlepptau los, der laut eigenen Angaben noch schlechter spielen konnte als Noreen.

Während Paula den anderen Frauen wortreich und in anschaulichen Bildern von der letzten Magen-Darm-Grippe ihrer beiden Kinder erzählte, lehnte sich Yvonne gemütlich auf der Eckbank zurück und schaute in die Runde. Die Tanzbar war für einen Donnerstagabend gut besucht. Das Publikum bestand aus jungen Pärchen, die knutschend in den dunklen Ecken saßen, und Gruppen, die sich an größeren Tischen unterhielten. Einige Paare befanden sich auf der Tanzfläche und wirbelten im Takt der lateinamerikanischen Musik, die schon den ganzen Abend lief, übers Parkett. Viele dieser Frauen trugen weite, kurze Röcke, die die Tanzbewegungen optisch wunderbar untermalten. Auch Yvonne hatte sich – allerdings unbewusst – für ein weißes Sommerkleid mit enger Korsage und Glockenrock entschieden.

Ihr Blick wanderte zu Nikolas, der gerade Hannes' blonde Frau im Arm hielt und sich mit ihr um die eigene Achse drehte. Annette hatte schon im Hotel erwähnt, dass sie unbedingt mit Niko tanzen müsse, da er so göttlich führen könne und ihr Mann bei solchen Gelegenheiten nur einen epileptischen Pogo zustande brächte.

Wenn Yvonne das harmonische Paar so betrachtete, hatte Annette absolut recht. Nikolas schien sein tänzerisches Talent in die Wiege gelegt worden zu sein. In den knackig sitzenden Jeans, die seinen Hüftschwung gut zur Geltung brachten, und dem engen, schwarzen T-Shirt sah er wirklich zum Anbeißen aus. Seine längeren Haare rahmten sein exotisches Gesicht und gaben ihm in der gedämpften Beleuchtung der Bar ein unwiderstehliches Aussehen.

Wie ein heißer Latino.

Das ließ Yvonne an den Moment im Hotel denken, als sie ihr Kleid für den Abend bereitgelegt hatte und dieser Leckerbissen auf zwei Beinen frisch geduscht in ebendiesen Jeans, seinem Kreuzanhänger um den schlanken Hals – und sonst nichts – aus dem Bad getreten war. Yvonne hätte sich nicht gewundert, wenn die Tür mit einem testosteronerfüllten Zischen wie die Luftschleusen in Science-Fiction-Filmen aufgegangen wäre: *Achtung, hier kommt der Held!*

Ihr stockte in dem Moment der Atem, als sie einen Blick auf die bronzefarbene Haut seines gut proportionierten Oberkörpers erhaschte, der pure Energie und unbändige Kraft ausstrahlte.

Scheiße, dachte sie. Nikolas war ein gut aussehender Mann. Sie würgte an einem Schluck Spucke. Ein *wirklich* gut aussehender Mann. Und er ging ihr unter die Haut ... und beschleunigte ihren Puls wie ein doppelter Espresso.

Dennoch konnte sie sich nicht verkneifen, trocken zu sagen: „Ich wusste gar nicht, dass du auch als Model für Calvin Klein arbeitest. Wen möchtest du denn damit beeindrucken?"

Er grinste nur schief und erwiderte mit einer selbstsicheren Lässigkeit, die ihr beinahe den Atem raubte: „Für falsche Scham ist es heute eindeutig zu heiß."

Dann holte er ein Shirt aus dem Schrank und zog es sich über den Kopf. Dabei durfte Yvonne das faszinierende Muskelspiel in seinen Armen und dem gestreckten Oberkörper beobachten – und musste noch mal schlucken.

„Und so was liegt nachts acht Stunden lang neben dir?!", wurde sie von Paula aus ihren Gedanken gerissen, die auf die Tanzfläche deutete.

„Mmh?", fragte Yvonne geistesabwesend und strich sich ein paar Locken aus dem Gesicht, um ihre Verwirrung zu überspielen. War es vorher in der Tanzbar auch schon so heiß und drückend gewesen?

„Ich habe bloß festgestellt, dass so etwas Leckeres jede Nacht acht Stunden lang neben dir liegt. Wie kannst du nur deine Finger von ihm lassen?"

„Ist kein Problem. Ich will schließlich nichts von ihm."

Yvonne ließ ihre Augen beiläufig über die Gäste der Bar und damit auch wieder zu Nikolas und Annette wandern, weshalb sie beinahe Paulas ungläubigen Blick verpasste, der ganz eindeutig zu erkennen gab, dass sie ihr das nicht abnahm.

Als kurz darauf eine siegreich grinsende Noreen auf den Stuhl neben Yvonne rutschte, musste sie zwangsläufig die Augen von den dynamisch runden Bewegungen auf der Tanzfläche abwenden.

„Ich habe Paul beim Billard so was von zur Schnecke gemacht, das hättest du sehen sollen, Yvonne!!“, sprudelte es aus ihrer Schwester hervor. „Der ist echt noch schlechter als ich. Danke, dass du nicht mit mir gespielt hast, sonst hätte ich nie dieses triumphale Gefühl des Sieges erlebt!“

„Immer wieder gern“, schmunzelte sie und schob Noreen ihr Glas Tequila Sunrise hin, da diese vergeblich nach der Kellnerin winkte.

Als sie einen großen Schluck genommen hatte, beugte sie sich zu Yvonne vor und fragte: „Gefällt es dir eigentlich bei uns?“

„Ja.“

Noreen umarmte sie und murmelte ihr erleichtert ins Ohr: „Ich bin so froh. Ich hatte Angst, du würdest mit Hannes nicht zurechtkommen.“

„Nein, er ist schon in Ordnung – und er betet dich wirklich an“, meinte Yvonne, als sie ihre Schwester an sich drückte.

Spontan lachte diese laut auf und löste sich aus der Umarmung. „Ja, nicht wahr? Er hat echt Geschmack.“ Sie schenkte Yvonne ein warmes Lächeln.

Ein positiver Nebeneffekt dieses Urlaubs war etwas, das Yvonne nicht erwartet hatte: Nicht nur fand sie Hannes deutlich sympathischer als damals zu Studentenzeiten. Sie hatte auch einen tieferen Einblick in das Privatleben ihrer Schwester bekommen und fühlte sich dadurch viel enger mit ihr verbunden. Sie hatte festgestellt, dass ihr ein wichtiger Teil Nonos allein durch ihre Weigerung entgangen war, Hannes als deren Busenfreund zu akzeptieren und ihn besser kennenzulernen. Yvonne war froh, dass sie das hatte nachholen können.

Nono stieß sie liebevoll mit der Schulter an und meinte: „Ich freue mich, dass du wieder einen so glücklichen Eindruck machst."

Wie früher.

Als sie Noreen in die braunen Augen blickte und in Gedanken die unausgesprochenen Worte ergänzte, spürte sie einen Moment lang diese tiefe, innere Verbundenheit mit ihrer Schwester. Eine Verbundenheit, die ihre Beziehung seit jeher geprägt – und die sie zwischenzeitlich verloren hatte.

Sie liebte Nono so sehr und merkte erst jetzt, wie ihr das enge Verhältnis zu ihr in den letzten beiden Jahren gefehlt hatte. Sogar deren Gluckengehabe hatte sie vermisst, wie ihr klar wurde. Daran änderte auch die Tatsache nichts, dass Yvonne ihre Schwester schon lange vom Körperwuchs überragte.

Sie drückte Nonos Hand. „Ja, es ist wirklich schön, bei euch zu sein und deine Freunde besser kennenzulernen."

Ihr dankbares Lächeln wärmte Yvonnes Herz und hinterließ gleichzeitig ein kleines schlechtes Gewissen. Sie hätte sich viel früher darum bemühen sollen. Aber jetzt konnte sie dieses Versäumnis endlich nachholen.

Sie nahm einen Schluck von ihrem Longdrink und bemerkte, dass die anderen Frauen wieder über die tanzenden Gäste sprachen, begeisterte Bemerkungen über fließende Hüftbewegungen machten und über den erotischsten männlichen Körperteil diskutierten.

Wie von selbst wanderten Yvonnes Augen zu Nikolas, der immer noch mit Annette tanzte. Erneut stellte sie fest, dass jede seiner geschmeidigen Bewegungen und jeder Blick aus diesen whiskyfarbenen Augen puren Sex ausstrahlte. Da Noreen so dicht neben ihr saß, war sie auf der Hut und gab sich ganz unbeteiligt.

Versuchte es zumindest.

„Annette ist auch einer seiner größten Fans, wie's aussieht. Ich will nicht wissen, zu welchen ekstatischen Höhenflügen Nikolas die Frauen mit dieser locker aufgehängten Hüfte treiben kann." Selina machte sich vor ihrer Margherita sitzend warme Gedanken und spielte geistesabwesend mit ihrem dunklen Zopf. „Woher er das wohl kann?"

Noreen klärte die Frauen auf: „Hannes erzählte mal, dass er einige

Monate in der Karibik auf Motivsuche war. Dort hat er es gelernt."

Nach einem großen Schluck von ihrem Cocktail gestand Selina: „Wisst ihr, was ich echt beängstigend finde? Auch wenn man schon fünf Jahre glücklich verheiratet ist, ist man für den Charme fremder Männer immer noch empfänglich. Wenn ich einem attraktiven Mann begegne, ertappe ich mich manchmal dabei, dass ich mich frage, ob ich heute zueinanderpassende Unterwäsche trage." Als die anderen Frauen vergnügt aufjohlten, errötete sie. „... also, das kommt nur sehr selten vor. Wie viele wirklich gut aussehende Männer außerhalb Hollywoods gibt es schon in Baden-Württemberg?"

In dem Moment war das Lied fertig und Nikolas führte die glücklich strahlende Annette galant zu ihrem Platz. Seufzend sank sie auf ihren Stuhl. „Puh, war das herrlich! Ich bin fast am Verdursten."

Nikolas ging ans andere Ende des Tisches und trank ebenfalls aus seinem Glas. Aus dem Augenwinkel verfolgte Yvonne seine Gesten. Als sie sich wieder den Frauen zuwenden wollte, kam er auf sie zu und streckte ihr seine Handfläche entgegen.

„Hast du Lust zu tanzen?"

„Äh ...", stotterte sie überrascht und starrte mit großen Augen zu ihm auf. „Ich kann kein Salsa."

„Dann hast du aber Glück", erwiderte Nikolas und beugte sich zu ihr vor. „Die spielen hier nämlich bloß Merengue."

Kaum hatte dieser Satz seine sinnlichen Lippen verlassen, packte er auch schon ihre Hand und zog sie mit sanfter Gewalt von der Sitzbank. Während sie hinter ihm herstolperte, konnte sie nur einen Hilfe suchenden Blick über ihre Schulter auf die vergnügt grinsenden Frauen werfen.

Kapitel 21

Erotisch prickelnd

Heiliger Bimbam! Das konnte was werden. Von Merengue hatte sie in etwa so viel Ahnung wie ein Dackel vom Skifahren. Und blamieren wollte sie sich vor Nikolas auch nicht gerade, indem sie wie ein Dorftrampel über seine Füße stolperte.

Auf der Tanzfläche angekommen, zog er sie so eng an sich, dass die Moralapostel des viktorianischen Zeitalters vor Empörung aufgeschrien hätten. Dann warf er ihr ein kleines, aufmunterndes Lächeln zu und wiegte sich mit ihr in den Hüften, bis sie seine Bewegung und den einfachen Grundschritt automatisch übernahm.

„Ein Gerücht besagt, dass Seeräuber und Freibeuter den Merengue-Schritt im siebzehnten Jahrhundert mit ihren Klumpfüßen geprägt haben sollen", raunte Nikolas ihr zu. „Aber das ist – wie gesagt – bloß ein Gerücht."

Und dann zeigte er, was in ihm steckte, dass es Yvonne nur so vor den Augen flirrte. Sie hatte keine Chance, sich zu widersetzen. Wie eine willenlose Puppe überließ sie sich Nikolas' Kontrolle, der sie butterweich von einer sinnlichen Bewegung in die nächste führte.

Seine Hand lag dabei warm und fest auf ihrem Kreuz – knapp oberhalb ihres Steißbeins – und seine andere stützte ihre rechte locker in Schulterhöhe. Sein Becken kreiste an ihrem, wobei sich seine Beine immer wieder zwischen ihre Schenkel schoben, um sie dahin zu steuern, wohin er tanzen wollte. Sie hatte das Gefühl, von den Rippen unterhalb ihrer Brüste bis zu den Knien an Nikolas festem Körper zu kleben wie mit Patentkleber.

Einmal drehte er sie unter seinem Arm hindurch. Dabei spürte sie, wie ihr Bauch und ihre Schenkel von der überhitzten Luft der Bar sogar gekühlt wurden. Wie heiß musste es dann erst während des Tanzens zwischen ihren Leibern brodeln?

Mit dem Gefühl, sich noch nie so lebendig gefühlt zu haben wie in diesem Moment, blickte sie zu ihm auf. Ihre Augen waren auf der Höhe seiner Nasenspitze.

Einer sehr ansprechenden Nasenspitze.

Doch Nikolas' Miene verriet nichts von der Hitze, die Yvonne ergriffen hatte. Nichts von dem Kribbeln, das ihre Haut wie ein feinmaschiges Spinnennetz überzog. Nur an seinen Augen, die sich im gedämpften Licht der Bar zu einem goldenen Braunton verändert hatten, meinte sie, ein warmes Strahlen zu erkennen, wenn er beim Tanzen gelegentlich für zwei Herzschläge ihren Blick suchte.

Während Yvonne wieder einmal in diesen karamellfarbenen Tiefen versank, ergriff er ihre Hände und führte sie seitlich nach oben, um sie hinter ihrem Kopf zu kreuzen und im Anschluss mit seinen Fingerspitzen ihre Wirbelsäule hinunterzufahren.

Eine feurige Spur der Verwüstung brannte sich in ihre Haut und ließ sie ...

Doch Yvonne hatte keine Zeit, sich diesem wohligen Beben hinzugeben, da er sie sofort wieder fest um die Mitte packte und mit einer spontanen, dafür umso markanteren Hüftbewegung einmal um die eigene Achse wirbelte.

Rolf hatte früher auch mit ihr getanzt – aber so, wie es seinem korrekten Naturell entsprach: schlicht und ergreifend zu korrekt. Nie aus dem Bauch heraus. Nie hatte er sich von seinen Gefühlen leiten lassen, geschweige denn von seinen dunklen Leidenschaften – die er unter Garantie nie besessen hatte.

Während Yvonne die sichere Führung und den engen Kontakt zu Nikolas' athletischem Körper genoss, musste sie an den Vormittag denken, als er von seinen Eltern erzählt hatte. An seinen nachdenklichen Gesichtsausdruck und die Körpersprache, die ihr mehr verriet, als ihm bewusst war. Sie sah verletzten kindlichen Stolz und Einsamkeit aufblitzen. Trotz und einen unbeugsamen Willen. Die offensichtliche Ablehnung durch seine Eltern musste ihm damals das kleine Herz gebrochen haben. Kein Wunder errichtete er in seiner Resignation eine hohe Schutzmauer in seiner Brust. Es berührte Yvonne tief, Verletzlichkeit in den schönen Augen dieses starken Mannes zu erhaschen, die ihn auf einmal so ganz anders wirken ließ als sein anfänglicher Eindruck auf sie.

Sie verstand einfach nicht, wie eine Frau ihr eigen Fleisch und Blut so ohne Weiteres zurücklassen konnte, um sich dem Wohlergehen fremder Kinder zu widmen. Natürlich wollte sie keine voreiligen Schlüsse ziehen, ohne Nikolas' Eltern zu kennen. Dennoch schlichen sich aufsässige Gedanken in ihr Gehirn, die das Wort Rabeneltern laut hinausposaunten.

Ihre eigene Mutter hätte ihre zwei Töchter mit Fängen und Klauen gegen fremde Menschen verteidigt. Niemals hätte sie zugelassen, dass sich andere um die Erziehung, das Setzen von Grenzen sowie die Vermittlung von Werten und Lebenszielen kümmerten. Sie hätte es sich nicht nehmen lassen, höchstpersönlich die bunten Pflaster auf zerschundene Knie oder Ellenbogen zu kleben und ihre Töchter an ihrer weichen Brust zu trösten.

Wie musste Nikolas die Zuneigung und Anerkennung seiner Eltern vermisst haben! Die Gewissheit, bedingungslos von ihnen geliebt zu werden. Eine Sicherheit, die als familiäres Auffangnetz unter einem jeden Kind gespannt sein sollte.

Bestimmt war er durch die elterliche Zurückweisung sehr geprägt worden. Aber soweit sie das beurteilen konnte, hatte seine Großmutter ganze Arbeit geleistet und das Beste aus der schlechten Situation herausgeholt. Er war ein willensstarker, freundlicher und humorvoller Mann geworden.

Dennoch wäre das die Aufgabe seiner Mutter gewesen.

Nach einer schwungvollen Umdrehung wehte Yvonne wieder dieser überaus angenehme Duft um die Nase. Sein Duft. Es war irritierend, so nah bei Nikolas zu sein. Fest von seinen Armen gehalten zu werden. Sich ganz seinem Willen zu unterwerfen. Aber sie konnte nicht leugnen, dass es sich gut anfühlte. Äußerst gut!

Urplötzlich merkte sie, wie sehr sie den körperlichen Kontakt zu einem Mann vermisst hatte – und sei es nur beim Tanzen. Sie hatte die letzten zwei Jahre in einer sozialen wie auch physischen Abstinenz verbracht, die einfach nicht gesund sein konnte.

Wieder erhaschte sie einen Hauch dieses frischen Dufts, der eine faszinierende Mischung aus Waschmittel, Limone und etwas anderem war, das sie nicht benennen konnte. Vermutlich war es sein höchst eigener Körperduft, der übersättigt war mit jeder Menge Testosteron, das das Gleichgewicht ihres Östrogenhaushalts durcheinanderbrachte. Denn er schoss ihr ungefiltert in die Blutbahn und verteilte sich rasend schnell in ihrem gesamten Körper, bis er in ihrem Gehirn angelangt war und wie eine Silvesterrakete in leuchtenden Funken explodierte.

Ihr wurde auf angenehme Weise schwindelig.

Nach fünf Liedern fühlte sich Yvonne schwach vor Hitze und Erregung. Sie fächelte sich Luft zu: „Ich glaube, ich brauche mal 'ne Pause. Ich könnte was zum Trinken vertragen."

Wackelig bewegte sie sich zu ihrem Platz. Nur Nikolas' Hand auf ihrem Rücken verhinderte, dass sie wankte wie ein Betrunkener bei hohem Seegang.

„Was willst du trinken?", fragte er, als sie kraftlos neben Paula plumpste und feststellte, dass ihr Glas leer war.

„Ich weiß nicht ..." Sie zögerte. „Am besten ein Wasser ..." Als er sich abwandte, rief sie ihm nach: „... mit Zitronenscheibe. Warte, ich gebe dir Geld mit ..." Doch den Zusatz hörte er nicht mehr, denn er schob sich durch die lachenden Gäste bis zur Bar.

„Das hat richtig klasse ausgesehen", begann Paula und prostete Yvonne zu. „Total harmonisch. Als ob ihr schon seit Jahren zusammen tanzen würdet."

Während Yvonne noch abwiegelte, er könne wirklich super führen und sie sei froh, dass sie ihm nicht öfter auf die Zehen getrampelt sei, kam er zurück und stellte tatsächlich ein großes Glas Wasser mit zwei Zitronenscheiben vor sie. Sie kramte in ihrem Täschchen nach Geld.

Doch er winkte ab. „Lass stecken, ich lade dich ein." Dann rutschte er zu ihr auf die Sitzbank und prostete ihr mit einem kleinen Lächeln zu: „Auf eine heiße Nacht ..."

Kapitel 22

Kleine Frotzeleien

Yvonne stockte, bevor sie den ersten Schluck nehmen konnte, und zog erstaunt eine Augenbraue nach oben, da sie nicht wissen wollte, was Paula sich bei diesem Trinkspruch wieder zusammenfantasierte.

„... voller Merengue", beendete er den Satz mit einem breiten Lächeln. „Aber du hast recht. So eng, wie man dabei auf Tuchfühlung geht, könnte man es tatsächlich mit etwas anderem verwechseln." Sein Lächeln vertiefte sich noch mehr, als er das Glas an die Lippen führte und einen Schluck nahm. „Und ... auch darauf, dass ich nicht mit einer der *Golden Girls* das Bett teilen muss", ergänzt er augenzwinkernd.

Als Antwort knuffte Yvonne diesen frechen Kerl in die Seite und spürte den festen Widerstand seiner Bauchmuskeln. Schlagartig musste sie an seinen nackten Oberkörper denken, der sich ihr im Hotel vor der Abfahrt so einladend präsentiert hatte.

Verärgert konnte sie den genauen Moment bestimmen, an dem sich ihr gesamtes Blut in ihren Wangen sammelte und ihr Gesicht zum Glühen brachte. Wie sie das hasste! Eigentlich, dachte sie, sollte sie dieses mädchenhafte Erröten schon lange hinter sich gelassen haben. Sie wandte ihren Blick unter dem Vorwand ab, etwas in ihr Handtäschchen zu legen, damit er sie nicht dabei ertappte.

Dann meinte sie so abgeklärt wie möglich: „Nicht auszudenken, wenn mein Bettnachbar bei meinem Anblick jede Nacht schreiend aus dem Zimmer flüchten würde." Yvonne schob sich einen Nacho mit Soße in den Mund, während die anderen Frauen am Tisch mit runden Augen ihrem Geplänkel lauschten. „Sei froh, dass ich nicht meine grüne Schlammmaske auf Algenbasis mit in den Urlaub genommen habe, sonst hättest du noch einen Grund wegzurennen."

„Und warum bist du dann trotzdem so grün um den Mund?", foppte sie Nikolas.

Yvonne zog ihre Augenbraue fragend hoch und leckte sich über die Lippen. Dabei spürte sie etwas Guacamole-Dip, in den sie gerade den Nacho getaucht hatte. „Oh, danke für den Hinweis. Aber du solltest darauf achten, dass deine Augen nicht so glitzern, wenn du mit Frauen sprichst." Sie senkte die Stimme und blinzelte ihn süßlich an. „Sonst verwechseln sie dich mit der Auslage eines Juweliergeschäfts und fallen hemmungslos über dich her."

Ein kleines selbstgefälliges Lächeln spielte um seinen Mund. „Das sollen sie nur mal versuchen. Ich fange sie mit offenen Armen auf."

„Dann musst du bloß aufpassen, dass du dir keinen Bruch hebst."

Nikolas beugte sich vor und raunte an Yvonnes Ohr: „Keine Angst. Ich habe einen leistungsfähigen Körper, über den sich noch keine Frau beschwert hat."

Das glaubte sie ihm aufs Wort. So wie er vor ihr saß und sie mit seinen lachenden Augen anblitzte, fühlte sie sich wieder einmal in einem Déjà-vu gefangen. Irgendetwas an dieser Situation kam ihr so bekannt vor ... Wenn sie nur wüsste, was ...

Und dann traf sie die Erkenntnis wie ein Hammerschlag. Aus einem versteckten Teil ihres Gehirns tauchte das Bild eines sehr netten Klassenkameraden aus der elften Klasse auf, der etwas an sich hatte, das sie ihre damalige Schüchternheit vergessen ließ. Er lenkte sie wortgewandt von ihrer Befangenheit ab und verwickelt sie in genau solche Wortgefechte, die ihr in seiner Gegenwart erstaunlich leicht fielen – und die sie wirklich genoss. Mit jeder gut gelaunten Stichelei, mit jedem dazu passenden, trockenen Konter verlor sie ihr Herz mehr an ihn. Bevor sie jedoch richtig zusammenkommen konnten, zog er nach Beendigung des Schuljahres mit seinen Eltern weg. Sie hatte ihn nie wiedergesehen oder in den Jahren danach auch nur ansatzweise diese verbale Sorglosigkeit erlebt – bis sie Nikolas begegnet war.

Doch bei ihm würde sie auf ihr Herz aufpassen, nahm sie sich vor. Immerhin war sie nun fünfzehn Jahre älter – und nicht mehr die naive Siebzehnjährige wie damals.

Als sie mit den anderen spät in der Nacht zu den parkenden Autos schlenderte, hielt Nikolas ihr wie selbstverständlich die Beifahrertür seines X5 auf. Gerade jetzt war sie wirklich froh, dass sie nicht fahren musste. Sie befand sich in einem irritierenden Stadium der euphorischen Erschöpfung und hätte nicht garantieren können, dass sie nicht ihren geliebten SL gegen einen Baum fuhr.

Nikolas hatte an diesem Abend noch einige Male mit ihr getanzt. Das Zusammenspiel ihrer Körper war dabei immer besser geworden. Der Kontakt – wenn überhaupt möglich – noch enger.

Selina, die nicht als einzige Sticheleien zu Yvonnes „engem" Verhältnis mit Nikolas abschoss, hatte zwischendurch trocken gemeint: „Mit dir zieht er voll den dominikanischen Stil durch."

Auf ihre Frage, was das sei, erklärte sie: „Normalerweise dreht der Mann bei Merengue die Frau oft unter seinem Arm durch und tanzt mit ihr komplizierte Wickelfiguren oder andere Sonderschritte. Die Dominikaner bauen jedoch kaum Figuren in diesen erotischen Tanz ein, da diese die Tanzpartner bloß unnötig trennen."

Tja, was hätte sie darauf antworten sollen? Wahrscheinlich tanzte Nikolas Merengue deshalb so eng, weil er ihn in der Karibik gelernt hatte. Denn nicht nur sie, sondern auch die meisten anderen Frauen aus ihrer Gruppe waren heute Abend in den dominikanischen Genuss gekommen.

Ein paar Schlaglöcher rüttelten sie durch und holten sie wieder in die Wirklichkeit zurück. „Ich fühle mich wie James Bonds Lieblingsgetränk: geschüttelt, nicht gerührt."

„Bist du ein Bond-Fan?", fragte Nikolas neugierig.

„Wer nicht?"

„Dein Lieblingsbond?"

„Sean Connery. Und deiner?"

„Kein anderer als dieser."

„Jaaa ..." Yvonne rutschte tiefer in die weichen Ledersitze. „Es gibt keinen anderen ..."

Nach einigen Minuten angenehmen Schweigens fragte Nikolas: „Kann es sein, dass du ein Faible für Schleifchen, Blümchen, Karos und Pünktchen hast?"

Erstaunt blickte sie zu seinem von der Anzeige schwach erleuchteten Profil. „Findest du?"

„Ja, das ist mir bei deiner Kleidung aufgefallen und beschäftigt mich schon seit zwei Tagen. Selbst bei deinem Bikini habe ich heute drei neckische Schleifchen gezählt."

„Drei?!", fragte sie verwirrt.

„Ja. Muss ich dir beschreiben, wo ich sie entdeckt habe?"

Im Geiste ging sie ihren Bikini durch. „Äh … nein."

„Ich habe den größten Respekt vor Leuten, die ihr Ding konsequent durchziehen. Und die Schleifchen, Tupfen und Blümchen, die ich überall an dir entdecke, beeindrucken mich sehr. Sie sind wie Hinweise bei einer Schatzsuche."

Sie warf ihm einen kurzen Seitenblick zu, um einzuschätzen, ob er sich über sie lustig machte. Doch seine Miene überzeugte sie vom Gegenteil.

„Aber so viele Schleifen oder Punkte trage ich nun wirklich nicht …", meinte sie kopfschüttelnd. „Ich ziehe mich gern farbenfroh an. Nonos Designerstil mit Variationen in Schwarz ist nichts für mich."

„Das würde auch überhaupt nicht zu dir passen", erwiderte Nikolas nur halblaut.

Als sie am Hotel ankamen, stiegen alle aus und wünschten sich eine gute Nacht.

„Vergesst nicht, wir müssen morgen spätestens um Viertel nach neun losfahren. Sonst verpassen wir das Schiff", erinnerte sie Noreen. „Schlaft gut."

„Meinst du, ich kann noch kurz unter die Dusche hüpfen? So verschwitzt will ich nicht ins saubere Bett liegen", fragte Yvonne.

„Ob du das kannst, weiß ich nicht", entgegnete Nikolas und hielt ihr die Eingangstür auf. „Aber du darfst gern. Ich hatte dasselbe vor."

Nachdem sie Nikolas frisch geduscht das Bad überlassen hatte, lag sie körperlich erschöpft im Bett. Wenn nur das rotierende Karussell in ihrem Kopf sie hätte schlafen lassen! Sie war so unruhig, als ob sie eine ganze Kiste Red Bull getrunken hätte.

Bilder vom Freibad und vom Abend tauchten vor ihrem geistigen Auge auf, sobald sie die Lider schloss: Nikolas' intensive Blicke. Seine gebräunte Haut, auf der nach dem Baden unzählige kleine Wassertröpfchen lustig im Sonnenschein funkelten. Die breiten Schultern. Sein ansteckendes Lachen. Die verführerisch geschwungenen Lippen, die von Leidenschaft erzählten. Und doch …

Sie wusste, dass sie sich in etwas verrannte. Nikolas hatte mit ihr getanzt. So weit, so gut. Aber mehr durfte sie nicht hineininterpretieren, obwohl sie schon gern …

Hallo?! Wir reden hier von Nikolas! Einem Mann, der nicht einfach bloß gut aussah wie die austauschbaren, männlichen Models aus der Werbung, sondern Charisma hatte, dass selbst James Bond Minderwertigkeitskomplexe entwickeln würde. Er konnte sich jede Frau aussuchen, die er haben wollte. Da würde er garantiert nicht an ihrer Tür klingeln. Nur weil seine Hand direkt auf ihrem Steißbein gelegen und sie an seinen Unterleib gepresst hatte, hieß das nicht, dass er gesteigertes Interesse an ihr hatte. Merengue wurde nun mal eng getanzt und lieferte demzufolge keinen Beweis für seine Zuneigung zu ihr. Punkt.

Und trotzdem … So beschämend es auch für sie war, es sich einzugestehen: Sie fühlte sich am Rande und ganz nebenbei – egal, wie sie um ihre Selbstbeherrschung rang – wie magisch von seinem Äußeren angezogen. Und dieser äußere Eindruck wirkte noch bedeutend fesselnder auf sie, da sich hinter den markanten, äußerst männlichen Gesichtszügen und diesem Adoniskörper ein starker Charakter, eine gute Portion Humor und diese ungezwungene, gelassene Art verbarg, die sie mittlerweile so sehr genoss.

Sie mochte Nikolas. Sie schätzte seine Loyalität, was Freundschaften anging, und seine Schlagfertigkeit, die er in ihrer Gegenwart mehr als einmal unter Beweis gestellt hatte. Dass er hinter dem stand, was er lebte, verlieh seiner Ausstrahlung so viel attraktive Authentizität, dass ihr jedes Mal in seiner Anwesenheit die Knie weich wurden.

Wenn sie vom heutigen Abend ein Fazit ziehen sollte, wusste sie nur eines: Merengue war gefährlich. Gefährlich für ihre Selbstbeherrschung und gleichsam für ihren inneren Frieden. Nikolas hatte sie auf eine Art beim Tanzen in den Armen gehalten, die verschüttete Sehnsüchte an die Oberfläche gebracht und ihr gezeigt hatte, wie verkümmert ihre körperlichen Bedürfnisse waren.

Zwei Jahre lang war sie mit keinem Mann zusammen gewesen. Zwei Jahre lang hatte sie niemand liebevoll in den Arm genommen. Zwei lange Jahre hatten ihre Hormone Winterschlaf gehalten.

Bis heute Abend.

Erst jetzt verstand sie wirklich, warum sie in ihrem Leben etwas verändern sollte. Dass sie die Vergangenheit akzeptieren und hinter sich lassen musste. Sie wollte wieder nach vorne blicken und ihr Leben genießen. So alt war sie schließlich noch nicht.

Rolf konnte dahin gehen, wo der Pfeffer wächst!

Nun teilte sie mit einem außerordentlich gut aussehenden und – wie sich herausgestellt hatte – äußerst netten Mann ein Bett. Die anfänglichen Hemmungen vor dem Neuen, Fremden hatten sich zwischenzeitlich gelegt. Wenn sie abends zusammen unter einer Decke lagen – ohne sich zu berühren – fühlte es sich fast schon vertraut an. Jedoch waren, wie sie erstaunt feststellte, neue Hemmungen an ihre Stelle getreten, die sehr eng mit dieser neuen Vertrautheit zusammenhingen. Und daran war zum Teil der Merengue schuld …

Und auch wenn zwischen ihnen nichts laufen würde, wovon sie ausging, hatte es ihr doch deutlich gezeigt, wie ihr Leben in emotionaler Hinsicht aussah und was sie ändern musste.

Als sie wieder die Augen schloss, um endlich zur Ruhe zu kommen, stellte sie erstaunt fest, dass die Dusche noch immer lief.

Er konnte es nicht fassen …

Er stand mit seinen fünfunddreißig Jahren hier unter der Dusche, ließ einen harten Strahl kaltes Wasser auf seinen Kopf prasseln und wichste wie ein notgeiler Fünfzehnjähriger, während Yvonne im Bett lag und auf ihn wartete.

Leider nicht so wartete, wie sein Körper es lautstark einforderte. Aber er konnte in seinem Zustand unmöglich die ganze Nacht – noch nicht mal zehn Minuten – neben ihr liegen, ohne vom Dessert zu naschen. Und wenn er das täte, würde er sie mit der Sensibilität eines Überfallkommandos in Besitz nehmen – und das hatte sie nicht verdient.

Diese Bänder an ihrem weißen Kleid hatten ihn den Abend über um den Verstand gebracht. Blaue Bänder, die über Kreuz vor ihrer Brust gespannt waren und das Oberteil wie eine Korsage zusammenhielten – und durch dessen Schlitze gelegentlich bloße Haut blitzte. Die ganze Zeit hatte er sich gefragt, ob sie etwas darunter trug oder die verheißungsvollen Rundungen allein durch diese Bänder in Schach gehalten wurden. Dabei stellte sich für ihn die eminent wichtige Frage, was passieren würde, wenn er am Ende eines Bandes zöge – davon abgesehen, dass er eine schallende Ohrfeige kassieren würde.

Zur Ablenkung ließ er hin und wieder seinen Blick über Yvonnes ebenmäßiges Gesicht schweifen – und entdeckte sie: Sieben niedliche Sommersprossen, die um ihre Nase platziert waren! Auf ihren Armen und Wangen war nämlich für Rothaarige ganz untypisch keine einzige zu finden – nur zarte, elfenbeinfarbene Haut.

Faszinierend!

Dann fiel sein Blick wieder zum tiefen Ausschnitt ihres Kleides und er unterdrückte ein Stöhnen. Ihr Dekolleté war einfach … *wow!*, als er sie beim Tanzen an seinen Oberkörper presste. Er musste sich ständig zwingen, nicht in diesem verführerischen Anblick zu versinken, sondern auf die anderen Paare um sie herum zu achten. Am liebsten hätte er sie direkt auf der Tanzfläche aus dem engen Oberteil geschält, nur um zu erforschen, was sich darunter verbarg …

Dieses übermächtige Verlangen nach Berührung war ihm völlig fremd. Aber in der Bar hatte er jede unauffällige Gelegenheit genutzt, über ihre helle Haut zu streichen oder ihren Körper zu fühlen. Denn er war sich mittlerweile sicher: Yvonne besaß ein loderndes Feuer, das unter der zurückhaltenden Oberfläche brannte und entdeckt werden wollte.

Nikolas erschauderte.

Er konnte nur hoffen, dass sie bereits schlief, wenn er nach der Dusche ins Zimmer kam. Dann würde sie ihn schon mal nicht unbewusst in Versuchung führen – mit ihren eleganten Bewegungen, ihren wippenden Locken, die wie ein heruntergebranntes Lagerfeuer glühten, und den feucht glänzenden, sündigen Lippen, die sie beim Sprechen immer wieder sinnlich spitzte.

Er konnte gerade noch ein tiefes Stöhnen unterdrücken, als er in seiner Hand kam. Halt suchend stützte er sich an der gekachelten Wand ab und kniff die Augen zusammen.

Herr im Himmel! Was geschah nur mit ihm?

Kapitel 23

Nachdenklich

Seine Eltern standen vor einem weißen Zelt im Sand und lachten ihm glücklich entgegen. Die afrikanische Sonne spielte im schwarzen Haar seiner Mutter, als sie ihn zu sich heranwinkte. Doch erneut nagte ein latenter Zweifel an seinen Magenwänden, ob diese glückselige Stimmung wirklich ihm und der Tatsache galt, dass er seine Sommerferien bei ihnen in Swasiland verbrachte. Wie so oft setzte sich ein kleines freches Teufelchen auf seine Schulter und flüsterte ihm ein, dass sie nur deshalb übers ganze Gesicht strahlten, weil sie an diesem Tag wieder einige Malaria-Patienten vor dem sicheren Tod gerettet hatten.

Afrika war ein großer Kontinent. Ein verdammt großer. Und seine Eltern waren am südlichsten Zipfel engagiert, was geschätzte 9000 Kilometer von ihm entfernt war. Aber wieso waren sie dort? Was hatten sie in diesem Entwicklungsland zu suchen, wenn ein Teil ihrer Familie in Deutschland saß und sich nach ihnen verzehrte?

Verwirrt blinzelte Nikolas in die Dunkelheit und merkte, dass er geträumt hatte. Durch das offene Fenster sah er, dass der Himmel übersät war mit Sternen, die das Zimmer noch dunkler erscheinen ließen. Er rieb sich über die Augen und spürte seinen altbekannten Gefühlen nach, die der Traum aufgewirbelt hatte.

Manchmal hatte es in seiner Kindheit Momente gegeben, in denen Nikolas der Tatsache völlig gleichgültig gegenüberstand, dass er ohne Eltern oder Geschwister aufwuchs. Er hatte seinen Alltag, seine Freunde und seine Großmutter Ruth, die die wichtigste und stabilste Säule darstellte und wegen ihres noch jungen Alters, der modischen Kurzhaarfrisur und der wenigen silbernen Strähnen nicht wie eine Großmutter im klassischen Sinn wirkte.

Als er alt genug war zu verstehen, dass sie nicht seine Mutter war, fühlte er sich wie in einer Zwickmühle gefangen. Einerseits war Oma Ruth wie eine Mutter für ihn, die immer da war, wenn er sie brauchte. Andererseits konnte er sie doch aber nicht „Mama" nennen, da er eine wirkliche Mutter hatte, selbst wenn sie so weit weg von ihm lebte.

Nach einigen dummen Bemerkungen zweier Kinder aus seiner Kindergartengruppe, seine echte Mutter habe einen so verblödeten Hirni wie ihn nicht haben wollen und ihn deshalb ausgesetzt, entschloss er sich, die Anrede völlig wegzulassen, um nicht wieder ein paar Sprüche zu riskieren. Wenn sie ihn vom Kindergarten abholte, rief er stattdessen Dinge wie „Hallo!" oder „Fang mich auf!", um sich nicht zu verplappern – auch wenn es ihm schwerfiel.

Doch erst, als seine Großmutter ihn darauf ansprach, merkte er, dass ihm etwas fehlte. Eine innere Verbundenheit, die mit einem einzigen Wort ausdrückte, was man für den anderen empfand. Sie nahm ihn auf den Schoß und fragte ihn, ob er sie nicht einfach Ruth nennen wolle.

Als Antwort nickte er und legte seinen Kopf dankbar an ihre Schulter.

Trotzdem gab es in der Grundschule auch wieder Kinder, die ihn auf seine Mutter ansprachen. Von denen ihm ein paar gehässige Bemerkungen hinterherriefen. Zuerst wehrte er sich mit Fäusten. Monate später trugen dann die Bemühungen seiner Großmutter auf eine friedliche, nämlich verbale Gegenwehr endlich Früchte. Er spürte, dass ein paar Dinge in seinem Leben besser liefen. Dass er zufriedener war, da er sich körperlich bei den Waldläufen seiner Leichtathletikgruppe abreagieren konnte und ihn deshalb die dummen Kommentare einiger hirnloser Idioten nicht die Bohne kratzten.

Denn Ruth war eine tolle Frau. Sie hatte für eine Großmutter nicht nur eine sehr moderne Lebenseinstellung, sondern war auch noch ziemlich sportlich. Ihm kam sie natürlich nicht hinterher, wenn er mit seinen trainierten Beinen zum Sprint ansetzte. Aber das glich sie beim Tischtennis wieder aus. Dabei war sie ungeschlagen. Oma Ruth war in Ordnung. Schwer in Ordnung.

Und dennoch …

Am Ende der Grundschule war er alt genug, um seine Lebenssituation kritisch zu hinterfragen: Warum hatten ihn seine Eltern so früh in seinem Leben nicht mehr haben wollen? Weshalb war ihnen die Entwicklungshilfe in Afrika – und damit fremde Menschen – wichtiger als der eigene Sohn? Warum hatten sie ihn nicht einfach mitgenommen?

Die altbekannten Antworten darauf waren: Es würde ihm in Deutschland besser gehen als in einem Entwicklungsland. Und wer könne sich schon um ein Kleinkind kümmern, wenn man täglich mit dem schlimmsten Elend konfrontiert wurde?

Doch für ihn als Grundschüler hörte sich das meist nicht so überzeugend an wie sein Verdacht, er wäre seinen Eltern bei ihrer Arbeit einfach zu lästig. Und dann fragte sich Nikolas jedes Mal: Warum musste das gerade ihm passieren?

Gottes Wege sind unergründlich.

Wie hatte er diesen Satz als Kind gehasst. Seine Großmutter hatte ihn nur einmal benutzt – und doch hinterließen diese Worte in seinem Gehirn Spuren wie ein Brenneisen auf Holz.

Sie saßen damals in Ruths Küche auf ihrer gemütlichen Eckbank beim Abendessen. Es gab Spaghetti Bolognese, eines seiner Lieblingsgerichte. Seine Oma erklärte ihm wieder mal geduldig, wieso seine Eltern nicht bei ihm waren, sondern in Afrika lebten.

Das war wie immer ein schweres Thema. Sie behalf sich vermutlich deshalb dieses Spruchs, da sie dachte, Nikolas würde es leichter akzeptieren, wenn er glaubte, er trage für diesen Umstand keine Schuld. Und dass er auf Gott vertrauen solle, der seine Schritte lenkte, da Dinge manchmal zu etwas gut seien, deren Bedeutung man erst Jahre danach erkennen könne. Natürlich wollte seine Großmutter ihn damit nur trösten, da sie selbst an der Situation am wenigsten ändern konnte.

Dennoch … Die nagenden Zweifel an der Liebe seiner Eltern

meldeten sich wieder zu Wort.

Auf eine kindlich egoistische – und durchaus berechtigte – Art wünschte er sich Mama und Papa herbei. Wollte mit ihnen zusammenleben, zusammen streiten und einfach glücklich sein. Sehnte sich nach ein oder zwei Geschwistern, die ihm halfen, das Haus vor quirligem Radau zum Beben zu bringen.

Er wollte eine stinknormale Familie.

Immer wenn er als Kind mit Ruth in die Kirche ging, betete er zu Gott, während die Orgel sein Zwerchfell und die Holzbank unter seinem kleinen Po zum Vibrieren brachte. Sein Wunsch war in all den Jahren stets derselbe geblieben: Gott möge seinen Eltern das Bedürfnis in ihre Herzen pflanzen, sich nur noch um ihren Sohn und nicht mehr um fremde Kinder kümmern zu wollen.

Später, als er schon mitten in der Pubertät steckte, haderte er mit Gott, da dieser ihm seinen innigsten Wunsch nie erfüllt hatte. Und dann wurde Nikolas wieder richtig wütend, wenn er an diese Worte dachte, dass die himmlischen Wege unergründlich seien. Verstand er diesen Spruch doch so, dass man sich auf Gedeih und Verderb den Launen Gottes unterwerfen musste. Dass man keinen Einfluss auf sein eigenes Schicksal hatte.

Irgendwann weigerte er sich, seine Großmutter sonntags in die Kirche zu begleiten. Hatte heftige und – zu seiner Schande – tränenreiche Diskussionen mit ihr, an deren Ende sie ihn in die Arme schloss und ihn festhielt, bis er sich der peinlichen Situation bewusst wurde und sich schniefend aus ihrer Umarmung löste.

Ein ganzer Kerl wie er weinte schließlich nicht!

Nikolas schwor sich in jenen Momenten, sich bloß auf sich selbst zu verlassen und mit Hartnäckigkeit seine eigenen Ziele zu verfolgen – egal, ob es darum ging, beim Skateboardfahren der Beste zu sein oder bei einem Wettlauf Erster zu werden. Denn nur so erreichte er das, was ihm wichtig war.

Heute als Erwachsener profitierte er von dieser jahrelangen Erfahrung in Selbstdisziplin. Er wusste, was er im Leben erreichen wollte, und arbeitete dafür mit Leidenschaft und Hingabe, für die ihn seine Großmutter bewunderte. Eines dieser Ziele war gewesen, sich als Fotograf erfolgreich selbstständig zu machen.

Auch wenn er sich als Teenager zeitweise von Gott abgewandt hatte, merkte er als Erwachsener dennoch, wie beruhigend die Stille und die symmetrische Architektur einer Kirche auf ihn und sein Gemüt wirkten. Wie sie seine Sinne besänftigten und ihn doch wieder glauben ließen. Die elegante Leichtigkeit der Gotik mit ihren dreischiffigen basilikalen Anlagen und den endlosen Strebebögen hatten es ihm besonders angetan.

Nikolas grub sein Gesicht ins weiche, spitzenbesetzte Kissen. Schon lange hatte er nicht mehr an seine Kindheit gedacht. Das war für ihn eigentlich längst erledigt. Aber das Gespräch mit Yvonne am gestrigen Tag auf dem Königstuhl hatte einige Erinnerungen aufgewühlt, die tief vergraben waren. Ihr ehrliches Mitgefühl, das so anders gewesen war als die mitleidigen Worte, die er sonst immer zu hören bekam, hatten eine Saite in ihm zum Klingen gebracht, die schon sehr lange nicht mehr angeschlagen worden war. Es hatte ihn erstaunlicherweise nicht gestört, ihr mehr von seinen Eltern zu erzählen – obwohl er dann doch irgendwie froh gewesen war, als alle zum Aufbruch ins Freibad riefen.

Als er sich im Bett umdrehte, spürte er ihre Hand wie ein warmes Trostpflaster an seinen Rippen. Seufzend blieb er genau so liegen, schloss wieder die Augen und driftete in einen rastlosen Schlaf.

Kapitel 24

Total übernächtigt

Yvonne hatte unruhig geschlafen und blinzelte gegen die Helligkeit an, die mit lautstarkem Vogelgezwitscher durch das offene Fenster drang. Es war noch früh am Tage, weshalb sie nicht die Notwendigkeit sah aufzustehen, und das dünne Laken über ihren Kopf zog.

Als sie gewaltsam von der Weckfunktion ihres Handys aus dem Schlaf gerissen wurde, drehte sie sich stöhnend auf die Seite und schaltete den störenden Lärm ab. Nikolas lag reglos wie ein Stein neben ihr.

Vorsichtig knuffte sie ihn in die Rippen und raunte: „Es ist Zeit zum Aufstehen. Ich zieh mich um. So lange kannst du noch liegen bleiben."

„Mmh-mh" war alles, was sie als Antwort zu hören bekam.

Grinsend nahm sie sich frische Wäsche und Kleidung aus dem Schrank und ging ins Bad. Nachdem sie ihr Gesicht gewaschen hatte, sah die Welt schon freundlicher aus. Sie freute sich aufs Frühstück und die darauffolgende Neckar-Schifffahrt. Die sommerliche Hitze würde auf dem Wasser sicher leichter zu ertragen sein als an Land. Sie müsste sich nur gründlich eincremen, damit sie sich keinen Sonnenbrand einfing.

Als sie nackt im Bad stand und nach ihrem BH griff, stockte sie. Pünktchen … und etwas Spitze. *Mist.* Und eine kleine Schleife zwischen den Brüsten hatte der BH – bloß um Nikolas recht zu geben – auch noch. Sie hatte wirklich viele Kleidungsstücke mit Pünktchen, Streifen, Karos und Schleifen, wurde ihr bewusst. Aber sie mochte es nun mal optisch verspielt, dachte sie trotzig.

Als sie aus dem Bad trat, lag Nikolas auf dem Bauch und gab leise Schnarchgeräusche von sich. Sie stellte sich neben seine Seite des Betts und legte ihre Hände auf seinen nackten Rücken, um ihn wachzurütteln. Sobald sie jedoch die warmen, festen Muskeln unter ihren Handflächen spürte, schoss ein Kribbeln hoch bis zu ihren Ellenbogen und ließ sie erneut an den kraftvollen Körper eines Leoparden denken. Trotzdem rüttelte sie weiter und rief leise: „Aufstehen, sonst fährt das Schiff ohne uns ab."

Mit einem Ruck drehte sich Nikolas um und blinzelte sie verschlafen an. „Was?! Oh … okay. Lass mich erst wach werden." Dann sank er wieder in die Kissen und bedeckte seine Augen mit einer Hand. „Die Nacht war eindeutig zu kurz", stöhnte er.

„Das kannst du laut sagen", bestätigte Yvonne amüsiert.

Er setzte sich auf, rubbelte mit beiden Händen übers Gesicht und fuhr sich anschließend durch die Haare. „Hilft nichts. Du bist im Bad fertig?" Als sie nickte, stand er auf, griff nach ein paar Kleidungsstücken und verschwand hinter der Tür.

Sie sah ihm versonnen nach. Das würde sicher ein schöner Tag werden. Sie freute sich zwar auch auf die Schifffahrt, aber am meisten auf Nikolas' Gesellschaft. Mehr, als gut für sie war, wie sie feststellte. Mit klopfendem Herzen begann sie, ihren Rucksack für den Ausflug zu packen.

Beim Frühstück saßen Yvonne nur bleiche Gesichter gegenüber. Paula war die Einzige, die ausgeruht wirkte und nicht in diese Trauerfeier der lebenden Toten passte.

Hannes musterte mit müden Augen seine Busenfreundin, während er unmotiviert sein Rührei zerkaute, und meinte: „Holt mal jemand ein Bügeleisen für Nono?! Du siehst genauso verknittert aus, wie ich mich fühle."

„Oh, Hilfe! Ein Scherz am frühen Morgen!", kam es nur gähnend von Noreen. „Du hast ja einen Charme wie eine Rolle Stacheldraht."

„Und wer zum Teufel hatte eigentlich diese bescheuerte Idee, in aller Herrgottsfrühe mit dem Schiff auf dem Neckar rumzuschippern?!", beklagte sich Hannes. „Könnte bitte irgendjemand diesen Trottel einen Kopf kürzer machen?"

„Tut mir leid", klärte Paul ihn auf, „das warst du selbst."

„Scheiße."

Als sie zur Schiffsanlegestelle in Heidelberg fuhren, war Nikolas sehr schweigsam. Yvonne war nach dieser kurzen Nacht allerdings – trotz zweier Tassen Kaffee beim Frühstück – auch nicht gesprächiger. Sie hatte das Verdeck ihres Cabrios heruntergeklappt, da die Sonne um diese Uhrzeit noch nicht so intensiv und die Hitze durchaus erträglich war. Dabei genoss sie den warmen Fahrtwind genauso wie das behagliche Schweigen im Auto.

Auf dem Parkplatz des Hotels hatte Yvonne am Morgen wieder das süße Kätzchen gestreichelt. In dem Zusammenhang hatte sie erschrocken festgestellt, dass sie in diesen zwei einsamen Jahren nach der Trennung von Rolf noch nicht mal auf die Idee gekommen war, sich eine Katze anzuschaffen. Das ließ tief blicken. Wenn sie schon allein lebte, konnte sie schließlich auch allein bestimmen, ob sie ein Haustier haben wollte oder nicht. Es war wirklich an der Zeit, Grundlegendes in ihrem Leben zu ändern.

Und das Erste, was sie tun würde, war, eine Katze zu besorgen.

An der Anlegestelle angekommen ergatterten sie auf dem viel besuchten Schiff einige Plätze auf dem Oberdeck am Bug, wo sie sich den Fahrtwind um die Nase wehen lassen konnten. Kaum hatten sie Richtung Worms abgelegt, verschwanden Hannes und Noreen unter Deck, um kurz darauf mit einem Tablett voller Becher mit Kaffee und Latte macchiato aufzutauchen. Dankbar nahmen die Freunde die angebotenen Wachmacher entgegen.

Noreen setzte sich zu Tanja auf die Bank und lehnte sich in ihre Umarmung. Dabei legte sie ihren roten Schopf an deren Schulter und genoss sichtlich die körperliche Nähe.

Yvonne freute sich, dass ihre Schwester Tanja gefunden hatte. Sie bildete mit ihrer freundlichen, ausgeglichenen Art einen in sich ruhenden Gegenpol zu Noreens überschäumendem Temperament und hatte genug Gelassenheit, um deren verrückte Ideen zu tolerieren. Yvonne dankte von Herzen dem Umstand, dass beide vor drei Jahren den gleichen Zug verpasst und sich dadurch auf dem Bahnsteig eins in Stuttgart kennengelernt hatten. Was danach kam, war für Noreen das Ende einer jahrelangen und frustrierenden Suche nach der passenden Partnerin. Kaum zwei Monate nach ihrem ersten Treffen war Tanja kurzerhand mit Sack und Pack bei ihr eingezogen, woraufhin Noreen eine große feucht-fröhliche Einzugsparty organisiert hatte.

Yvonne beobachtete die beiden, wie sie sich liebevoll anlächelten und Nono ihrer Partnerin etwas ins Ohr flüsterte. Es war schön, sie so glücklich zu erleben.

In dem Moment ließ Noreen ihre Augen wandern und begegnete ihrem Blick. Nach einem verschmitzten Grinsen rief sie ihr zu: „Komm, Schwesterherz, setz dich zu uns“ und deutete auf den freien Platz ihr gegenüber.

„Ich will euch nicht stören“, meinte sie, setzte sich aber doch zu ihnen, als beide wie auf Kommando mit dem Kopf schüttelten. Annette kam auch dazu und ließ sich neben Yvonne nieder.

„Ist das nicht herrlich?! So kann man die Hitze wirklich aushalten“, seufzte Hannes' Frau. Die anderen gaben ihr recht. „Keine Kinder, keine Termine, keine Schulprobleme. Das habe ich echt gebraucht. In letzter Zeit springe ich auf manche Themen an wie der Pawlowsche Hund auf die Klingel. Beängstigend."

„Ich kann mir gut vorstellen, dass du bei drei Kindern mehr als genug um die Ohren hast", stimmte ihr Noreen verständnisvoll zu und lauschte Annettes Ausführungen von den chaotischen und ziemlich aufwendigen Vorbereitungen für die Schulfestvorführung ihrer Ältesten.

Danach beugte sich Nono zu Yvonne vor und meinte: „Ich muss dir was erzählen. Als ich vorhin Kaffee geholt habe, hättest du dabei sein sollen … Da hättest du dich wieder *kolossal* aufgeregt." Sie grinste Yvonne an und knuffte Tanja in die Seite. „Vor mir stand eine Frau, die garantiert von Beruf Gattin des Chefarztes war – weil die mit Sicherheit in ihrem ganzen Leben noch keinen Finger krumm gemacht hat. Sie sprach in einem selbstgefälligen Hochdeutsch, betüdelte währenddessen ihren kleinen Wischmopp von Hund, den sie auf dem Arm trug und Püppi nannte. Dabei erzählte sie ihrer Freundin, dass sie demnächst mit ihrem ach-so-erfolgreichen Mann bei der Vorstellung der Prêt-à-porter-Kollektion eines angesagten Modedesigners in Paris eingeladen sei. Und was bestellt diese weltgewandte Dame? Einen Latte *mattschiato*."

Letzteres Wort sprach sie mit einem übertrieben harten Zischlaut aus, dass es Yvonne die Zehennägel hochstellte und ein frustriertes Stöhnen entlockte.

„Du musst wissen", diesmal wandte sich Nono erklärend an Annette, „dass meine Schwester als Fremdsprachensekretärin bei diesem falsch ausgesprochenen Wort immer einen schlimm juckenden Ausschlag bekommt."

„Arrrggh, das ist reinste Folter!!", stöhnte Yvonne zur gleichen Zeit und redete dann weiter: „Ich verstehe nicht, warum sich die Leute nicht an einfache Ausspracheregeln halten können. Ich könnte jedes Mal schreien, wenn manche Frauen sich im Café statt eines Latte macchiato einen Latte *mattschiato* bestellen. Ich weiß nicht, ob sie sich da besonders cool vorkommen oder schlicht keine Ahnung haben, wie man das Wort richtig ausspricht."

Fassungslosigkeit über diese Ignoranz triefte aus jedem ihrer Worte, während sie mit den Händen gestikulierte und fast Annette neben sich traf. „Wenn einem Mann einer abgeht, wenn er vom Zwölf-Zylinder-Motor eines Lamborghinis spricht, kann ich das gut nachvollziehen. Mir geht das genauso. Aber wenn er ihn dabei dann *Lambordschini* nennt, bekomme ich eher einen Schlaganfall als ein Kribbeln im Bauch. Man sagt ja auch nicht: ‚Ich koche heute Mittag *Spadschetti* mit Tomatensoße.' Das ‚h' nach dem ‚g' hat bei den Italienern schließlich einen Grund."

Da Yvonne sich so in Fahrt geredet hatte, merkte sie nicht, wie Annette sie fasziniert von der Seite beobachtete und Tanja mit dem Lachen kämpfte. „Wir leben in einer Welt, die sprachliche Einflüsse aus vielen Ländern und Kulturen in unseren Alltag integriert. Dann sollte man sich wenigstens an die allgemeingültige Aussprache halten, die die meisten Leute richtig befolgen. Man geht schließlich nicht übers Wochenende zum Shoppen nach *Neff Jork*, sondern nach New York. Da schaffen es doch auch alle Leute, den Namen korrekt auszusprechen."

Annette lachte zustimmend, wobei Noreen nur schmunzelte, da sie Yvonnes Meinung zu diesem Thema schon zu Genüge kannte.

Tanja jedoch platzte haltlos mit ihrem Lachen heraus, dass sie sich sogar die Tränen aus den Augenwinkeln wischen musste. „Yvonne, du bist echt klasse! Kein Wunder liebt dich Nono so abgöttisch."

„Na, ist doch wahr! Manchmal ist es ein Fluch, wenn man ein gutes Sprachgefühl hat und mehrere Sprachen spricht", zuckte sie grinsend mit den Schultern und nahm noch einen Schluck von ihrem Kaffee.

Nach diesem emotionsgeladenen Exkurs wanderte Yvonnes Blick wie von selbst über die bunt zusammengewürfelten Passagiere – auf der Suche nach zwei bernsteinfarbenen Augen und einem frechen Grinsen. Doch sie konnte keines von beidem entdecken. Enttäuscht stand sie unter einem Vorwand auf und schlenderte übers Deck.

Sollte sie dieses wohlige und gleichsam unzufriedene Gefühl in ihrer Brust analysieren?, fragte sie sich. Nein, beschloss sie, lieber nicht. Sie wollte gar nicht wissen, warum sie sich von Nikolas'

Gegenwart wie magisch angezogen fühlte. Weshalb ihr Herz jedes Mal ins Stolpern geriet, wenn sie seinem Blick begegnete. Und vor allem, wieso sie genau aus diesem Grund so oft seinen Blick suchte.

Eine warme Brise spielte in ihren Haaren und trug den Geruch von nassem Stahl mit einer Spur von Rost zu ihr. Dabei wurde ihr verschwitzter Nacken angenehm gekühlt. Doch das half nichts gegen die latente Unruhe in ihrem Inneren. Frustriert nahm sie die Schildmütze ab, fuhr sich mit den Fingern durch die dunkelroten Locken und massierte ihre kribbelnde Kopfhaut.

Sie wollte sich nicht eingestehen, dass sie nur nach Nikolas Ausschau hielt, weil sie sein kleines Lächeln vermisste. Und seine humorvoll blitzenden Augen. Und seine trockenen Kommentare, die sie immer ein bisschen auf die Schippe nahmen.

Tief in ihrem Inneren spürte sie, dass sich in der letzten Nacht etwas bei ihr verschoben hatte. Etwas war in Fluss gekommen, das ihr Herz verstopft und wie mit Eisenbändern umklammert gehalten hatte. Scheinbar begann sich ein alter Knoten zu lösen, der mit ihrer geplatzten Verlobung eng zusammenhing. Sie merkte, wie sie befreiter aufatmen konnte.

Noreen hatte recht gehabt. Sie hatte mit Rolf noch nicht abgeschlossen. Wieder einmal realisierte sie, wie eingeschränkt sie bisher gelebt hatte: ein unausgefülltes Leben mit angezogener Handbremse. Rückblickend erkannte sie, dass sich ihr Herz in den letzten beiden Jahren vergeblich bemüht hatte, wie ein Lebensmotor dieselbe Leistung zu bringen – obwohl die Hälfte der Zündkerzen nicht funktionierte.

Es fuchste Yvonne, dass Noreen doch richtig gelegen haben könnte, als sie sie zu diesem Kurzurlaub überredete. Hatte sie wirklich nur einen Ortswechsel gebraucht, um sich mit der Vergangenheit auseinanderzusetzen?

Nein. Sie war sich sicher, dass noch andere Faktoren dieses Urlaubs eine große Rolle spielten: die frechen Wortgefechte; die unbekümmerte Flirterei; nicht zuletzt der Merengue mit seiner sinnlich erotischen Grundstimmung, den sie mit einem Mann wie Nikolas getanzt hatte – nur um dabei seinen heißen

Körper eng an ihrem zu spüren.

Gerade Letzteres hatte viel in ihrem Inneren in Bewegung gebracht. Sie hatte sich sehr weiblich und zugleich begehrt gefühlt, auch wenn ihr Tanzpartner keine eindeutigen Absichten gezeigt hatte. Es war ihr bisher nicht klar gewesen, wie sehr sie es vermisste, von den starken Armen eines Mannes gehalten zu werden, der genau wusste, was er mit ihr tat.

Wieder meinte sie, seine feste Hand über ihrem Steißbein zu spüren – und schloss kurz die Augen.

Gerade als Yvonne ins Innere des Schiffs gehen wollte, drückte Nikolas die Tür von innen auf. Sie spürte, wie ihr Herz vor Freude einen übermütigen Satz machte.

„Na, du hast es heute aber besonders nötig", bemerkte sie trocken und deutete auf den Kaffeebecher in seiner Hand. Als Noreen und Hannes eine Stunde zuvor eine Runde Koffein ausgegeben hatten, war er auch schon dankbar in den Genuss gekommen.

Wieder einmal blieben Yvonnes Augen auf seinen schlanken, braun gebrannten Fingern hängen, die den hellen Becher umfassten. Seine Nägel waren – wie alles an ihm – lang und schmal und hatten kleine helle Monde an der Nagelwurzel.

Der Gedanke, dass ein schlichter goldener Reif gut um seinen Ringfinger passen würde, blitzte durch ihren Kopf. Verwundert fragte sie sich, woher das kam. Nikolas war kein Mann zum Heiraten. Er war sicher jemand, der seine Freiheit und die damit verbundenen Annehmlichkeiten zu sehr schätzte, um sie aufzugeben. Als Nikolas den Becher an seine Lippen hob, wanderte ihr Blick wieder zu seinem Gesicht.

„Du weißt, die Nacht war kurz …", erwiderte er nur und nahm einen Schluck.

„… dafür umso intensiver", foppte Yvonne und dachte dabei an die unzähligen Merengue-Runden.

Ein kleines Lächeln umspielte seine Mundwinkel. Den Ausdruck in seinen goldbraunen Augen konnte sie jedoch nicht deuten. Wenn sie es nicht besser wüsste, würde sie annehmen, er sei vor etwas auf der Hut. Aber wovor oder vor wem? Mit Sicherheit nicht vor ihr.

Schließlich hatten sie gestern einen unbeschwerten Abend in aufgekratzter Stimmung erlebt, bei dem Nikolas lustig und entspannt gewesen war – und höllisch sexy. Vermutlich war das, was sie in seinen Augen hatte aufblitzen sehen, einfach nur der müde Glanz der kurzen Nacht.

„Deshalb braucht mein Körper auch einen starken Kaffee und keinen Latte. Latte *mattschiato* ist bloß was für verwöhnte Frauenzimmer."

„Du hast uns belauscht." Das war keine Frage.

„Ich musste nicht lauschen. Du hast dich über dieses Thema laut genug ausgelassen", meinte er gutmütig frotzelnd. „Garantiert hat dich selbst der Mechaniker im Maschinenraum gehört."

Er nahm einen Schluck Kaffee, während Yvonne das Blut in die Wangen schoss. „Uuups …"

Kapitel 25

Ungewohnt distanziert

„Ja, uuups", bestätigte Nikolas mit einem kleinen Schmunzeln. „Aber es war immerhin sehr lehrreich, deinen Ausführungen zu lauschen. Mit Sicherheit gibt es ab sofort weniger Leute, die sich über einen *Lambordschini* unterhalten, *Spadschetti* kochen oder mal übers Wochenende nach *Neff Jork* fliegen."

„Noch mal uuups …", seufzte Yvonne. Sie musste einfach lernen, ihre große Klappe zu halten. Sonst würde sie selbst als Achtzigjährige in riesige Fettnäpfchen treten.

Obwohl Nikolas sie wie gewohnt aufzog, spürte sie dennoch, dass unterschwellig etwas anders war. Irgendwie hielt er sich ihr gegenüber zurück. Sie konnte nur nicht sagen, in welchem Punkt.

Hannes kam mit einem lauten „Hey, Niko" vorbei und verwickelte ihn in ein Gespräch. Da Yvonne bei deren Thema nicht mitreden konnte und sich ein wenig ausgeschlossen fühlte, schlenderte sie weiter und hoffte auf eine andere Gelegenheit, mit Nikolas allein zu sein.

Okay ..., überlegte sie, während sie in den Anblick der malerisch hügeligen Neckarlandschaft versank, die von einer der unzähligen Burgruinen geschmückt wurde. *Ich weiß, dass Nikolas nichts von mir will. Ich will ja schließlich auch nichts von ihm.* Trotzdem war es eine Tatsache, dass sie sich in seiner Gegenwart so lebendig fühlte wie schon seit ewigen Zeiten nicht mehr. Deshalb, nahm sie sich vor, würde sie jede Minute der verbleibenden Tage genießen, damit sie zu Hause noch lange davon zehren konnte. Vielleicht schaffte sie es dann, ihr Leben wieder in die richtigen Bahnen zu bringen, wenn sie die kaputten Zündkerzen in ihrem Herzen auswechselte.

Yvonne hatte an diesem Tag jedoch kein Glück. Sie hatte kaum Gelegenheit, sich allein mit diesem göttlichen Kerl zu unterhalten, da Annette sie mit bewundernd blitzenden Augen über die Restaurierungsarbeiten an ihrem Mercedes ausfragte. Wenn sie doch mal eine Bemerkung an Nikolas richten konnte, fing er den Ball, den sie ihm zuwarf, aber nicht auf. Er antwortete nur einsilbig, wenn auch mit zurückhaltendem Charme. Diese distanzierte Reaktion konnte sie immerhin mit der kurzen Nacht begründen.

Als Yvonne jedoch in Worms vom Schiff ging, um mit den anderen durch die Innenstadt zu bummeln, bemerkte sie, wie Nikolas sich ausgelassen mit Mathis und Paul unterhielt. Danach machte er ein Foto von Paula, die er mit scherzhaften Bemerkungen neckte. Dabei hörte Yvonne ihn hin und wieder laut auflachen, was ihr jedes Mal einen weiteren Stich ins Herz versetzte und noch ein neues, unbekanntes Gefühl schürte.

Okay ..., begann sie erneut, die Situation für sich zu analysieren. Nikolas schien doch nicht so müde zu sein, wie sie anfangs dachte. Jedenfalls hatte er genügend Kraft, sich intensiv mit den anderen – und vor allem mit Paula – auseinanderzusetzen. Seine Zurückhaltung Yvonne gegenüber musste wohl einen anderen Grund haben.

Zehn lange Minuten beobachtete sie mit einem latent eifersüchtigen Stechen im Magen, wie Paula und Nikolas miteinander schäkerten. Und dann fiel ihr die Erklärung für sein Verhalten wie Schuppen aus den Haaren. Sie fühlte sich, als hätte ihr jemand mit voller Wucht in den Bauch geboxt und alle Luft aus ihren Lungen gepresst.

Es war ganz klar: Sie hatte sich Nikolas in der Tanzbar, ohne es in ihrer überschwänglichen Ausgelassenheit zu merken, zu sehr an den Hals geworfen. Zu offenkundig mit ihm geflirtet. Zu übertrieben gelacht. Er kannte unter Garantie genügend Frauenzimmer, die sich wie Kletten an ihn hängten und aufdringlich um seine Aufmerksamkeit buhlten – und die hatte er gewiss mehr als satt.

Kein Wunder hatte Nikolas gestern Nacht so lange geduscht, bis sie eingeschlafen war, damit er sich nicht weiter mit ihr auseinandersetzen musste!

Es war im Grunde genommen peinlich genug, wenn sich eine fremde Frau einem Mann an den Hals warf, der nichts von ihr wollte. Da brauchte er sie nicht noch am nächsten Tag ermutigen weiterzumachen. Vor allem, wenn es sich um die jüngere Schwester der Busenfreundin seines besten Freundes handelte, mit der man wegen unglücklicher Umstände zudem ein Bett teilen musste!

Er schien dieses zarte Freundschaftsband nicht gespürt zu haben, das sich ihrer Meinung nach in den letzten beiden Tagen zwischen ihnen entwickelt hatte. Aber hatte sie sich das wirklich alles nur eingebildet? Die Sympathie. Das Interesse am Alltag des anderen. Die freundschaftlichen und mit erotischen Bemerkungen gespickten Neckereien.

Gestern war sie sich sicher gewesen, dass sie etwas miteinander verband. Dass sie auf derselben Welle schwammen, als sie ausgelassen herumalberten und anschließend eng aneinandergeschmiegt tanzten. Das hatte Yvonne zu falschen Schlüssen verleitet.

Mit einem frustrierten Schnauben schob sie ihre Schildmütze in den Nacken. Sie machte sich schwere Vorwürfe, weil sie sich am gestrigen Abend in etwas hineingesteigert – von etwas geträumt – hatte, das nur in ihrer Fantasie existierte. Sich eine herzliche und aufrichtige Zuneigung eingebildet hatte, die offensichtlich nicht vorhanden war.

Aber wenigstens hatte sie es früh genug gemerkt und konnte noch rechtzeitig die Notbremse ziehen, bevor Nikolas ihr Herz in Besitz nahm und sie diesem verwegenen Abenteurer in ihm völlig verfiel.

Als sie ihren linken Daumen an den Lippen bemerkte, zog sie ihn fluchend weg und wischte ihn an ihrem Oberteil ab.

Während des Bummelns hatte sie für die Schönheit der Wormser Innenstadt keinen Blick. Sie war einfach nicht bei der Sache. Selbst die romanische Pracht des Doms St. Peter konnte Yvonne nicht fesseln, da ihre Augen ständig zu Nikolas wanderten. Immer wieder suchte sie auf masochistische Art die Bestätigung, dass er die anderen auf verschwenderische Weise in seinem Charme baden ließ – nur um Yvonne davon auszuschließen.

Nikolas schien nämlich viel Spaß zu haben: Er witzelte mit Hannes herum, drückte Annette nach einem amüsanten Wortwechsel zu ihrer staubtrockenen Arbeit im Finanzamt kurz an sich und flirtete mit Paula, bis diese sich mit hochrotem Kopf für seine Komplimente bedankte. Selbst Tanja und Noreen kamen in den ungefilterten Genuss seiner überwältigenden Liebenswürdigkeit, die wie eine große Woge warm und erfrischend zugleich über sie hinwegschwappte.

Nur Yvonne schien er konsequent zu ignorieren, wenn nicht gerade jemand aus seinem Umfeld sie ansprach. Irgendwie machte er das ganz geschickt, dachte sie, indem er keine Situation provozierte, in der er sich mit ihr auseinandersetzen musste. Sie konnte ihm also keinen Vorwurf machen – oder ihn beschuldigen. Theoretisch hätte das alles unabsichtlich so ablaufen können. Doch Yvonne glaubte nicht an ein unschuldiges Versehen, da sie sich – auf menschlicher Ebene – schon zu nahe gekommen waren. Dafür fiel die schmerzhafte Nichtbeachtung einfach zu beharrlich aus.

Einmal konnte sie an diesem Nachmittag allerdings einen kurzen Blick auf ihn erhaschen, der so gar nichts mit seiner zur Schau getragenen, guten Laune zu tun hatte. Als die anderen begeistert ein historisches Bauwerk betrachteten, stand er am Rande der Gruppe und starrte vor sich hin. Seine Miene war derart missmutig und finster, dass Yvonne fast schon spüren konnte, wie die mürrische Gereiztheit seinen Körper in dunklen Wellen verließ. In dem Moment, da war sie sich ganz sicher, musste seine Aura tiefschwarz glühen.

Der Augenblick war allerdings so schnell wieder vorbei, dass sie sich fragte, ob sie sich das alles nicht bloß eingebildet hatte. Hannes musste seinem Freund nur eine übermütige Bemerkung zurufen und schon war der abweisende Ausdruck auf Nikolas' Gesicht wie weggeblasen. Yvonne schüttelte leicht den Kopf, um die Spinnweben des letzten Eindrucks abzuschütteln.

Als Nikolas sich etwas später im schattigen Eiscafé als Letzter einen Eisbecher – Yvonne brauchte nicht zu raten, welchen – bestellte, zog die etwa fünfzigjährige Bedienung freudestrahlend von dannen, als habe Nikolas ihr mit seiner Bestellung den Sinn des Lebens offenbart. Kein weibliches Wesen schien gegen seine einnehmende Art immun zu sein – wenn er sie denn mal zeigte. Und heute hatte er sich wohl vorgenommen, alle Frauen zu beglücken – außer sie.

Nein, sie war natürlich nicht sauer – oder gar angepisst. Aber ein klein wenig verärgert war sie schon. Zu Recht, wie sie fand.

Yvonne schämte sich, als sie daran dachte, wie bedürftig sie beim ersten Eisessen nach seinem nackten Oberkörper gehungert hatte. So viel war seither geschehen …

Um sich abzulenken, versuchte sie, sich an einem Gespräch zwischen Noreen und Annette zu beteiligen und Nikolas am anderen Ende des Tisches nicht zu beachten … Nicht zu beobachten, wie der Löffel in seinem verführerischen Mund verschwand und seine schön geschwungenen, weichen Lippen genießerisch die cremige Köstlichkeit abstreiften. Wie sich seine Zungenspitze hervorstahl, um sich Schokoladenreste aus dem Mundwinkel zu lecken.

Yvonne riss widerwillig ihren Blick von Nikolas und war erschüttert, wie tief sie schon in der Sache drinsteckte.

Nachdem sie mit dem Zug wieder nach Heidelberg zurückgefahren waren, aßen sie unter freiem Himmel in einem italienischen *Ristorante* in der Altstadt zu Abend. Danach schlenderten sie zum Neckarufer.

„Bist du sehr müde?", wollte eine bekannte Stimme hinter Yvonne wissen.

Doch sie drehte sich nicht um, da er schließlich nicht sie meinen konnte – so wie er sie den ganzen Nachmittag *nicht* beachtet hatte. Sicher fragte er gerade wieder Paula, mit der er sich heute ja *blendend* verstand.

Nein, das war keine Eifersucht, versuchte Yvonne, sich selbst zu überzeugen. Das war eine Tatsache.

Plötzlich knuffte sie jemand in die Rippen. „Ich rede mit dir, Rotschopf. Bist du taub?"

Verwundert drehte sie sich um. „Mit mir?! Du meinst wirklich mich?"

„Klar, wen sonst?", grinste Nikolas und zwinkerte ihr zwischen den Strähnen seines langen, dunklen Ponys zu.

So viel zu seiner stundenlangen Zurückhaltung ... Sein sinnliches Lächeln strahlte sie so aufrichtig an, dass sie ihre gesamten Theorien vom Nachmittag ungeprüft in die Mülltonne kippte.

„Und?"

„Was und?", fragte Yvonne verwirrt.

„Bist du müde? Du schlurfst nämlich, als ob du einen Marathon durch die Wüste hinter dir hättest."

„Es geht. Für das bengalische Feuer bin ich aber immer noch fit genug."

„Und für das anschließende Brillant-Feuerwerk hoffentlich auch."

Natürlich war sie das. Yvonne hatte schon viel darüber gehört. Denn jedes Jahr wurde in Heidelberg an mehreren Terminen im Sommer zum Gedenken an die Zerstörung des Schlosses durch die Franzosen ein bengalisches Feuer an den Mauern der Ruine entzündet. Malerisch und unwirklich zugleich würde dabei die historische Fassade in vielen Rottönen beleuchtet und von einem gewaltigen Feuerwerk in bunte Lichter getaucht.

„Ja, bin ich", antwortete Yvonne, als Hannes gerade versuchte, seinem Freund den Arm über die Schultern zu legen, um ihn übermütig mit sich zu ziehen.

Sie sah dem ulkigen Gespann hinterher: Pat und Patachon waren wieder einmal unterwegs. Hannes war klein, unsportlich und vierschrötig. Nikolas dagegen groß, durchtrainiert und atemberaubend männlich. Sein lässiger Gang faszinierte Yvonne mehr, als sie zugeben wollte. Sie ließ ihre Augen zu seinen schmalen Hüften wandern, die in engen Bermudashorts mit aufgenähten Taschen an den Schenkeln steckten und einen sehr attraktiven Hintern umspannten. Sein dunkelbraunes Haar wirkte in der Dämmerung noch dunkler und wurde von der leichten Abendbrise in Unordnung gebracht.

Als wenn es jemals ordentlich ausgesehen hätte ...

Yvonne unterdrückte ein Schaudern. Erst jetzt gestand sie sich ein, dass sie das unbeschwerte Necken und Flirten mit Nikolas den ganzen Tag über vermisst hatte.

Unglaublich, wie schnell man sich an diesen übermütigen Zustand gewöhnen konnte ... Sie kam schwer ins Nachdenken, was in ihrem bisherigen Leben schief gelaufen war.

Kapitel 26

Berauschend explosiv

Am Neckarufer war schon einiges los. Offenbar war das ein beliebter Platz, von dem aus man das bengalische Feuer sehen konnte. Viele hatten etwas zum Essen und Trinken mitgebracht und waren in Feierlaune. Man merkte ihnen an, dass sie bei diesem Ereignis Stammgäste waren. Die Atmosphäre erinnerte Yvonne an ein buntes Volksfest.

Pünktlich um Viertel nach zehn begann das packende Spektakel. Das gespenstische Licht des bengalischen Feuers ließ die Illusion entstehen, das Schloss würde lichterloh brennen, woraufhin viele bewundernde Ausrufe ertönten. Die Zinnen hoben sich dunkel gegen das grelle Rot ab, das durch die Fenster der Schlossruine flackerte. Aufsteigender Rauch machte den Eindruck eines echten Feuers noch realistischer. Das ganze Schloss lebte. Es war beeindruckend. Überwältigend. Yvonne versank in der Schönheit der vielen Rottöne.

Ein lauter Knall riss sie aus der Betrachtung, sodass sie einen Satz rückwärts machte und gegen jemanden prallte. Während die erste Rakete in vielen silbrig-goldenen Sternen vom Himmel regnete, legten sich warme Hände um ihre nackten Oberarme und gaben ihr Halt.

„Ist nichts passiert", murmelte eine raue Stimme direkt an ihrem Ohr. „Der Himmel hängt noch über unseren Köpfen."

Überdeutlich spürte sie, wie Nikolas' heißer Atem an ihrer Ohrmuschel kitzelte und ihre Haut prickeln ließ. Auch wenn die Hände sie gleich wieder freigaben, hatte sie weiterhin das Gefühl, zwei glühende Bänder würden sich in ihre Oberarme brennen. Sie wusste: Nikolas stand direkt hinter ihr, da sie sich seiner Anwesenheit voll bewusst war. Während die Raketen wie geschliffene Edelsteine in einer herrlichen Farbenpracht über ihren Köpfen explodierten, schien sie fast schon die sengende Hitze, die er ausstrahlte, zu spüren. Doch vermutlich war es bloß ihr eigener Körper, der vor Verlangen nach Berührung vor sich hin kochte.

Wenn sie sich ein wenig – nur ein klein wenig – zurückneigte, würde sie sich, mit ihrem Kopf an seine Halsbeuge gekuschelt, an seine Brust lehnen können, da sie ihm mit ihren flachen Sandalen gerade mal bis zur Nasenspitze reichte. Lange, kräftige Arme würden sie umschließen und nie mehr loslassen.

Oh-mein-Gott! Yvonne rang keuchend um Fassung. War sie derart bedürftig, dass sie Herzrasen bekam, wenn sie nur an eine Umarmung dachte?! Anscheinend schon.

Aber wie erbärmlich war das denn?!

Ihr wurde schlagartig klar, wie einsam sie bisher gewesen war. Nicht im Sinne von allein. Nein, einsam im Alltag mit ihren geselligen Kollegen. Einsam in ihrer wöchentlichen Sportgruppe. Einsam bei Familientreffen. Im Supermarkt beim Einkaufen. Beim Putzen. Beim Fernsehschauen. Beim Kochen.

Sie hatte nichts und niemanden an sich herangelassen.

Anfangs dachte sie, das wäre der einzige Weg, um mit dem alles zerstörenden Schmerz tief in ihrem Inneren klarzukommen. Doch sie unterschätzte, welchen Teufelskreis sie damit in Gang setzte.

Sie hatte sich abgeschottet. War immer darauf bedacht, sich und ihre Gefühle zu schützen. Zog eine hohe Mauer um ihr Herz. Und sah in ihrer Wohnung die alleinige Zufluchtsstätte, die sie vor den Erinnerungen an die Zeit mit Rolf schützte. Dabei lebte sie in der Einsamkeit einer Wohnung, in der sie jede Ecke, jedes Möbelstück an den treulosen Partner erinnerte. Eigentlich völlig widersinnig, wenn man es recht bedachte.

Nikolas machte ihr bewusst, wie verkümmert ihre Seele und ihr Herz waren. Wie sehr sie diese beiden Dinge vernachlässigt hatte.

Noch mehr Feuerwerk explodierte mit ohrenbetäubendem Knall im nachtschwarzen Himmel und erfreute die Zuschauer, die in lauten Jubel ausbrachen. Tosender Applaus erklang, als nach einer knappen halben Stunde die letzte Rakete ihre Funken versprühte. Lachende Gesichter drehten sich zu Yvonne um und wollten wissen, wie es ihr gefallen habe. Bis sie sich nach Nikolas umsehen konnte, hatte er sich schon abgewandt, um etwas in einen in der Nähe stehenden Papierkorb zu werfen.

Als er wieder auf sie zutrat, merkte sie, dass er seinen Rucksack mit der Kameraausrüstung noch auf dem Rücken trug. „Du hast mit deiner tollen Kamera gar keine Bilder gemacht?"

„Nein, ich wollte das Feuerwerk genießen, ohne eine störende Glasscheibe dazwischen." Er schob die Fäuste in seine Bermudashorts und betrachtete Yvonne.

„Es ist schön, wenn du dich nicht immer gezwungen fühlst, Fotos zu machen, bloß weil du Fotograf bist." Sie spürte erneut die altbekannte Unsicherheit unter seinem intensiven Blick.

„Mmh", gab Nikolas nur von sich.

Die anderen unterbrachen sie lautstark und zogen sie mit sich, um am Neckarufer entlangzuspazieren und vom Feuerwerk zu schwärmen. Irgendwann waren sie wieder an ihren Autos angelangt und stiegen ein. Obwohl es schon fast Mitternacht schlug, war es noch so warm, dass Yvonne trotz Shorts und Top keinen Pulli benötigte. Sie genoss die angenehm seidige Nachtluft auf ihrer Haut.

Nachdem sie die Autotür für Nikolas aufgeschlossen hatte, fragte sie: „Wollen wir mit offenem Verdeck fahren?" Überrascht warf er ihr einen Blick zu. „Das geht auch im Dunkeln, weißt du."

Ohne auf ihre kleine Neckerei einzugehen, nickte er nur kurz.

Diese Nacht war prädestiniert für eine Fahrt ohne Dach: Die Luft war samtig und warm, der Himmel frei und die Sterne leuchteten am nachtschwarzen Firmament um die Wette. Wunderschön.

Im Hotel angekommen fiel Yvonne nach einer ultrakurzen Dusche wie tot ins Bett. Schon nach kurzer Zeit merkte sie, wie sich ihr Körper entspannte und ihre Glieder bleischwer wurden. Ihr letzter verwunderter Gedanke galt dem Umstand, dass Nikolas an diesem Abend auch wieder unüblich lange fürs Duschen brauchte.

Kapitel 27

Sportlich (un-) begabt

So ungern Yvonne sich gedanklich auch wiederholte oder Noreen zustimmen musste: Der Kurzurlaub hatte eine positive Wirkung auf ihr Gemüt und ließ sie ihr Leben aus einem anderen Blickwinkel sehen. Und das war gut so. Es war an der Zeit, umzudenken und neuen Zielen zuzustreben.

Und ihr oberstes Ziel war es, sich emotional wieder für einen Mann zu öffnen. In dem Punkt hatte sie den meisten Nachholbedarf. Das hatte ihr die Begegnung mit Nikolas gezeigt. Es war erschreckend, wie ausgehungert nach optisch ansprechenden Reizen sie war – und nicht zuletzt auch nach körperlicher Zärtlichkeit.

Ja, nahm sie sich vor, das musste sie ändern, wenn sie zu Hause war. Sie musste in dieser Hinsicht wieder anfangen zu leben.

Yvonne betrachtete sich im Badspiegel, während sie sich hellrosa Lipgloss auf die Lippen strich und danach mit den Fingern durch ihre Locken knetete. Was sie sah, gefiel ihr. Sie erblickte eine Frau, die den harten Zug um den Mund und die skeptische Wachsamkeit in den Augen verloren hatte. Die unbeschwert in den Tag hineinlebte. Die die sorglosen Schönheiten des Lebens wiederentdeckt hatte – und sie in vollen Zügen genoss. Die aufgekratzt mit Nikolas flirtete und mit wildem Herzklopfen und

Schmetterlingen im Bauch belohnt wurde.

Nikolas …

Womöglich hätte sie sich während dieser herrlich lebenslustigen Tage völlig entspannt treiben lassen können, wenn nicht dieser Mann gewesen wäre, der ihr Gefühlsleben aus einem tiefen Winterschlaf erweckt und durcheinandergewirbelt hatte. Bloß wenn sie an ihn dachte, spürte sie eine Armee von Ameisen, die ihr Rückgrat bis zu ihrem Steißbein hinunterkrabbelten. Er war ein ungewöhnlicher Mann. Nicht nur gut aussehend, sondern auch sensibel und humorvoll, aufrichtig und geradlinig.

Aber wie gesagt, sie wollte sich weder unerfüllbaren Hoffnungen hingeben, noch sich das Herz von ihm brechen lassen – obwohl sie sich seit gestern Abend mit der abenteuerlichen Möglichkeit eines One-Night-Stands beschäftigte. Denn wenn sie Rückschlüsse von seiner Art, Auto zu fahren, auf seine sexuellen Fähigkeiten zog, bekam sie eine wohlige Gänsehaut: Nikolas fuhr geschmeidig und sicher, aber doch sportlich mit einem Hauch gelassener Leidenschaft, die auf eine intensive und gleichermaßen stürmische Gewissenhaftigkeit schließen ließ.

Yvonne unterdrückte ein leichtes Schaudern.

Als sie nach einem reichhaltigen Frühstück in die Autos stiegen und Nikolas den Motor anließ, meinte er nur: „Jetzt bin ich mal gespannt."

„Wie lange bist du nicht mehr Schlittschuhe gefahren?"

„Sechzehn Jahre."

„Das ist wie Fahrradfahren. So was verlernt man nicht. Dann wird dir Inlinerfahren auch liegen", beruhigte ihn Yvonne.

„Wenn du dich da mal nicht irrst."

Sie lachte. „Keine Angst, das wird schon. Wer hat dir damals als Kind das Schlittschuhfahren beigebracht?"

„Das war Ruth." Als Yvonne nicht gleich reagierte, warf er ihr einen kurzen Blick zu. „Meine Großmutter. Sie war seit jeher ein Teufelsweib, das vor nichts zurückschreckte. Ganz anders, als man sich eine Oma normalerweise vorstellt."

„Du meinst, sie war nicht klein und mollig, trug keine dunkle

Hornbrille mit grauem Dutt und hat mit ihrer Handtasche keine großen bösen Miezekatzen verdroschen?"

„Denkst du da etwa an die alte Frau in *Madagascar*?" Er gab ein tiefes, grollendes Lachen von sich und strich sich unbewusst eine lange Haarsträhne aus dem Gesicht. „Nein, ganz im Gegenteil. Sie ist groß, schlank, liebt Sport und besitzt seit jeher zwei Katzen."

„Das finde ich sehr sympathisch. Ich bin auch mit Katzen aufgewachsen." Yvonne warf ihm einen Seitenblick zu. „Du hast dich gut mit deiner Großmutter verstanden?"

„Kennst du die Kindergeschichten von Frieder?", beantwortete er ihre Frage mit einer Gegenfrage.

„Frieder?" Yvonne zog verwundert die Augenbrauen hoch.

„Oma!, schreit der Frieder."

„Ach so, ja klar." Jetzt erinnerte sie sich an die Geschichten, die ihre Mutter ihr früher vorgelesen hatte.

„Ich war wie Frieder. Lebte bei meiner Oma, liebte und verehrte sie abgöttisch und stellte immer wieder die unmöglichsten Dinge an", schmunzelte Nikolas. „Und sie hat ihren Spitzbub' mit starken Nerven, Liebe und Gelassenheit zu einem hoffentlich vollwertigen Erwachsenen erzogen."

„Aber du hast nie Himbeermarmelade auf deine Tapeten geschmiert, nur weil dir das blaue Blümchenmuster nicht mehr gefallen hat, oder?", neckte ihn Yvonne und spielte damit auf eine der unzähligen Lausbubengeschichten an.

„Nein", lachte er.

Kurz bevor sie am Ziel ankamen, machte sich im Auto Gülleduft breit.

„Mmh, Landluft." Nikolas atmete tief durch die Nase ein.

„Jaaaa, das macht die Nasennebenhöhlen frei!" Yvonne gab ein ironisches Grunzen von sich.

„Als Ruth und ich mal in Österreich Urlaub machten, fuhren wir Sommerrodelbahn", erinnerte er sich. „Während wir auf dem Bob sitzend mit einem Drahtseil hochgezogen wurden, düngte ein Bauer auf einem Nachbarfeld gerade seine Pflanzen. Allerdings anders, als man das sonst kennt. Hinten auf dem Anhänger saß nämlich sein

Sohn, der die Gülle mit einem Gerät verteilte, das fatal an eine Flak aus dem Zweiten Weltkrieg ähnelte, mit der er diabolisch grinsend durch die Gegend spritzte. Wir bekamen zum Glück nur wenige Spritzer davon auf den Hosenbeinen ab, stanken aber trotzdem so gotterbärmlich, dass wir in unserer Ferienwohnung erst mal alle Klamotten in die Waschmaschine warfen und uns eine Stunde lang in der Badewanne einweichten."

Yvonne musste lachen. „Und wie hat deine Oma reagiert?"

„Ruth hat solche Vorkommnisse stets mit Humor genommen. Man müsse für diese Erlebnisse dankbar sein, von denen ich noch meinen Enkelkindern erzählen könne, meinte sie immer."

Dann kamen sie bei einem Sportgeschäft in einem Heidelberger Vorort an, wo sie Inliner für alle ausleihen wollten. Mit skeptischem Blick meinte er: „Jetzt werden wir sehen, ob man Schlittschuhfahren wirklich nicht verlernen und einfach so auf Rollen übertragen kann."

Als sie unter der Markise auf Bänken saßen und sich ihre Inliner anzogen, rief Selina mit einem strahlenden Lächeln in die Runde: „Das Beste wird sein, Paula und ich bilden als Anfänger eine separate Gruppe, da wir euch eh nicht hinterherkommen. Ihr könnt dann eure Kilometer herunterreißen und wir zwei rollen in das nächste Café und bestellen uns einen großen Eisbecher."

Paula zwinkerte ihr zu. „Wenn Nikolas trotz Schlittschuhkenntnissen auch zu langsam ist, nehmen wir ihn einfach mit und amüsieren uns mit ihm."

„Das könnte euch so passen", rief Paul und klickte den Verschluss seines rechten Stiefels zu. „Wir sind doch nicht zum Vergnügen hier. Im Zweifelsfall hängt ihr euch bei unseren Rucksäcken ein, dann werdet ihr von Mathis und mir abgeschleppt."

„Ich glaube, die Kondition hast du nicht, mich zehn Kilometer hinter dir herzuziehen, du Schreibtischhengst", frotzelte seine bessere Hälfte.

„Aber hallo, Paul!", rief Hannes aus. „Ich wusste gar nicht, dass du auch einen auf Hengst machen kannst! Kein Wunder vergöttert dich Paula. Wenn sie schon als begeisterte Reiterin kein Pferd im hauseigenen Stall hat, hat sie wenigstens einen feurigen Hengst im Bett."

Eine Schirmmütze kam angeflogen und traf den überraschten Hannes an der Stirn. „Hey!! Verstehst du keinen Spaß oder habe ich etwa voll ins Schwarze getroffen?“

Paul stand nur grinsend auf und glitt über den Parkplatz. Nikolas erhob sich ebenfalls und blieb versuchsweise stehen.

„Und, geht es?“, fragte Yvonne, die schon die Lauffähigkeit ihrer Rollen getestet hatte.

„Im Moment fühlt es sich nicht anders an als auf dem Eis“, meinte Nikolas und stieß sich ab, um sich gemächlich einige Meter fortzubewegen. Dann drückte er sich kraftvoll mit den Füßen ab und drehte elegant ein paar Runden über den Parkplatz, wobei seine Arme in regelmäßigem Rhythmus mitschwangen.

Seine braun gebrannten Beine, die in abgeschnittenen, alten Jeansshorts steckten, hatten es Yvonne angetan. Sie waren lang und schlank und doch so durchtrainiert, dass sie fast ins Schwärmen geriet. Die Bewegungen seines Oberkörpers unter dem schwarzen Tanktop erinnerten sie an das geschmeidige Zusammenspiel der Muskeln eines Raubtiers bei der Jagd. Dass auf seiner Brust der weiße Schriftzug *Rebel* zu lesen war, ließ sie erschaudern. Yvonne spürte, wie ihre Haut sich über ihrem Fleisch spannte.

Sie rief: „Das klappt doch schon sehr gut. Man könnte nicht meinen, dass du noch nie auf Rollen gestanden bist.“

Langsam kam er neben ihr zum Stehen. „Es ist wirklich nicht anders als auf Schlittschuhen. Nur holpert es auf der Straße stärker als auf Eis.“ Er grinste. „Und ich muss mich definitiv ans Bremsen gewöhnen. Zur Not musst du mich auffangen, wenn ich zu stürmisch sein sollte.“

Yvonne spürte, wie ihre Wangen rot werden wollten. Nach seinem überraschten Gesichtsausdruck zu urteilen, war ihm seine frivole Wortwahl auch aufgefallen, denn sein Lächeln wurde noch breiter.

„Da würde ich mich lieber nicht darauf verlassen“, murmelte sie jedoch nur, da sie von Bildern überwältigt wurde, wie sich Nikolas mit ihr schwungvoll ins hohe, duftende Gras warf.

Die ganze Gruppe schlug in gemäßigtem Tempo den kürzesten Weg Richtung Waldrand ein, damit sich die Anfänger und

Ungeübten eingewöhnen konnten. Als sie schließlich die Bäume erreichten, atmeten alle erleichtert auf, da es im Schatten angenehm warm, aber nicht heiß war. Gemächlich glitten sie dahin und unterhielten sich angeregt. Das erfrischende Plätschern eines schmalen Bächleins begleitete sie ein Stück ihres Weges, bis es abzweigte und tiefer im Wald verschwand. Die Waldluft roch würzig nach feuchtem Moos und aufgewärmter Rinde, während vereinzelte Vögel zwitscherten und eine passende akustische Kulisse für diesen grünen Traum an einem heißen Tag bildeten.

Yvonne fuhr neben Nikolas und gab ihm einige Tipps. Wenn sie allerdings ehrlich zu sich selbst war, wollte sie seinen Anblick genießen, solange sie noch zusammen in diesem Urlaub unterwegs waren. Seine geschmeidigen, kraftvollen Bewegungen waren eine Augenweide. Sie konnte sich nicht an ihm sattsehen. Wie es sich wohl anfühlte, in seine starken Arme zu sinken, den Kopf an seine feste Schulter zu legen und die Welt zu vergessen? Sie wusste, das würde nie passieren. Aber sie war froh, dass sie wenigstens wieder solche Gedanken zuließ.

Die Gruppe legte in kurzer Zeit eine beachtliche Strecke zurück. Selina und Paula hatten sich, verführt von einer bequemen Holzbank, schon längst abgeseilt und den Rest vorausgeschickt. Nach einer Weile kam Yvonne mit den anderen auf einer kleinen Lichtung an, auf der viele Blumen blühten und drei schattige Sitzgelegenheiten den perfekten Platz für eine Rast boten.

„Ah, das ist doch die ideale Stelle für eine Pause“, rief Annette und steuerte eine leere Bank an. Als sie sich setzte, streckte sie die schlanken Beine samt Inliner weit von sich und holte eine Wasserflasche aus ihrem Rucksack. Seufzend wuschelte sie sich durch die kurzen, blonden Haare.

Andere folgten ihrem Beispiel und schon bald summte die Lichtung von Gesprächen und lautem Gelächter. Yvonne saß einfach nur stumm und zufrieden da und beobachtete die Menschen, mit denen sie nun den fünften Tag zusammen verlebte. Fünf schöne und lustige Tage, die sie erfolgreich von den Alltagssorgen abgelenkt hatten. Ihr Blick wanderte wie von allein zu Nikolas und blieb an ihm hängen.

Er unterhielt sich gerade angeregt mit Annette und lachte viel.

Wieder stellte sie fest, dass eine undefinierbare Wildheit nur knapp unter seiner Oberfläche brodelte. Seine äußere Fassade ließ nämlich etwas durchschimmern, das Yvonne nicht beschreiben, nicht einmal wirklich erfassen konnte. Dabei wiegte sein strahlendes Lächeln, das die Herzen der holden Weiblichkeit schneller schlagen ließ, sein Gegenüber in der falschen Gewissheit, sicher vor seinem inneren Tier zu sein.

Denn seine Wirkung bestand nicht einfach nur aus diesem charmanten Gesamteindruck. Es steckte mehr dahinter. Und das begann zweifellos mit diesen Augen …

Seine whiskyfarbenen Augen standen in starkem Kontrast zu seinen dunklen Haaren und der gebräunten Haut, wodurch man mit Leichtigkeit alle Alltagsprobleme vergaß. Man fragte sich unwillkürlich, ob diese Augenfarbe wirklich echt sein konnte – und was zum Henker man eigentlich als Nächstes hatte tun wollen. Kleine dunkle Sprenkel rahmten die Iris und ließen die goldenen Funken in ihrem Inneren stärker hervortreten. Wenn man in seinem Blick versank, war man in einem warmen Meer von flüssigem Gold gefangen, das einen umschloss wie ein urzeitliches Insekt in einem erstarrten Bernstein.

Seine tiefgründigen Augen, die von einem schwarzen, seidigen Kranz langer Wimpern umrahmt waren, strahlten etwas Magisches aus. Yvonne fühlte sich gegen ihren Willen angezogen und gefesselt. Zudem hatte sie das Gefühl, etwas würde hinter diesem Blick durchschimmern. Etwas Altes. Erfahrenes.

Denn genau dieser Blick machte sie hilflos. Hilflos wie ein Astronaut ohne Raumkapsel in den unendlichen Weiten des Universums. Und doch gierte sie erneut nach einem seiner intensiven Röntgenblicke wie ein Drogensüchtiger nach dem nächsten Schuss – selbst wenn sie nicht mal ansatzweise erraten konnte, was in einem solchen Moment in seinem Gehirn vor sich ging.

Seine sinnlichen Lippen gehörten zu seinen anderen Vorzügen. Sie verliefen in einem perfekten Schwung, wenn sie locker aufeinanderlagen. Sie waren nicht zu schmal, aber auch nicht zu voll, was womöglich – *Gott bewahre!* – einen verweichlichten Eindruck beim Betrachter hinterlassen könnte. Im Gegenteil. Sie provozierten eher die Frage, wie es sich wohl anfühlte, diese Lippen zu berühren. Sie mit den eigenen zu schmecken. Darüber zu lecken. Zu erleben, wie sie sich mit einem leisen Stöhnen für einen öffneten und Einlass gewährten. Für weitere Erkundungen.

Und das war die Wirkung, wenn er mal nicht lächelte. Denn sein Lächeln war nicht von dieser Welt. Wenn sich diese Lippen teilten, schienen sie nicht einfach nur ein Strahlen in die Welt hinauszuschicken. Sie hatten eine Art zu lächeln, dass man immer den Eindruck hatte, ein leiser spöttischer Unterton würde bei allem, was dieser Mund von sich gab, mitschwingen. Und gleichzeitig schien ein Leuchten von diesen markanten Gesichtszügen auszugehen, das einen an ein weiches Herz in einer harten Schale denken ließ.

Zum Niederknien.

Während Yvonne ihn ungestört bei seinem Gespräch mit Annette beobachten konnte, rätselte sie immer noch, was sich hinter seiner Fassade verbarg. Er war kein oberflächlicher Schönling, der nur Vorteile aus seinem guten Aussehen zog, in den Tag hineinlebte und nächtelang wilde Partys schmiss.

Nein. Was sie unterschwellig spürte, waren wohl seine Lebenserfahrung, seine Reife und sein starker Charakter.

Jetzt, wo sie auf des Rätsels Lösung gekommen war, war sie sich sogar ziemlich sicher. Und das waren drei Komponenten, die sich extrem positiv auf seine Ausstrahlung und die enorme Anziehungskraft auf Frauen auswirkten. In seinem Blick. Seinem Lächeln. Und seiner Art zu sprechen.

Nikolas war ein Mann, der in seinem Leben garantiert genug Scheiße erlebt hatte, um daran zu reifen. Er hatte viele schwierige Lebenssituationen meistern müssen – nicht zuletzt ein Aufwachsen ohne Eltern. Dabei wäre es für ihn als Kind sicherlich einfacher gewesen, wenn sie bei einem Autounfall ums Leben gekommen wären. Dann wäre das Schicksal seiner Familie endgültig und unumstößlich gewesen. So aber gab es in seiner Kindheit durch diese ungeklärten Umstände viele Fragen, Zweifel an deren Liebe zu ihm und Resignation. Keine leichte Situation.

Doch daran war er gewachsen, ganz nach dem Grundsatz: Was nicht tötet, härtet ab. Und er hatte ein gutes Vorbild in seiner Großmutter, die bei seiner Erziehung ziemlich viel richtiggemacht zu haben schien. Daraus hatte sich ein gestandener Mann mit festen Moralvorstellungen entwickelt.

Oder wie man in historischen Liebesromanen lesen konnte: ein Mann von Wert.

Yvonne war sich sicher, dass nur die wenigsten Frauen gegen diesen Charme immun waren. Denn wenn Nikolas lächelte, überstrahlte er alles mit flüssigem Gold.

Diesem Frontalangriff auf ihre Hormone konnte sich Yvonne nicht widersetzen. Obwohl sie eine bodenständige Frau war und nicht gerade auftrat wie eine Novizin, fühlte sie sich in Nikolas' Gegenwart jungfräulich. Unschuldig. Brav. Und obwohl sie sich überaus feminin kleidete, weil sie das schlicht und ergreifend gern tat, kam sie sich trotzdem unscheinbar vor. Farblos. Langweilig.

Und genau aus diesem Grund würde zwischen ihnen beiden nichts, in Großbuchstaben: N-I-C-H-T-S, passieren.

Aber träumen war ja bekanntlich erlaubt. Denn wenn Yvonne die Augen schloss, ertappte sie sich immer häufiger bei dem Gedanken, wie sich Nikolas' muskulöser Körper nackt auf ihrem anfühlte …

In dem Moment wandte er sich von seinem Gespräch mit Annette ab und blickte in ihre Richtung. Ein kleines Lächeln umspielte seine Lippen, das seine harten Gesichtszüge weicher wirken ließ.

Was er wohl gerade dachte? Yvonne konnte es nicht erraten und lächelte einfach nur zurück.

Kapitel 28

Ein schmerzhafter Ausrutscher

Kurze Zeit später blies Hannes zur Rückfahrt, denn sie wollten den Nachmittag an einem See verbringen.

Nachdem sie wieder beim Sportgeschäft angekommen waren, sanken die Ersten erleichtert auf die Bank unter der Markise. Nikolas stellte sich daneben an einen Zaun, zog seinen Rucksack ab und nahm eine Wasserflasche heraus, die er an die Lippen setzte.

Yvonne beobachtete fasziniert, wie er den Kopf in den Nacken legte und beim Trinken seinen langen Hals streckte. Sie dachte sofort an die Coca-Cola-Werbefilme, für die er ein mehr als geeigneter Kandidat wäre, und spürte ein heißes Gefühl tief in ihrem Bauch.

Als er die Flasche absetzte und den Deckel zudrehte, blickte Yvonne kurz weg, da sie ihn nicht so angaffen wollte. Doch dann hörte sie seinen überraschten Ausruf und sah gerade noch, wie er mit den Armen rudernd am Zaun hinunterrutschte und mit schmerzverzerrtem Gesicht unsanft auf dem Hosenboden landete. Sie hielt erschrocken die Luft an.

„Scheiße, hast du dir wehgetan?" Schon rollte sie zu ihm, um ihm beim Aufstehen zu helfen.

Doch er wiegelte ab und knirschte zwischen zusammengebissenen Zähnen: „Lass mich erst kurz zu Atem kommen."

Dann beugte er sich vor und dehnte seinen Rücken. Dabei bemerkte Yvonne, dass sein Shirt auf der Rückseite drei senkrechte Risse aufwies. Als sie den Zaun betrachtete, wusste sie, warum. Er bestand aus schwarz lackiertem Schmiedeeisen und hatte oben pfeilähnliche Spitzen, an denen Nikolas vor seiner unsanften Landung entlanggeschrammt war.

Sie griff nach seinem T-Shirt und schob es hoch, um seinen Rücken zu untersuchen. Drei lange Kratzer zogen sich senkrecht über seine gebräunte Haut. „Uh, das sieht übel aus. Aber wenigstens blutet es kaum."

Mittlerweile hatten sich alle um Nikolas versammelt und betrachteten seine Verletzung. Zwei starke Männer halfen ihm beim Aufstehen.

Noreen entdeckte einen V-förmigen Riss in der Gesäßtasche seiner Shorts und fragte: „Traust du dich, so zum See zu fahren? Oder willst du dich lieber vorher im Hotel umziehen?"

„Nein, geht schon. Die Leute sollen denken, ich sei im Zoo mit dem Rücken zu nah an den Tigerkäfig gekommen", knurrte er.

Okay. Wenn er wieder Sprüche klopfen konnte, ging es ihm nicht so schlecht. Zum Glück.

Hannes zog ein skeptisches Gesicht. „Sieht eher so aus, als hättest du eine wilde Nacht hinter dir." Dazu machte er ein fauchendes Geräusch und eine Bewegung, als ob Tigerkrallen ausfahren und etwas zerkratzen würden. Mit einem süffisanten Lächeln fügte er an: „Die Frau würde ich gern kennenlernen!"

Nikolas winkte grinsend ab.

Als sie die Inliner zurückgegeben hatten und zu den Autos gingen, fragte Yvonne: „Kannst du fahren? Oder soll ich lieber?"

„Nein, wird schon gehen. Aber ich würde zur Sicherheit mein Badetuch über die Rückenlehne hängen, damit ich nicht alles mit Blut einsaue."

Auf dem Weg zum See fuhren die drei Autos durch malerische Orte, deren blumengeschmückte Fachwerkhäuser in der Sommersonne um die Wette strahlten und die Augen der Touristen erfreuten. In einem davon führte sie die Durchgangsstraße an einem hübschen Rathaus aus rotem Sandstein vorbei, auf dessen Vorplatz der wöchentliche Markttag stattfand. Viele Stände gruppierten sich um einen mit Geranien geschmückten Dorfbrunnen, neben dem drei ältere Damen mit farbigen Strohhüten ein Schwätzchen hielten.

Als Nikolas das Steuer herumriss und mit einem Schlenker am Straßenrand stehen blieb, löste Yvonne erschrocken ihren Blick von den Marktständen und schaute nach vorne durch die Windschutzscheibe.

„Was ist …?" Dann sah sie, dass Paul mit einer Vollbremsung vor ihnen gehalten hatte und Noreen schon aus ihrem Auto heraus zu seinem offenen Seitenfenster sprintete. „Das ist sicher wieder eine von Nonos spontanen Schnapsideen."

„Ja, ihr Parkversuch war mehr als spontan", kam Nikolas' trockener Kommentar. „Paul wäre ihr fast hinten reingefahren."

An dessen Wagen vorbei sah Yvonne, dass der Corsa ihrer Schwester mit dem rechten Vorderreifen so schräg über dem Gehweg parkte, dass noch nicht mal ein Kinderwagen vorbeigekommen wäre. Schon kam sie über das ganze Gesicht strahlend auf Nikolas' SUV zu gejoggt.

„Wie wäre es, wenn ihr vorfahrt und ich hier auf dem Markt ein paar Leckereien zum Essen für uns hole? Dann können wir am See ein Picknick veranstalten."

„Oh, das ist wirklich eine tolle Idee, Nono", antwortete Yvonne begeistert.

Nikolas nickte zustimmend. „Brauchst du Geld?"

„Das können wir später regeln."

Als Noreen wieder bei ihrem Auto war, fädelte sich Nikolas hinter Paul in den Verkehr ein. Schon nach zehn Minuten waren sie am See angekommen, der idyllisch am Waldrand lag und umgeben war von einem weitläufigen Park.

Während sie über die Wiese schlenderten, seufzte Selina: „Ist das nicht ein herrliches Fleckchen Erde?"

Die anderen stimmten ihr zu und genossen die optische Pracht, bis sie einen passenden Platz unter zwei uralten Eichen mit Blick auf den See gefunden hatten. Die mitgebrachten Picknickdecken waren schnell ausgebreitet und Yvonne konnte mit in die Hüften gestützten Händen die wunderschöne Aussicht auf sich wirken lassen. Viele Familien nutzen das sommerliche Wetter, wie sie bemerkte, um sich am See zu erfrischen. Einige davon fuhren auf dem geteerten Fußweg, der um den See verlief, sogar Inliner. Es war einfach ein herrlicher Platz, um die Seele baumeln zu lassen.

„Da fällt mir gerade eine Scherzfrage ein. Was ist ein Keks unter einem Baum?", fragte sie und zog ihre Sandalen aus.

Paul, Mathis und Nikolas schauten verblüfft zu ihr herüber und überlegten. Selina kratzte sich am Kopf und tippte mit dem Zeigefinger an ihre Nasenspitze. Nur Paula hüpfte aufgeregt auf der

Stelle und rief: „Ich weiß es, ich weiß es. Darf ich es sagen?“

„Noch nicht.“ Yvonne beobachtete die anderen. „Und, kommt ihr drauf?“

Als die vier den Kopf schüttelten, platzte es aus Paula heraus: „Ein schattiges Plätzchen.“

„Hä?!“ Paul brauchte zwei Sekunden, bis er die doppelte Bedeutung des Wortes Plätzchen begriff. Dann stimmte er lauthals in Selinas Lachen mit ein. „Ach so! Der war gut.“

Nikolas grinste ebenfalls und zog sein zerfetztes T-Shirt über den Kopf. Yvonne versuchte vergeblich, seinen nackten Oberkörper zu ignorieren. Doch sie war auch nur eine Frau mit Schwächen …

Endlich schaffte sie es, ihren Blick abzuwenden, und sah Paul und Mathis nach, wie sie mit ihren Frauen Hand in Hand zum See schlenderten, um sich im Wasser zu erfrischen. Zwei große Männer mit zwei kleinen Frauen. Mathis mit schlaksigen Gliedmaßen, die der Spannkraft von gekochten Spaghetti ähnelten. Seine Frau Selina dagegen sportlich mit einem federnden Gang, der ihre natürliche Körperspannung verriet. Paul war auf eine ruhige Art ausgeglichen und besonnen. Dafür versprühte seine bessere Hälfte eine dreifache Portion Lebensenergie, die ihr bei der kleinsten Bewegung bis in die Haarspitzen schoss. Zwei ungleiche Paare, die dennoch wunderbar harmonierten.

Als Nikolas neben ihr zischend Luft holte, beobachtete sie, wie er sich vorsichtig auf die Decke setzte.

„Eine Prellung am Allerwertesten?“, fragte Yvonne verständnisvoll. Er nickte bloß und zog eine Grimasse. „Im Hotel hätte ich eine Salbe dafür …“

„Das ist auch gut so, dass sie sich im Hotel befindet. Sonst müsste ich vor versammelter Mannschaft die Hosen herunterlassen“, meinte Nikolas. Yvonne merkte, wie er immer noch nach einer bequemen Sitzposition suchte. „Oder wir zwei Hübschen müssten mit der Tube mal kurz im Gebüsch verschwinden und uns danach von den anderen dumme Sprüche anhören. Da ist es mir lieber, wenn du mich heute Abend in unserem Zimmer verarztest. Dann haben wir wenigstens unsere Ruhe.“

Ein schelmisches Zwinkern folgte, was Yvonnes Wangen wieder einmal rot werden ließ. Allein die Aussicht, seine nackte Rückenansicht betrachten – und sogar berühren – zu dürfen, gab ihr ein Gefühl, als hätte sie an ihrer Autobatterie einen Schlag bekommen.

Doch so schnell ließ sie sich nicht einschüchtern, selbst wenn sie den altbekannten Drang verspürte, am Daumennagel zu knabbern. „Ich habe aber meine Schwesterntracht mit den weißen Strapsen und Stöckelschuhen zu Hause vergessen. Meinst du, es würde auch so gehen?“

Nikolas schnalzte mit der Zunge und legte den Kopf schief. Seine Augen funkelten in einem satten Goldton, als er mit der flachen Hand auf die Decke neben sich klopfte und sie einlud, sich zu setzen. „Zur Not lässt du die Uniform einfach weg. Wer braucht so was schon für Doktorspielchen?“

Auf diese rein rhetorische Frage ging sie lieber nicht ein – und ließ sich ihm gegenüber mit genügend Sicherheitsabstand nieder. Nicht, weil sie Angst vor *ihm* hatte. Sondern weil sie sich selbst nicht über den Weg traute.

Mit einem kleinen boshaften Lächeln meinte sie: „Aber wenigstens habe ich ein Thermometer in meinem Arztköfferchen. Mit dem könnte ich dich noch ein bisschen quälen, wenn ich schon mal hinter dir stehe.“

Kapitel 29

Süße Verlockung

Bevor Nikolas einen dummen Spruch über SM-Praktiken machen und sie fragen konnte, ob sie nicht vielleicht auch eine Peitsche in ihrem Trolley versteckt hätte, hörten sie schon von Weitem Noreens gut gelaunte Stimme: „Der Feinschmecker-Lieferservice ist da!!“

Am Glitzern seiner Augen erkannte Yvonne, dass er noch nicht mit ihr fertig war und die Retourkutsche auf später verschieben würde. Erstaunt stellte sie fest, wie sehr sie sich tief in ihrem Inneren darauf freute. Widerwillig riss sie ihren Blick von seinem los und blickte ihrer Schwester entgegen.

Noreen und Hannes schlenderten mit ihren Frauen und einigen vollgepackten Tüten auf sie zu. Erstaunlicherweise merkte Yvonne wieder ein Grummeln im Magen, das auf herannahenden Hunger schließen ließ. Es war doch erstaunlich, welche Mengen sie im Urlaub verdrücken konnte!

Als die anderen vier vom See zurückkehrten und sich abtrockneten, packte Noreen ihre frisch erstandenen Leckereien aus: Schafskäse, Oliven, eingelegte Auberginen, kleine Tomaten, Parmaschinken, spanische Salami, ein paar Baguettestangen und noch so einiges mehr.

Alle bewaffneten sich eifrig mit Papptellern, als hätte jeder von ihnen vom reichhaltigen Frühstücksbuffet nur eine halbe Scheibe trockenen Toast abbekommen. Seufzend ließen sie sich das Essen schmecken und nahmen dankbar Becher mit Getränken entgegen. Kurz darauf rollten sich alle träge und mit vollen Bäuchen auf den Rücken und dösten vor sich hin.

Yvonnes Handfläche wanderte über die spröden Grashalme neben ihrer Decke, während sie erschöpft die Augen schloss. Selbst hier im Schatten war die Wiese unbeschreiblich trocken. Man merkte, dass seit langer Zeit kein Regentropfen den Boden berührt hatte. Die Natur schien in einer Momentaufnahme erstarrt zu sein, denn kein Halm, keine welke Blüte bewegte sich mehr als notwendig. Träge hingen sie in der flirrenden Hitze an den Pflanzen – auf einen zarten Lufthauch wartend, der sich um sie legte und sie zu einem bescheidenen Tänzchen einlud. In der Hoffnung, dass sich aus einem kleinen Reigen ein flotter Walzer entwickelte, der mit einem windigen Schauspiel dunkle Wolken für einen Regenschauer heranlockte. Dennoch war, wie Yvonne fand, die Sommerhitze hier am See besser zu ertragen als in der Stadt. Wenn sie ihr Essen verdaut hatte, würde sie auch ins erfrischende Nass hüpfen.

Nachdem Mathis schon eine ganze Weile durch seine dicken Brillengläser aufs Wasser gestarrt hatte, fragte er versonnen: „Hat jemand Lust, mit mir über den See zu rudern?“

„Bist du irre? Bei der Hitze?!“, meldete sich Noreens schläfrige

Stimme zu Wort. „Da bist du spätestens nach einer halben Stunde so gegrillt wie ein Brathähnchen am Spieß."

„Ich hätte einen Regenschirm im Auto", bot Paula an. „Den könntest du als Sonnenschutz benutzen."

„Dann bräuchte ich aber drei Hände."

„Soll ich deine dritte Hand sein?", fragte Selina ihren Mann.

„Auf das Angebot hatte ich gehofft", lächelte er sie warm an und stand auf.

Nikolas war unruhig. Er wusste nicht, wieso …

Nein, das stimmte so nicht. Eigentlich kannte er den Grund ziemlich genau. Der Grund war nämlich rothaarig und trug ein geblümtes Bikinioberteil mit verboten kurzen, karierten Shorts – und lag keinen halben Meter von ihm entfernt.

Er hatte tatenlos zusehen müssen, wie Nono Yvonnes Rücken mit Sonnenmilch einrieb und immer wieder über diese weiche, porzellanfarbene Haut massierte – bis sie verführerisch glänzte. Es hatte seiner ganzen Selbstbeherrschung bedurft, Noreen nicht wegzuschubsen und die Angelegenheit selbst zu übernehmen. Mit seinen großen Händen über den grazilen Rücken zu gleiten bis hinauf zu den Schultern, wo er über die zarte Haut ihres Nackens streichen konnte, bis sie eine Gänsehaut bekam.

Nie gekannte Gefühle von alles verzehrendem Verlangen und übermächtiger Besitzgier stiegen in ihm auf – und er fühlte in seiner Brust eine bedenkliche Bereitschaft, um sein Revier zu kämpfen und Yvonne für sich zu beanspruchen.

Beängstigend.

Er betrachtete ihre mit einer Klammer zusammengehaltenen Haare. Kleine Locken hatten sich seitlich über den Ohren gelöst und nahmen der Frisur die Strenge. Ein weicher Flaum bedeckte ihren Haaransatz im Nacken, über den er am liebsten zart mit den Fingern gestrichen wäre. Als sie über eine von Pauls Bemerkungen lachte und dabei den Kopf zurückwarf, stand er auf. Er musste sich erst einmal abkühlen und Abstand gewinnen.

Am See sammelte er ein paar flache Steine, die von den intensiven

Sonnenstrahlen aufgewärmt waren, und ließ sie nacheinander übers Wasser hüpfen. Da hier niemand schwamm, musste er sich wenigstens keine Sorgen machen, jemanden am Kopf zu treffen. Nach einer Weile merkte er, wie Ruhe in seine Gedanken – und in seinen Bauch – einkehrte. Er stand eine ganze Zeit lang still da und starrte auf die ruhige Oberfläche, die den tiefblauen Himmel widerspiegelte.

„Ich habe früher auch gern Steine geflippt."

Er musste sich nicht umdrehen, um zu wissen, wer hinter ihm stand. Dennoch blickte er über die Schulter, um ihren Anblick in sich aufzunehmen.

Ihre Daumen steckten lässig in den kaum vorhandenen Taschen ihrer knappen Shorts. Diese saßen tief auf den schön geformten Hüften und gaben den Blick auf ihre schlanke Taille mit dem entzückenden Bauchnabel frei. Das Bikinioberteil bestand aus zwei dreieckigen Stückchen Stoff, die nur mit Kordeln zusammengebunden waren. Unter dem farbenfrohen Blümchenmuster verbargen sich zwei runde Kostbarkeiten, die einer sinnlichen Einladung gleichkamen. Nikolas fragte sich, wie sie sich in seinen Handflächen anfühlten – und wie es wäre, sich ihrer zu bemächtigen.

Er wollte es gar nicht wissen. Sonst wäre es vorbei mit seiner eisernen Selbstbeherrschung.

Yvonne wirkte auf unschuldige Art sexy, die in ihm das Gefühl erzeugte, ein Güterzug würde durch seine Eingeweide donnern. Ihre Erscheinung schien dem feuchten Traum eines lang enthaltsamen Mannes entsprungen zu sein.

Er musste trocken schlucken.

Das traf natürlich nicht auf ihn zu. Sein letztes Mal hatte erst kürzlich stattgefunden. Das war … mit …

Verflucht noch mal!!

Sein Gehirn schien wie umnebelt zu sein, während er rettungslos in ihren klaren, blauen Augen ertrank. Er konnte sich schlicht und ergreifend nicht erinnern.

Sie wirkte überirdisch schön, wie sie so in ihrer natürlichen Anmut mit einem kleinen Lächeln dastand und das Sonnenlicht in ihrem rostroten Haar wie zarte Finger auf glänzenden Harfensaiten spielte.

So nötig konnte er es gar nicht haben, dass er etwas mit ihr anfing, schwor er sich. Sie war so verletzlich – selbst wenn sie manchmal stark und verlässlich wie ein Stahlseil wirkte. Weich wie ein fluffiges Daunenkissen und doch zielstrebig wie ein abgeschossener Pfeil, wenn sie etwas erreichen wollte. Überaus feminin in allen Lebenslagen, aber auch intelligent und auf ihrem Fachgebiet kompetent wie ein alter Hase.

Sie war seit Langem die klügste und gleichzeitig warmherzigste Person, die ihm begegnet war. Sie strahlte eine innere Ruhe aus, die ihn mit offenen Armen umfing und sein Innerstes wunderbar beruhigte. Dabei blitzten ihre Augen vor verstecktem Humor, während sie ihn mit diesem verschmitzten, aber doch so bezaubernden Lächeln in Wortgefechte verwickelte.

Er hatte sich mit einem fremden Menschen schon lange nicht mehr so wohlgefühlt wie mit Yvonne.

Ein letztes Mal genoss er ihren verlockenden Anblick, bevor er sich wortlos abwandte und sich wieder auf das Wasser konzentrierte. Kurz darauf vernahm er, wie ihre nackten Füße im trockenen Gras raschelten, als sie sich ihm ein paar Schritte näherte.

„Würdest du mich heute mit deinem BMW zum Hotel zurückfahren lassen?“ Er wandte sich ihr überrascht zu. „Ich bin zwar schon mit einigen SUVs gefahren. Aber mich würde interessieren, wie geschmeidig und ruhig der Reihensechszylinder in deinem X5 läuft.“

Ein paar Sekunden lang musterte er sie, ob sie die Bitte mit dem ungewöhnlichen Argument wirklich ernst meinte. Dann rief er sich in Erinnerung, dass es sich hierbei um Yvonne handelte, die ihren Oldtimer selbst restauriert hatte und sich demzufolge mit Motoren bedeutend besser auskannte als er.

„Na, ich weiß nicht. Kannst du mit so viel PS überhaupt umgehen?“, foppte er sie träge. „Wie viel hat denn dein SL unter der Haube? 86?“

„105“, gab sie würdevoll zurück. „Und ja, ich traue mir das zu.“

„Gut, dann lass uns darum flippen. Wenn du gewinnst, darfst du heimfahren. Wenn ich gewinne, drehe ich heute Abend noch eine Runde mit deinem Mercedes."

„In Ordnung", stimmte sie zu. „Jeder flippt dreimal und wir addieren die Anzahl der Wasserberührungen. Einverstanden?"

Nikolas nickte und begann, passende Steine zu suchen.

Als beide bereit waren, ließ er Yvonne den Vortritt. Sie ging in die Knie, beugte sich vor und holte mit dem Arm aus. Ihr Stein berührte die Wasseroberfläche viermal.

„Nicht schlecht", kommentierte er den Wurf. Er holte aus und schaffte es auf dreimal.

Als sich Yvonne erneut vorbeugte, betrachtete er ihr Hinterteil, über dem sich die Shorts zum Reinbeißen spannten. Mmh, dieses Spiel könnte er noch eine ganze Weile fortsetzen.

Dann war er wieder dran und ließ seinen Stein fünfmal springen. Doch leider reichte das nicht, da Yvonne ihn in diesem Durchgang aufs Neue überrundet hatte.

„Du musst dich schon ein bisschen mehr anstrengen, wenn du nicht willst, dass ich die Herrschaft über deinen Wagen bekomme", zog sie ihn auf.

„Na, warte", murmelte Nikolas und beobachtete, wie sie zum letzten Wurf ausholte. Ihm quollen fast die Augen aus dem Kopf, als er sieben Wasserkontakte zählte. „Ich weiß zwar nicht, wie du das machst, aber irgendwie bescheißt du."

„Nein, das Geheimnis liegt allein in der Steinauswahl." Sie grinste ihn siegessicher an. „Gut, ich gebe zu, ein bisschen Technik ist auch noch dabei. Noreen und ich haben uns früher immer Wettkämpfe geliefert, die ich meistens gewonnen habe."

„Wenn ich das gewusst hätte, hätte ich mich auf diese Wette gar nicht erst eingelassen." Er holte aus und versuchte, den Stein ganz flach zu werfen. Doch irgendwie bekam er in der Luft einen leichten Drall und kam nur einmal auf, um beim zweiten Kontakt tonnenschwer unterzugehen. Beschämend. „Okay, ich gebe mich geschlagen. Du darfst heimfahren."

„Ja!" Yvonne ballte ihre Hand zur Faust. „Wenn du willst, kannst du heute Abend trotzdem mit meinem Auto eine Runde drehen."

Nikolas beugte zum Dank leicht den Kopf. „Das zeugt von Großmut dem Verlierer gegenüber."

Als die beiden wieder zu ihrem Platz zurückkehrten, griff Noreen nach zwei Tüten und überraschte alle mit den Worten: „Wir haben vorhin übrigens auch Nachtisch organisiert."

Sie packte unter begeisterten Ausrufen vier Schalen Erdbeeren mit einer Flasche Sprühsahne aus und machte sich dran, die Früchte gerecht zu verteilen.

Nikolas beobachtete, wie Yvonne ihre Ration erfreut entgegennahm und geduldig wartete, bis die Sahne den Weg zu ihr fand. Die erste Erdbeere verzierte sie dann mit einem Häubchen und steckte sie sich genüsslich in den Mund, wo sie sie langsam mit der Zunge zerdrückte.

Sein Blick blieb an ihren rosigen Lippen hängen, die von einem kleinen Sahneklecks geschmückt wurden, und er murmelte rau: „Das sieht aber lecker aus, was du da machst." Am liebsten hätte er ihr die Sahne von der Unterlippe geleckt.

Da sich Yvonne wieder einmal darauf konzentrieren musste, nicht rot zu werden – *so süß!* –, hielt sie bei der nächsten Erdbeere die Dose versehentlich zu flach und drückte ab. Die Sahne schoss wie eine Fontäne heraus und verteilte sich in unzähligen Tröpfchen auf seiner nackten Brust.

Überrascht blickte Nikolas nach unten auf die Sauerei, während Yvonne und die anderen in lautes Gelächter ausbrachen. „Und so eine soll ich an meinen Steuerknüppel lassen? Du kannst ja nicht mal den Sahnespender richtig bedienen. Wie willst du dann mit meinem Auto klarkommen?!" Er entwand ihr die Dose und brachte sie in Sicherheit.

Yvonne hielt sich immer noch den Bauch vor Lachen und prustete: „Keine Angst, du kannst dich auf mich verlassen. Deinen Steuerknüppel habe ich fest im Griff." In leisem Ton, aber mit belustigt blitzenden Augen fuhr sie fort: „Du musst wissen, ich habe fähige Finger."

Darauf würde Nikolas seinen X5 verwetten.

Kapitel 30

Sinnliches Versprechen

Yvonne quittierte seinen verblüfften Blick mit einem frechen Grinsen und bekam ganz rote Wangen.

Sie sah zum Anbeißen aus.

Nikolas stellte verwundert fest: „Du hast echt ein loses Mundwerk, weißt du das?“ Aber es machte ihm unglaublich Spaß, sich mit ihr zu kabbeln.

So verführerisch diese Lippen auch geschwungen waren und so betörend und geheimnisvoll sie Mona-Lisa-gleich lächeln konnte, war Yvonnes Grinsen im Moment doch so frech und offenherzig wie das von Pippi Langstrumpf.

Zur Strafe richtete er die Sahne auf sie und drückte kurz ab. Sie war zu überrascht, um auszuweichen. Die weißen Spritzer landeten direkt auf ihrer hübschen Nase und zierten sie wie die Sommersprossen im spitzbübischen Gesicht der schwedischen Göre.

Bevor sie sich mit Kriegsgeheul – den Sahnebehälter im Anschlag – aufeinanderstürzen konnten, griff Paul ein, entriss ihm die Dose und beendete eigennützig die Auseinandersetzung: Er legte den Kopf nach hinten, sprühte sich eine große Portion Sahne in den Mund und steckte grinsend eine Erdbeere hinein.

Um eine vergnügliche Rangelei betrogen, beugte sich Nikolas zu Yvonne vor und raunte: „Das hat noch ein Nachspiel.“

Doch dieses leichtsinnige Ding reagierte auf seine Drohung bloß mit einem erfreuten Gesichtsausdruck, als wolle es sagen: „Lass ihn nur kommen!“ und lümmelte sich mit einem wohligen Seufzen provozierend auf der Decke.

„Mädel, du lebst echt gefährlich“, murmelte er und betrachtete mit zusammengekniffenen Augen ihre lasziven Bewegungen.

Die Zeit verging und die Hitze wurde am Nachmittag noch größer. Als ihre Bäuche nach dem reichhaltigen Picknick nicht mehr so spannten, wollten sich ein paar im See erfrischen. Doch bevor sie aufstehen konnten, kam Hannes pfeifend mit einem Beutel voller Eiswürfel bei der Gruppe an.

„Wo hast du die denn her?!“, fragte Mathis überrascht und setzte sich ungläubig auf.

„Vom Café am Ende des Weges. Unsere Getränke sind schon so warm geworden. Deshalb dachte ich, ich könnte Abhilfe schaffen.“

Alle bedienten sich dankbar und ließen das Eis in ihre Becher gleiten.

„Oh, ist das eine Wohltat bei der Hitze“, stöhnte Annette und fuhr sich durch die kurzen, verschwitzten Haare.

„Du bist wirklich ein Organisationstalent“, lobte Paula und genoss ihre kühle Apfelschorle.

Nikolas nahm auch einen Schluck aus seinem Becher und beobachtete Yvonne, wie sie auf ihre Ellenbogen gestützt auf dem Rücken lag. Die Stelle zwischen ihren Brüsten glänzte. Ebenso ihre Stirn. So wie sie sehnsüchtig aufs Wasser starrte, schien sie eine Abkühlung im See in Betracht zu ziehen.

Er wusste, er sollte es lieber nicht tun. Sollte einfach liegen bleiben. Die Finger bei sich behalten. In eine andere Richtung schauen. Ganz besonders nach der Aktion mit der Sprühsahne vorhin.

Doch das war leichter gesagt als getan.

Denn als sie ein leises Seufzen von sich gab, verselbstständigten sich seine Finger und fischten nach einem Eiswürfel, mit dem er über ihre Halsschlagader strich.

Der überraschte Laut, den sie ausstieß, ging über in ein genussvolles Ausatmen, das ihm ein Kribbeln im Nacken bescherte. Sie legte ihren Kopf zurück und machte ihren Hals ganz lang. Dabei zog sie ihre schlanken Beine an und rieb sie leicht aneinander – was ihn total verrückt machte. Wenn er jetzt bloß eine Kamera zur Hand hätte!

Dann beugte er sich vor und fragte leise: „Gibt es noch eine andere Stelle, die ich kühlen soll?“

Glücklicherweise bekamen die Freunde nichts von diesem kleinen Austausch mit. Sie waren viel zu sehr davon abgelenkt, Hannes auszuquetschen, ob es im Café auch Eisbecher zu bestellen gäbe und welche Sorten Kuchen.

„Wenn ich dir alle Stellen aufzählen soll“, seufzte sie, „bist du die nächsten zwei Tage mit mir beschäftigt."

„Dieses Risiko würde ich eingehen", meinte er nur und wunderte sich nicht, dass seine Stimme bei diesem Angebot heiser wie ein Reibeisen klang. Allein die Vorstellung, Yvonne zwei Tage lang zu verwöhnen, trieb ihm den Schweiß auf die Stirn.

Während er mit dem Eiswürfel noch über die andere Seite ihres Halses glitt, war sein Blick vom schönen Schwung ihres auslaufenden Dekolletés so gefesselt, dass er einfach nicht anders konnte. Bevor sie weitersprach, ließ er den Eiswürfel wie auf einer Bahn von ihrem Hals bis zwischen ihre Brüste rutschen und meinte nur trocken: „Uuups."

Als der Würfel eiskalt zwischen ihren Brüsten liegen blieb, schrie Yvonne vor Überraschung auf und setzte sich ruckartig auf. Der Schalk in Nikolas' Augen ließ den berechtigten Verdacht in ihr keimen, dass er das mit purer Absicht getan hatte und es in keiner Weise bedauerte. Reflexartig ergriff sie ihren Becher und schüttete ihm den Rest Mineralwasser gegen die bloße Brust.

„Jaaaa! Wasserschlacht!!", riefen die anderen und gaben Wetten ab, wer von den beiden gewinnen würde.

Doch Nikolas ließ sich nicht beirren, sondern stupste und kitzelte Yvonnes nackten Bauch, bis sie sich vor Lachen krümmte. Die Zeit für seine Vergeltung schien gekommen zu sein.

„Lass mich", keuchte sie kichernd und wand sich unter seinen flinken Fingern.

Sie versuchte, sich auf die Knie zu drehen, um aufzustehen. Aber so leicht wollte er es ihr nicht machen. Yvonne musste alle Kräfte und so einige Tricks anwenden, um ihn abzulenken, damit sie auf die Beine kommen und unter lautstarken Anfeuerungsrufen der andern flüchten konnte.

Flink wie ein Wiesel sprintete sie barfuß über das trockene Gras, um ihrem Peiniger zu entkommen. Immer noch rang sie um Atem, da ihr vom vielen Lachen die Luft fehlte. Als sie am Ende der Wiese einen Blick über die Schulter warf, war ihr Nikolas dicht auf den Fersen.

Scheiße, war der schnell!

Sie drehte sich zu ihrem Verfolger um und streckte die Hand aus. „Friede", stöhnte sie wankend. „Ich habe keine Kraft mehr."

Sie merkte, wie ihr Herz vor Aufregung heftig gegen die Rippen schlug, da ihr Adrenalin auf der Flucht vor seiner Rache wie eine Rakete nach oben geschossen war.

„Das hättest du dir früher überlegen müssen." Er kam langsam mit einem lauernden Ausdruck in seinen raubtierhaften Augen auf sie zu, die beschattet waren von vereinzelten, langen Haarsträhnen.

So humorvoll Nikolas sonst auf viele Dinge reagierte, so bitterernst verhielt er sich nun in dieser Situation. Kein verschmitztes Lächeln umspielte seinen schönen Mund, kein dummer Spruch kam ihm über die Lippen. Nur tödlicher Ernst lag in seinem Blick – und dieser Hunger, der ihr vorher nicht aufgefallen war. Ein dunkler Hunger, dessen sinnliches Versprechen sie erzittern und ihre Brustwarzen fest werden ließ.

Auch das noch!

Sie wich langsam zurück und war doch von diesen intensiven Augen so hypnotisiert, dass sie nicht wegschauen konnte. Während Nikolas den Abstand zu ihr stetig verringerte, beobachtete sie fasziniert, dass die Muskeln seines nackten Oberkörpers und der schlanken Arme zum Zerreißen gespannt waren. Er wirkte wie ein Tiger kurz vor dem Sprung.

Mist!

Plötzlich spürte sie etwas Raues, Hartes in ihrem Rücken. Ein Baum versperrte ihren Fluchtweg. Als Nikolas nur einen Meter von ihr entfernt war, blieb er stehen und ließ seine Augen über ihren Oberkörper wandern. Dann nagelte er sie mit seinem Blick fest und trat noch näher.

Sie merkte, wie ihr Blut heiß durch ihre Adern pumpte und in ihren Ohren rauschte. Selbst wenn sie gewollt hätte, wäre sie zu keinem Schritt fähig gewesen. Wie gelähmt, stand sie an den Baum gelehnt und war dankbar für den Halt, den er ihr bot.

Nikolas stützte seine Hände rechts und links neben ihrem Kopf an den Stamm und kam ihr dadurch mit seinem Körper sehr nahe – ohne sie jedoch zu berühren. Sein Duft stieg ihr verlockend in die Nase.

„Frierst du etwa, Rotschopf?", murmelte er mit belegter Stimme an ihrer Schläfe und spielte damit auf ihre strammstehenden Brustspitzen an, die ihm zuzuschreien schienen: „Kümmere dich um uns! Wir wurden schon zu lange vernachlässigt!"

Sie blickte ihm fest in die Augen. „Ja."

„Das glaube ich dir nicht …", gab er rau zurück und strich federleicht mit seinen Lippen über ihre Wange. Das erotische Timbre in seiner Stimme ging ihr durch Mark und Bein. „… bei diesen Temperaturen und dem leichten Schweißfilm auf deiner Stirn." Dann senkte er sein Gesicht zu ihrer Halsbeuge und blies sanft über die feuchte Haut.

Sie erschauderte. Ein wohliges Seufzen schlüpfte über ihre Lippen, denn die sinnlichen Eindrücke rieselten in der Farbenpracht eines Regenbogens auf sie nieder.

Oh Himmel! Kribbelnde Wellen der Erregung jagten über ihre Arme. Jede Faser ihres Körpers schrie nach Berührung. Unbewusst reckte sie sich der Hitze seines nackten Oberkörpers entgegen, die sie zu verbrennen drohte. Pure Begierde brandete durch ihre Zellen und bündelte sich zwischen ihren Beinen.

Zielgerichtet. Gnadenlos.

Doch Nikolas hielt sich absichtlich auf Abstand und quälte sie, indem er ihr jeden Kontakt verwehrte. Bevor irgendetwas passieren konnte, stieß er sich unvermittelt ab und ging ohne ein Wort zurück zu den anderen.

Schwach vor Erregung lehnte Yvonne am Baumstamm und blickte ihm völlig überwältigt nach. Dieser Mann hatte mühelos einen lodernden Hunger in ihr entfacht, den sie nicht an sich kannte. Noch nie erlebt hatte. Der sie unvorbereitet überfallen hatte und sie nachträglich erbeben ließ.

Kapitel 31

Eindeutig doppeldeutig

Eine Stunde war zwar nicht viel, um ihre verlorene Fassung wiederzugewinnen, aber irgendwie schaffte es Yvonne doch. Genügend Zeit, um sich zu sammeln, bevor sie alles zusammenpackten und wieder ins Hotel fuhren.

Nach ihrer Rückkehr zu den Freunden hatte nichts mehr an Nikolas' Verhalten und diesen höchst erregenden Zwischenfall am Baum erinnert. Er hatte sich ganz normal mit den anderen unterhalten, gescherzt und gelacht.

Mann, konnte der sich beherrschen!

Als sie voll bepackt zu den Autos gingen, zeigte Yvonne auf den roten X5 und fragte: „Darf ich?"

„Klar, war schließlich so ausgemacht."

Weder sein Tonfall noch sein Gesichtsausdruck verrieten ihr, dass er sie vorhin am Baum fast geküsst – oder sich in ihrem Hals festgebissen hätte, falls er seine animalische Seite vom Zügel gelassen hätte.

Sie begann zu zweifeln.

Er war doch nahe dran gewesen, oder etwa nicht? So etwas konnte man sich nicht einbilden, egal wie lange das letzte Mal bereits zurücklag. Diesen Hunger in seinen schönen Augen. Die Anspannung in seinem Körper.

Sie war diesem Punkt jedenfalls so nahe gewesen, dass es nur noch eines Lufthauchs bedurft hatte, um über die Kante zu fliegen. Wäre er bloß drei Sekunden länger bei ihr stehen geblieben, hätte sie für die spontane Reaktion ihrer Hormone nicht mehr garantieren können.

„Meinst du, wir können einen kleinen Abstecher auf die Autobahn machen?" Sie warf Nikolas einen fragenden Blick über das Autodach zu, bevor sie die Fahrertür öffnete.

„Wenn du willst."

Sie informierte ihre Schwester über den Umweg. Diese nickte nur, da das bei Yvonne nichts Ungewöhnliches war, und rief zurück, dass sie sich um zwanzig Uhr im Hotelrestaurant zum Abendessen träfen.

Nachdem Yvonne den Sitz ein gutes Stück nach vorne korrigiert hatte, drehte sie den Schlüssel um und startete den Drei-Liter-Motor. Probeweise gab sie im Leerlauf Gas und lauschte mit geschlossenen Augen und zufriedenem Seufzen dem samtigen Surren des Reihensechszylinders. Dann erst schob sie den Schaltknauf auf D und fuhr los. Schweigend legten sie die ersten Kilometer zurück, während Yvonne das Fahrverhalten des Fahrzeugs und die leisen Schaltgeräusche des Automatikgetriebes prüfte.

„Der Motor schnurrt wie ein Kätzchen", stellte sie fest. Als sie an ihren Pyjamaaufdruck denken musste, warf sie einen prüfenden Seitenblick zu Nikolas. Der zog jedoch nur eine Augenbraue hoch und blickte weiterhin geradeaus durch die Windschutzscheibe. „Was ich schade finde, ist, dass es beim X5 kein richtiges Schaltgetriebe mehr gibt. Ich persönlich bin ja eher ein Fan vom Selberschalten. Da hat man wenigstens was in der Hand."

Ein abruptes Ausatmen neben ihr ließ sie kurz zur Seite schauen, ohne dass sie jedoch etwas in Nikolas' Miene erkennen konnte. Wenn sie sich nicht irrte, sah er leicht erhitzt aus, was bei dem Wetter ja kein Wunder war.

Sie zuckte mit einer Schulter. „Keine Verfolgungsjagd in Hollywood kommt ohne Schaltgetriebe aus. Oder kannst du dir die Autos in den *Fast and Furious*-Filmen komplett ohne Handschaltung vorstellen?" Sie lachte. „Vin Diesel, der am Start einmal den Schaltknauf bewegt und dann nur noch Gas gibt. Das macht doch keinen Spaß."

Nikolas gab ein zustimmendes Brummen von sich, da Yvonne schon wieder ansetzte weiterzuerzählen: „Dein Auto beschleunigt ziemlich gut. Mal sehen, was es auf der Autobahn bringt. Dennoch würde ich unheimlich gern mal mit dem X5 M und seinen satten 555 PS fahren. Der frisst zwar deutlich mehr als deiner, hat dafür einen V8-Motor, wusstest du das?"

„Acht Zylinder? Keine Ahnung." Nikolas zuckte nur kurz mit den Schultern. „Kann sein."

„Als Faustregel gilt: Je mehr Zylinder, desto mehr Bums."

„Desto mehr Bums?!" Nun verzog er seine Lippen zu einem süffisanten Lächeln.

„Ja! Bums ist geil!" Sie grinste.

„Bums ist geil. So, so …" Nikolas betrachtete Yvonne, wie sie entspannt hinter seinem Steuer saß und mit ihren schlanken Fingern das Lenkrad locker umfasste.

Oh ja, sie hatte wirklich fähige Finger. Als sie zum Austesten den manuellen Schaltmodus einstellte, rutschten die Gänge wie geschmiert ineinander, während der Motor sportlich bis zu seiner Drehzahlgrenze arbeite. Nikolas beneidete den Steuerknüppel auf eine lächerlich verzweifelte Art und Weise, die ihm das Blut zwischen die Beine schießen ließ.

Bums war geil. *So, so …*

Er beugte sich weit zu Yvonne hinüber und atmete den Duft ihrer Halsbeuge ein, ohne sie zu berühren. Ihr Atem ging schneller. Er konnte fast schon spüren, wie sie erzitterte. Dennoch hatte sie das Steuer fest in der Hand.

„Das musst du mir im Hotel näher erklären", raunte er an ihrem Ohr, während er ihr eine Haarsträhne nach hinten strich.

Kaum dass seine Fingerspitzen ihre Haut berührten, konnte er sehen, wie sie erbebte. Oh ja, das gefiel seinem inneren Tier! Wie gern würde er weitermachen. Sie mit zarten Berührungen reizen. Doch er wollte keinen Unfall riskieren. Deshalb zog er sich widerwillig zurück.

Auch wenn Yvonne genau wusste, worauf er anspielte, begann sie, ihm den Unterschied zwischen Leistung und Drehmoment zu erklären. Als sie auf die Autobahn auffuhr, hatte sie sich zum Glück wieder gefasst. Sie drückte das Gaspedal voll durch und spürte, wie sie von der Kraft des Motors in den Sitz gedrückt wurde. Ein Leuchten ließ ihre Augen erstrahlen. Genau das liebte sie so sehr an hochmotorisierten Autos. Ihr größter Traum war es, mit einem Sportwagen den Nürburgring abzufahren. Vielleicht würde sie das eines Tages mal mit ihrem Vater zusammen tun.

An der zweiten Ausfahrt wendete sie und fuhr wieder in die entgegengesetzte Richtung. „Dein Motor ist echt heiß“, begeisterte sie sich.

„Es freut mich, dass er dir gefällt.“ Sein Grinsen zeigte ihr, dass er nicht den Motor des Wagens meinte. Doch dazu wollte sie lieber keinen Kommentar abgeben.

Kurz bevor sie auf den Parkplatz des Hotels rollten, sagte Yvonne: „Danke, dass du mich hast fahren lassen. Hat viel Spaß gemacht.“

„Gern geschehen.“

Sie waren gerade ausgestiegen, als die Hotelkatze ihren Weg kreuzte. „Ah, da ist ja wieder die süße Miezekatze ...“, seufzte sie und lachte auf, weil das Tier dicht um ihre Beine strich. Sie ging in die Hocke und streichelte über das samtweiche Fell. „Ich glaube, die Kleine will mich adoptieren.“

Als sie lachend zu Nikolas aufschaute, blieb ihr Blick an seinen Augen hängen. In ihnen wechselten sich viele unterschiedliche Gefühle ab, die sie nicht zu deuten wusste. Jedoch erkannte sie ein kurzes Aufblitzen von Verlangen, das so schnell wieder verschwunden war, dass sie es nicht festhalten konnte.

Nachdem sie sich von der Katze verabschiedet hatte, schlenderte sie auf ihn zu, wobei er wissen wollte: „Und, hat das Kätzchen geschnurrt?“

„Ja, hat es“, lachte sie. Dann verstummte sie, machte große Augen, als sie die Anspielung auf ihren Pyjama verstand, und begann zu lachen. „Ja, es hat geschnurrt.“

„Ich würde dich auch zu gern schnurren hören“, meinte er nur beiläufig, wobei sein intensiver Blick die Leichtigkeit seiner Stimme Lügen strafte.

In dem Moment hatte sie das Gefühl, Nikolas würde ihr bis in die Seele schauen und sie mit Blicken ausziehen.

„Ich habe noch eine Wund- und Heilsalbe in meinem Erste-Hilfe-Täschchen gefunden. Soll ich sie auf deine Kratzer auftragen?“

Yvonne kam mit einer Tube aus dem Bad, wo sie sich nach Nikolas geduscht hatte. Im goldenen Licht der Abendsonne, die durch das

Fenster fiel, sahen seine Wangen nach der abendlichen Nassrasur so weich und glatt aus wie ein Babypopo. Gerade rechtzeitig konnte Yvonne ihre Finger ineinander verschränken, um nicht die Hand zu heben und sich davon zu überzeugen.

„Ja, das wäre nett." So wie der Vesuv als Vorbote eines Ausbruchs Asche gen Himmel sandte, entströmte Nikolas eine testosterongeladene Wolke, als er sein frisches T-Shirt wieder abstreifte und sich vor das helle Fenster stellte. „Danke."

Als sie hinter seinen breiten Rücken trat, gab sie etwas Salbe auf ihren Zeigefinger. „Wenn es wehtut, melde dich, dann mache ich eine Pause."

„Alles klar."

Ganz zart strich sie die fette Creme auf die langen, roten Kratzer, die bei seinen schönen Schulterblättern begannen und nach unten verliefen. Nikolas stand mit leicht gesenktem Kopf wie versteinert vor ihr und zuckte kein einziges Mal. Entweder tat es wirklich nicht weh oder er war richtig hart im Nehmen.

Unter ihren Fingerspitzen spürte sie seine festen Muskelstränge, die sie seit ihrer ersten Bekanntschaft mit seinem Tattoo nicht mehr ertastet hatte. Die Schwanzfedern des Phönix waren auch etwas angeschrammt. Doch das würde schnell heilen. Dann war er wieder so schön wie zuvor.

Yvonne ließ sich Zeit. Am Abend vor der Abreise wollte sie die letzte Möglichkeit, Nikolas' Körper zu berühren, in vollen Zügen genießen. Wollte seine glatte Haut spüren. Noch mehr in diesen Anblick versinken, bevor sie alle am nächsten Tag heimfuhren. Das Aftershave gepaart mit dem sauberen Duft seiner Haut lockte ihre Sinne wie körpereigene Pheromone, die zum Paarungstanz riefen.

Das war doch alles total verrückt … Sie unterdrückte ein zittriges Aufseufzen.

Als sie nichts mehr zum Einreiben hatte, musste sie notgedrungen ihre Hand zurückziehen. Gleichzeitig bedankte sich Nikolas bei ihr.

„Ich hätte …", begann sie zögernd, „noch die Salbe gegen Prellungen, von der wir heute Mittag gesprochen haben." Sie warf einen Blick auf sein Hinterteil, das lecker umspannt in seiner Hose steckte.

„Aber die wirst du dir sicher selbst auftragen wollen."

Er drehte sich zu ihr um und blickte mit einem undefinierbaren Ausdruck in seinen Augen erst sie, dann die Tube zwischen ihren Fingern an. Dabei zog er nur seinen linken Mundwinkel zu einem schiefen Lächeln hoch und meinte: „Ja, das werde ich wohl besser selbst übernehmen, sonst brauche ich gleich im Anschluss eine kalte Dusche und wir kommen zu spät zum Essen." Mit diesen Worten nahm er die Salbe aus ihrer Hand, drehte sich um und ging zur Badtür.

Auch wenn Yvonne mit einem dummen Spruch gerechnet hatte, fühlten sich ihre Wangen wieder unangenehm heiß an. Nervös fächelte sie sich Luft zu. Sie hasste dieses mädchenhafte Erröten!

Zum Glück konnte Nikolas es nicht mehr sehen.

Kapitel 32

Lichterloh entbrannt

„Und, wie war eure Spritztour?", fragte Noreen, als sie zum langen Tisch auf der Terrasse des Restaurants kamen, der elegant mit Blumen und gestärkten Stoffservietten gedeckt war. Da die anderen bereits über den Speisekarten saßen, deutete sie auf die beiden freien Plätze neben sich.

„Geil! Der Wagen geht ab wie Schmidts Katze." Yvonne setzte sich zu ihrer Schwester, Nikolas neben Yvonne.

„Schön." Damit war das Thema für die in technischen Dingen völlig unbegabte Noreen erledigt. „Ich hoffe, es ist für euch okay, dass wir zum Abendessen hierbleiben. Wir waren alle am Verhungern und hatten keine Lust, noch ewig mit dem Auto zu einem anderen Restaurant zu fahren."

„Ja, klar. Das Essen ist hier doch sehr gut."

„Ach so, ich habe den anderen schon gesagt, dass wir morgen erst um zwölf Uhr auschecken müssen. Da haben wir genügend Zeit für ein gemütliches Abschlussfrühstück." Sie nahm einen Schluck von ihrem Wein. „Nach dem Abendessen heute wollten wir noch in einen nahe gelegenen Biergarten fahren. Seid ihr einverstanden?“

Yvonne nickte nur und konzentrierte sich auf die Speisekarte, was ihr ungewohnt schwerfiel. Hartnäckig schob sich das Bild von Nikolas' Rückenansicht vor ihr inneres Auge. Gleichzeitig musste sie daran denken, wie hocherfreut er an diesem Nachmittag bei der Aussicht reagiert hatte, sich von ihr auch ohne sexy Schwesternkostüm verarzten zu lassen. Wer konnte sich da schon auf die angebotenen Speisen konzentrieren?!

Nachdem sie alle bestellt hatten, drehte sich das Gespräch darum, wie schön die gemeinsamen Tage gewesen und wie schnell sie doch vorbeigegangen waren.

„Wir sollten das WG-Wochenende jedes Jahr so lange planen wie beim diesjährigen Jubiläum. Wenn wir uns schon so selten sehen“, fand Noreen und ein paar andere nickten zustimmend. Mathis und Hannes hatten bereits einige Ideen, wohin man beim nächsten Mal fahren könnte.

Doch Nikolas schien das nicht zu interessieren. Er beugte sich zu Yvonne vor und raunte an ihrer Wange: „Das Kleid steht dir fantastisch.“

Sie murmelte ein leises Dankeschön, während Hitze ihre Brust hinaufkroch. Es war eines ihrer Lieblingssommerkleider mit Spaghettiträgern und bauschigem Rock, das übersät war mit kleinen, roten Kirschen zwischen grünen Blättchen auf weißem Grund.

Da sie von Nikolas' überraschendem Kompliment so abgelenkt war, hatte sie nicht mitbekommen, wie die anderen das Thema gewechselt hatten.

„Ja, aber warum ist der Mann nach dem Sex so erschlagen? Und die Frau so fit?“, fragte Selina in die Runde.

Hannes strich sich selbstsicher über die wenigen kurzen Haare und wusste natürlich gleich eine Antwort: „Ganz klar. Sie soll danach über den Schlaf ihres Herrn und Meisters wachen, damit ihn niemand in einer verletzlichen Situation überraschen kann.“

„Das kann auch nur ein Mann sagen“, meinte Noreen verächtlich.

„Aber warum hat die Natur den Mann nach dem Sex so angreifbar gemacht?“

Verschiedene Theorien wurden erörtert. Doch Annette übertrumpfte alle mit aufgeregt blitzenden Augen: „Ich sehe das ganz anders. Wenn der Mann die Frau beim Sex schlecht behandelt, hat sie danach die einmalige und ungestörte Gelegenheit, sich dafür zu rächen und ihn im Schlaf zu töten. Oder wenigstens zu kastrieren." Als die weiblichen Gäste der Runde laut lachend zustimmten, wurde das Essen gebracht.

Trotz Hungers konnte Yvonne das Hühnchen in Rieslingsoße nicht wirklich genießen – obwohl es sehr gut schmeckte. Nikolas zog beständig ihre Aufmerksamkeit auf sich. Und wenn die anderen auch noch über Sex redeten, war es ja kein Wunder, dass sie ganz unruhig wurde. Es kam nämlich vor, dass sein Ellenbogen beim Essen ihren Arm streifte oder ihr Fuß seinen. Alles war rein zufällig und ohne böse Absicht. Doch bei jeder Berührung prickelte ihre Haut so intensiv, dass sie keinem Gespräch folgen konnte.

„Ja, klar", bestätigte Nikolas gerade Pauls Frage, der ihm gegenübersaß. „Ich kann euch gern die Fotos von unserem Urlaub hochladen und den Link verschicken."

Als Yvonne fast fertig mit Essen war, spürte sie plötzlich eine leichte Berührung an ihrem rechten Bein, die sich warm und weich auf ihren Schenkel legte. Sie sog überrascht die Luft ein und blickte zu Nikolas, der sich aber weiterhin angeregt mit Paul über Internetpräsenz und anderem unwichtigen Zeug unterhielt.

Die warme Hand zog sich mit einem sanften Streicheln wieder zurück und hinterließ eine Leere, die wie die Hölle brannte. In aller Gemütsruhe schnitt Nikolas ein Stück von seinem Steak ab und schob es sich in den Mund, während er Pauls Frage mit einem Nicken beantwortete.

Atemlos versuchte Yvonne, sich auf einen Punkt neben ihrem Teller zu konzentrieren.

Yvonnes überraschtes Luftholen mit dem anschließenden, zittrigen Ausatmen hatte ihn in seiner Vermutung bestätigt, dass sie wie eine reife Frucht gepflückt werden wollte. Diese Reaktion motivierte ihn entschieden – trotz seiner guten Vorsätze – fortzufahren.

Paul erzählte weiterhin von seiner Arbeit, dass Nikolas an den richtigen Stellen nicken und passende Fragen einstreuen konnte, während er seine linke Hand abermals unter den Tisch gleiten ließ. Und da behaupte noch einer, Männer seien nicht multitaskingfähig!

Vorsichtig tastete er nach Yvonnes Kleid und legte seine Handfläche erneut auf ihren Oberschenkel. Er spürte, wie sich ihre Muskeln anspannten, dann locker ließen und wieder anspannten. Sanft massierte er über ihren Schenkel und freute sich über den leisen Seufzer, der ihr über die Lippen glitt und den nur er hören konnte. Langsam arbeitete er sich zu ihrem Knie vor, bis er den Saum ihres Kleides erreichte.

Das Tor zum Himmel!

Um sie nicht zu erschrecken, schob er behutsam seine Hand unter den Stoff und auf ihre nackte Haut. Wie weich sie war!

Er wusste, sein Vorhaben war selbstsüchtig ohne Ende. Aber er konnte seine guten Vorsätze nicht einhalten. Nicht nach diesem Erlebnis am See. Immerhin schien sie ebenso nach seiner Berührung zu gieren wie er.

Allmächtiger!

Was tat dieser Verrückte hier direkt neben ihrer Schwester?! Wollte er, dass die ganze Gesellschaft mitbekam, was er unter dem Tisch mit ihr anstellte? Ihre Selbstbeherrschung war bloß einen Hauch vom totalen Kontrollverlust entfernt. Und jetzt hatte er auch noch seine Hand unter ihren Rocksaum geschoben!

Yvonne versuchte, leise auszuatmen. Ob ihr das wirklich gelang, wusste sie nicht, da das Blut laut in ihren Ohren rauschte und ihr Herz so ohrenbetäubend hämmerte, dass sie nichts mehr um sich herum mitbekam. Aber immerhin blickte sie keiner fragend an.

Sie musste diesem Wahnsinn ein Ende bereiten. Unauffällig zog sie ihre rechte Hand vom Tisch und legte sie fest auf Nikolas' Handrücken. Dieser hielt in seiner Bewegung inne und fing ihre Finger mit seinem Daumen ein. So saßen sie gefühlt Stunden, obwohl es kaum zehn Sekunden gewesen sein konnten. Dann fuhr er mit seiner Erkundungstour über ihren Schenkel fort –

mit ihrer Hand im Gepäck.

Langsam wanderte seine heiße Berührung ihr Bein hinauf und hinunter – und hinterließ eine Spur der Verwüstung. Sie zog ihre Hand zurück und hätte am liebsten aufgekeucht. Seine Finger schoben sich zur Innenseite ihres Schenkels, von wo es nicht mehr weit war bis zu … Sie klemmte seine Hand zwischen den Beinen ein. Doch auch das nutzte nichts, da er sie immer noch streicheln konnte. Wenig, dafür umso wirkungsvoller.

Das Verbotene dieser Situation erregte sie über alle Maßen. Sie hätte vor Lust schreien können, da seine Finger sie bis aufs Äußerste reizten. Aufgewühlt ergriff sie ihr Glas mit Wasser und wunderte sich, dass es nicht explosionsartig verdampfte, so erhitzt fühlte sie sich. Sie trank einen Schluck, um sich abzukühlen. Doch das brachte natürlich überhaupt nichts. Um ihre Körpertemperatur wirklich zu normalisieren, hätte sie das gesamte Polarmeer leer trinken müssen.

Nun hatte Nikolas seine Hand erneut auf ihren Schenkel geschoben und strich ihn entlang. Dabei verirrten sich seine Fingerspitzen immer wieder in den Spalt ihrer zusammengepressten Beine und lockten sie. Erregten sie. Machten sie unglaublich heiß.

Sie hielt es nicht länger aus. Sie schob den Stuhl zurück und murmelte, sie müsse noch eine Weste für den Biergarten holen.

Und dann flüchtete sie mit großen Schritten ins Haus.

Nikolas hatte Yvonnes stetig steigende Erregung gespürt. Er war nicht weiter gegangen, als sie zu streicheln – und doch reichte es, um sie fast über die Klippe zu treiben. Die anderen hatten nichts bemerkt. Noreen diskutierte nach wie vor mit Paula und Selina. Paul hatte er selbst beschäftigt. Und die übrigen am Ende des Tisches steckten die Köpfe zusammen. So war keinem aufgefallen, welche Wirbelstürme in Yvonnes Innerem tobten.

Gemütlich erhob er sich und meinte zu Paul, dass er noch seinen Autoschlüssel holen müsse, den er im Zimmer vergessen habe. Im Haus ging er immer zwei Stufen nehmend die Treppe hinauf, bis er Yvonne im Gang stehen sah, wo sie hektisch in der Handtasche wühlte.

Kapitel 33

Animalische Gier

Als Yvonne hinter sich ein leises Geräusch hörte, drehte sie sich mit weit aufgerissenen Augen um. Für ein paar Herzschläge stockte ihr Atem, als sie Nikolas mit halb gesenkten Lidern vor sich stehen sah. Er hatte in diesen vier Tagen einem Wolf nicht ähnlicher gesehen als jetzt: lauernd, sprungbereit, gefährlich.

Eigentlich hätte sie in diesem Moment Angst vor ihm verspüren sollen. Doch das tat sie nicht. Vielmehr verteilte sich prickelnde Erregung in ihrem Körper wie ein Sternschnuppenregen über den nächtlichen Himmel – und der Zimmerschlüssel glitt ihr aus der Hand. Sie widerstand dem Impuls, sich Halt suchend an die Wand zu drücken. Sie würde aufrecht stehen bleiben und der Gefahr direkt ins Auge blicken.

„Ich weiß nicht, wie du das siehst", murmelte er beim Näherkommen, „aber das kleine Intermezzo beim Abendessen reicht mir bei Weitem nicht."

Nikolas ging vor ihr in die Hocke und hob den Schlüssel auf. Dann strich er mit dem Rücken seiner Finger sanft über die weiche Haut ihres Schienbeins nach oben und raunte mit sinnlicher Stimme: „Ich will mehr."

Geschmeidig richtete er sich auf und blickte ihr direkt in die Augen. Gleichzeitig drückte er sie leicht an die Wand neben der Tür und streifte ihren Hals mit seinen warmen Lippen. „Was sagst du dazu?"

Wie konnte sie etwas dazu sagen, wenn sein seidiges Haar sanft über ihre Wange strich und sie sich nur noch auf diese zarte Berührung konzentrieren konnte? Sein berauschender Duft nach würziger Meeresbrise und Sonnenstrahlen stieg ihr in die Nase und benebelte ihre Sinne in einer Intensität, dass sie keinen vernünftigen Gedanken mehr fassen konnte.

Wenn sie ihren Verstand fragte, antwortete dieser mit einem klaren Nein. Doch der Verstand war so weit weg, dass sie die Alarmglocken in Herzensdingen nicht mehr vernehmen konnte. Sie hörte nur ihre verrückt spielenden Hormone, die in ekstatischen Sprechchören zur körperlichen Vereinigung aufriefen.

Ein deutlich vernehmbares Stöhnen löste sich aus ihrer Kehle, was Nikolas unmöglich als Ablehnung interpretieren konnte. Trotz seines wilden, aufwühlenden Blicks umfasste er ihre Taille mit sanften Händen und nahm sich einen Moment, um ihr prüfend in die Augen zu sehen.

Doch Yvonne war zu sehr in den Strudel ihres Verlangens gezogen, um warten zu können. Sie war zu neugierig, wie sich dieser feste Körper an ihren weichen Brüsten anfühlte. Deshalb hob sie den Kopf, um die verbliebene minimale Distanz zu überbrücken, und legte eine Hand in seinen Nacken. Sie wollte endlich wissen, wie diese Lippen schmeckten ...

Nikolas schien nur auf ein solches Zeichen gewartet zu haben, denn er kam ihr auf halbem Weg entgegen – und nahm Yvonne den Wind aus den Segeln ihrer Erwartung.

Sein Kuss war von einer Sanftheit, die sie ihm in dieser Situation nie zugetraut hätte. Sie wurde von seinen weichen Lippen verführt, wurde in einen bodenlosen Strudel aus Vergessen und Hingabe gezogen. Die Sinnlichkeit, die dieser Kuss ausstrahlte, ließ sie wie ein Komet am himmlischen Firmament verglühen. All ihre Gedanken und Zweifel lösten sich in nichts auf und schienen in die unendlichen Weiten des Universums davonzuschweben.

Himmel noch mal, konnte der Mann küssen!

Unterschwellig spürte sie, wie sehr er sich zurückhielt. Dennoch – oder vielleicht gerade deshalb – fühlte sich dieser erste Kuss überirdisch gut an. Sanft und süß wie ein Rosenblatt.

Nachdem jedoch die erste Zurückhaltung nachgelassen hatte, wurde er feurig. Gierig. Yvonne vergaß alles um sich herum. Vergaß, dass sie in einem Hotel waren. Vergaß, dass sie im Gang standen, wo sie jeder sehen konnte. Vergaß, dass sie nie etwas mit Nikolas hatte anfangen wollen.

Und ihr Inneres floss dahin ... und floss ... und floss ... Sie brauchte kein Vorspiel mehr. Das Vorspiel hatte schon vor langer Zeit begonnen. Nicht unter dem Tisch beim Abendessen. Nicht am

See und auch nicht beim Tanzen ... Vermutlich hatte alles in der Nacht angefangen, als Yvonne aufgewacht war, weil sie sich so rund wie eine Wassermelone gefühlt hatte – und Nikolas zum ersten Mal bewusst berührt hatte. Sein Tattoo berührt hatte ...

Ein tiefes Grollen löste sich in seiner Brust, als er in Yvonnes Süße versank. Sie schmeckte besser, als er je zu hoffen gewagt hätte ... und ließ das wilde Tier in ihm erzittern. Fast bildete er sich ein, ihre Erregung wittern zu können. Doch das war nur eine Sinnestäuschung, da er selbst vor Verlangen bebte. Er konnte es nicht erwarten, allein mit ihr im Zimmer zu sein.

Sein guter Vorsatz, sich von ihr fernzuhalten, hatte sich in Rauch aufgelöst, als er ihr heute am Baum gegenübergestanden und in ihr erhitztes Gesicht – und die herausfordernd blitzenden Augen – geblickt hatte. Wie sie dabei selbstbewusst ihr kleines, spitzes Kinn vorgereckt und sich nicht von seinem Verhalten hatte einschüchtern lassen.

Zum Teufel! Schon in dem Moment hätte er am liebsten ihr freches Mundwerk mit seinen Lippen verschlossen, nur um wieder dieses überraschte, atemlose Keuchen zu hören, das er so an ihr liebte. Doch er hatte sich zusammengerissen, um ihr – und auch ihm – eine letzte Chance auf Zurückhaltung zu geben, und hatte sie allein zurückgelassen.

Noch nie in seinem Leben hatte er eine solche Selbstbeherrschung aufbringen müssen.

Blind tastete Nikolas nach dem Schlüsselloch, während er sich ihrem Kuss hingab. Da, der Schlüssel rutschte hinein und ließ sich umdrehen.

Gott sei Dank!

Sanft schob er Yvonne ins dunkle Zimmer, ohne den Kuss zu unterbrechen. Doch weiter als einen Meter auf die andere Seite der Wand kamen sie nicht. Nikolas gab der Tür von innen einen Stoß, damit sie zuglitt, und drückte auf irgendeinen Lichtschalter. Er erwischte den, der die beiden kleinen Nachttischlampen neben dem Bett einschaltete und den ganzen Raum in golden-schummriges

Licht tauchte. Gut, schoss es ihm durch den Kopf, wenigstens kein stimmungskillendes Putzlicht.

Dann widmeten sich seine Lippen Yvonnes weichem Hals, während er sie mit seinem Oberkörper an die Wand drückte. Er musste mehr von diesen Kurven spüren, die ihn bereits seit Tagen wie eine Horde verführerischer Sirenen lockten. Endlich konnten seine Hände das erkunden, wonach er sich schon so lange gesehnt hatte.

Die Hitze ihres Körpers strahlte fast unerträglich intensiv gegen seinen Brustkorb, während sich seine Handfläche auf ihren Rippenbogen legte. Dann schob sie sich weiter hinauf bis zu einer ihrer verheißungsvollen Rundungen, deren harte Knospe er durch den Stoff ihres Kleides liebkoste. Als sie ihren Oberkörper gegen seine Hand drückte und sich gleichzeitig an seinem Becken rieb, stieß er ein zufriedenes Knurren aus. Er ließ keuchend von ihr ab und begann konzentriert, die vordere Knopfleiste aufzuknöpfen.

Sie rang ungeduldig nach Atem.

Und er tat, was ein Mann tun musste. Er öffnete so viele dieser unglaublich kleinen Knöpfe, bis die Träger über ihre Schultern glitten und den BH freigaben.

„Ah … blaue Pünktchen“, seufzte er zufrieden. „Und eine kleine rote Schleife. Ich habe mich schon den ganzen Abend gefragt, was du heute trägst.“

Er griff um sie herum und hakte ihren Büstenhalter auf. Bedächtig schob er die Träger über ihre Schultern und streifte ihn ab. Im warmen Schein der Nachttischlampen betrachtete Nikolas die schönste aller Schöpfungen Gottes: Ihre elfenbeinfarbenen Brüste mit den hellrosa Spitzen, die vor Erregung wunderbar fest waren.

Langsam beugte er sich vor und leckte über eine der beiden Knospen, bevor er sie zwischen seine Lippen saugte. Er spürte, wie Yvonnes Hände Halt suchend unter sein T-Shirt glitten und sie die Wange auf sein Haar legte. Ein Stöhnen aus ihrer Kehle bedeutete ihm, dass er nicht mehr lange warten durfte. Doch er konnte noch nicht weitermachen. Dafür schmeckte sie zu gut. Erst musste er diese kleinen Murmeln liebkosen, unter seiner Zunge rollen und daran saugen, bis sie vor Lust schrie.

Ihre Brüste hatten genau die richtige Form und Größe, die zu ihrem schlanken Körper passten. Bedächtig küsste er sich einen Weg über das Dekolleté zur anderen Brust und schielte kurz zu ihr hoch. Sie stand mit geschlossen Augen und nacktem Oberkörper an die Wand gelehnt, während sich ihr Haar großzügig über ihren Schultern lockte. Genießerische Seufzer schlüpften über die vom Küssen leicht geöffneten Lippen, wobei ihr weiter Rock bauschig über ihre Hüften fiel.

Wunderschön.

Wieder bemächtigte er sich ihres Mundes, der seiner Leidenschaft in nichts nachstand. In einem kleinen unbedeutenden Teil seines Gehirns fragte er sich, was zum Teufel mit ihm los war. Es war ihm noch nie passiert, dass er so hemmungslos über eine Frau hergefallen war.

Wenigstens schien es ihr zu gefallen, beruhigte er sich.

Unterbrochen von gierigen Küssen, hob er die Arme, damit Yvonne ihm das Shirt über den Kopf ziehen konnte. Sogleich erkundeten ihre Finger seinen Oberkörper und zogen ihn enger an sich.

Als er Sekunden später seinen Gürtel und den Knopf seiner Hose löste, fiel ihm ein, dass er beinahe etwas Wichtiges vergessen hätte.

Wie konnte er nur?!

Seit drei Tagen sehnte er sich danach, sich in Yvonnes Weichheit zu vergraben, ihren süßen Duft der Erregung einzuatmen. Dennoch war er kein hormongesteuerter Teenager mehr. Er dachte *immer* daran. Bloß heute war es ihm in der Hitze des Gefechts völlig entfallen!

Schnell griff er in die Gesäßtasche und zog seinen Geldbeutel heraus, in dem er ein Kondom aufbewahrte. Ungeduldig kickte er die Schuhe von den Füßen und ließ die Hosen fallen. Und dann nahm sie ihn in Besitz! Sie umfasste ihn mit ihren langen, weichen Fingern, sodass er das gierige Pulsieren in seinem Schwanz spüren konnte. Er stöhnte auf.

Die Berührung ihrer Hand brachte ihn fast zum Explodieren. Doch er lenkte sie mit seiner Zunge ab, küsste ihren Hals und leckte über ihre Brustwarzen, bis er das Kondom genau dort hatte, wo es sein sollte.

Und dann schob er Yvonnes bauschigen Rock nach oben und ihr Höschen hinunter, fasste sie unter einer ihrer Kniekehlen und zog das Bein auf seine Hüfte … und drang im Stehen mit einem geschmeidigen Stoß tief in sie ein.

Yvonne schrie vor Lust auf und presste ihr Becken fest gegen ihn. Ein kehliges Stöhnen folgte, das ganz tief aus ihrer Brust emporzusteigen schien.

Und in dem Moment hörte die Welt für ihn auf, sich zu drehen. Ein wilder, besitzergreifender Laut grollte in seiner Kehle und sein Verstand schaltete sich komplett ab. Er wusste instinktiv, er würde Yvonne vor jeder Gefahr beschützen, die sie bedrohte, weil sie … zu ihm gehörte. Ganz und gar.

Ein solches Gefühl war ihm völlig fremd.

Langsam zog er sich in voller Länge zurück, um die maximale Reibung zu genießen. Sie schloss sich eng und feucht um ihn, als wolle sie ihn für immer festhalten. Als er erneut mit einem Aufstöhnen in sie stieß, befürchtete er, die Knie würden ihm wegsacken.

Herr im Himmel! Was geschah nur mit ihm? Was stellte diese Frau mit ihm an? Sie war so erregt, dass sich ihre Muskeln fest um ihn zusammenzogen und ihn bei jeder Bewegung heftig massierten. So heftig, dass ihm beinahe schwindelig wurde … Jedes Hineingleiten war um so viel intensiver, als er es von früheren Vereinigungen her kannte.

Oh, wie er dieses Gefühl liebte …

Ein fast schon tierischer Laut stieg aus seiner Brust.

Nikolas vergrub sein Gesicht an ihrer Halsbeuge zwischen den weichen Locken, wo er in ihrem süßen Duft schwelgen konnte. Er bildete sich etwas darauf ein, auf die Bedürfnisse einer Frau Rücksicht zu nehmen und sicherzugehen, dass der Sex für sie beide zum Erlebnis wurde.

Doch jetzt vergaß er alles um sich herum und nagelte sie gnadenlos an die Wand.

Sie hatte sich schon lange von ihrer Vernunft verabschiedet – spätestens als sie von Nikolas durch diese Tür geschoben worden war. Im Zimmer hatte anfangs eine Andeutung von Kühle geherrscht, da die Fensterläden den ganzen Tag geschlossen gewesen waren. Aber in Yvonnes hell loderndem Zustand hätte sie auch das Fegefeuer als wunderbare Erfrischung empfunden!

Nun ließ sie sich in diesem stürmischen Meer der Gefühle herumwirbeln, ohne an Rettung zu denken. Auf Rettung zu hoffen. Bei jedem von Nikolas' Stößen drängte sie sich ihm entgegen, um so viel wie möglich von ihm zu spüren, während sie sich völlig in ihren unbekannten wollüstigen Empfindungen verlor.

Ein erster Vorbote des heranrollenden Orgasmus kündigte sich an, der sie unkontrolliert erzittern ließ. Wenn Nikolas sie nicht so fest an die Wand gepresst hätte, wäre sie schon längst mit der Geschmeidigkeit eines nassen Waschlappens zu Boden gegangen.

Sie spürte seine Lippen an ihrem Hals und umfasste Halt suchend seinen Nacken, wo sie mit den Fingern durch sein seidiges Haar gleiten konnte. Alles verschwamm vor ihren Augen, während sie vor Entzückung keuchte.

Als die Orgasmuswellen bei jedem Eindringen noch intensiver, noch höher wurden, schlossen sich ihre Lider von ganz allein, da sie diese überwältigenden Empfindungen voll auskosten wollte. Jede einzelne Zelle ihres hochsensiblen Körpers brannte lichterloh, entfacht von Nikolas' lustvollen Bewegungen und seiner beachtlichen Anatomie.

Mit einem kehligen Aufschrei erreichte sie den Höhepunkt und genoss jeden seiner Stöße, die sie ein bisschen weiter drängten und ein bisschen befriedigter zurückließen.

Oh ... mein ... Gott!! So etwas hatte sie noch nie erlebt!

Kapitel 34

Erschöpftes Nachglühen

Als Nikolas kam, stieß er an Yvonnes Halsbeuge ein raues Knurren aus und musste sich zurückhalten, sich nicht in ihrem Hals festzubeißen. In der tiefsten Position hielt er inne, zog sich langsam ein Stückchen zurück und versenkte sich ein letztes Mal. Dort verharrte er atemlos und gab ein leises abschließendes Keuchen von sich – befreit, schnurrend, vollauf befriedigt.

Erleichtert stellte er fest, dass Yvonnes leidenschaftliche Reaktion auf diese körperliche Invasion seiner in nichts nachgestanden hatte. Er lehnte die feuchte Stirn an ihre und versuchte zu realisieren, was gerade passiert war. So standen sie in dieser Haltung und genossen das intensive Nachglühen, das sich nur langsam abschwächte.

„Was hat uns denn da überrollt?“, fragte er noch immer außer Atem und bemerkte, wie ihre Wangen in einem zarten Rosé glühten. „Habe ich dir wehgetan?“

Sie schüttelt lächelnd den Kopf. „Ganz im Gegenteil.“ Sie küsste ihn sanft.

Nikolas hob ihr zweites Bein auf seine Hüfte, um sie zum Bett zu tragen. Dabei sank ihre Stirn erschöpft auf seine Schulter. Unendlich vorsichtig legte er sie auf die spitzenbesetzte Bettdecke und zog sich im Liegen aus ihr zurück. Dann konnte er nicht anders und drückte ihr einen zarten Kuss auf ihre leicht geschwollenen Lippen.

Yvonne griff in seine Haare, von deren Weichheit sie nicht genug bekommen konnte, und genoss Nikolas' Zärtlichkeit, die wie eine wohlige Welle über sie hinwegschwappte.

Mmmmhh, war das gut!

Die Erinnerung der letzten zehn Minuten fühlte sich an wie ein warmer goldener Nebel, der sich über ihre noch pulsierende Haut legte. Doch meinte sie, sich an ein leises Winseln erinnern zu können, das sie von sich gegeben hatte. Scham überkam sie, da sie befürchtete, einen zügellosen, aber trotzdem bedürftigen

Eindruck auf Nikolas gemacht zu haben. Als ob sie es dringend nötig gehabt hätte. Was der Wahrheit schon sehr nahekam.

Was musste er nur von ihr denken?

„Du hast ordentlich PS unter der Haube. Das gefällt mir", murmelte er an ihrem Ohr und zog ihr Ohrläppchen zwischen seine Zähne.

Das ließ sie auflachen und ihre Zweifel vergessen. „Dein Fahrgestell kann sich aber auch sehen lassen."

Ein gieriges Glänzen stahl sich in seine goldbraunen Augen. „Willst du vielleicht noch mal meine Sonderausstattung testen?"

„Etwas später komme ich gern auf dein Angebot zurück." Sie legte ihre Handfläche an seine Wange und strich sanft über die glatt rasierte Haut bis hoch zu den schmalen Koteletten. Er blickte sie so dankbar und gleichzeitig unersättlich an, dass es ihr ins Herz schnitt. „Hast du immer und überall Kondome dabei?"

„Nein, aber ich war vor zwei Tagen in einer Drogerie und habe mir – optimistisch wie ich bin – welche gekauft." Er gab ihr einen Kuss auf die Nasenspitze und zog ihre Handfläche an seine Lippen, um sie mit zärtlichen Küssen zu liebkosen.

„Ist das eigentlich schwer?"

„Was?" Er ließ sich scheinbar nur ungern von etwas ablenken, das ihm gerade wichtig war.

„Ein Kondom blind überzustreifen, dass es richtig sitzt." Yvonne strich sanft mit ihrem großen Zeh über Nikolas' Schienbein und blickte ihm neugierig in die Augen.

Er schmunzelte und ließ die sympathischen Lachfältchen in seinen Augenwinkeln aufblitzen. „Es ist viel schwieriger, dich so zu lieben, wie du es verdienst. Mich hätte es nicht gewundert, wenn bei unserer Leidenschaft das verdammte Kondom gerissen wäre."

Er küsste sie federleicht und liebkoste ihre Brüste. Seine braun gebrannte Hand bildete einen erregenden Kontrast zu ihrer sahnig weißen Haut – und Yvonne gab sich dem berauschenden Gefühl hin, begehrt zu werden.

Dann fuhr Nikolas zwischen zwei Küssen fort: „Weißt du noch, als du den Krampf hattest? Das war für mich echt entsetzlich."

Erstaunt blickte sie zu ihm auf. „Ach ja? Warum war das für *dich* entsetzlich?"

„Deine weiche, glatte Wade in Händen zu halten und dich sonst nirgends berühren zu dürfen, hat mich viel Selbstbeherrschung gekostet. Am liebsten wäre ich mit meinen Fingern an deinem Bein bis ganz nach oben geglitten und hätte dich dort auf dem warmen Stein um den Verstand geküsst."

Yvonne merkte, wie ihr wieder heiß wurde. „Und ich habe mich am Anfang des Urlaubs sehr unwohl gefühlt. Nicht nur, weil ich mein Bett mit einem wildfremden Mann teilen musste, nein. Sondern weil dieser Mann noch besser aussah als George Clooney und Brad Pitt zusammen und mit seinem Charisma mein Herz zum Klopfen brachte."

Nikolas freute sich sichtlich über das Kompliment, denn er grinste bis zum Anschlag und machte sich genussvoll über ihre Lippen her. Als er sie wieder zu Atem kommen ließ und sich zur Abwechslung ihrem Hals widmete, erzählte sie, wie unbehaglich sie sich in der ersten Nacht gefühlt hatte und doch in der zweiten von ihm und seinem Körper fasziniert gewesen war.

„Ich hätte mir das natürlich nie eingestanden. Aber ich hätte am liebsten schon in jener Nacht nähere Bekanntschaft mit deinem sinnlichen Fleisch gemacht." Sie zwickte ihn in eine seiner festen Pobacken.

„Aber so etwas tut ein braves Mädchen nicht …"

„Nein, so etwas tut ein braves Mädchen nicht", bestätigte sie.

„Aber du gehörst nicht zu den braven Mädchen", klärte er sie auf. „Dafür hast du viel zu viel Feuer unter deinem Kleidchen."

Dann riss sie die Augen auf. „Scheiße, ich habe mein Essen nicht bezahlt. Und die anderen wollten noch irgendwohin fahren … Die warten doch hoffentlich nicht auf uns?"

„Das denke ich nicht. Im Übrigen habe ich der Bedienung Geld in die Hand gedrückt, als ich dir ins Hotel gefolgt bin." Ein freches Lächeln stahl sich in seine Mundwinkel, als er sich eine ihrer Locken um den Finger wickelte. „Und außerdem glaubst du wohl nicht, dass du mir so einfach mit einem kurzen Zwischenspiel davonkommst?"

Wenn für Nikolas dieses heißblütige Erlebnis nur ein kurzes Zwischenspiel war, wollte sie nicht wissen, wie es war, wenn er eine solche Sache mit Gewissenhaftigkeit anging und sich wirklich Zeit ließ.

Na ja, wenn sie ehrlich war, würde es sie doch brennend interessieren… Sie wusste nämlich, dass Nikolas ein gründlicher Mann war. Was er begann, führte er zielstrebig und unerbittlich zu Ende.

Nachdem er sie mit sanften Fingern aus ihrem Kleid geschält hatte, strich er mit dem Daumen über ihre Brustspitzen und beichtete leise: „Ich liebe deine süßen Knospen. Sie sind so zart und klein, machen fast einen unschuldigen Eindruck. Aber was sie mit mir und meinem besten Freund anstellen, ist alles andere als unschuldig."

Yvonne erschauderte. „Lass mich dein Tattoo küssen", murmelte sie und krabbelte begleitet von Streicheleinheiten seinerseits über ihn drüber. Dann lag Nikolas ganz still und ließ sich betrachten.

Langsam beugte sich Yvonne vor und küsste sich vom Körper des Phönix bis hin zu seinen gelockten Schwanzfedern. Dabei achtete sie darauf, die Kratzer zu umschiffen. Intuitiv berührte sie seine weiche Haut mit der Zungenspitze, um sie mit den Lippen kurz einzusaugen. Der Schauder, den sie durch Nikolas' Leib vibrieren spürte, hinterließ ein erfreutes Kribbeln in ihrem Bauch.

Eine ihrer Hände wanderte tiefer, streichelte über seine muskulösen Pobacken, glitt nach vorne zwischen seine Schenkel, nur um festzustellen, dass er wieder hart war.

„Fass mich an", flüsterte er mit mühsam beherrschter Stimme.

„Sehr gern", lächelte sie an seinem Ohr. Zielstrebig umfasste sie seine Erektion, um die samtweiche Haut an seiner festen Spitze zu liebkosen. Das zischende Geräusch, das aus seinem Mund entwich, erfüllte sie mit diebischer Freude.

Nikolas ließ sich jedoch zu Yvonnes Entzücken nicht lange um Zärtlichkeiten bitten. Er drehte sich zu ihr um und nahm sich viel Zeit, ihren Körper mit Händen und Lippen zu erkunden. Sie wurden langsam, aber stetig immer fordernder, bis sich Yvonne vor Verlangen wand wie eine Schlange. Erst dann schob er sich zwischen ihre geöffneten Schenkel und schenkte ihr die ersehnte Erlösung.

Kurz darauf lagen sie erschöpft und ineinander verschlungen da. Nikolas strich zart mit den Fingerspitzen über Yvonnes Wirbelsäule, während sie ihre Nase an seinem Hals vergraben hatte.

„Uhänguafada."

„Mmh?", ließ er sich träge vernehmen.

Sie hob nur wenig den Kopf, um sich seinen wunderbaren Duft nicht entgehen zu lassen, aber um besser verstanden zu werden. „Du wärst ein guter Vater. Da bin ich mir sicher."

Seine Hand hörte auf, sie zu streicheln. „Warum denkst du das?"

„Du bist ein guter, starker Mann, der in sich gefestigt ist. Ein ruhender Pol. Ich finde, du strahlst eine solch warme Gelassenheit aus, dass mir beim Zusehen fast schwindelig wird." Sie begann, mit den Fingerspitzen eine seiner dunklen Brustwarzen zu liebkosen. „Außerdem weißt du, was du willst. Du setzt dir ein Ziel und arbeitest beharrlich darauf hin. Das sieht man daran, dass du beruflich deinen Weg gefunden hast. Und: Du bist sehr liebevoll und zärtlich und kuschelbedürftig, was bei Kindern ganz besonders wichtig ist."

„Hey, du machst mich ja zum Schmusekater."

Sie lachte und bog den Oberkörper nach hinten, um ihm zuzuzwinkern. „Schnurrst du dann auch für mich?"

„Für dich doch immer."

Sie war einfach hinreißend. Nikolas umfasste ihre Taille, drehte sie leicht und zog leise lachend ihren verteufelt süßen Po an seinen Schoß.

So wie er mit Yvonne an seinem Bauch dalag, wurde ihm etwas klar: Es war lange her, dass er bewusst mit einer Frau gekuschelt und ihre Nähe genossen hatte. Sich einfach an ihren Rücken geschmiegt und seine Nase in ihr Haar vergraben hatte, um sich bei ihr geborgen zu fühlen. Schon zu lange hatte er nicht mehr diese traute Zweisamkeit, diese harmlose Intimität genießen können. In den letzten Jahren waren seine körperlichen Kontakte zwar intensiv, aber sehr beschränkt – und seelisch absolut unbefriedigend gewesen. Yvonne zeigte ihm auf ihre unschuldige Art, wie es sein könnte …

Nachdenklich blickte er auf sie herab und ertastete mit seinem Blick den hübschen Schwung ihrer Nase, auf der ihre süßen Sommersprossen glühten. Dann streckte er seinen langen Arm aus und löschte das Licht, nur um sie mit einem zufriedenen Seufzen noch enger an seinen Bauch zu ziehen und in selige Träume zu versinken.

Paula nippte an ihrer Weißweinschorle und zwirbelte mit den Fingern ihre dunklen Locken. Der Biergarten war gut besucht und das Wetter um diese Uhrzeit ideal zum Draußensitzen. „Denkst du, das war wirklich okay, dass wir Nikolas und Yvonne zurückgelassen haben? Vielleicht wären sie fünf Minuten später doch noch aufgetaucht."

Noreen musste lachen. „Ich denke, die wären nicht so schnell aus dem Zimmer gekommen. Wenn sie den Autoschlüssel nach mehr als einer halben Stunde nicht gefunden haben, haben sie garantiert nicht danach gesucht." Sie zupfte an ihrem Ohrstecker. „Außerdem war Yvonne den ganzen Tag schon so erhitzt. Und das kam nicht von der Sonne." Sie zwinkerte Paula zu.

Diese zog die Augenbrauen bis zum Anschlag hoch und begriff. Ein verschmitztes Grinsen breitete sich auf ihrem hübschen Gesicht aus und sie prostete Noreen zu. „Ach so. Na, dann."

Kapitel 35

Eine magische Nacht

Yvonne schlief tief und traumlos. Nichts hätte sie aus diesem wohlig erschöpften Zustand reißen können außer …

Über ihren nackten Rücken wanderte ein Hauch von Berührung, der über ihre Haut strich wie der weiche Flügel eines Vogels. Jetzt erst erkannte sie, dass sich sanfte Lippen hinabbewegten, während das feine Baumwolllaken vorsichtig und wie von Zauberhand über ihre empfindsamen Pobacken nach unten glitt. Dann verwöhnten federleichte Küsse ihre Wirbelsäule bis hoch in ihren Nacken, wo sie zärtlich zubissen.

Verschlafen drehte sie sich auf den Rücken und spürte die milde Nachtluft wie kühlende Seide auf ihrer Haut. Nikolas hatte die Fensterläden geöffnet, damit frische Luft hereinströmen und die Hitze des Tages verdrängen konnte. Der Vollmond schien hell ins Zimmer und tauchte die dünnen Vorhänge ihres Himmelbetts in silbernes Licht. Nur Nikolas ragte als schwarzer Schatten vor ihr auf. Er hatte sich auf den Ellenbogen gestützt und streichelte mit den Fingerspitzen sanft über ihren Bauch, die Außenseite ihrer Brüste und wieder hinunter zu den Schenkeln.

„Hallo Rotschopf. Hast du gut geschlafen?“ Dunkel und verführerisch strich seine Stimme über ihre nackte Haut und ließ sie erzittern.

Langsam senkte er den Kopf, um zarte Küsse auf ihren Nabel zu hauchen und ihn mit seiner Zungenspitze zu reizen. Dabei spürte sie, wie seine feinen, seidigen Wimpern über ihre warme Bauchdecke kitzelten. Sie erschauderte.

„Nicht genug, wie ich nach der Aktion gestern müsste“, hauchte sie und merkte, wie die schlafenden Schmetterlinge in ihrem Bauch erwachten.

Sie zog Nikolas' Kopf zu sich heran und küsste ihn glutvoll, bis er zu knurren begann. Dann ließ Yvonne kurz von ihm ab und fragte mit einem lasziven Augenaufschlag: „Willst du jetzt deinen kleinen Wolf zum Spielen rauslassen?“

Nikolas stutzte, bis er die Anspielung auf seinen Nachnamen begriff. Er lachte auf und nahm sie in seine Arme. Dabei fletschte er bedrohlich mit den Zähnen, nur um sie spielerisch in den Po zu beißen. Yvonne kreischte vergnügt auf und wehrte sich halbherzig.

Als er sie wieder an sich zog und ein Bein zwischen ihre schob, um ihr näher zu sein, gab sie ein verneinendes „M-mh“ von sich – und setzte sich mit Schwung auf seine Oberschenkel. Nun konnte sie seinen überraschten Gesichtsausdruck im Mondlicht genießen. Sein dunkles Haar betrachten, das wie glatt geschliffener Obsidian glänzte. Seine scharf geschnittenen Gesichtszüge, die sich zu einem fragenden Lächeln verzogen.

„Nachdem du dich gestern so aufopfernd um mich gekümmert

hast, möchte ich dich jetzt auch etwas verwöhnen." Sie merkte, wie er sich entspannte und erwartungsvoll zu ihr aufblickte.

Sanft streichelte sie über seine harten Brustmuskeln bis hin zu seinem Kreuzanhänger. Seine gebräunte Haut spannte sich über dem festen Fleisch wie glattes, edles Leder. Sie konnte sich nicht an ihm sattsehen und spürte, wie sich unerwünschter Speichel in ihrem Mund ansammelte.

Verflucht! Sie begann tatsächlich zu sabbern!

Erstaunt fragte sie sich, wie alles nur so schnell hatte gehen können. Noch hatte sie um eine ihr wertvoll erscheinende Beziehung getrauert – und auf einmal war da dieser dunkle Pirat, der sie zu nie gekannten Höhenflügen mitnahm.

Langsam beugte sie sich vor und rieb sich mit ihren Brüsten an ihm. Seine Reaktion gefiel ihr. Sie zeigte ihr, dass sie alles richtigmachte. Während sie ihn in seiner ungebändigten Nacktheit bewunderte, wurde ihr die Kehle eng und sie bekam Schluckbeschwerden. Er wirkte so stark, so ungezähmt und wild. Schon wieder bereit, sich mit ihr zu vereinen.

Dementsprechend ungeduldig griff er mit der Hand zum Nachttisch, um ein Kondom zu suchen. Doch sie nahm es ihm aus den Fingern und rollte es langsam ... sehr langsam ... über seine erwartungsvoll zuckende Erektion.

Nikolas konnte nicht fassen, was diese Frau mit ihm trieb. Am liebsten hätte er sie einfach bei den Hüften gepackt und sie sich, ohne lange zu fackeln, auf seinen Schwanz gesetzt. Mit einer einzigen kraftvollen Bewegung.

Himmelherrgott!

Aber sie hatte nun mal beschlossen, ihn zu verwöhnen. Und das tat sie nicht nur auf körperlicher Ebene. So wie sie in unmittelbarer Nähe seines besten Stücks saß – übergossen von silbernen Mondstrahlen – und sich langsam auf ihm rekelte, war sie wunderschön. Die kleinen, festen Brustwarzen warfen kleine, schwarze Schatten auf die marmorweiße Haut ihrer Brüste. Und der locker drapierte Stoff des Himmelbetts bildete die passende Kulisse für ihre reizvolle

Silhouette. Verlangend strich er von ihrer Hüfte zu ihren Brüsten.

Dann überraschte sie ihn damit, dass sie sich leicht vorbeugte und ihn endlich in sich aufnahm. Aber nur ein ganz klein wenig.

Als er sein Becken gegen ihres pressen wollte, wich sie seiner Bewegung geschickt aus und lächelte bloß. Dafür begann sie, mit ihren Hüften zu kreisen und seine Spitze mit ihrer weichen Öffnung zu reizen. Immer tiefer und tiefer glitt sie auf ihn hinab, wobei sich ihre Brüste im uralten Rhythmus der Lust auffordernd in die Luft reckten, um sich gleich wieder verführerisch zu senken. Ab und zu legte sie ihren Kopf in den Nacken, um lustvolle Laute von sich zu geben und aufreizend über die Wölbung ihrer Brüste zu streichen.

Sie blickte ihm dabei tief in die Augen und seufzte leise: „Oh, Nikolas!“, was bei ihm einen Schwelbrand in Gang setzte, der ihn innerlich fast auffraß. Er merkte, wie gut es ihm gefiel, wenn sie seinen Namen seufzte.

Seinen vollen Namen.

Dann hielt sie kurz inne, um seine Brustwarzen zu lecken, bis ihm schwarz vor Augen wurde. Frustriert stöhnte er auf, da er ihren lasziven Rhythmus herbeisehnte. Lange würde er ihre bittersüße Folter nicht mehr ertragen können.

„Ich habe den Verdacht, dass du mich absichtlich quälen willst, statt mich zu verwöhnen“, keuchte er atemlos.

„Ich mache nur das, was du gestern Abend auch mit mir gemacht hast“, gab sie mit einem verruchten Lächeln zurück und reizte ihn mit einer kleinen, dafür umso wirksameren Hüftbewegung. Aus halb gesenkten Augenlidern beobachtete sie seine Reaktion und schenkte ihm erst nach einer kurzen, qualvollen Verzögerung, was er brauchte, was er verzweifelt ersehnte.

Sein tiefes Aufstöhnen ließ das Zentrum ihrer Lust vor Begierde erzittern. Ihre Mundwinkel verzogen sich zu einem kleinen Lächeln. Sie hatte nicht gewusst, wie erregend es war, eine solche Macht über einen starken und leidenschaftlichen Mann wie Nikolas zu besitzen. Ihn zu reiten, bis er um Gnade winselte … zu beobachten, wie sich seine dunklen Augenbrauen zusammenzogen, wenn er

Yvonne mit vor Lust verhangenem Blick auffraß.

Sie fühlte sich in dieser Situation frei von einengenden Konventionen und leicht wie noch nie. Der Spaß mit Nikolas im Bett war berauschend. Und obwohl sie ihn erst so kurz kannte, spürte sie eine sexuelle Vertrautheit mit ihm, wie sie sie mit Rolf nie erlebt hatte. Ein Feuer loderte in ihrer Seele – und sie hegte die Befürchtung, dass sie Nikolas mit Haut und Haaren verfallen war.

Wieder reizte sie seine Männlichkeit mit einer minimalen Bewegung ihres Beckens. Wenngleich sie innerlich schon lichterloh brannte, hatte sie vor, dieses Spiel noch ein wenig auszudehnen.

„Wenn du dich jetzt nicht gleich mordsmäßig ins Zeug legst, das schwöre ich dir bei Gott, werde ich mich fürchterlich an dir rächen", stieß er zwischen zusammengebissenen Zähnen hervor, während er seine Hände schwer auf ihren Hüften liegen hatte.

„So, du willst dich an mir rächen?" Sie ließ ihr Becken sinnlich kreisen, nur um sich leicht zurückzuziehen und sich wieder eine Millisekunde zu spät auf ihn gleiten zu lassen, bis Nikolas sie vollständig ausfüllte.

„Aaahrg … jetzt reicht's", keuchte er, drehte sie mit Schwung um und begrub Yvonne unter sich. Ein paar Mal stieß er hart in sie und freute sich sichtlich über ihre lustvolle Reaktion. Dann nahm er jedoch die Geschwindigkeit aus seiner Bewegung und schaltete auf Zeitlupe, denn seine Rache würde zweifellos fürchterlich werden …

Als sie kurz darauf erschöpft in seinen Armen lag, raunte er: „Ich mag es, wenn eine Frau im Bett laut wird."

„Dadurch habe ich vermutlich das ganze Hotel geweckt." Der Gedanke war für Yvonne zu peinlich, um ihn weiter zu verfolgen. Vor allem, wenn sie an das geöffnete Fenster dachte.

„Vermutlich. Aber vielleicht haben wir sie auch auf die Idee gebracht, es uns gleichzutun. Dann sehen wir beim Frühstück nur zufriedene Gesichter."

Yvonnes Bewusstsein tauchte träge an die Oberfläche und nahm das morgendliche Gezwitscher der Vögel im Hotelgarten wahr. Ihre Wange war an etwas Warmes, Festes gepresst, das wunderbar duftete. Langsam tastete sie mit ihrer Hand über den Körper, der so dicht bei ihr lag, dass noch zwei Leute in ihr Bett gepasst hätten.

Und sie hatte am Anfang Angst gehabt, das Bett sei für sie beide zu schmal. Einfach lachhaft.

Ein Arm bewegte sich und schob das Laken ein Stück nach unten. Kräftige Finger verschränkten sich mit ihren und zogen sie an sich. Das war eine herrlich besitzergreifende Geste.

Als sie mit den Augen blinzelte, bemerkte sie, wie hell es bereits war. Nach ihrem nächtlichen Abenteuer hatten sie lange und tief geschlafen.

„Wie viel Uhr haben wir schon?“, murmelte eine raue Stimme neben ihrem Ohr. Nikolas hatte sich zu ihr umgedreht und einen Arm quer über ihren Bauch gelegt, während seine Hand hingebungsvoll eine ihrer Brüste verwöhnte.

„Keine Ahnung. Ich könnte nachschauen. Doch dafür … müsstest du mich loslassen.“

„Keine Chance“, raunte er in ihr Haar. „Streng dich an, wie du willst, aber mich wirst du nicht los.“

Ein schöner Gedanke, durchfuhr es Yvonne.

Als sie ihren Arm weit ausstreckte, konnte sie trotz Nikolas' Liebkosungen ihre Armbanduhr ergreifen.

„Oh Scheiße, schon kurz vor halb elf!“, rief sie entsetzt. „Frühstück gibt es bloß noch eine halbe Stunde.“ Ein deutliches Knurren ließ sich in Yvonnes Magen vernehmen, dass sie beide lachen mussten.

„Du meinst, wir sollten jetzt echt aufstehen, uns womöglich duschen und dann völlig abgehetzt unten ankommen?“ Nikolas klang nicht wirklich wacher. Oder überzeugter. „Ich wäre eher dafür, das Essen ausfallen zu lassen und lieber ein Stückchen von dir zu naschen.“

„Keine Chance“, sagte Yvonne und sprang lachend aus dem Bett. „Nach der letzten Nacht bin ich am Verhungern.“

Schon war sie im Bad verschwunden. Als sie das Wasser aufdrehte, hörte sie, wie sich die Tür öffnete. Doch sie hatte keine Angst mehr, dass Nikolas sie nackt sehen könnte. Nicht wie am ersten Abend. Provozierend stellte sie sich neben der Badewanne in eine verführerische Pose und fragte mit rauchiger Stimme: „Möchtest du die Dusche mit mir teilen?"

„Ja, zum Teufel", brummte er und hob sie kurzerhand über den Wannenrand. Mit behänden Fingern zog er sie eng an sich und direkt unter den Wasserstrahl, um sich an ihrem Körper zu ergötzen.

Doch Yvonne blieb standhaft und erlaubte ihm nur, sie einzuseifen und den Schaum abzuspülen. Schließlich wollte sie noch etwas vom leckeren Frühstücksbuffet abbekommen. Auch wenn sich Nikolas murrend in sein Schicksal fügte, hatte sie dennoch den Eindruck, er kostete diese kurze Zeit unter der Dusche aus, um in der Berührung ihres Körpers zu schwelgen.

Als ob er nicht genug von ihr bekommen konnte.

Unglaublich.

Frisch angezogen schnappte sich Yvonne den Zimmerschlüssel und schloss die Tür hinter ihnen. Bevor sie überhaupt nachdenken konnte, legte Nikolas seinen Arm um ihre Taille und zog sie eng an sich.

„Bist du dir sicher?", fragte sie mit hochgezogenen Augenbrauen. „Was werden die anderen denken?"

„Dass wir eine leidenschaftliche Nacht miteinander verbracht haben, was ja stimmt." Er schob seine warmen Finger in ihren Nacken und gab ihr einen heißen Kuss, der von ihrem Lipgloss nichts mehr übrig ließ.

„Ich weiß auch nicht, was uns letzte Nacht geritten hat", murmelte Yvonne an seinen Lippen.

Als Antwort machte sich ein Zucken in seinen Mundwinkeln bemerkbar und seine Augen sahen mehr denn je aus wie die eines Wolfes. „Was *mich* letzte Nacht geritten hat, weiß ich ganz genau." Kurz saugte er an ihrer Unterlippe und biss zärtlich hinein. Als sie errötete, murmelte er: „Du bist zauberhaft."

Bevor sie vor Wonne dahinfließen konnte, zog er sie mit sich den Gang entlang. Erstaunt spürte sie bei jedem Schritt, wie ihr Slip rieb.

Sie war wund.

Bei Rolf war sie das nie gewesen. Allerdings hatten sie sich auch nie dreimal in einer Nacht geliebt. Yvonne stutzte. Hatten sie sich denn geliebt? Konnte man das nach so kurzer Zeit schon sagen? Sie warf einen schnellen Seitenblick auf Nikolas' entspanntes und äußerst zufriedenes Gesicht. Er bemerkte es und zwinkerte ihr schelmisch zu.

Ja. Das, was sie zusammen in dieser Nacht erlebt hatten, war nicht einfach nur großartiger, bahnbrechender, übergalaktisch guter Sex gewesen. Nein. Sie hatten sich geliebt. Anders konnte man Nikolas' Geduld, die atemberaubende Zärtlichkeit gepaart mit der lustvollen Härte und der glühenden Leidenschaft nicht nennen. Er hatte es geschafft, in einer Nacht alle alten Beziehungsspinnweben aus ihrem Gehirn – und besonders aus ihrem Herzen – zu fegen.

Alle drei Vereinigungen waren unvergesslich für Yvonne, wobei jedes Mal eine Steigerung des Mals davor darstellte. Wenn sie gedacht hatte, der Sex an die Wand gelehnt sei die Krönung ihrer körperlichen Erfahrungen, was Leidenschaft und Explosivität anging, wurde sie von der Intensität der Zärtlichkeiten eine Stunde später völlig überrascht. Sie hätte vor Verlangen dahinfließen können wie Butter in einer heißen Pfanne. Und Nikolas war ihre persönliche heiße Pfanne gewesen.

Doch die dritte Verschmelzung in dieser Nacht hatte fast schon etwas Magisches an sich gehabt. Das einfallende Mondlicht und die verzauberte Atmosphäre hatten ihre Empfindungen ins Unermessliche gesteigert, als sie Nikolas teuflisch langsam in sich aufgenommen hatte. *Jaaaa ...* Voll, heiß und fest. Bei der Erinnerung schauderte sie in seinem Arm. Sie hatte keine Ahnung, was eigentlich mit ihr, mit ihnen geschehen war. Oder wie genau sie sich nach diesem Erlebnis fühlte. Das einzige Wort, das dem berauschenden Gefühl auch nur annähernd gerecht wurde, war: unersättlich.

Nicht, dass sie in sexuellen Dingen unerfahren gewesen wäre. Mit Rolf hatte sie jahrelang ein erfülltes Sexleben gehabt.

Hatte sie zumindest gedacht.

Bis gestern.

Doch nie ... nie in ihrem Leben hätte sie vermutet, dass es so sein könnte. Dass solch intensive Empfindungen überhaupt existierten.

Im Frühstücksraum waren schon alle Freunde versammelt. Die

meisten hatten bereits aufgegessen, manche holten sich gerade die erste Tasse Kaffee. Als Yvonne an Nikolas' Seite eintrat, wurden sie lautstark begrüßt. Jedoch gab es, wie sie erstaunt feststellte, keine anzüglichen Anspielungen auf letzte Nacht. Nur an den wissenden Blicken konnte sie sehen, wie sich die anderen für sie freuten.

Als sie sich am Buffet großzügig bediente, sah sie kurz zu Nikolas und bemerkte, dass er sie mit einem hintergründigen Lächeln über seine Kaffeetasse hinweg anblickte.

Oh Gott, sie war so glücklich!

Nikolas hatte sie so glücklich gemacht.

Doch heute würden sie sich wieder voneinander verabschieden müssen. Yvonne spürte, wie sich ihr Herz zusammenkrampfte, als sie Obstsalat in eine Schale löffelte. Dann warf sie erneut einen kurzen Blick in seine Richtung und merkte, dass er sie nach wie vor mit einem äußerst zufriedenen Gesichtsausdruck betrachtete.

Sollte sie? Ach nein ... vielleicht doch nicht. Sie wusste nicht, ob sie den Mut dafür aufbrachte, denn sie hatte in solchen Dingen keine Erfahrung. Aber was war die Alternative? Die gefiel ihr, noch viel weniger – und war völlig indiskutabel.

Ihr Herzschlag beschleunigte sich, als sie einen Entschluss fasste. Sie würde Nikolas nicht einfach so gehen lassen. Sie musste wenigstens signalisieren, dass sie ihn gern wiedersehen würde. Deshalb würde sie fragen, ob sie in Kontakt bleiben und die Telefonnummern austauschen sollten. Es war ihr gerade absolut schnuppe, ob er bei anderen Frauen womöglich ein besseres Angebot bekam oder eine größere Auswahl hatte. Denn nach dieser Nacht fühlte sie sich in seiner Gegenwart nicht mehr unscheinbar – oder gar jungfräulich.

Noreen trat zu ihr, griff nach einem Vollkornbrötchen und grinste sie breit an. Natürlich hatte auch sie Yvonnes Strahlen und die pulsierende Zufriedenheit bemerkt.

Yvonne formte mit dem Mund nur ein lautloses „Sei bloß still!“ und verdrehte die Augen.

Ihre Schwester stellte erfreut fest: „Du siehst heute Morgen überaus befriedigt aus.“

„So eine Nacht habe ich noch nie erlebt“, flüsterte Yvonne verzückt.

„War's gut?“

„Nein, es war nicht gut.“ Noreen zog die Augenbrauen erstaunt bis zum Haaransatz hoch. „Es war einfach unglaublich.“ Sie grinsten sich an.

Mit einer Schale Müsli, Obstsalat, zwei Brötchen, Wurst und Käse setzte sich Yvonne neben Nikolas.

„Hast du heute Größeres vor?“, fragte er mit einem frotzelnden Unterton und legte wie selbstverständlich seine Hand auf ihren Rücken, um mit den Fingerspitzen langsam an ihrer Wirbelsäule hinunterzustreichen.

„Ja, ich muss doch meine Reserven wieder auffüllen“, flüsterte sie ihm zu und ergriff den Löffel, „nachdem ich letzte Nacht dreimal Matratzen-Mambo mit dir getanzt und mindestens zwei Kilo abgenommen habe. Außerdem räumen sie bald das Buffet ab.“

Nikolas grinste, als er sich an seine Bemerkung vom ersten Abend erinnerte. Er selbst hatte nur ein Brötchen mit Marmelade auf seinem Teller und eine Tasse Kaffee vor sich stehen. Das schien ihm zu reichen. Yvonne bemerkte, dass sein Blick auf eine ihrer Locken fiel, die sich aus dem Knoten gelöst hatte.

Als sich seine Finger verselbstständigten, um sie ihr wieder hinters Ohr zu stecken, murmelte er: „Ich kann einfach nicht genug von dir bekommen. Meine Hände wollen dich ständig berühren.“ Er räusperte sich, als sei das eine neue Erkenntnis für ihn, und fragte: „Brauchst du kein Koffein, um nach der kurzen Nacht wach zu werden?“

„Nein, weil mein Motor – nach ebendieser Nacht – auf vollen Touren läuft. Noch mehr Aufputschmittel brauche ich wirklich nicht.“

Mit Hochgenuss schob sie einen Löffel Müsli in den Mund und kaute. Plötzlich merkte sie, wie sich etwas auf ihren nackten Oberschenkel legte. Da sie die Erfahrung bereits am Abend zuvor gemacht hatte, zog sie nur kurz die Luft ein und schenkte Nikolas ein süßes Lächeln. Die Hand fühlte sich gut an, da wo sie lag. Warm und fest. Genau, wie es sein sollte.

Während sie weiteraß, unterhielten sich die anderen darüber, nach dem Auschecken noch etwas zu unternehmen, bevor alle nach Hause fuhren. Yvonne hatte jedoch keinen Kopf für die Vorschläge, da sie sich allein auf Nikolas' Hand konzentrierte, die begonnen hatte, über ihre Haut zu streicheln.

Schon nach kurzer Zeit merkte sie, wie seine Berührungen Wirkung zeigten. Ein Kribbeln breitete sich über ihr Bein aus, das ihr heiß bis in den Unterleib stieg. Als sie mit zitternden Händen begann, Butter auf ihr zweites Brötchen zu schmieren, strichen die Finger zart an der Innenseite des Schenkels bis zum Rand ihrer Shorts hinauf. Als sie am Saum ankamen, schoben sie sich vorwitzig darunter und streichelten den Beinausschnitt ihres Höschens. Abrupt hielt sie in der Bewegung inne und atmete bebend aus.

Nikolas' Lippen näherten sich ihrem Ohr. „Bist du satt?"

Sie blickte ihm in seine karamellfarbenen Augen, die vor Verlangen ganz dunkel geworden waren. Dann hauchte sie mit einem kleinen frechen Grinsen: „Noch lange nicht."

Ein zufriedenes Lächeln huschte über sein Gesicht. Er lachte leise, als er ihre Hand ergriff, um sie vom Stuhl hochzuziehen. Nachdem sie sich bei den anderen zum Packen abgemeldet hatten, nahm Nikolas sie wieder an seine Seite und zog sie mit großen Schritten zum Treppenaufgang.

Er hatte es offensichtlich sehr eilig.

Kapitel 36

Unersättlich

Kaum klappte die Zimmertür hinter ihnen zu, flogen schon die ersten Kleidungsstücke im hohen Bogen von ihren Körpern. Ihre Lippen fanden sich zu einem heißen Kuss, der Yvonne wollüstig aufstöhnen ließ.

Allmächtiger! Wie sollte sie diesen wunderbaren Mann nur gehen lassen? Wie würde sie sich zu Hause in ihrem tristen Alltag zurechtfinden? Sie musste ihn wirklich nach seiner Telefonnummer fragen, auch wenn sich herausstellen sollte, dass er sie nicht wiedersehen wollte.

Sie verbot sich jeden weiteren niederschmetternden Gedanken, um sich nur noch auf seinen fordernden Mund zu konzentrieren. Auf seine glatte, warme Zunge, an der sie genussvoll saugte. Auf seinen berauschenden Geschmack, den sie von seinen Lippen leckte.

Dann fiel das letzte Kleidungsstück und sie standen sich nackt gegenüber. Yvonne genoss den Augenblick, als sie zum ersten Mal bei Tageslicht den Beweis seiner Erregung bewundern konnte. Das ließ ihr das Wasser im Mund zusammenlaufen.

Gierig legte sie ihre langen Finger um ihn und spürte die pulsierende Hitze, die in ihm tobte. Spürte die stählerne Härte, die von weicher Haut umgeben war und ungeduldig darauf wartete, sie vollständig zu erobern.

Wie sehr er sie begehrte.

Yvonne war von dieser Erkenntnis nicht nur verwundert, sondern fast schon erschüttert.

Nikolas umfasste ihren Hinterkopf und küsste sie hart, was sie ebenso erwiderte. Dann drehte er sie um und zog sie an seinen Bauch, legte seine Lippen auf ihren Nacken und ließ seine Hand zwischen ihre Schenkel wandern, wo er bereits sehnsüchtig erwartet wurde.

„Ich will dich von hinten", murmelte er mit einem dunklen Timbre und klang dabei so sexy, dass ihr Innerstes vor Erwartung vibrierte. „Du hast so einen kleinen, niedlichen Hintern, dass ich seiner Einladung einfach nicht widerstehen kann."

Während sie sich aufs Bett kniete, streichelte er sanft über ihre Hüften. Da sie sich schwach vor Erregung fühlte, legte sie die Stirn auf die Unterarme, dankbar um jede Stütze. Dann unterbrach er den Kontakt – und eine Kühle breitete sich auf ihrer Haut aus, die sie seine Hände wieder herbeisehnen ließ. Ein protestierender Laut schlüpfte über ihre Lippen, den er nur mit einem leisen Lachen quittierte.

In dieser Stellung fühlten sich viele Frauen sehr verletzlich und dem Mann völlig ausgeliefert. Doch Yvonne hatte Vertrauen zu Nikolas. Sie wusste, dass es für sie ebenso schön sein würde wie für ihn.

Als sie etwas knistern hörte, blickte sie zur Seite und sah, wie er ein Kondom auspackte und es überzog. Stolz betrachtete sie seine harte Länge. Auch wenn sie Nikolas nie wieder sehen sollte, gehörte dieses Objekt der Begierde in diesem Moment ganz allein ihr.

Nikolas kniete sich erwartungsvoll hinter sie aufs Bett und widmete seine volle Aufmerksamkeit ihren aufregenden Rundungen, küsste ihren glatten Rücken und umfasste mit seinen langen Fingern ihre schmale Taille, um danach über ihre festen Pobacken zu streichen.

Begehrenswert, wundervoll und sehr erregend.

Und dann beugte er sich ein wenig hinunter und betrachtete sie fasziniert: Feucht rosig und in einer Vollkommenheit erblüht, die ihn in ihrer Zartheit an die weichen Blütenblätter einer voll entfalteten Rose erinnerte. Vor Ehrfurcht hielt er den Atem an.

„Du bist wunderschön." Verdammt, seine Stimme hörte sich kratziger an als eine verrostete Konservendose.

Ihre Schamlippen waren fest wie zwei pralle Samtkissen, in deren Mitte eine süße Kirsche nach Aufmerksamkeit gierte. Mit zitterndem Seufzen senkte er seinen Mund auf ihre Lippen und küsste sie zart. Dabei spürt er, wie sie sich aus Scham vor seiner Zärtlichkeit verschloss.

„Nein, tu das nicht!", raunte er beschwichtigend und streichelte über ihren Po. „Schäme dich nicht für deine Schönheit. Du bist atemberaubend und schmeckst so süß wie Crème brûlée."

Erst später sollte Nikolas klar werden, dass dieses französische Dessert ein hohes Suchtpotenzial beinhaltete, da es sich seidig um die Geschmacksknospen legte und einen mit seinem zart cremigen Schmelz betörte – und ihn für immer an Yvonnes Weichheit erinnern würde. Wenn man sie nur einmal kostete, war man schon hochgradig suchtgefährdet.

Bei Yvonnes appetitlichem Anblick fragte sich Nikolas, wann sich ihm eine Frau das letzte Mal so dargeboten, so von ihrer empfindsamsten Seite gezeigt hatte. Das war lange her.

Und wann hatte er sich die Zeit genommen, die umwerfende Schönheit einer Frau genussvoll zu betrachten? Er konnte sich schlicht nicht mehr erinnern. Aber Yvonne stellte etwas mit ihm an, dass er sich Zeit dafür nehmen wollte. Dass er in ihrem Anblick versinken, sein Brandzeichen auf ihren niedlichen, festen Pobacken hinterlassen wollte.

Damit sich *kein anderer Mann* an ihr vergriff.

Als er so hinter ihr kniete, spürte er, wie ihre feucht glänzenden, rosigen Lippen das Tier in ihm lockten. Tief atmete er den Duft ihrer Erregung ein und stieß ein Knurren aus. Wieder begann er sie zu küssen, nur um mit Genugtuung festzustellen, dass sie am ganzen Körper erbebte. Dann ging er noch einen Schritt weiter, neckte mit seiner Zungenspitze ihre geschwollene Perle und spürte, dass sie mehr als bereit für ihn war. Es erfüllte ihn mit tiefer Befriedigung, wie ihr Körper auf ihn reagierte und sie leise stöhnend erzitterte.

Yvonne fühlte sich wie von einem reißenden Strudel hinabgezogen. Sie stand in Flammen – und dieser Mann wusste ganz genau, wie er dieses Inferno noch mehr anheizen konnte, statt es zu löschen und sie endlich von dieser Qual zu erlösen. Diese honigsüße Folter war so unerträglich, dass sie unwillkürlich lauter aufstöhnte, als sie seine Zunge an einem besonders sensiblen Punkt spürte. Das schien ihn jedoch nur darin zu bestätigen, das Feuer am Brennen zu halten.

Sie konnte es nicht fassen. Wenn ihr jemand vor zwei Wochen gesagt hätte, dass ein Mann seine Nase tief zwischen ihren Schenkeln vergraben und Yvonne sich ihm dabei willenlos unterwerfen würde – bloß damit er ja nicht aufhörte, was auch immer er da tat –, hätte sie denjenigen mit einer kühlen Bemerkung in seine Schranken verwiesen und innerlich ausgelacht. Sie, die kompetente, gut strukturierte Fremdsprachensekretärin, von allen Kollegen respektiert, gebärdete sich in den letzten vierundzwanzig Stunden wie eine erfahrene Femme fatale: zügellos, nymphoman, enthemmt und lichterloh entflammt.

Sie hatte sich von Nikolas in diesen Gefühlsrausch hineinziehen lassen. Ohne Kontrolle, ohne Besonnenheit, ohne Selbstschutz.

Nach mehr gierend.

Als sie an einem Punkt war, an dem sie Nikolas fast gewaltsam von sich weggezerrt oder sich liebend gern tiefer auf seine wendige Zunge gesetzt hätte, zog er sich von allein zurück und fragte: „Bist du bereit?"

Die Kühle, die sich über ihre Scham legte, war gleichsam lindernd wie frustrierend, sodass sie als Antwort nur ein kehliges Stöhnen von sich geben konnte.

Sie spürte, wie er sie leise lachend mit seiner prallen Spitze neckte, kurz über ihr glühendes Fleisch strich und sich dann mit einem langsamen Stoß in ihr versenkte.

Bis zum Anschlag.

Mit einem heiseren Aufschrei warf sie den Kopf in den Nacken und gab sich der überwältigenden Lust hin.

Und der Engelschor trug sie gen Himmel …

Darauf war sie nicht vorbereitet gewesen. Nichts in ihrem Leben hatte sie auf diesen Moment eingestimmt. Grelle Lichter explodierten vor ihren geschlossenen Augen. Alle Nervenenden schienen vor Verlangen aufzuschreien – und ihr Körper zitterte zeitgleich vor Erleichterung und noch größerer Begierde. Sie erlebte ein Feuerwerk der Sinne, bei dem sie in unzählige Splitter zerfiel und sich wieder zu einem starken Ganzen zusammensetzte.

Die Welt um sie herum existierte nicht mehr. Es gab bloß Nikolas und sie – und die überwältigenden Gefühle, die er in ihr weckte.

Nikolas wäre es fast schwarz vor Augen geworden, als er tief in ihr ankam. Durch ihre hochgradige Erregung war sie so eng, dass sie sich noch fester um seinen Schwanz schloss als am Abend zuvor. Noch mehr von dieser elektrisierenden Reibung erzeugte, durch die er beinahe den Verstand verlor.

Langsam begann er, sich zurückzuziehen, nur um mit einem erneuten Stoß in ihrer seidigen Tiefe zu versinken und von ihrer Enge massiert zu werden. Sie reagierte diesmal nicht weniger stark als vorher und ermunterte ihn damit weiterzumachen.

Mit jedem Eindringen schienen ihre kehligen Laute seine Sinne weiter zu berauschen und ihn auf Flügeln in den Himmel zu tragen. Er *wollte* mehr … *brauchte* mehr … mehr von *Yvonne*.

Dann beugte er sich vor und glitt mit seinen Fingern von vorne zwischen ihre feuchten Locken, um ihre geschwollene Perle rhythmisch zu streicheln. Yvonne vergrub ihr Gesicht in die Laken und stöhnte haltlos in die Matratze, was ihm noch mal einen ordentlichen Kick gab, dass er fast schon gekommen wäre.

Kapitel 37

Absolut welterschütternd

Oh-Gott-oh-Gott-oh-Gott! Nikolas brachte sie noch um!

Seine Finger trieben sie gnadenlos einen steilen Berg hinauf, der jetzt schon so hoch war wie der Fujiyama – und der versprach, noch höher zu werden. Falls sie den Gipfel je lebend erreichen sollte, würde sie springen. In einen Abgrund, von dem sie nicht einmal einschätzen konnte, wie tief er war. Ohne Seil und Sicherheitsnetz. Kein Mensch konnte sie in diesem Moment mehr retten! Allerdings wollte sie auch nicht gerettet werden – nur von Nikolas.

Wieder stöhnte sie in die Matratze, als die Spitze des Berges in Sichtweite kam und sich ihre Wahrnehmung nochmals verstärkte. Sie hatte das Gefühl, ihre hochempfindlichen Nervenenden lägen bloß, wodurch ihr hypersensibles Geschlecht durch jede Reibung noch mehr stimuliert wurde. Ihr Körper versagte ihr den Dienst wie auch ihre Beine. Doch Nikolas kannte keine Gnade. Erbarmungslos peitschte er sie weiter und weiter zum Berggipfel, bis sie mit einem Aufschrei kam.

Yvonnes Höhepunkt war nicht von dieser Welt. Sie hatte schon von welterschütternden Orgasmen gehört und sie der Fantasie schwülstiger Romanautorinnen zugewiesen. Aber was sie heute erlebt hatte, kam dem absolut gleich.

Welterschütternd.

Die pulsierenden Kontraktionen, die wie heiße Blitze um seinen Schaft zuckten, ließen Nikolas erzittern. Etwas so Intensives hatte er in seinem ganzen Leben noch nicht gespürt. Nach weiteren zwei Stößen kam auch er. Heftig, mit einem heiseren Aufschrei.

Völlig ausgepumpt und von grenzenloser Dankbarkeit erfüllt, stützte er sich mit einer Hand neben Yvonne ab, während er seinen Oberkörper beschützend auf ihren verschwitzten Rücken legte.

„Danke", keuchte er.

„Danke auch", erwiderte sie gedämpft, da sie ihr Gesicht immer noch in der Matratze vergraben hatte.

Nikolas kippte mit ihr zusammen auf die Seite und hielt sie an seinen Bauch gedrückt. Mit geschlossenen Augen lag er völlig fertig da und konnte sich nicht dazu überwinden, die enge Verbindung zu lösen.

„Wenn wir nicht wollen, dass uns ein Zimmermädchen in dieser Stellung erwischt, sollten wir uns schleunigst unter die Dusche begeben", gab Yvonne immer noch außer Atem zu bedenken und griff nach hinten, um seine Rückseite zu streicheln.

„Da hast du recht", stimmte er zu, machte aber keine Anstalten, etwas an der behaglichen Situation zu ändern.

Erst nach einiger Zeit war er widerstrebend dazu bereit, sich aus ihr zurückzuziehen. Dennoch ließ er es sich nicht nehmen, ihr einen innigen Kuss auf den Mund zu geben.

Dann ging er ins Bad, um das Kondom zu entsorgen, und rief über die Schulter: „Kommst du mit mir unter die Dusche?"

„Ja klar." Sie warf einen Blick auf die Uhr. Okay, sie hatten noch zwanzig Minuten, bis sie das Zimmer räumen mussten. Pünktlich würden sie nicht draußen sein, dafür wenigstens angezogen.

Nach einer kurzen, aber intensiven Dusche drückte sie Nikolas weg und stieg lachend aus der Wanne. „Nein, jetzt ist Schluss. Das Zimmermädchen muss uns nicht unbedingt in voller Aktion unter der Brause erwischen." Mit diesen Worten drehte sie das Wasser bis zum Anschlag in den kalten Bereich, nur um sich über sein überraschtes Aufkeuchen zu amüsieren.

„Du kleine Hexe! Das zahl ich dir heim."

„Ich freu' mich darauf", lachte Yvonne übermütig und schloss den Vorhang, damit Nikolas fertig duschen konnte.

Nachdem sie sich abgetrocknet hatte, zog sie sich an. Dabei unterhielt sie sich aufgekratzt mit ihm durch die offene Badezimmertür und plapperte in einem fort. Währenddessen dachte sie über die letzten vierzehn Stunden nach.

Was sie erlebt hatte, war anders gewesen als alles, was ihr in dem Zusammenhang jemals widerfahren war. Nicht, dass sie auf viel Erfahrung in sexueller Hinsicht zurückblicken konnte, aber es reichte, um die Dimension dessen, was sich zwischen ihnen beiden ereignet hatte, einzuschätzen. Und das glich in seinen gewaltigen Ausmaßen einer Tsunamiwelle, die sie ohne Schutz unter sich begrub.

Etwas war definitiv anders mit Nikolas gewesen, als sie es je bei einer so kurzen Bekanntschaft erwartet hätte: Eine innige Verbundenheit zu einem wildfremden Mann, der sie in dieser Nacht mit seiner Zärtlichkeit tief in ihrem Herzen berührt hatte. Auch wenn sie das nicht erwarten konnte, fühlte es sich an, als habe sich ein zartes Band zwischen ihren Seelen gesponnen. Es würde sie sehr freuen, wenn sie miteinander in Kontakt blieben.

„Ach so, Yvonne. Du darfst nicht vergessen, dein Handy aus meinem Rucksack zu holen. Das hattest du mir gestern Mittag doch geliehen", tönte es hinter dem Duschvorhang hervor.

„Stimmt." Der Akku seines Handys war leer gewesen und er hatte einem seiner Freunde zum runden Geburtstag gratulieren wollen.

Sie blickte umher, bis sie den Rucksack neben dem Sessel entdeckte. Dann stellte sie ihn auf den Tisch und zog den Reißverschluss der vorderen Tasche auf. Doch da war kein Handy. Hatte er es in eine der Seitentaschen gesteckt?, überlegte sie und wunderte sich, wie viele Fächer dieser Fotorucksack hatte. Nein. Da waren nur ein paar ausgedruckte Seiten … auf denen ihr Name stand?!!

Überrascht warf sie einen genaueren Blick auf die E-Mails, die sich Noreen und Nikolas geschickt hatten. Mit großen Augen begann sie zu lesen …

Nikolas stellte das kalte Wasser ab und schmunzelte. Yvonne war wirklich eine tolle Frau. Er hatte in den letzten Tagen so viel Spaß mit ihr gehabt, wie er es am ersten Abend nie vermutet hätte. Sie war warmherzig, spontan, witzig und hatte das Herz am rechten Fleck. Sie war eine außergewöhnliche Frau, mit der er gern mehr Zeit verbringen würde, um sie besser kennenzulernen.

Und der Sex war … er schüttelte ungläubig den Kopf, als er sich mit einem großen Badetuch abrubbelte. Er fand kein Adjektiv, das auch nur ansatzweise beschrieb, was er in der letzten Nacht empfunden hatte.

Unfassbar.

Sagenhaft.

Unvergesslich.

Alle Sinne beherrschend.

Gigantomanisch.

Absolut geil?!

Als er sich abgetrocknet hatte, fiel ihm auf, dass Yvonne ungewöhnlich ruhig war. Wollte sie ihn mit etwas überraschen?

„Rotschopf, liegst du etwa mit einem hauchzarten Negligé im Bett und wartest auf mich?!“

Er stieß die Tür weiter auf – doch was er sah, ließ ihm das Blut in den Adern gefrieren.

„Du bist engagiert worden, um mich zu verführen und von meiner letzten Beziehung abzulenken?“ Sie blickte fassungslos in sein erstarrtes Gesicht, wobei sich ihre Stimme erschreckend ruhig anhörte. Beinahe tonlos – aber mit einer gefährlichen Schwingung.

Unter der scheinbar gefassten Oberfläche hörte er schon, wie sie die Messer wetzte. *Scheiße-Scheiße-Scheiße!*

Nikolas sackte der Magen ab und seine Handflächen begannen, wie wild zu kribbeln. Konzentriert atmete er ein, um den leichten Schwindel in seinem Kopf zu vertreiben. Dann versuchte er, die Situation zu erklären: „Nein, nicht zu verführen. Ich sollte dich nur auf andere Gedanken bringen …“

Kapitel 38

Bodenloses Entsetzen

Yvonne betrachtete den Mann, der ihr nackt gegenüberstand und – wenn das bei seiner Hautfarbe überhaupt möglich war – ziemlich blass um die Nase wirkte. Noch vor zehn Minuten hatte sie gedacht, ihn zu kennen, eine Verbindung zu seiner Seele zu spüren.

Lachhaft!

Wie hatte sie sich nur so in ihm täuschen können? Sie blickte in das attraktive Gesicht eines völlig Fremden, der ihr überaus gekonnt etwas vorgespielt hatte.

„Die große Schwester engagiert einen Gigolo, damit er der kleinen Schwester helfen kann, ihr gebrochenes Herz zu heilen?" Zitternd holte sie Luft. „Und was glaubt ihr eigentlich, wie ich mich fühle, wenn du mich bespringst und dann nach dem Urlaub eiskalt abservierst, weil du deinen Job erledigt hast? Wie menschenverachtend ist das denn?!" Nun wurde Yvonne wirklich wütend. Die letzte Nacht und jede Unterhaltung der Tage davor bekam in diesem Licht eine völlig neue Bedeutung. Und einen bitteren Beigeschmack, der sich zäh wie Teer auf ihre Zunge legte. Was hatte sich Nono bloß dabei gedacht?! „Kannst du mir diese Scheiße mal erklären?!"

„Noreen hatte nur die Absicht, dir den Abschied von deiner Trauerzeit ein bisschen leichter zu machen …"

„Na, danke!!"

„… sie machte sich große Sorgen um dich, weil du dich so zurückgezogen hattest." Nikolas ging einen Schritt auf sie zu, doch Yvonne hob abwehrend die Hand. „Sie musste mit ansehen, wie du einem miesen Kerl hinterhertrauerst, der nie zu dir gepasst und dich heimtückisch verraten hatte …"

„Das geht sie gar nichts an!", stieß sie durch zusammengebissene Zähne hervor.

Nikolas machte eine beschwichtigende Handbewegung. „Ich hätte am Anfang des Urlaubs nie gedacht, dass was zwischen uns passieren könnte. Aber meine Gefühle für dich letzte Nacht waren echt."

Yvonne stieß ein bellendes Lachen aus. „Das habe ich gemerkt.

So knüppelhart, wie du warst, hättest du diesen Zustand nur schwerlich vortäuschen können." Ihre Worte trieften vor Sarkasmus. Sie hoffte inständig, Nikolas würde nicht bemerken, wie tief verletzt sie war. „Noreen kann sehr zufrieden mit dir sein. Du hast deine Aufgabe bravourös erfüllt: Zielperson um den kleinen Finger wickeln. Sie gefügig machen. Sie erfolgreich verführen. Und das nicht bloß einmal", spuckte sie aus. „Sie hat dir doch garantiert aufgetragen, mich auch im Bett zu beglücken. Damit du mir jeden Gedanken an Rolf aus dem Hirn vögelst. Habe ich recht?"

Nikolas kurzes Zögern jagte Yvonne ein heißes Messer ins Herz und drehte es um.

„Sie schrieb nur, dass sie nichts dagegen hätte, wenn es zwischen uns funken würde und ich mit dir schlafen wolle."

„Na, da kann ich aber froh sein, dass ich nicht aussehe wie Rose von den *Golden Girls*, sonst hätte ich womöglich nicht dein Gefallen *erregt* und der Urlaub wäre ganz umsonst für dich gewesen." Sie starrte auf seine zusammengepressten Lippen und schauderte. Wenn sie sich überlegte, wo sich dieser Mund noch vor einer halben Stunde befunden hatte, wäre sie vor Scham am liebsten im Boden versunken.

„Yvonne, tu das nicht ..." Nikolas' wunderschöne Augen verzogen sich schmerzhaft. Doch das war ihr egal.

Dann stockte sie, als ihr etwas einfiel. „Oder bist du sogar dafür *bezahlt* worden, mit mir zu flirten? Und im Falle einer erfolgreichen Kopulation bekommst du noch einen Bonus obendrauf?!" Ihr wurde bei dem Gedanken speiübel. „Kein Wunder warst du so unersättlich. Mit der letzten Nacht hast du dir höchstwahrscheinlich deinen nächsten Urlaub finanziert." Das Messer in ihrem Herzen drehte sich ein Stückchen weiter um.

„Wie kannst du so etwas nur sagen?" Er kam auf sie zu, doch sie hob wieder abwehrend die Hände, dass er stehen blieb und aufgebracht durch die Nase schnaubte. „Ich habe kein Geld dafür bekommen. Noreen und Hannes haben mir zwar angeboten, die Kosten für das Hotel zu übernehmen, aber ich habe abgelehnt."

„Hannes wusste auch davon?!", fragte sie fassungslos. „Wer noch?"

Schreckliche Bilder liefen wie ein Film vor ihrem inneren Auge ab: Nonos Freunde, die sich hinter ihrem Rücken über diesen emotionalen Krüppel von bemitleidenswerter Schwester das Maul zerrissen, die nun von diesem reinrassigen Hengst von Mann ordentlich rangenommen werden sollte. Vielleicht hatten sie ja Wetten laufen, ob er sie ins Bett bekam und wie oft. Kein Wunder hatten vorhin beim Frühstück alle so wissend gegrinst.

„Keine Ahnung. Ich weiß nur von Hannes und Noreen."

In dem Moment rückte ein anderes Puzzleteilchen an seinen Platz. „Das gemeinsame Hotelzimmer. War das bloß Zufall oder habt ihr das auch arrangiert?" Sie wollte es eigentlich gar nicht wissen, aber ein innerer Drang schrie nach Aufklärung – mittlerweile war es völlig nebensächlich, ob sie mit zerfetztem Herzen aus der ganzen Angelegenheit hervorging. „Und wie habt ihr das geschafft?"

„Der Portier ist ein Cousin von einem von Hannes' Freunden." Nikolas stand immer noch nackt vor ihr und fuhr frustriert mit den Fingern durch sein nasses Haar. „Hör zu, Yvonne …"

„Nein, ich will nichts mehr darüber hören. Ich fasse es einfach nicht …"

Wutentbrannt riss sie die Tür auf und stürmte im Stechschritt den Gang hinunter zu Noreens Zimmer. Dort stellte sie fest, dass ihre Schwester und Tanja gerade nach den Koffern greifen wollten, um hinunterzugehen.

„Sag mir, dass das nicht wahr ist. Hast du wirklich Nikolas beauftragt, mich zu verführen?"

Erschrocken riss Noreen ihre Augen auf. „Wie hast du es erfahren?"

„Unwichtig. Ja oder nein? Ich will es aus deinem Mund hören."

„Ja, aber …"

„Was aber?" Das Messer in ihrem Herzen schien zu glühen und bereitete ihr unvorstellbare Schmerzen. „Was interessiert dich, wie lange ich brauche, um über Rolf hinwegzukommen? Ich kann mir so viel Zeit lassen, wie ich will. Wie kannst du nur die Frechheit besitzen, einen Don Juan auf mich zu hetzen, der mir das Herz bricht?" Trotz ohnmächtiger Wut sammelten sich die ersten Tränen in ihren Augen.

„A-aber das war nie meine Absicht …", stotterte Noreen.

Yvonne bemerkte den Schmerz in Nonos Gesicht, doch es kratzte sie nicht. Dafür war sie zu verletzt. Sie fühlte sich betrogen und hintergangen vom liebsten Menschen auf Erden: ihrer Schwester.

„Du immer mit deinen hirnrissigen Schnapsideen! Ich will gar nicht wissen, wie du darauf gekommen bist. Das hat ja fast schon Hollywood-Schnulzen-Charakter." Mit brüchiger Stimme, für die sie sich in dem Moment abgrundtief verachtete, fragte Yvonne: „Wie konntest du mir das nur antun? Ich habe dir vertraut."

Ohne ihre Schwester zu Wort kommen zu lassen, drehte sie sich um und stürzte hinaus. Tränenblind, fuchsteufelswild und mit klopfendem Herzen erreichte sie die Zimmertür, wo sie sich schon für die Begegnung mit Nikolas wappnete.

Doch der war nicht da. Seine Sachen lagen dort, wo er sie am Morgen liegen gelassen hatte. Demnach hatte er noch keine Fahnenflucht ergriffen. Aber immerhin war er klug genug, ihr in dieser Situation aus dem Weg zu gehen.

Während sie alle persönlichen Dinge, die ihr zwischen die Finger kamen, unsortiert in ihren Trolley warf, wirbelten ihre Gedanken durcheinander. Sie hatte wirklich gedacht, die zufällige Begegnung mit Nikolas habe ihr Leben zum Positiven verändert. Nur war dieses Zusammentreffen, wie sie feststellen musste, nicht so zufällig, wie sie angenommen hatte. Ebenso war das innere Band, das sie zwischen sich und Nikolas gespürt hatte, nicht vorhanden. Jedenfalls nicht von seiner Seite. Und ihres war nach dieser schockierenden Entdeckung gewaltsam und äußerst schmerzvoll zerrissen worden.

Es war alles geplant gewesen. Yvonne machte sich diese Ungeheuerlichkeit noch einmal bewusst und hätte am liebsten laut geschrien. Er sollte ihr ein gutes Gefühl geben, damit sie die Sache mit Rolf endlich abschließen und sich einem anderen Mann zuwenden konnte. Yvonne schnaubte auf. Das hatte Nikolas auch kurzfristig geschafft. Wenn sie ihn nach diesem Urlaub nie wieder gesehen hätte, wäre sie zwar enttäuscht, jedoch sehr dankbar für die schöne Zeit gewesen.

Doch dieses Zusammensein fand aus einer völlig anderen Motivation heraus statt und diente einem ganz anderen Zweck. Diese Unbeschwertheit der letzten Tage war keine Fügung des Schicksals, die Yvonne auf den richtigen Weg lenken würde – und Nikolas hatte sich auch nicht aus spontaner Zuneigung mit ihr eingelassen. Es war alles ein abgekartetes Spiel, eine hinterhältige Intrige, die man in diesem Ausmaß sonst nur auf der Leinwand oder auf der Bühne finden konnte.

Yvonnes Augen brannten vor ungeweinten Tränen. Der totale Absturz und die Enttäuschung, was Nikolas betraf, wären nicht ganz so verheerend gewesen – hätte sie ihr Herz nicht in der letzten Nacht an ihn verloren.

Noreen stürzte aufgewühlt in ihr Zimmer. „Es tut mir so leid!! Ich möchte dir erklären, wie es …"

„Lass mich in Ruhe!", schleuderte sie ihrer aufgelösten Schwester entgegen, die händeringend vor ihr stand. „Ich habe schon genug gehört, dass ich bis zu meinem Lebensende kotzen könnte!"

Yvonne stürmte ins Bad und kam mit einer offenen Kulturtasche heraus, in die sie alles mit Schwung hineingefegt hatte. Sie achtete nicht darauf, ob Flaschen, Lippenstifte und ähnlicher Kleinkram herausfallen konnten, sondern pfefferte den Beutel in den Trolley, der auf dem erinnerungsbehafteten Bett lag.

Während sie Kleidungsstücke in ihren Koffer stopfte, begann Noreen – ungeachtet ihres beharrlichen Schweigens – zu erzählen, wie sie auf die Idee gekommen sei, etwas gegen Yvonnes Einsamkeit zu tun. „Ich klagte Hannes am Telefon mein Leid, als wir das WG-Wochenende besprachen", sprudelte es aus ihr hervor. „Du warst zu dem Zeitpunkt immer noch so wenig du selbst, dass ich richtig Angst bekam. Ich wusste, ich musste etwas tun, das dich aus deiner Lethargie reißt. Damit du wieder Spaß am Leben hast, herumalberst wie früher und dich nicht so in deiner Arbeit vergräbst. Ich hatte bloß keine Ahnung, wie."

„Ich will es nicht hören", zischte Yvonne zwischen zusammengebissenen Zähnen. „Nur kranke Gehirne wie eure können sich so etwas ausdenken."

Noreen jedoch ließ sich nicht davon abbringen, die Situation für ihre Entschuldigung zu nutzen. Ein innerer Zwang schien sie anzutreiben, als ob sie spürte, dass dies ihre letzte Chance auf Erklärung war. Deshalb quasselte Nono wild gestikulierend und in einem fort vor sich hin, dass alles als kleine Idee begonnen und in den vergangenen Tagen eine Dimension angenommen habe, die Noreen vorher niemals für möglich gehalten hätte.

Doch Yvonne hörte nicht zu. Sie schloss schweigend den Reißverschluss des Trolleys und schulterte ihre Tasche. Immer noch tobte siedendheiße Wut durch ihr Inneres und stieg brennend ihre Speiseröhre hinauf. Es zerriss ihr das Herz, wenn sie daran dachte, welchen Verrat Noreen begangen hatte, indem sie Nikolas beauftragte. Sie wollte wirklich nichts mehr davon hören. Am liebsten hätte sie Noreen den Mund mit Klebeband zugeklebt, wenn sie darin einen noch so geringen Erfolg gesehen hätte. Doch sie wusste aus früheren Erfahrungen, dass ihre Schwester erst aufhören würde, wenn alles, was sie sagen musste, tatsächlich ausgesprochen war. Deshalb stellte sie ihre Ohren auf Durchzug und ignorierte Nonos Erklärungsversuche.

Während sie den Trolley zur Tür zog, entdeckte sie ein Kleid über der Sessellehne. Wütend schnappte sie es und stopfte es sich unter den Arm. Falls sie noch etwas vergessen haben sollte, würde sie das Hotel bitten, es ihr nachzuschicken. Sie hielt es keine Minute länger mehr in diesem von Erinnerungen verseuchten Zimmer aus.

Als Yvonne endlich an der Rezeption stand und mit bebender Stimme ihre Angelegenheiten regelte, war sie der Kollegin des eingeweihten Portiers über deren professionelle Reaktion dankbar. Mit neutralem Gesichtsausdruck – als ob keine aufgelöste Noreen vor ihr stünde und sich um Kopf und Kragen redete – erledigte die Hotelangestellte, was zu erledigen war, und wünschte Yvonne mit einem kleinen Lächeln alles Gute. Die oft benutzte Formulierung, sie hoffe, Yvonne habe einen schönen Aufenthalt gehabt, verkniff sie sich glücklicherweise.

Am Auto angekommen warf sie ihr Gepäck in den Kofferraum und drehte sich zitternd zu ihrer Schwester um. Nono, die aufgrund der unerwarteten Aufmerksamkeit abrupt in ihrer Rede stoppte, blickte Yvonne überrascht an.

„Ich weiß nicht, wie lange ich brauchen werde, um diesen Vorfall zu verarbeiten. Aber bis dahin will ich dich nicht sehen. Es ist unverzeihlich, was du mir angetan hast."

Sie bemerkte mit bitterer Genugtuung, dass Noreen keine Silbe mehr über die Lippen brachte, sodass sie in ihr Auto steigen und ihre Schwester einsam auf dem weiten Parkplatz zurücklassen konnte. Dass Nono heiße Tränen der Scham und des Bedauerns über die Wangen liefen, ging ihr in dem Moment peripher am Allerwertesten vorbei.

Viel zu stark trat sie das Gaspedal durch und brauste mit quietschenden Reifen davon. Erst als sie die kleine Kapelle des Nachbarortes passierte, merkte sie, dass sie zu schnell fuhr. Ein dicker Kloß saß in ihrer Kehle, während Tränen der Enttäuschung zu fließen begannen und ihr Sichtfeld behinderten. Ein verzweifeltes Schluchzen brach aus ihr hervor und ließ sie erzittern. Mit flatternden Händen schaltete sie in einen niedrigeren Gang und fuhr mit mäßigem Tempo durch die engen Straßen. Erst danach gab sie wieder etwas Gas, um nach einem Feldweg zu suchen, wo sie kurz anhalten konnte.

Als der Wagen endlich stand, entfesselte sich ihre ganze Verzweiflung in einem Sturm, der unkontrolliert aus ihr herausbrach. Ihr Magen fühlte sich an, als habe sie die Motorhaube ihres SL geöffnet und die Batteriesäure auf ex leer getrunken.

Das mit Nikolas war schon schlimm genug. Aber von Noreen fühlte sich Yvonne so betrogen wie damals von Rolf. Nein, eigentlich war es noch viel schlimmer, da sie ihre Schwester war, der sie bedingungslos vertraut hatte.

Außerdem hatte Nono sie zum Gespött ihrer Freunde gemacht. Yvonne war sich sicher, dass der geschwätzige Hannes so ein Geheimnis nicht für sich behalten konnte. Mit nur wenigen Andeutungen war für andere gewiss klar, dass etwas im Busch war, was durch neugieriges Nachfragen schnell ans Tageslicht gelangen konnte. Garantiert hatten sie Mathis eingeweiht, der ja schließlich ebenfalls für die Organisation des WG-Wochenendes verantwortlich war. Natürlich den Portier, der für sein talentiertes Schauspiel den Oscar verdient hätte. Tja, dann waren da noch Tanja, Annette und vermutlich auch Selina, denen sie es sicher erzählt hatten. Das waren schon sieben Personen.

Plötzlich fiel ihr Paulas augenzwinkernde Bemerkung vom ersten Abend ein, Yvonne sei zu beneiden, mit so einem heißen Typ das Bett teilen zu dürfen. Mit diesen Worten hatte sie sie nur ermuntern wollen.

Damit war wohl klar, dass sie auch Bescheid wusste.

Yvonne vergrub ihr Gesicht in den Händen. Du liebe Zeit, war das peinlich!

Als ein Auto an ihr vorbeifuhr, blickte sie erschrocken auf. Glücklicherweise war es keines, das sie kannte. Auf die Blamage, in ihrem völlig aufgelösten Zustand ihrer Schwester oder gar Nikolas zu begegnen, konnte sie gut und gern verzichten.

Nachdem sie ein paar Mal tief durchgeatmet hatte, kurbelte sie die Scheiben hinunter, drehte den Zündschlüssel herum und machte sich auf den Heimweg.

Kapitel 39

Abgrundtiefe Verzweiflung

Wie sie wirklich heimgekommen war, konnte Yvonne nicht mehr sagen. Sie war wie auf Autopilot nach den Anweisungen ihres Navis gefahren, hatte glücklicherweise keinen Unfall gebaut und war völlig erschöpft vor dem dreistöckigen Haus angekommen, in dem sie in einer großen Zwei-Zimmer-Wohnung lebte.

Kraftlos hievte sie ihr Gepäck aus dem Kofferraum und schleppte es keuchend die Treppen hinauf. In der Wohnung ließ sie einfach alles auf den Boden fallen und warf sich auf die Couch im Wohnzimmer. Dort lag sie erst einmal einige Zeit, bis ihr der Gedanke kam, wie froh sie sein konnte, dass sie nichts in ihren vier Wänden an Nikolas erinnerte. Doch das nutzte ihr jetzt in dieser Lage auch nichts. Die Erinnerungen an die gemeinsamen Tage mit diesem Mann waren so tief in ihr Gehirn eingebrannt, dass sie noch lange Schwierigkeiten haben würde, unvoreingenommen bestimmte Kleidungsstücke zu tragen. Oder Inliner zu fahren. Oder … oder … oder …

Ruhelos stand sie auf und streifte wie ein gefangenes Raubtier durch die Wohnung. Arrangierte die bunt gestreifte Kissen auf der Couch neu. Räumte einige alte Ausgaben ihrer abonnierten Oldtimer-Zeitschrift von einem kleinen Sideboard zurück ins Bücherregal. Stellte ein Paar Schuhe in ein blaues Schränkchen im Flur.

Trotz der Hitze brauchte sie etwas Warmes zu trinken, um die innere Anspannung zu lösen. Einen Kaffee? Nein. Ihr Herz brach sowieso schon alle Geschwindigkeitsrekorde und hämmerte gegen ihre Rippen wie die Kolben eines Automotors bei Höchstdrehzahl. Einen Tee vielleicht oder eine Nudelsuppe?

Als sie mit einem großen Pott Kamillentee wieder das Wohnzimmer betrat, fiel ihr Blick auf einen Karton, in dem sich ein IKEA-Hängeregal befand.

Sie stockte. Warum eigentlich nicht? Vor dem Urlaub hatte sie keine Zeit gehabt, sich darum zu kümmern. Und nun hatte sie so viel rastlose Energie, die sie abbauen musste, dass sie um jede Ablenkung dankbar war.

Kurzerhand streifte sie ihre verschwitzte Kleidung ab, stieg in kurze Leggings und ein bauchfreies Top und band sich die Haare zusammen. Dann holte sie einen Akkuschrauber und ihre Hilti unter dem Bett hervor und schnitt den Karton auf.

Als sie sich in die Aufbauanleitung vertieft und das Schraubensortiment in einer Plastikschale sortiert hatte, merkte sie, wie die Anspannung von ihren Schultern abfiel. Sie hatte es schon ihr Leben lang genossen, mit den Händen zu arbeiten. Etwas zu zerlegen, um es anschließend wieder zusammenzubauen. Oder Einzelteile zu etwas Neuem zusammenzuschrauben und sich darüber zu freuen. Dabei konnte man die Gedanken wandern lassen oder quälende Grübeleien bei Bedarf einfach abschalten.

Die schwedische Möbelfirma, dachte Yvonne, könnte sich auf eine fruchtbare Symbiose mit Menschen einlassen, die an gebrochenem Herzen litten. Die klar gegliederten Aufbauanleitungen halfen, verwirrte Denkprozesse auf das Wesentliche zu fokussieren. Außerdem Abstand zu emotionalen Verletzungen zu schaffen, um die Lebenssituation aus gesunder Distanz betrachten zu können.

Eine tolle Therapie. Yvonne konnte den Werbespot mit schwedischem Akzent fast schon vor ihrem geistigen Auge sehen: *Leidest du an einem gebrochenen Herzen und möchtest deinem Alltag für eine Woche entfliehen? Alles klar. IKEA hat die passende Lösung für dich! Wir brauchen dringend zwei Schlafzimmer-Schrankwände für den Ausstellungsbereich und drei Schreibtische, eine Küche, vier Badschränkchen und drei Regalsysteme zusätzlich!! Wenn du die Möbel für uns zusammenbaust, darfst du nicht nur jeden Tag kostenlos von unseren weltberühmten Köttbullar essen, sondern kannst dich auch in einem der ausgestellten Schlafzimmer für besagte Zeit häuslich einrichten.*

Ein Angebot, das man nicht ausschlagen konnte!!

Yvonne betrachtete zufrieden das an der Wand hängende Regal. Nun fühlte sie sich bereits deutlich ruhiger. Sie war schon immer ein großer IKEA-Fan gewesen, da sie die farbenfrohen, praktischen Lösungen liebte, bei denen sie selbst nicht kreativ sein musste.

Als sie ein paar Dinge ins Regal räumte, bekam sie eine alte DVD zwischen die Finger: *French Kiss* mit Meg Ryan und Kevin Kline. In dem Moment spürte sie wieder, wie sich ihr Herz zusammenkrampfte und ihr die Luft zum Atmen fehlte. Die grenzenlose Enttäuschung durch Noreens Verrat schnitt wie ein Filetiermesser durch ihre Seele.

Diese Liebeskomödie war einer ihrer gemeinsamen Lieblingsfilme gewesen. Wie oft hatten sie ihn früher bei ihren Eltern angeschaut? Unzählige Male. Und jedes Mal hatten sie Kevin Klines Kommentare mit französischem Akzent mitgesprochen und Meg Ryans affektiertes Verhalten imitiert, wenn sie sich über die „dummen Franzosen" lustig macht.

Noreen war ihre kleine große Schwester, die immer für sie da gewesen war, wenn sie mit Problemen oder Kummer kämpfte. Die ihr gern bei Kunst-Projekten in der Schule half, wenn Yvonne einfach keine kreativen Ideen einfielen. Klar, manchmal hatte es auch ordentlich in der Kiste gerappelt, wie es unter Geschwistern üblich war. Wenn ihre Eltern jedoch mit einer der beiden schimpften, stand die andere wie eine wild gewordene Dogge loyal vor der Schwester und nahm sie vor den Vorwürfen in Schutz.

Im Großen und Ganzen hatten sie trotz ihres Altersunterschieds und der unterschiedlichen Begabungen eine glückliche Kindheit zusammen verbracht. Yvonne spürte, wie ihre Augen wieder feucht wurden.

Okay. So viel zu der IKEA-Herz-Schmerz-Therapie. Wahrscheinlich müsste sie vier Wochen lang Regale aufbauen, bis die erste Qual nachlassen würde.

Sie hatte noch einen weiten Weg vor sich.

Kapitel 40

Absolut verheerend

Als der Wecker am Montagmorgen erbarmungslos piepste, hätte Yvonne gern in ihrem persönlichen Lebensroman gelesen: „Die Tage vergingen und reihten sich zu Wochen. Ihre verletzten Gefühle waren noch nicht verheilt. Aber sie spürte, dass sich manche Wunden schon langsam zu schließen begannen."

Doch wenn sie ganz ehrlich zu sich selbst war, hätte sie am liebsten lauthals geschrien – und sich schnurstracks in eine Zeitmaschine gesetzt, um das nächste halbe Jahr zu überspringen. Denn der Tag danach war um nichts besser als der gestrige.

Sie hatte kaum geschlafen. Daran war nicht nur das Hamsterrad in ihrem Kopf schuld, das Gedanken an Noreen und Nikolas immerfort im Kreis drehte. Nach wochenlanger Abstinenz hatte ein heftiges Gewitter beschlossen, auch noch direkt über ihrem Haus mit grellen Blitzen, ohrenbetäubendem Donner und starken Windböen niederzugehen. Ironie des Schicksals, wenn man bedachte, dass sich die sexuelle Anziehung zwischen Yvonne und Nikolas genau wie die unerträgliche Hitze des Sommers über die vergangenen Tage hinweg gesteigert hatte, bis sie in der letzten Nacht des Urlaubs in einem Wirbelsturm der Gefühle ausgebrochen war.

Als sie gestern am späten Nachmittag ihr Gepäck ausgeräumt hatte, musste sie zu allem Überfluss auch noch feststellen, dass sie ihre Perlenohrstecker im Hotelzimmer vergessen hatte. Sie waren ein Erbstück ihrer Großmutter väterlicherseits, zu der sie bis zu deren Tod ein sehr enges Verhältnis hatte. Deshalb schmerzte der Verlust umso mehr.

Ihr sofortiger Anruf im Hotel blieb erfolglos, da das Zimmer bereits gereinigt und nichts gefunden worden war. Da Yvonne sich nicht erinnern konnte, wo sie sie hingelegt hatte, hätten sie ihr auch vom Nachttisch rutschen können, wo sie dann von einem Zimmermädchen aufgesaugt worden waren.

Für ihren desolaten Zustand war diese schlechte Nachricht eine richtige Breitseite gewesen, die für noch mehr Tränen sorgte.

Nun starrte Yvonne mit verquollenen Augen in den Badezimmerspiegel und verachtete sich dafür, eine solche Heulsuse zu sein. Ihre schönen Locken hatten jegliche Spannkraft verloren und wirkten genauso erschöpft, wie sie sich nach dieser kurzen Nacht fühlte.

Nachdem sie geduscht und sich angezogen hatte, versuchte sie, die Spuren der Verwüstung in ihrem Gesicht mit verschiedenen Cremes, Stiften und Tübchen zu übertünchen. Nach zwanzig mühevollen Minuten war sie mit dem Ergebnis einigermaßen zufrieden und griff nach dem Autoschlüssel und ihrer Handtasche.

Als sich Yvonne in ihrem Büro an ihren Schreibtisch setzte, herrschte bereits reger Betrieb in der Kanzlei. Sie war gegen ihre Gewohnheit etwas später dran und machte sich nach einem kurzen Morgengruß in Richtung Kaffeeküche gleich an die Arbeit, die wegen ihres Urlaubs liegen gebliebenen Unterlagen durchzusehen – als es klopfte.

„Guten Morgen, Frau Peters. Schön, dass wir Sie wiederhaben. In den letzten Tagen ist viel reingekom…“ Ihr Chef stockte in dem Moment, als sie aufsah, um ihn in der Bürotür zu begrüßen. An seinem erschrockenen Gesicht erkannte sie, dass ihre mühevollen Schminkversuche am Morgen nicht wirklich überzeugten.

Sie räusperte sich. „Guten Morgen, Herr Wegner. Ich habe schon …"

„Was ist passiert? Geht es Ihnen gut?", unterbrach er sie mit sorgenvoller Miene. Seine rechte Hand schwebte noch über seiner Krawatte, die er immer unbewusst glatt strich, wenn er sich mit Menschen unterhielt, in deren Gesellschaft er sich wohlfühlte. Und in ihrer Gegenwart wirkte seine Krawatte jedes Mal wie gebügelt.

Yvonne zögerte. Leugnen war zwecklos, dafür spiegelte ihr Gesicht unter Garantie einen zu deutlichen Gefühlszustand wider. Doch wie sollte sie ihren gestrigen Schiffbruch kurz und prägnant – aber auch cheftauglich – beschreiben?

„Kann ich Ihnen vielleicht helfen?", fragte er leise und trat vorsichtig näher. Heute trug er ein weißes Hemd unter seinem dunkelbraunen Anzug, der gut zu seinen Augen und der gesunden Gesichtsfarbe passte.

„Nein. Das ist sehr nett von Ihnen." Herr Wegner war wirklich ein sehr netter Mann. Und ein guter Chef, der sich um die Angestellten seiner Kanzlei kümmerte. Yvonne versuchte, dankbar zu lächeln, bekam die Lippen aber fast nicht auseinander. „Wir hatten am Wochenende in der Familie einen kleinen Zwischenfall." Sie blinzelte kurz.

„Oh, das tut mir leid …" Sein besorgter Gesichtsausdruck zeigte, dass er mit dem Schlimmsten rechnete. Doch Yvonne war sich sicher, dass er nie auf die Idee kommen würde, was ihre Schwester Abscheuliches ausgeheckt hatte. „Wollen Sie sich eventuell ein paar Tage freinehmen?"

„Nein, bloß nicht … Ich meine, besser nicht", lehnte sie dankend ab und versuchte, ein freundliches Gesicht zu machen. Dieses misslang ihr ganz offensichtlich, da Herr Wegner noch sorgenvoller dreinblickte – und nun zu allem Überfluss über seine Geheimratsecken strich, die mit seinen zweiundvierzig Jahren gar nicht da sein sollten. Das tat er nämlich meist dann, wenn es ein Problem gab, bei dem er nicht wusste, wie er helfen konnte. „Mir fällt sonst die Decke auf den Kopf. Ich muss mich ablenken, da ist Arbeit die beste Medizin."

„In Ordnung … Also, ich meine, wenn Sie meine Hilfe benötigen …" Er deutete in Richtung seines Büros. „Sie wissen, wo Sie mich finden." Dann nickte er kurz und machte die Tür leise von außen zu.

Da ein Teil der Bürowand aus einem schmalen, senkrechten Streifen Glas bestand, konnte sie sehen, wie er sich noch mal über seinen Kopf strich und in seinem Büro verschwand.

Yvonne schloss die Augen, um sich zu sammeln, die Qual in ihrem Herzen wegzuschließen und ihr Gehirn freizubekommen. Danach atmete sie ein paar Mal tief durch und machte sich wieder an die Arbeit.

Zwei Minuten später bemerkte sie aus dem Augenwinkel, wie sich die Eingangstür zur Kanzlei öffnete und eine quirlige Frau mit frecher Bobfrisur zur Tür hereinkam. Wie jeden Morgen ließ sie sich am Schreibtisch der Empfangstheke nieder und schwang dabei in Yvonnes Richtung, um sie durch die normalerweise geöffnete Bürotür lachend zu begrüßen. Doch heute blieben ihr die Worte im Hals stecken, als sie Yvonnes Gesichtsausdruck durch den Glasstreifen bemerkte. Sie stand auf, klopfte leise und steckte den Kopf zu ihr herein.

„Was ist denn mit dir passiert?! Du siehst aus, als wärst du von einem Vierzigtonner überfahren worden. Ich dachte, du hättest in der letzten Woche einen amüsanten und erholsamen Urlaub verlebt …"

Doch Yvonne schüttelte nur den Kopf, da ihre mühsam aufrechterhaltene Fassung schon wieder zu bröckeln begann und sie mit den Tränen kämpfen musste.

„So schlimm?", fragte ihre Kollegin mitfühlend. Sie schloss die Tür und legte Yvonne die Hand auf die Schulter.

Diese schlichte Geste rüttelte wie ein Orkan an ihrer Selbstbeherrschung, weshalb sie nur nickte und heiser krächzte: „Ich will gerade nicht darüber sprechen, Moni."

„Ist schon okay. Soll ich dir einen Kaffee oder einen Tee bringen?"

„Tee wäre schön, danke."

„Stell dein Telefon zu mir um. Ich kümmere mich darum, dass dich heute niemand stört – auch nicht unsere Anwälte. Dann kannst du in aller Ruhe arbeiten – oder eben nicht."

Als Moni ging, flossen bei Yvonne schon wieder die ersten Tränen. Hektisch suchte sie in ihrer Schreibtischschublade nach einem Päckchen Papiertaschentücher und verfluchte den Architekten dieses Büros, der aus Gründen der Transparenz diese bescheuerte Scheibe in die Wand hatte einbauen lassen.

Das würde heute ein ganz besonders erfolgreicher Tag werden – jedenfalls was die Produktion von Salzwasser anging.

Kapitel 41

Ohnmächtige Verzweiflung

Fast zwei Wochen waren vergangen. Und dennoch hatte sich so gut wie nichts geändert …

Was tat man nur gegen ohnmächtige, ja fast schon verzweifelte Wut, die das Herz wie mit einer glühend heißen Zange zusammendrückte und gleichzeitig bis zum Zerspringen antrieb? Wie konnte man dem verbitterten Gefühl des Verlustes Herr werden, wenn ein Teil des eigenen Herzens mit aller Gewalt herausgerissen worden war – vom verantwortungslosen Verhalten der eigenen Schwester? Wie tief konnte das Loch der Verzweiflung noch werden, in dem Yvonne mit unerträglich schmerzender Seele saß?

Die Anspannung, die sie seit der entsetzlichen Entdeckung in ihrem Hotelzimmer nicht mehr verlassen hatte, schnürte ihr selbst nach zwölf Tagen gleichsam die Kehle und die Brust zu. Zudem spiegelte ihre graue Gesichtsfarbe mitsamt den dunklen Ringen unter den Augen ihre Gemütsverfassung wider.

Nach einem arbeitsreichen Tag in der Kanzlei stieg sie gedankenverloren aus ihrem Mercedes und wollte den Fußweg zur Haustür entlanggehen. Dabei stolperte sie unerwartet über etwas und verlor fast das Gleichgewicht. Als sie ihren Blick scharf stellte, sah sie eine dunkelgraue Mülltonne vor sich, die noch bedenklich wackelte.

Herrgott noch mal!! Wie blind musste man sein, um eine Tonne von den Ausmaßen eines Kleinwagens zu übersehen?

Fluchend humpelte Yvonne weiter und rieb sich ihr Knie. Ihr großer Zeh pochte wie verrückt und erinnerte sie daran, beim nächsten Mal die Pumps mit Stahlkappen anzuziehen. Das wäre sicherer. Jedenfalls solange sie wie ein paralysierter Zombie durch die Gegend stapfte und nicht nur für sich selbst eine Gefahr darstellte.

Später würde sie ihren Müll auch raustragen. Aber jetzt hatte sie keinen Nerv dafür. Jetzt musste sie erst mal in die Badewanne und danach ihre Prellung mit Salbe einreiben.

Prellung ... Salbe ...

Scheiße!

Nun hatte sie wieder Nikolas' nackten Rücken vor Augen, dessen Haut sich unter ihren Fingern so glatt und weich wie die Ledersitze ihres 190 SL angefühlt hatte. Und dann hatte die Aussicht bestanden, ihre Hand tiefer wandern zu lassen, um sich eigenhändig um die Prellung an seinem knackigen Hinterteil zu kümmern.

Noch mal Scheiße.

Das würde wieder eine lange, schlaflose Nacht werden. Fluchend schloss Yvonne die Wohnungstür auf und machte sich bereit für den Ansturm ihrer Gefühle.

Es war bis jetzt jeden Tag dasselbe gewesen: Sobald sie die Tür hinter sich zuklappte, blieb der ablenkende Alltag draußen und sie war mit sich und ihren Gedanken allein auf ihrer ganz persönlichen Gefängnisinsel.

Nach dem Kurzurlaub war der zweite Tag im Büro nicht besser als der erste gewesen: Wie grausige Nebelschwaden zog er an ihr vorbei.

Ihre Mutter rief am dritten Abend nach dem Desaster bei ihr an, um nachzufragen, wie es ihr ginge. Da Yvonne nicht nach Reden zumute war, meinte sie kurz angebunden, sie würde es schon überstehen, und würgte das Gespräch kurzerhand ab.

Die darauffolgende Nacht war erwartungsgemäß wenig erholsam. Zu sehr hatte sie das Telefonat aufgewühlt und ihr ein schlechtes Gewissen beschert, da sie sich schuldig an den Sorgen ihrer Mutter fühlte. Was völliger Schwachsinn war. Noreen war schuld. *Sie* hatte schließlich den ganzen Mist verbockt.

Natürlich hätte Yvonne dieses Komplott mit Humor nehmen und darüber lachen können. Darüber lachen, wie ihr ein durchgeknallter Plan tatsächlich eine wundervolle Zeit mit einer heißen Liebesnacht beschert hatte, von der sie das nächste Jahrzehnt hätte zehren können.

Aber das konnte keiner von ihr verlangen.

Während des Urlaubs in Heidelberg hatte sie sich energiegeladen gefühlt. Kraftvoll. Doch nicht die sommerliche Hitze hatte das ewige Eis in Yvonnes Herz zum Schmelzen gebracht, sondern die schöne Zeit mit Noreens warmherzigen und lebenslustigen Freunden. Und natürlich die Begegnung mit einem – wie sie dachte – besonderen Mann, in dessen Gegenwart sie sich begehrt fühlte. Mit dem sie eine leidenschaftliche Nacht verbrachte. Bei dem sie sich impulsiv, ungehemmt und völlig ungezügelt geben konnte.

Doch jetzt fühlte sie sich immer noch bis auf die Knochen blamiert und bis über die Grenzen des Erträglichen gedemütigt. Die aufregende Zeit mit Nikolas war in den Dreck gezogen worden wie ein weißes Laken durch die Jauchegrube.

Yvonne nahm zurzeit alles wie durch einen zähen Dunst wahr. Sie kämpfte täglich mit einer Lethargie, die sich nicht abschütteln ließ und sie chronisch auslaugte.

Am schlimmsten war das erste Wochenende nach dem Kurzurlaub. Weder wollte sie ihre Eltern besuchen, die sie zum Mittagessen eingeladen hatten, noch ihre Freundin Steffi anrufen, die mit ihrem Mann und den dreijährigen Zwillingen meist eh schon beschäftigt genug war. Deshalb mistete sie zwei Tage lang ihre Schränke aus, putzte wie ein Derwisch und räumte Möbel um.

Dabei bekam sie eines der Sommerkleider dieses sorglosen Urlaubs in die Finger, woraufhin sie am ganzen Körper zu zittern begann. Hektisch riss sie alle Kleider, die sie in Nikolas' Gegenwart getragen hatte, von den Bügeln und stopfte sie hinter ein paar Schuhschachteln im Schrank. Sie konnte den Anblick dieser fröhlichen Stoffe nicht ertragen, weil sie dadurch ständig an seine sinnlichen Blicke erinnert wurde, mit denen er sie tagelang gemustert hatte.

Das Einzige, was sie in dieser Zeit davon abhielt, komplett durchzudrehen, waren ihre abendlichen heißen Bäder – so dumm die Idee bei fast dreißig Grad im Schatten war. Jedes von ihnen führte sie wieder ein Stückchen weiter weg von diesen schrecklichen Gefühlen, die in ihr tobten. Doch machten die rastlosen Nächte, in denen sie sich unruhig im Bett herumwälzte und leise vor sich hin diskutierte, jede Hoffnung auf einen Normalzustand zunichte.

So viel zu den Selbstgesprächen, die sie manchmal führte.

Nun stand ihr, nachdem sie mit der Mülltonne geknutscht hatte, wieder ein Abend bevor, an dem sie nichts mit sich anzufangen wusste. Sobald sie ihre Handtasche im Flur an die Garderobe gehängt hatte, fiel alle Selbstbeherrschung von ihr ab und sie merkte, wie ihr Körper zu beben begann. Deshalb steuerte sie wie eine Cruise Missile auf ihre Badewanne zu und streifte dabei achtlos ihr fliederfarbenes Leinenkostüm ab, nur um so schnell wie möglich dem erlösenden Bad näherzukommen.

Und als sie endlich darin lag … war es ein Genuss zu spüren, wie sich das stetig ansteigende, heiße Wasser entspannend um ihren nervösen Körper schmiegte. Das wohltuende ätherische Lavendelöl ließ sie aufseufzen.

Yvonne merkte, wie sie sich langsam – sehr langsam – entspannten. Schwerer wurde. Dennoch drängten sich lästige Gedanken mit vorwitziger und schon an Frechheit grenzender Regelmäßigkeit in ihr Bewusstsein.

Wenn sie nur an die Ungeheuerlichkeit dieser Verschwörung dachte, wurde ihr wieder ganz flau im Magen. Wie kam man bloß auf eine solche Idee? Fassungslos schüttelte Yvonne den Kopf.

Bei diesem aufwendigen Theaterstück waren die Rollen bis zur kleinsten perfekt besetzt gewesen: Die lesbische Schwester, die die Protagonistin in ihren Freundeskreis einführt. Ihr lustiger Busenfreund, der für lockere Sprüche sorgt, über die das Publikum lachen kann. Die zusammengewürfelten Freunde, die viele Facetten eines Charakters bedienen. Der Portier, dem die fehlerhafte Doppelbelegung des Zimmers überzeugend peinlich ist. Und dann noch der dunkle, geheimnisvolle Fremde, der sich als feuriger Liebhaber entpuppt und die Protagonistin zu ungeahnten Höhenflügen entführt – von denen sie am Ende in unfassbare Tiefen stürzt.

Yvonne war der große Verlierer dieses Ränkespiels. Ihr war nichts geblieben. Das gute Verhältnis zu ihrer Schwester lag in Trümmern – und die Chance, schöne Erinnerungen an eine fantastische Liebesnacht in den Alltag hinüberzuretten, war zerstört. Noreen hatte sich in etwas eingemischt, das sie nichts anging – und Nikolas war ihr Werkzeug gewesen. Eigentlich konnte Yvonne ihm fast keinen Vorwurf machen. Es war schließlich nicht seine Idee gewesen. Dennoch verachtete sie ihn dafür, dass er sich zu dieser Intrige bereit erklärt – und seine Rolle dann auch noch so überzeugend gespielt hatte.

Was hatte er sich überhaupt davon erhofft? Die Chance auf einen schnellen Fick? Dazu hatte er zu Hause sicher reichlich Gelegenheiten, wenn man bedachte, wie er auf Frauen wirkte und in welcher Branche er arbeitete.

Krankhafte Neugierde, ob er Nonos kleine Schwester herumbekäme und ihr den Liebeskummer aus dem Gehirn vögeln konnte? Vermutlich eher das. Das war bei Männern wie Nikolas wohl eine Frage der Ehre.

Und dann sein charmantes Auftreten, mit dem er sie nach und nach um den kleinen Finger gewickelt hatte. Und dieses ganze ritterliche Gehabe von wegen auf dem Boden schlafen oder im Schlosshof bei ihr bleiben, um ihren Krampf wegzumassieren … Wie hatte sie sich nur so in ihm täuschen können?

Immerhin war er dafür in der letzten Nacht belohnt worden. Gleich viermal.

Heiße Röte schoss in Yvonnes Wangen, als sie an die ungezähmte Gier und die Ekstase dachte, die das Zimmer beim ersten Mal in Brand gesetzt hatte. Die kraftvoll pochenden Schwingungen des intensiven Nachhalls waren noch eine ganze Weile zu spüren gewesen.

Doch dann war sinnliche Zärtlichkeit an deren Stelle getreten, die ihr den Atem raubte. Diese gefühlvolle Hingabe hätte sie Nikolas nicht zugetraut. Er hatte in dieser Nacht liebevolle, feinfühlige, sensible und äußerst erregende Dinge mit ihr angestellt – und trotzdem am nächsten Morgen Meuchelmord an ihrem fast gesundeten Herzen begangen.

Wieder schienen sich ihre Gedanken auf einer rasanten Achterbahnfahrt zu bewegen, wobei sich Yvonnes Eingeweide anfühlten wie durchgepflügt. Wie sollte sie es schaffen, endlich mit dieser Angelegenheit abzuschließen? Sie wollte nicht weiter nachgrübeln und jedes Wort auf die Goldwaage legen. Das brachte doch alles gar nichts mehr.

Sie war nur froh, dass sie kein erotisches Erlebnis mit Nikolas in einer Badewanne verband. Sonst wäre ihr die Zeit hier im entspannenden Wasser auch noch verleidet worden.

Eine Stunde später saß sie wieder einmal vor einem einsamen Abendessen, bei dem sie die gebratenen Zucchinistücke mit der Gabel von einer Seite des Tellers auf die andere schob.

Als das Telefon klingelte, zuckte sie zusammen. Die ganze Woche hatte keiner angerufen, sodass sie völlig vergessen hatte, es nach dem letzten Telefonat auszuschalten. Nach dem dritten Klingeln überlegte sie, ob sie das Gespräch annehmen sollte. Sicher war es ihre Mutter, die sich Sorgen um Yvonne machte, wie alle Mütter das naturgemäß taten – auch wenn ihre Kinder schon über dreißig waren. Dennoch beschloss sie, erst den Anrufbeantworter rangehen zu lassen.

Als nach der Ansage der Pfeifton erklang, sagte zuerst niemand etwas. Dann hörte sie jedoch zum ersten Mal seit zwei Wochen die ungewohnt zurückhaltende Stimme ihrer Schwester. „Ich bin's. Ich wollte fragen, ob ich bei dir vorbeikommen darf, damit ich dir alles erklären kann … Es tut mir unglaublich leid, was ich dir angetan habe. Und ich würde es liebend gern ungeschehen machen, aber das geht leider nicht mehr … Falls du da sein und mich hören solltest, nimm bitte ab."

Als es tatsächlich in der Leitung knackte, seufzte Noreen erleichtert: „Gott sei Dank …" Sie hatte nicht damit gerechnet, dass Yvonne wirklich abnehmen würde. Ein kleines Pflänzchen Hoffnung keimte in ihrer Brust …

„Ich will nicht mit dir reden", meinte diese nur mit vor unterdrückter Wut bebender Stimme.

„Bitte", gab Noreen fast schon flehend von sich. „Ich weiß, dass ich einen riesengroßen Fehler gemacht habe …"

Doch Yvonne hatte bereits aufgelegt. Bedrückende Stille breitete sich an ihrem Ohr aus, die bloß von ihrem Schluchzen unterbrochen wurde.

Wortlos wurde sie umgedreht und an eine weiche Brust gedrückt, wo sie ihrem Elend freien Lauf ließ. Warme Hände strichen besänftigend über ihren Kopf und blieben immer wieder beruhigend im Nacken liegen. Leise Worte drangen an ihr Ohr, die sie nicht verstand, die aber die Wogen in ihrem Inneren langsam glätteten.

Oh Mann, sie war so froh, dass sie Tanja hatte! Die vernünftige Tanja, die nichts so heiß aß, wie es gekocht wurde, und für alles eine Lösung fand. Und wenn man wirklich mal Scheiße gebaut hatte, die man nicht wegdiskutieren konnte, war sie mit ganzem Herzen und tröstenden Worten für einen da.

„Sch-sch", wiegte Tanja ihren liebsten Schatz in den Armen. „Lass ihr Zeit. Die Wunden sind noch zu frisch. Und je mehr du drückst, desto mehr Gegendruck provozierst du bei ihr."

„Ich bin so eine dumme Kuh!", schniefte Noreen. „Wieso bin ich nur auf diese schwachsinnige Idee gekommen?! Ich kann nicht mal Hannes die Schuld geben, obwohl ich zu dem Zeitpunkt mit ihm telefoniert habe. Und vor allem, warum habe ich damals nicht gemerkt, wie bescheuert die Idee wirklich ist?"

„Wenn du mich gleich zu Beginn eingeweiht hättest, hätte ich es dir sagen können."

„Tja, ich wollte, dass niemand außer mir und Hannes davon weiß. Damit ihr euch ganz natürlich und ungezwungen verhaltet. Auf dich hätte ich vielleicht eher gehört als auf Nikolas. Der fragte mich nämlich in einer der ersten Mails, ob ich das tatsächlich durchziehen wolle und ob ich mir über die möglichen Folgen im Klaren sei. Aber ich war so von meiner Idee geblendet, da ich sicher war, dass sich dadurch etwas in Yvonnes eingefahrenem Leben bewegen würde."

Sie schnäuzte sich die Nase. „Nur war mir damals nicht wirklich klar, dass sich das Ganze in eine erdrutschartige Katastrophe entwickeln würde."

Tanja drückte Noreen eng an sich. „Tja, so ist das mit Schnapsideen. Manchmal handelt es sich um ein edles Wässerchen und manchmal um einen widerlichen Magenputzer. Das weiß man vorher bloß nicht immer, wenn man aufs Etikett schaut."

Kapitel 42

Ungewollte Erinnerungen

„Du denkst noch an die Sache mit dem Napf, wenn du Kiki später in der Küche ablichtest?", fragte Melinda, die für den reibungslosen Ablauf am Set verantwortlich war.

„Mmh?" Nikolas runzelte die Stirn und blickte von seinen Unterlagen hoch. „Ja, klar."

Heute sollte er die kleine Scottish-Terrier-Dame Kiki für eine Hundefutter-Werbung fotografieren. Ihr schwarzes Fell war genauso aufwendig gestylt worden wie die Frisur eines Topmodels in Paris, bevor es den Catwalk betritt. Dabei trieb die nervtötende Besitzerin alle, die auch nur in die Nähe ihres kleinen Schatzes kamen, in den Wahnsinn. Am liebsten hätte Nikolas den Befehl erteilt, die Frau zu erschießen.

Im Studio war ein gemütliches Wohnzimmer mit Ohrensessel und offenem Kamin aufgebaut worden. Bald würde die Hundedame auf dem Sessel Platz nehmen und ein Pfötchen Richtung Kamera recken. Dann war Nikolas gefragt, den perfekten Ausdruck in ihrem Gesichtchen einzufangen, der die Leute der Hundefutter-Firma davon überzeugte, den richtigen Fotografen engagiert zu haben.

Immer noch starrte er auf die offene Mappe in seiner Hand, ohne wirklich zu sehen, nach welcher Information er suchte. Er blinzelte kurz und schüttelte den Kopf. Es war ihm schon wieder passiert. Erneut waren seine Gedanken abgeschweift zu diesen verhängnisvollen Tagen im Juli – wie so oft in letzter Zeit.

Yvonnes herzförmiges Gesicht schob sich vor sein inneres Auge, wie sie ihn fassungslos anstarrte, während sie noch den Brief ihrer Schwester in Händen hielt. Ihr Blick bettelte fast um eine plausible Erklärung für das Unaussprechliche, das sie gerade entdeckt hatte. Verletzlichkeit und Furcht standen ihr deutlich ins Gesicht geschrieben, die schnell von heißer Wut abgelöst wurden, als er ihren Verdacht bestätigte.

Er hatte nicht gewollt, dass sie es so erfuhr. Am liebsten hätte er es völlig vor ihr geheim gehalten. Sie hätte diese Tage in schöner Erinnerung behalten sollen, damit sie zu Hause ihr Herz anderen Männern öffnen konnte, wie Noreen es ihr so sehr gewünscht hatte.

Doch der Teufel war manchmal ein Eichhörnchen und verbarg sich in einem kleinen Detail, das man in einer solchen Situation nicht beachtete. Und dann stolperte man über einen winzigen Kieselstein und steckte mit dem Kopf plötzlich im Arsch einer Kuh. Eine Scheiß-Situation – im wahrsten Sinne des Wortes.

In dem Moment wurde Kiki hereingebracht und auf den Sessel gesetzt. Nach einem kurzen Wortwechsel zwischen Hundetrainer und Hündin trat dieser beiseite, um sein Model für das Fotoshooting freizugeben.

Als Nikolas einen Blick auf Kiki warf, erstarrte er. Das durfte doch nicht wahr sein ... Auf ihrem niedlichen Köpfchen, das sie keck zur Seite gelegt hatte, prangte ein kleines rot-grün-kariertes Schleifchen – und neben ihren Pfoten lag ein wie zufällig drapiertes rotes Tuch mit grünen Tupfen.

Karos und Tupfen. Nikolas schloss kurz die Augen, um sich zu sammeln, und fluchte innerlich. Verfluchte den vermaledeiten WG-Urlaub. Verfluchte Hannes' Idee, Noreen helfen zu wollen.

Dann öffnete er wieder die Augen – und begann mit seiner Arbeit.

Die Zeit verging, doch Yvonnes Wunden verheilten nur sehr langsam. Die Sommertage im August hatten den strahlenden Juli-Glanz verloren. Es war zwar meist sonnig und warm, dafür zogen aber immer wieder dichte Regenwolken über den Himmel, die nach einem kurzen Gewitter die Natur in eine dampfende

Sauna verwandelten.

Die zwei Wochen Urlaub, die Yvonne Ende August für eine Last-minute-Reise eingeplant hatte, sagte sie kurzerhand ab. Sie brauchte im Moment die Regelmäßigkeit des Berufsalltags, um in den alten Trott zu finden.

Ihr Chef legte wegen ihrer überraschenden Entscheidung wie so oft in den letzten Wochen nur besorgt die Stirn in Falten und strich sich über die kurzen Haare. Ansonsten sagte er aber nicht viel mehr dazu, als dass er sich freue, wenn jemand so Kompetentes wie Frau Peters in der Haupturlaubszeit im Büro sei und nach dem Rechten sehe. Tja, so war Herr Wegner nun mal: immer das Positive in einer Situation sehend. Trotzdem hatte er sich zweimal unbewusst über den Kopf gestrichen.

Oh je!

Außerdem war ihr aufgefallen, dass er sie nicht so mit Arbeit zu überhäufen schien wie früher. Als ob er ihr Raum geben wollte, mit ihrem Schmerz fertig zu werden. Wenn sie ihn manchmal in der kleinen Küche der Kanzlei antraf, fragte er sie seit einiger Zeit, ob sie auch einen Kaffee wolle – als wäre nicht sie die Sekretärin, sondern er. Er erschien ihr rücksichtsvoll und fürsorglich. Vielleicht hatte ihre Schwester das damals gut beobachtet, als sie meinte, er würde Yvonne nicht nur als fähige Mitarbeiterin schätzen.

Sie war bloß froh, dass er sie bisher nicht wegen eines gemeinsamen Abendessens angesprochen hatte – und damit Noreens Vermutung bestätigte. Im Moment hätte er sich mit einer solchen Frage lediglich einen Korb eingehandelt.

Aber na ja ... Wahrscheinlich lag sie völlig falsch und er machte sich einfach nur Sorgen um eine fleißige Angestellte, wie es jeder gute Chef tun würde.

Einen Fortschritt konnte sie immerhin verzeichnen: Sie war an diesem Abend zum ersten Mal ins Fitness-Studio gefahren, dessen Aerobic-Gruppe sie normalerweise einmal wöchentlich besuchte. Allerdings hatte sie noch nicht das selbstmörderische Bedürfnis verspürt, sich den Frauen dort zu stellen. Sie wusste, welches Gerede es geben würde, wenn sie – so blass und blutleer, wie sie aussah –

da aufkreuzte. Deshalb reagierte sie sich lieber an den Geräten ab, die keine Fragen stellten und nicht hinter ihrem Rücken über ihre Gesichtsfarbe und die Schatten unter den Augen tuschelten.

Trotzdem lief ihr eine Frau aus ihrem Kurs über den Weg, die sich hier im Fitness-Studio häuslich eingerichtet zu haben schien und auf deren Begegnung Yvonne gut und gern verzichtet hätte.

Sabrina war eine neureiche Witwe Mitte dreißig, die aufgrund ihres Äußeren viele Blicke der an den Geräten schwitzenden Männer auf sich zog: blondierte, stufige Lockenpracht; strahlende Zähne zwischen ihren aufgespritzten Lippen; Körbchengröße Doppel-D; durchtrainierte Sanduhrfigur; knappes Höschen mit bauchfreiem Oberteil, aus dessen V-Ausschnitt ihre schon erwähnten Doppel-Ds quollen.

„Oh, hallo Yvonne! Lange nicht mehr gesehen! Gut siehst du aus!!" Bei dieser unverschämten Lüge verrutschte nicht einmal ihr unaufrichtiges Lächeln. „Wie ich sehe, hast du ja endlich auch ein paar Pfund abgenommen!! Wie hast du das denn in so kurzer Zeit geschafft?!"

Die Frechheit ging Sabrina, die Ausrufezeichen über alles liebte, ganz glatt über die Lippen. Trotzdem konnte sich Yvonne des Eindrucks nicht erwehren, dass auch ein bisschen Neid in der Frage mitschwang – als ob sie es nötig hätte. Sabrinas aufregende Kurven würde jeder Mann gern zwischen die Finger bekommen. Aber anscheinend gehörte sie zu den Frauen, die nach dem Leitsatz lebten: „Ich bin nur noch eine Magen-Darm-Grippe von meinem Idealgewicht entfernt." Diesen Spruch kannte Yvonne aus dem Film *Der Teufel trägt Prada*. Und er passte zu Sabrinas Charakter wie die aufreizenden Klamotten, die sie trug.

Yvonne war überhaupt nicht stolz darauf, Gewicht verloren zu haben. Bereits vor einer Woche hatte sie festgestellt, dass ihr der Rockbund ihres Lieblingskostüms beim Gehen bis auf die Hüften herunterrutschte. Sie fand es eher erschreckend als erfreulich, da es ihr zeigte, wie sehr sie die ganze Situation belastete und wie wenig sie sich um sich selbst kümmerte. Sie hatte sich vorgenommen, mehr auf sich zu achten und regelmäßiger zu essen.

Doch das Problem war: Sie verspürte keinerlei Appetit.

Als Yvonne dann nach dem Training in der finnischen Sauna saß, fiel zum ersten Mal seit Wochen alles von ihr ab und sie konnte endlich befreit durchatmen. Eine heiße Badewanne war gut. Aber Sauna war besser! Nach vier Durchgängen fühlte sich jeder verkrampfte Muskel in ihrem Körper so weich und geschmeidig an wie ein Gummiband.

Vielleicht sollte sie ab sofort täglich hierherkommen?

An einem Sonntagabend klingelte das Telefon. Yvonnes Bauchgefühl galt Noreen, die seit ihrem ersten Versuch nicht mehr angerufen hatte. Automatisch verkrampfte sich ihr Magen bei dem Gedanken, wieder die Stimme ihrer Schwester zu hören.

Nach dem Pfeifton erschallte jedoch Steffis gut gelaunte Begrüßung: „Hey Yvonne, lange nichts von dir gehört. Wir waren spontan eine Woche im Bayerischen Wald und haben versucht, uns zu erholen. Aber du weißt ja, wie das mit den Zwillingen ist …"

„Hallo Steffi", meldete sie sich, als sie das Gespräch annahm.

„Oh hallo! Du bist ja doch da! Super. Ich wollte nämlich nur wissen, ob du heute Abend Lust auf eine Kneipentour hast, weil Bernd die Mädchen ins Bett bringt. Ich habe also fre-ei!", trällerte sie.

Yvonne überlegte. „Auf eine Kneipentour nicht unbedingt, ich muss morgen arbeiten." Allerdings würde sie auch nicht früher einschlafen, wenn sie allein zu Hause herumsaß. „Aber wieso kommst du nicht zu mir rüber, dann können wir eine Flasche Wein aufmachen und einen Film anschauen?"

„Au ja, ich bin in einer halben Stunde bei dir."

Als Yvonne ihre Freundin herzlich in die Arme schloss, merkte sie, wie sehr ihr dieser aufrichtige und warmherzige Körperkontakt gefehlt hatte. Wieder einmal hatte sie sich von der Außenwelt abgeschottet und war zu einem Einsiedler geworden. Manche Dinge im Leben wiederholten sich scheinbar zwangsläufig …

Verlegen blinzelte sie ein paar Tränen weg, als Steffi sie auf Armeslänge von sich weghielt und sie von unten herauf musterte.

„Dafür, dass wir einen echt heißen Frühsommer hatten, bist selbst du für deine Verhältnisse käsebleich. Warst du bei der letzten Blutspende zu großzügig – oder beherbergst du seit Neuestem einen Vampir, den du regelmäßig an deine Ader lässt?"

Yvonne konnte bloß mit feuchten Augen den Kopf schütteln und schief grinsen, weil sie erst jetzt merkte, wie sehr ihr Steffi gefehlt hatte.

„Das, was ich in deinen Augen sehe, sind aber keine Freudentränen, nur weil du meine große Klappe schon zu lange vermisst hast, oder?"

„Doch." Sie umarmte ihre Freundin noch mal und brachte deren schulterlange, blonde Haare in Unordnung. Sie schniefte undamenhaft. „Ich freue mich so, dass du da bist."

„Dann lass uns mal ins Wohnzimmer gehen."

Steffi, die deutlich kleiner als Yvonne war, versuchte auf ihrem Weg Richtung Sitzecke, wenigstens ihre Hand auf die Schulter ihrer trostbedürftigen Freundin zu legen, wenn sie sie schon nicht umarmen konnte.

Diese Haltung bescherte Yvonne ein blitzartiges Déjà-vu, wodurch sie unter herzzerreißendem Aufschluchzen laut herauslachte. Heiße Tränen liefen ihr über die Wangen, als sie Hannes und Nikolas in derselben Haltung vor sich sah.

Die Welt war doch echt beschissen!

Kapitel 43

Seelischer Mülleimer

Steffi schüttelte den Kopf. „Ich hätte mich früher bei dir melden sollen. Hast du ein Päckchen Papiertaschentücher da?"

Mit diesen Worten schob sie Yvonne zu einem bequemen zinnoberroten Sessel und stopfte ihr ein bunt gestreiftes Kissen in den Rücken. Dann holte sie Yvonnes Teddy aus Kindertagen von ihrer Kommode im Schlafzimmer und drückte ihn ihr in die Arme.

Als sie sich auf die cremefarbene Couch neben dem Sessel gesetzt hatte, fragte sie: „Willst du mir erzählen, wer oder was deine Welt so durcheinandergebracht hat, oder brauchst du einfach nur Ablenkung durch einen gemütlichen Filmabend mit Knabberzeug?"

Yvonnes Kopf konnte sich nicht so recht entscheiden, denn er begann zu nicken und endete in einem verneinenden Schütteln. Frustriert stöhnte sie auf und vergrub ihr Gesicht in den Händen. „Das Leben ist so scheiße!!" Dann schniefte sie noch mal und drückte unbewusst ihren Teddy an die schmerzende Brust, als ihr ihre Freundin beruhigend die Hand auf die Schulter legte. „Ich habe mich mit Noreen gezofft."

Ein wissender Glanz trat in Steffis Augen. „Ah, daher weht der Wind. Aber das ist nicht das erste Mal, stimmt's? Ihr werdet euch wieder versöhnen. Wie immer", ergänzte sie zuversichtlich.

„Nein. Di-iesmal nicht", hickste Yvonne und griff nach einem Taschentuch. Als ihre Freundin sie bloß fragend anblickte, erklärte sie: „Ich kann Nono nicht vergeben, was sie sich diesmal geleistet hat. Wo sie sich unerlaubt eingemischt hat, nur um Schicksal zu spielen. Das mit dem Doppelzimmer war eh die größte Frechheit und mit Nikolas, dem Draufgänger, schon dreimal."

Mit gerunzelter Stirn starrte Steffi sie an. „Äh, mal langsam … ich habe da anscheinend irgendetwas nicht mitbekommen. Was hat dieser Nikolas mit einem Doppelzimmer zu tun? Und wann war das überhaupt?"

„Und der Portier war eingeweiht, kannst du dir das vorstellen?!" Yvonne spuckte die Worte förmlich aus.

Wieder rannen ihr Tränen übers Gesicht, die sie energisch abwischte. Eigentlich hatte sie gedacht, schon das komplette Salzwasserdepot geleert zu haben. Doch vermutlich produzierte ihr Körper diese salzigen Tropfen nur, um sie zu ärgern. Mit verschleiertem Blick starrte sie auf das große, weiße Bücherregal mit den bunten Buchrücken an der gegenüberliegenden Wand.

„Welcher Portier?! Süße, kannst du bitte von vorne anfangen, damit ich wenigstens eine Chance habe, dich zu verstehen?"

Yvonne fuchtelte mit der rechten Hand umher, als sie zu erzählen begann: „Ich bin doch in diesen Scheiß-WG-Urlaub gefahren, weil

Nono mich dazu überredet hatte …"
„Das ist damals im WG-Urlaub passiert?" Nun war Steffi ehrlich entsetzt. „Vor fast sechs Wochen? Du schluchzt zum Steinerweichen wegen einer Geschichte, die schon so lange her ist? Warum zum Kuckuck hast du dich nicht früher bei mir gemeldet, damit du dich auskotzen kannst?"

„Ach, ich weiß auch nicht." Yvonne senkte verlegen die Augen und zupfte ein imaginäres Fädchen vom Ohr ihres Teddys weg. „Ich war wegen Nonos Verhalten so verletzt, dass ich mit niemandem reden wollte. Nicht mit meinen Eltern, nicht mit dir und schon gar nicht mit Nono." Sie seufzte zitternd auf. „Ich konnte einfach nicht …"

Dann begann sie zu erzählen, wie sie die anderen im Hotel kennengelernt hatte und wie die Frauen in Verzückung gerieten, als Nikolas das Foyer betrat – obwohl er aussah wie ein Penner.

„Heute frage ich mich, ob das alles abgesprochen war, um mich für sein Aussehen und seinen Charme empfänglich zu machen. Denn er sah schon verdammt gut aus, nachdem er sich rasiert und geduscht hatte."

Steffis runde, blaue Augen stellten die nahe liegende Frage, die alle Frauen in dieser Situation gestellt hätten. Yvonne seufzte gottergeben und beschrieb das überaus faszinierende Äußere des Mannes, der ihr nicht nur die glücklichsten, sondern auch sinnlichsten Tage – und Nächte – ihres bisherigen Lebens geschenkt hatte, bevor er ihr das Herz herausgerissen hatte.

„Mmh …", machte Steffi.

Yvonne konnte nicht erkennen, ob sie vor Wonne dahinschmolz oder ob sie seine Beschreibung einfach bloß zur Kenntnis nahm. Dennoch musste sie ihrer Freundin zugutehalten, dass dieser hervorgestoßene Laut sehr neutral klang.

„Jedenfalls waren dann wegen eines angeblichen Softwarefehlers keine zwei Einzelzimmer gebucht, sondern nur ein Doppelzimmer für Nikolas und mich."

„O-oh …"

„Genau. Da das Hotel ausgebucht war, musste ich in den sauren Apfel beißen und zustimmen. Na gut, dachte ich. Ich bin eine moderne Frau, ich werde es schon in einem normalen Doppelbett ein paar Nächte mit einem Fremden aushalten. Als ich aber das Zimmer betrat, traf mich fast der Schlag. Vor uns präsentierte sich das schönste und romantischste Himmelbett, das ich je gesehen habe. Dummerweise nur eins vierzig breit."

„Scheiße!", entfuhr es Steffi überrascht.

Die erste Nacht war schnell abgehandelt. Der darauffolgende Tag auch, an dem sie gemerkt hatte, dass Nikolas eigentlich sehr umgänglich und nett zu sein schien. Eben nicht der geheimnisvolle Schweiger, als der er sich bei seiner Ankunft präsentiert hatte. Beim Erzählen merkte Yvonne, wie gut es tat, endlich befreit über alles reden zu können. Ihr Herz von seiner Last zu befreien.

„Er war ein guter Zuhörer, das muss ich ihm lassen. Ich erzählte ihm sogar von Rolf, kannst du dir das vorstellen? Irgendwie überraschte er mich in vielem, was ich nach seinem ersten Eindruck auf mich gar nicht erwartet hätte. Es gab immer wieder Situationen, in denen wir uns gegenseitig dumme Sprüche an den Kopf warfen und ausgelassen lachten. Und dann kam der Abend in der Tanzbar … Meine Fresse, konnte *der* Merengue tanzen!"

Steffi zog nur eine Augenbraue hoch, da sie sich sicher lebhaft vorstellen konnte, wie ihre Freundin in seinen Armen dahingeschmolzen war.

Um Yvonnes Mundwinkel tauchte ein verbitterter Zug auf. „Damit klopfte er mich weich und riss meine natürliche Schutzbarriere gegen solche Frauenhelden wie ihm ein. In dieser Nacht machte ich mir – ganz gegen meine sonstige Angewohnheit – ernsthaft Gedanken über einen One-Night-Stand." Bei der Erinnerung daran spürte sie wieder die ungeheure Faszination dieser Möglichkeit, die von einer sich rasant ausbreitenden Gänsehaut begleitet wurde. „Sein ausgeklügelter Schachzug am nächsten Tag machte mich dann vollends mürbe. Er schien sich nämlich kaum mehr für mich zu interessieren und ließ mich den ganzen Tag lang links liegen. Während ich jede seiner Bewegungen beobachtete, immer auf einen schelmischen Blick hoffend, unterhielt er sich dagegen blendend mit den anderen Frauen der Gruppe. Doch erst abends schenkte er mir wieder seine ungeteilte Aufmerksamkeit – und seinen unwiderstehlichen Charme."

Yvonne machte eine kurze Pause und starrte auf den niedrigen, weiß lackierten Holztisch vor ihr – angeekelt von ihrer bedürftigen Reaktion damals. „In dem Moment war ich so erbärmlich dankbar für seine Zuwendung wie ein ausgehungerter Spatz, der die Brotkrumen unter einem Esstisch aufpicken darf. Natürlich redete ich mir ein, ich hätte mir seine Distanz den ganzen Tag über nur eingebildet. Es war offensichtlich, dass er gern mit mir zusammen war und mich sogar ein wenig mochte. In dieser Nacht passierte nichts. Aber am nächsten Tag knisterte schon von morgens an diese erotische Spannung zwischen uns. Durch doppeldeutige Bemerkungen intensivierte sie sich bis zum Abend so dermaßen, dass ich mit meinen wenigen Erfahrungen, was solche Situationen betrifft, völlig überfordert war." Bei dieser Feststellung traten wieder Tränen in Yvonnes Augen, die sie energisch wegwischte. „Und dann legte er wie zufällig seine Hand auf meinen Schenkel, als er beim Abendessen neben mir saß. Mann, der Typ hatte eine Selbstbeherrschung!" Sie schnaubte. „Während er sich noch mit seinem Gegenüber unterhielt, jagte er mir mit seinen streichelnden Fingern einen Lustschauer nach dem anderen über den Rücken. Als ich es vor lauter Wonne nicht mehr aushielt, entschuldigte ich mich bei den anderen und rannte fast schon zu unserem Zimmer. Und dort vor der Tür stellte er mich dann wie seine Beute."

Yvonne schloss die Augen und versuchte, ihr Zittern unter Kontrolle zu bringen. Sie war sich nicht sicher, ob sie aus blanker Wut auf Nikolas bebte oder wegen der sexuellen Empfindungen, die sie erneut durchlebte. Ihr wurde ganz flau, wenn sie nur daran dachte, wie willenlos sie sich ihm hingegeben hatte. Was sie ihn alles mit sich und ihrem Körper hatte anstellen lassen. Und sie schämte sich vor ihrer Freundin, wenn sie bedachte, wie ausgehungert sie wirken musste.

Steffi, die wie erstarrt dasaß und sie immer noch ungewohnt stumm anstarrte, brauchte nicht zu fragen. Yvonne konnte die Frage deutlich in deren klaren blauen Augen ablesen. „Diese Nacht war unglaublich. Ich habe so etwas in meinem ganzen Leben nicht einmal ansatzweise erlebt."

Ihre Freundin stieß mit einem erleichterten Seufzen die angehaltene Luft aus.

„Morgens nach dem Frühstück stellte er – der galante Herr lässt sich schließlich nicht lumpen – die triebgesteuerten Aktionen der Nacht noch mal meilenweit in den Schatten." Ein zynisches Lachen entfesselte sich in Yvonnes Kehle. „Vermutlich wollte er die Gelegenheit und das rollige Weibchen an seiner Seite für eine unvergessliche Abschlussnummer nutzen. Danach würden wir uns eh nie wieder sehen. Und so glücklich beseelt, wie ich war, fand ich dann Nonos Briefe an ihn in seinem Rucksack."

„Welche Briefe?", blinzelte Steffi verwirrt. „Ist Noreen etwa nicht mehr lesbisch?"

Yvonne lachte bei dieser absurden Vorstellung gequält auf. „Wenn es das nur gewesen wäre. Sie hat ihm E-Mails geschrieben, dass er mir auf ihren Auftrag hin schöne Augen machen solle, um mich dann – falls ich dem Herrn gefiele – auch im Bett zu befriedigen."

Steffi schnappte ungläubig nach Luft.

„In den E-Mails standen viele Informationen über mich, meine Hobbys und ein kurzer Abriss zu meiner geplatzten Verlobung. Nur damit er wusste, wie er mich besser bezirzen und verführen konnte, um meine Gedanken von der Sache mit Rolf abzulenken."

Nun riss Steffi ihre eh schon großen, schönen Augen noch weiter auf. „Das war eine Intrige, um dich von Rolf abzulenken?!"

„Genau. Und das mit der versehentlichen Doppelbelegung des Zimmers war ein abgekartetes Spiel. Der Portier war irgendein Verwandter von einem von Hannes' Freunden."

„Unglaublich!"

„Ja, das ist wahrlich unglaublich", gab Yvonne ihrer Freundin recht. „Wie kann man nur so blöd sein und sich so grundlegend – und vor allem ungebeten – in das Leben eines anderen Menschen einmischen? Wie konnte sie mir das bloß antun?!"

„Kein Wunder bist du so schlecht auf Nono zu sprechen. Aber sie macht sich garantiert mehr als genug Vorwürfe."

Yvonne achtete nicht auf Steffis Einwurf. „Sie hat einmal angerufen. Da habe ich ihr nur gesagt, dass ich nicht mit ihr reden will. Ich wäre ihr damals am liebsten durch die Telefonleitung an die Gurgel gesprungen. Und seither hat sie sich glücklicherweise nicht mehr gemeldet."

„Und was willst du jetzt machen?"

„Ich habe keine Ahnung ... Im Moment geht es mir in der Kanzlei wieder so einigermaßen. Nur zu Hause, wenn ich allein bin, fällt alles wie ein Kartenhaus über meinem Kopf zusammen."

„So, wie ich dich kenne", begann Steffi zögernd, „brauchst du das Gespräch, wenn du Dinge verarbeiten musst. Wenn du jedoch nicht mit Nono sprechen willst – oder kannst – und auch nicht mit deiner Mutter, beraubst du dich der Möglichkeit, dieses Erlebnis innerlich abzuhaken. Das heißt, du wirst noch länger daran herumknabbern als damals bei Rolf."

„Ich werde aber nicht bei Noreen angekrochen kommen und ein Gespräch erbetteln!", wehrte Yvonne heftig ab.

„Nein, das meine ich auch gar nicht. Wenn sich ein klärender Austausch nicht ergibt, hilft vielleicht ein Therapeut, der sich auf Familienprobleme spezialisiert hat. Du könntest zu Beginn erst einmal allein hingehen. Doch langfristig gesehen solltet ihr beide euren Streit in einem offenen Gespräch bereinigen." Steffi ging nicht auf Yvonnes deutlich spürbare Ablehnung ein. „Sonst leidet dein gutes Verhältnis zu deinen Eltern auch noch, weil sich diese tiefe Verletzung wie ein hartnäckiges Geschwür mitten in der Familie festsetzt und zu wuchern beginnt – selbst wenn es gleichzeitig totgeschwiegen wird. Dadurch gewinnt es an Kraft und Macht, die die bisherige Unbeschwertheit eurer Familie vergiftet."

So saßen sie noch eine ganze Zeit lang im Wohnzimmer und unterhielten sich über diesen schicksalhaften Kurzurlaub, als Yvonne die ungeöffnete Flasche Rotwein auffiel. „Oh, wir haben ja den Wein gar nicht aufgemacht. Entschuldige bitte, aber ich habe mich so in meinem Leid gesuhlt, dass ich das völlig vergessen habe."

„Kein Problem", wiegelte Steffi ab. „Ich hätte mich ja auch selbst bedienen können. Deine Geschichte war viel wichtiger als der blöde

Wein." Sie blickte auf ihre Armbanduhr und meinte: „Wir haben schon spät. Willst du ins Bett, weil du morgen arbeitest, oder brauchst du mich noch ein Weilchen hier?"

Überrascht bemerkte Yvonne, dass es fast Mitternacht war. „Nein, geh ruhig heim. Du musst morgen ja auch wegen der Kleinen früh raus."

Beide standen auf und gingen zur Wohnungstür. Dort umarmte sie ihre Freundin fest und innig. „Vielen Dank, dass ich dich als seelischen Mülleimer missbrauchen durfte."

„Jederzeit gern wieder. Du musst mir nur versprechen, dass du dich beim nächsten Mal gleich bei mir meldest, wenn du das Gefühl hast, dein Kopf platzt aus allen Nähten." Yvonne nickte zur Bestätigung. „Ach, übrigens … an deiner Stelle würde ich den Wein nicht mehr aufmachen. Sonst ist – schwups – die ganze Flasche leer und du wunderst dich, warum du morgen mit deinem Schädel nicht durch die Kanzleitür passt." Mit einem Grinsen und einem kleinen Winken drehte sie sich um und verließ die Wohnung.

In dieser Nacht schlief Yvonne so gut wie seit Langem nicht mehr.

Kapitel 44

Unwiderstehliche Neugierde

Seit diesen Tagen im Juli war er nicht mehr er selbst. Und es wurde immer schlimmer, denn es begann schon, seine Arbeit zu beeinträchtigen. Manchmal hatte er das Gefühl, neben sich zu stehen. Als ob sein Geist aus seinem Körper herausgetreten war, um sich eine kleine Auszeit zu nehmen und sich einen Spaß daraus zu machen, diesen Trottel, der er war, zu beobachten.

Nikolas saß vor seinem Notebook am Schreibtisch und kapitulierte. Er würde mit seiner Arbeit sowieso nicht weiterkommen, solange dieses rothaarige Gespenst in seinem Kopf herumspukte. Die Fotos, die er in Heidelberg gemacht hatte, hatte er sich immer noch nicht angesehen oder für die anderen hochgeladen. Er hatte sich irgendwie nicht überwinden können, die Zeit wieder aufleben zu lassen.

Nach kurzem Zögern öffnete er den Browser seines Rechners und suchte nach zwei bestimmten Dateien, die er damals von Noreen zugeschickt bekommen hatte. Als er sie fand, klickte er die erste an.

Ein Schnappschuss von Yvonne erschien, auf dem sie über etwas lachte. Der Kopf mit dem offenen Haar war leicht in den Nacken geworfen, die blitzenden, eisblauen Augen auf den Gesprächspartner geheftet und der Mund zu einem herzlichen Lachen geöffnet. Das Foto wirkte spontan, lebendig, entspannt. So wie er sie immer dann erlebt hatte, wenn sie miteinander herumgealbert und sich gegenseitig aufgezogen hatten.

Danach öffnete er die andere Datei. Dieses Bild hatte damals seine Neugierde auf den Menschen Yvonne Peters geweckt. Hier blickte sie nachdenklich, verträumt, fast schon verschlossen in die Ferne, während sie wohl in einem Straßencafé in der Nähe eines Parks saß. Um ihren schönen Mund lag ein verletzlicher Zug, der ihm beim ersten Betrachten einen Stich versetzt hatte. Das Foto war im Profil aufgenommen und zeigte ihre ebenmäßigen Gesichtszüge. Diese bildeten einen beruhigenden Gegensatz zu ihrer wilden, rostroten Lockenpracht, die in der untergehenden Sonne wie gierige Feuerzungen um ihren Kopf leckten. Wie ihm nun erst auffiel, war der Ausschnitt ihres grünen T-Shirts mit bunten Blümchen bestickt.

Seufzend fuhr er sich mit der Hand übers Gesicht. Jetzt wusste er natürlich, dass das ihr Markenzeichen war. Eines ihrer typischen Merkmale, die man fast auf jedem ihrer Kleidungsstücke fand. Er stellte fest, dass er diese Besonderheit echt vermissen würde.

Sein Blick fiel auf die Perlenohrstecker, die sie auf dem Foto trug und die ihm am ersten Abend an ihr aufgefallen waren. Am Abreisetag hatte er sie beim Packen seiner Siebensachen auf der Ablage vor dem Spiegel entdeckt. Sie waren hinter sein Deo gerutscht. Da Yvonne schon längst abgefahren war, steckte er sie kurzerhand ein, um sie an der Rezeption abzugeben. Doch dann entschied er anders. Er würde sie ihr irgendwann mit einer Entschuldigung zuschicken, wenn etwas Gras über die Sache gewachsen war und sie sich beruhigt hatte.

Aber so, wie er die Lage und ihr Temperament einschätzte, würde das nicht so schnell geschehen. Hannes hatte ihm erst vor einer Woche bedrückt am Telefon erzählt, dass sie sich immer noch weigerte, mit Noreen zu reden.

Als sich Nikolas nach diesem unseligen Kurzurlaub von seinem Freund verabschiedet hatte, blickte dieser unglücklich drein und entschuldigte sich bei ihm, dass alles dermaßen schief gelaufen sei. Nikolas antwortete daraufhin sarkastisch, der Urlaub sei vermutlich *doch* erfolgreich gewesen. Yvonne habe ihre Wut auf Rolf unter Garantie vergessen. Ab sofort sei er selbst an dessen Stelle gerückt.

Er hätte Hannes damals für diese bescheuerte Idee windelweich prügeln können. Dieses Gefühl hatte sich bis heute kaum merklich abgeschwächt.

Obwohl es ihm scheißegal sein konnte, wurmte es ihn, dass er bei Yvonne abschließend einen so schlechten Eindruck hinterlassen hatte. Dafür hatten sie sich vorher einfach zu gut verstanden. Noch deutlich stand Nikolas vor Augen, wie sie von ihm eine Erklärung gefordert und ihn dabei angesehen hatte wie einen Aussätzigen. Wie den letzten Dreck der Menschheit. Wie einen ehrlosen Mann, der sich auf arglistige und betrügerische Weise ihre Zuneigung erschlichen hatte, um ihr Herz vorsätzlich zu brechen.

Ihr Urteil hatte ihn mehr getroffen, als er zugeben wollte.

Dennoch musste er ihr leider in jedem Punkt recht geben.

Die Arbeitswoche schritt voran und Yvonne war gottfroh, dass sie Steffi ihr Herz ausgeschüttet hatte. Ihre Freundin hatte recht. Yvonne brauchte die verbale Auseinandersetzung mit einem Problem, um es verarbeiten und bewältigen zu können. Nicht, dass die ganze Misere schon für sie erledigt war. Aber der Druck in ihrem Herzen war deutlich leichter geworden. Nur die Verletztheit und Enttäuschung brannten noch ungemindert in ihrer Brust.

Sie ging nach der Arbeit weiterhin regelmäßig in die Sauna, auch wenn sie das wegen des schwülen Wetters als Einzige tat. So konnte sie wenigstens die Zeit in diesem kleinen heißen Raum, der nach Eukalyptus duftete, in Ruhe genießen und ihre

Gedanken wandern lassen.

Mittlerweile hatte sie es sogar gewagt, wieder einen Fuß in die Aerobic-Gruppe zu setzen, nutzte aber dennoch die Möglichkeit, allein an den Geräten zu trainieren.

Als sie donnerstagabends heimkam, entschied sie sich, ihre Eltern anzurufen und sich am Wochenende zum Kaffee einzuladen. Darauf hatte ihre Mutter schon seit Wochen gewartet. Doch Yvonne hatte es nicht auf ein leckeres Stück Sachertorte abgesehen, die diese backen konnte wie niemand anders, sondern auf ein paar Stunden in der Werkstatt ihres Vaters.

„Oh, natürlich sind wir da, Liebes", freute sich ihre Mutter und Yvonne konnte die Erleichterung in ihrer warmen Stimme hören. „Wann willst du denn kommen?"

„Halb drei?", schlug sie vor.

„Gut. Halb drei. Wir freuen uns auf dich."

„Ist Papa auch da?"

„Ja. Ich gebe ihn dir. Karl-Heinz?"

„Hallo Yvonne", meldete sich ihr Vater, als er das Telefon übernahm. Es tat so gut, diese ruhige, tiefe Stimme zu hören und zu spüren, wie deren Timbre ihr Zwerchfell entspannte.

„Hallo Papa. Ich wollte dich fragen, ob du was zum Schrauben in der Garage stehen hast."

Sie hörte ihn leise lachen. „Entzugserscheinungen?"

„Nein. Aber Bedarf an einer Therapie."

„Bring mit, was du brauchst. Ich restauriere gerade einen Alfa Spider, Baujahr '66."

„Aaahh … den mit 1,3 oder 1,8 Litern?"

„1,3."

„Mmh …", gab Yvonne genießerisch von sich. „Dann können wir gern den Kaffee ausfallen lassen."

Er lachte. „Das können wir deiner Mutter nicht antun."

Sie grinste. „Da hast du auch wieder recht. Ich freue mich schon auf Samstag."

Beschwingt hängte sie ihr Saunatuch zum Trocknen auf und räumte die Tasche leer. Da sich immerhin ein klitzekleines

Hungergefühl in ihrem Magen festgesetzt hatte, wollte sie etwas Leichtes essen. Davor würde sie aber noch einen Knopf an ihrer Bluse annähen, der ihr heute auf der Arbeit abgegangen war. Schnell holte Yvonne ihn aus ihrer Handtasche und ging in die Arbeitsecke im Schlafzimmer, in der sie auch ihre Nähsachen aufbewahrte.

Bevor sie routiniert den Faden in die Nadel ziehen konnte, fiel ihr Blick auf ein bekanntes Muster. Bei genauerem Hinsehen erkannte sie ihr Lieblingssommerkleid, das sie beinahe auf der Sessellehne im Hotelzimmer vergessen hatte. Kleine, rote Kirschen zwischen grünen Blättern auf weißem Grund. Das war das Kleid, das sie getragen hatte, als Nikolas sie vor der Zimmertür abfing ... Das er ihr von den Schultern schälte, als er sie mit seinem festen Körper gegen die Wand presste. Das Zeuge ihrer zügellosen Begierde und der anschließenden, heißblütigen Vereinigung wurde.

Deshalb lag es hier bei ihren Nähsachen, nun fiel es ihr wieder ein. Die Naht an einem Träger war im Überschwang der Gefühle gerissen.

Sie schloss für einen kurzen Moment die Augen, da eine Welle von Erinnerungen auf sie zugerollt kam, die sie nicht zu stoppen vermochte. Ihre Hormone machten sich wie auf Kommando selbstständig: Hitze schoss in ihr Gesicht, heiße Flammen leckten über ihre Haut – und in tieferen Regionen begann es zu kribbeln. Ihr Körper brannte vor Verlangen nach diesen Gefühlen, die Nikolas in ihr wachgerufen hatte.

„He, ihr blöden Hormone! Ich versuche gerade, den Typ zu vergessen!“, beschwerte sie sich lautstark.

Doch so kampflos gaben diese dummen Dinger nicht auf. Sie peitschten ihr Blut durch die Adern, erteilten ihrem Herzen den Befehl, schneller zu schlagen, und ließen Marienkäfer über ihre Haut krabbeln.

Da sowieso jeglicher Widerstand zwecklos war, öffnete sich Yvonne zum ersten Mal seit damals den aufwühlenden Empfindungen und ließ sie durch sich hindurchströmen.

Sie gestand es sich nicht gern ein, aber sie hatte ihr Herz an Nikolas verloren. An diesen Abenteurer mit dem einnehmenden

Lächeln und den schlagfertigen Antworten. Die Zeit mit ihm war so einmalig, herrlich sorglos und doch so intensiv gewesen, dass sie sich Hals über Kopf in ihn verliebt hatte. Wahrscheinlich war es in der letzten Nacht passiert, als er sich hingebungsvoll um sie gekümmert hatte, beschienen von den hellen Strahlen des Mondes, die seine Haut in dunkles Silber tauchten.

Sie dachte an seinen hungrigen Blick, der sie zu verschlingen drohte und ihr den Eindruck vermittelte, begehrenswert und etwas ganz Besonderes zu sein. An sein Lächeln, das ihr Herz wie ein Pfeil traf und ihre Seele ins Schwingen brachte. An seine fordernde Härte, die sich abwechselte mit einer unfassbaren Zärtlichkeit, die ihr die Tränen in die Augen trieb.

Sie konnte ihn noch so verachten oder hassen. Die Gefühle, die er ihr in dieser letzten Nacht und am darauffolgenden Morgen geschenkt hatte, waren unvergesslich gewesen. Yvonne hatte sich nie in ihrem Leben so begehrt gefühlt. Und so glücklich.

Natürlich war sie nicht so blauäugig, das als solide Grundlage für eine gute Beziehung zu sehen. Ein solcher Gedanke war sowieso müßig, da es keine gab. Aber sie würde diese Gefühle trotzdem ganz tief in ihrem Herzen bewahren wie einen kostbaren Schatz, den niemand zu Gesicht bekommen durfte.

Als Yvonne nach Luft schnappend aus ihrem Tagtraum erwachte, merkte sie, wie qualvolle Tränen über ihre Wangen rollten und in ihren Ausschnitt tropften. Bedrückt stopfte sie das Kleid zu den anderen hinter die Schuhkartons. Sie würde es in diesem Sommer sowieso nicht mehr brauchen. Der auffrischende Wind führte schon einen Hauch von Herbst mit sich.

Kapitel 45

Therapeutisch sinnvoll

„Und, wie sieht's aus? Was ist zu machen?“ Yvonne nahm ihre Haare mit einer Klammer zusammen und rieb sich vor lauter Vorfreude die Hände, als sie die gut beleuchtete Werkstatt ihres Vaters betrat. Darin standen mehrere wunderschöne alte Autos in unterschiedlichen Restaurierungsphasen.

Bewusst zog sie das ganz eigene und für sie sehr tröstliche Aroma einer Autowerkstatt in die Nase. Es roch nach Motorenöl, Eisen, Gummi und Schmierfett. Ein Hauch von Rost war ebenfalls dabei. Und dann dieser latente, undefinierbare Geruch, der alles miteinander zu einem harmonischen Ganzen verband und sie mit glücklichen Kindheitserinnerungen überschüttete.

Die Werkstatt hatte damals nicht nur pure Faszination auf sie ausgeübt, sondern Yvonne auch als Zufluchtsstätte gedient. Wenn sie eine Aufmunterung benötigte, weil sie trotz Lernens eine Arbeit in den Sand gesetzt hatte, schnappte sie sich ihre alten Klamotten, die immer griffbereit im Flur neben der Werkstatttür hingen, und ließ sich den Garagenduft um die Nase wehen. Dabei musste sie nicht viele Worte machen, da ihr Vater instinktiv spürte, wann sie Trost und Ablenkung brauchte. Kurzerhand rückte er etwas zur Seite, schob für sie mit dem Fuß ein kleines Höckerchen vor den Kühlergrill und erklärte ihr, was er gerade reparierte. Und wenn er dann irgendein Bauteil in seinen ölverschmierten Händen hielt, um ihr dessen Funktionsweise im Motor zu erklären, bewunderte sie seine fähigen Finger, die solche technischen Wunder reparieren konnten.

Die ästhetische Schönheit der alten Automobile und die mechanische Komplexität deren Motoren würden hoffentlich auch diesmal ihr Gemüt beruhigen.

Den ganzen gestrigen Tag über hatte sich Yvonne schon darauf gefreut, sich die Finger schmutzig zu machen. Nach einem Stück Sachertorte und einem relativ entspannten Plausch mit ihrer Mutter, die sich enorm zurückgehalten hatte, was ihren Streit mit Noreen anging, hatte sie ihre dunkelblaue Latzhose angezogen.

Die hing ihr zwar etwas schlabberiger um die Hüften als früher, aber davon ließ sie sich jetzt nicht ablenken.

Während sich Yvonne mit glänzenden Augen und einem kleinen Lächeln in der Werkstatt umschaute, blieb ihr Blick an einem leuchtend roten Alfa Romeo Spider 105 hängen, der auf der Plattform einer heruntergelassenen Hebebühne stand und sie einladend anzulächeln schien. Ehrfürchtig trat Yvonne an die Karosserie und fuhr mit den Fingerspitzen über die runden Formen. Der Lack war in einem überraschend guten Zustand. Nach einer intensiven Politur am Ende der Instandsetzungsarbeiten würde der Wagen strahlen wie eine rote Ampel. Dann schaute sie ins Innere und begutachtete den Fahrersitz.

„Er ist ziemlich gut erhalten. Wem gehört er?", fragte sie ihren Vater, der ihr in die Werkstatt gefolgt und an die Werkbank getreten war.

„Mir." Auf Yvonnes überraschte Reaktion hin meinte er nur achselzuckend: „Er war erschwinglich, weil sein Besitzer ihn geerbt hatte und nicht behalten wollte. Da ich zu dem Zeitpunkt nicht so viele Aufträge hatte, kaufte ich ihn ihm ab und kann jetzt dran werkeln, wann ich Lust habe." Er fuhr sich grinsend durch sein schütter werdendes Haar. „Gestern ist endlich die neue Kupplung für den Spider eingetroffen. Dabei kannst du mir helfen."

Dann steckte er beide Hände in die Taschen seiner alten Latzhose, die übersät war mit Flecken und Schlieren, die auch das beste Waschmittel nicht hatte entfernen können. Und trotzdem war es sein liebstes Stück in einer umfangreichen Sammlung von Arbeitskleidung. Wenn es nach seiner Frau gegangen wäre, hätte sie dieses alte Teil schon längst in den Mülleimer gestopft. Doch ihr Mann liebte genau diese Latzhose und hatte es mit seiner ruhigen und besonnenen Liebenswürdigkeit stets geschafft, sie davon zu überzeugen, es bleiben zu lassen und lieber einen neu entstandenen Riss zu flicken.

Mittlerweile spannte sie leicht um die Taille, da ihr Vater in den letzten Jahren ein kleines Bäuchlein angesetzt hatte. Früher war er schlank und sehnig gewesen – wie ihre Mutter. Nur überragte diese ihn um fast einen halben Kopf. Ihr Vater hatte Yvonne und Noreen auf deren Frage, was ihm an ihrer Mutter zuerst aufgefallen sei, geantwortet, es seien ihre feuerroten Locken, die ihn fasziniert hätten wie ein Aston Martin DB5. Als er ihr zum ersten Mal über den Weg gelaufen sei, habe er gewusst, er müsse diese Frau besser kennenlernen – auch wenn sie um so viel größer war als er.

Ihre Mutter ließ sich damals vom Größenunterschied nicht irritieren, da sie nach seiner Begrüßung sofort wusste, dass sie diesen einen Menschen gefunden hatte, der ihr zu ihrem Glück fehlte. Wenn ein Deckel auf seinen Topf passt, ist die Körpergröße egal, war immer ihr Lebensmotto.

Witzigerweise waren die Gene ihrer Eltern gleichmäßig und gerecht auf Yvonne und Noreen verteilt: Nono kam größenmäßig eher nach ihrem Vater, wohingegen dessen technisches Geschick an Yvonne gegangen war. Die hellroten Haare und braunen Augen der Mutter hatte ihre Schwester abbekommen, die Locken dafür Yvonne, die durch die braune Haarfarbe ihres Vaters zu einem dunklen Rostrot vermischt waren und in hartem Kontrast zu den eisblauen, väterlichen Augen standen. Ihre Körpergröße erinnerte jedoch an ihre Mutter, wohingegen sie charakterlich eher nach ihrem ruhigen Vater kam. Eine wunderbare Familienmischung, die viel Explosivität und Leidenschaft, aber auch ausgleichende Ruhe beinhaltete. Dementsprechend turbulent war ihr Familienleben seit jeher gewesen.

Nachdem die Hebebühne hochgefahren war, trat Yvonne mit einem zufriedenen Seufzen unter den Oldtimer und betrachtete den Motorblock von unten. Ja, genau das hatte ihr die letzten Jahre über gefehlt! Sobald sie irgendein Werkzeug in Händen hielt, war alles um sie herum vergessen.

Mit einem kleinen Lächeln setzte sie den Ringschlüssel an und drehte die Schrauben der Kardanwelle ab, um über das Getriebe an die Kupplung zu gelangen. Dabei spürte sie schnell, wie sie von der alten Faszination für das perfekte mechanische Ineinandergreifen der Motorenteile gepackt wurde und sich ihr Inneres beruhigte. Denn bei jeder abgedrehten Schraube ließ sie Noreen und Nikolas ein Stückchen weiter hinter sich. Blendete die Enttäuschung aus. Ihr schmerzendes Herz. Den aufgewühlten Magen. Die unaufhörlich schwirrenden Gedanken in ihrem Kopf.

Und dann … trat Ruhe ein, die ihre bloß liegenden Nerven besänftigte – und ihre Seele mit warmer Gelassenheit umhüllte.

Endlich Frieden in ihrem Herzen …

Als sie die abgenommene Kardanwelle auf den Boden neben die Werkbank legte, fiel ihr auf, dass sie nach der Trennung von Rolf keine Minute in der Werkstatt verbracht hatte. Dieser Gedanke war ihr noch nicht mal in den Sinn gekommen. Warum, wusste sie selbst nicht. Sie hatte sich dadurch eine effiziente Möglichkeit genommen, ihren Schmerz zu bewältigen. Anscheinend war es für sie Erfolg versprechender, Autos zu reparieren, als Möbel aufzubauen. Sie würde es sich überlegen. Sicher konnte sie hin und wieder an den Wochenenden hier arbeiten. Dann würde es ihr garantiert bald besser gehen – wenn ihre Mutter sie nicht bedrängte, sich mit Nono zu versöhnen. Oder gar ein rein zufälliges Treffen der Schwestern herbeiführte.

Vielleicht sollte sie zusätzlich noch fremde Hilfe annehmen. Jemanden, der in keiner emotionalen Beziehung zu diesem ganzen Kuddelmuddel stand. Einen Therapeuten, wie Steffi vorgeschlagen hatte.

So arbeitete Yvonne mit ihrem Vater Seite an Seite und in einvernehmlichem Schweigen unter der Hebebühne. Sie fühlte sich leicht und gelöst. Die einengenden Ringe um ihre Brust hatten sich endlich gelockert und ließen sie befreit aufatmen.

„Deiner Mama geht es gerade nicht so toll."

Dieser beiläufig in den Raum gestellte Satz ließ ihren Magen zu einem Eisklumpen gefrieren. Ihr besorgter Blick schnellte zu ihrem Vater herum, während ihre erhobene Hand in der Drehbewegung innehielt. Dieser machte jedoch unbeirrt mit seiner Arbeit weiter und löste eine Schraube des Getriebes.

„Warum?"

Vor vielen Jahren war ihre Mutter an der rechten Brust operiert worden, hatte sich nach der Entfernung eines kleinen Tumors aber schnell erholt. Trotzdem war es keine leichte Zeit für sie alle gewesen. Das Risiko eines Rückfalls hing seit damals wie ein Damoklesschwert über ihrem Kopf.

„Hat sie wieder Krebs? Vorhin beim Kaffee hat sie ganz normal gewirkt." Ihr Vater verneinte. „Was sonst? Ist sie krank?"

„Krank eigentlich nicht. Aber sie macht sich schon länger Vorwürfe. Und die fressen sie innerlich auf. Du weißt, wie sie ist."

„Vorwürfe?" Jetzt war Yvonne ratlos.

Als er nicht weiterredete und sich die nächste Schraube vornahm, fragte sie ungeduldig: „Warum das?"

„Mmh?"

Sie wusste ja schon, dass ihr Vater nicht zu den geschwätzigsten Typen zählte. Aber in einer solchen Situation machte sie sein Verhalten verrückt. „Weswegen?"

„Was, weswegen?"

Herr, steh mir bei!!

Yvonne atmete zweimal ruhig durch. Das kannte sie noch von früher. Wenn er sich mal in eine Aufgabe verbissen hatte, schaltete er völlig ab und bekam nichts mehr von seiner Umgebung mit.

„Was frisst Mama innerlich auf?" *Lass es bitte kein Krebsgeschwür sein!* Sie wollte das nicht erneut durchmachen.

„Sie glaubt, sie sei schuld an der Situation zwischen dir und Nono."

Yvonne riss die Augen auf. „Warum das denn?!" Jetzt verstand sie gar nichts mehr und ließ den Ringschlüssel sinken. Obwohl man ihrer Mutter normalerweise jede Gefühlsregung im Gesicht ablas, gab es einige wenige Dinge, die sie eisern unter Verschluss halten konnte. Sie war eine willensstarke Frau, die ihre Familie liebevoll, aber mit fester Hand führte. Bei zwei Töchtern, die nur Flausen im Kopf hatten, war das zum Überleben immens wichtig gewesen.

„Sie glaubt, sie habe bei einem Telefonat mit Nono durch eine gedankenlose Bemerkung den Grundstein für diese Idee gelegt und die Saat ausgestreut. Und während Nonos Telefongespräch mit Hannes sei der Samen dann gekeimt."

Diese ungeheuerliche Behauptung wunderte Yvonne nicht weniger als die Menge an Worten, die ihr Vater gerade ohne Pause von sich gegeben hatte. Und es war noch nicht vorbei. Er erzählte auf seine ruhige, besonnene Art, wie beide – Mutter und Tochter – vor fast einem Jahr wegen ihrer Sorgen um Yvonne telefoniert hatten. Im Verlauf des Gesprächs habe ihre Mutter die Bemerkung gemacht, dass sie wünschte, ein gut aussehender Mann würde Yvonnes Weg kreuzen und ihr den Kopf verdrehen. Eine stürmische, wenn auch nur kurze Affäre sei bedeutend besser als dieses Vakuum, in dem ihre jüngere Tochter seit über einem Jahr vor sich hin vegetiere.

Yvonne stand, den Ringschlüssel fest umklammert und wie versteinert, neben ihrem Vater. Dieser hingegen hatte während seiner Erzählung kein einziges Mal seine Augen vom Getriebe gelöst und nicht einmal beim Arbeiten innegehalten.

„Trotzdem hätte Nono es nicht durchziehen müssen", meinte sie mit tonloser Stimme. „Es war allein ihre Entscheidung."

Ihr Vater machte eine kurze Pause und legte die letzte Schraube zu den anderen. „Ja, da hast du recht."

Als nichts mehr kam, dachte Yvonne schon, das Thema sei für ihn erledigt. Doch dann fügte er leise hinzu: „Aber Entscheidungen aus Liebe getroffen sind nicht immer rational und vernünftig. Dafür hat sie sich zu viele Sorgen um dich gemacht."

„Trotzdem hätte sie es nicht machen dürfen." Tränen traten in ihre Augen und sie hasste sich für ihre brüchige Stimme.

Er drehte sich zu ihr um und meinte nur schlicht: „Nein, das hätte sie nicht."

Ohne dass sie merkte, wie es geschah, hatte er sie zu sich herabgezogen und hielt sie fest. So standen sie eine ganze Weile still da, während Yvonne an seiner Schulter schniefte und diesen herrlich beruhigenden Duft von Motorenöl und Papa Peters einsog. Die schwere Hand ihres Vaters lag in ihrem Nacken und strich sanft auf und ab.

Sie war in einem Zwiespalt gefangen. Einerseits hätte sie alles dafür gegeben, ihrer Schwester verzeihen zu können. Sie wollte es, aber sie spürte, dass sie in ihrem Inneren noch nicht so weit war. Zu tief saß der Stachel des Verrats und vergiftete ihre kompromissbereite Seele.

„Dachtest du das damals auch?“, murmelte Yvonne in sein Hemd.

„Was meinst du?“

„Stand es wirklich so schlimm um mich?“

Sein Schweigen war Antwort genug. „Ja. Du hattest deine Lebensfreude und Zuversicht verloren. Nach der Trennung von Rolf hörte ich dich kein einziges Mal mehr laut lachen. Die schlimmste Phase war zwar nach einem halben Jahr vorbei. Aber was danach kam, machte mir echt Angst. Du warst höflich und freundlich. Hast gelächelt und dich mit uns unterhalten. Doch manchmal hatte ich das Gefühl, mit einer Fremden zu reden. Das war genauso gruselig wie die Leute aus diesem Science-Fiction-Film aus den Fünfzigern: *Invasion der Körperfresser*. Man redet mit Menschen, die man seit Jahrzehnten kennt, deren Körper und Geist in Wirklichkeit aber seit Langem von Außerirdischen in Besitz genommen sind.“

Seine Hand strich weiter über ihren Nacken, während sie fasziniert seiner Stimme lauschte. Sie hatte ihren Vater noch nie so viel am Stück reden hören. Wenn ihm etwas egal war, verlor er kein Wort. Wenn ihm etwas wichtig war, beschränkte er sich auf das Wesentliche. Aber dieser verbale Weltrekord zeigte ihr, wie viele Gedanken er sich über sie machte und wie schwerwiegend er ihren damaligen Zustand einschätzte.

„Die alte Yvonne hat mir in den letzten zwei Jahren schrecklich gefehlt. Dieses freche Lausmädel, das sich von seiner älteren Schwester nie unterkriegen und immer zu den tollsten Streichen verleiten ließ. Das jedes verletzte Tier zur Pflege in unser Haus brachte und unsere Katze jeden Tag fast zu Tode streichelte. Mein vergnügt lachendes Mädchen, das mit ihrem dreckigen Overall zu mir in die Werkstatt kam und ihren Lockenkopf neugierig unter die Motorhaube steckte.“

Yvonne spürte, wie ihre Augen wieder mal undicht wurden und diese schönen Worte ihr die Kehle zuschnürten. Nun verstand sie noch besser, warum ihre Mutter ihr Herz bereits bei ihrer ersten Begegnung an ihren Vater verloren hatte.

„Ich liebe dich sehr und möchte, dass du einfach wieder glücklich bist“, murmelte er in ihr Haar.

„Ich liebe dich auch. Und danke für deinen Trost."

Sie liebte ihn so sehr. Schon immer. Ihre Mutter natürlich ebenso. Aber auf eine andere Art. Während bei ihrer Mutter stets alles ausdiskutiert wurde, wusste sie intuitiv, was für eine Meinung ihr Vater zu einem bestimmten Sachverhalt hatte, ohne dass er viele Worte darum machte.

Das war wohl auch der Hauptgrund gewesen, dass sich Rolf als Gesprächspartner nur Yvonnes Vater und nicht Noreen ausgesucht hatte: Ihr Ex-Verlobter sonnte sich beim Reden nämlich gern in seiner Selbstgerechtigkeit und brauchte jemand Ruhigen, der ihm wenige Widerworte gab und ihn in seiner Überheblichkeit glänzen ließ.

Wie in beidseitigem Einverständnis lösten sie sich aus ihrer Umarmung und blickten sich stumm lächelnd in die Augen.

Yvonne beschloss, ihren Vater etwas zu fragen, das für sie nie nötig gewesen war, was sie aber nun nach einigen erhellenden Erkenntnissen wissen wollte. „Was hast du von Rolf gehalten?"

Wieder schien sein Schweigen mehr zu verraten als tausend Worte.

„So schlimm?"

„Nein. Er war bis kurz vor Schluss ein anständiger Mann. Bodenständig. Ein aufrechter Bürger." Er schwieg.

Puh, das hörte sich aus seinem Mund ja fast schon beängstigend an. „Denkst du, wir hätten zusammengepasst, wenn er nicht …" Ihr Vater schüttelte leicht den Kopf. Yvonne seufzte. „So schrecklich dieses Wochenende auch ausgegangen ist. Es hat mir immerhin gezeigt, dass ihr alle recht hattet. Ich denke mittlerweile ebenfalls, dass wir nicht zueinandergepasst hätten und es so besser für mich war."

Tief in Gedanken versunken – und versorgt mit genügend neuen Denkanstößen – wandte sich Yvonne wieder dem Getriebe zu, das sie vom Motor abzog und vorsichtig auf den Boden legte, um die Kupplung auszutauschen – und danach alles zusammenzubauen.

Als sie sich am späten Abend von ihren Eltern verabschiedete, meinte ihr Vater mit einem warmen Lächeln: „Pass auf dich auf,

Mädchen. Und iss ein bisschen mehr." Er kniff ihr sanft in die Wange. „Nächste Woche kommen übrigens die Bremsbeläge. Wenn du Zeit und Lust hast, kannst du mir am kommenden Samstag beim Wechseln helfen."

Yvonne zog erfreut die Augenbrauen in die Höhe und lächelte. „Das wäre schön. Soweit ich weiß, habe ich an dem Wochenende keine Termine."

Warum sollte sie auch? Ihr Sozialleben war im Moment sowieso nicht existent.

Kapitel 46

Allzeit präsent

Der Oktoberwind hatte aufgefrischt und es hatte zu nieseln begonnen. Doch das störte Nikolas nicht. Er machte schon seit Jahren seinen Waldlauf bei jedem Wetter und genoss die erholsame Wirkung auf Geist und Seele, wenn die sich drehenden Gedanken zum Stillstand kamen.

Schwer atmend zog er den Hausschlüssel aus der Reißverschlusstasche seiner Laufhose und schloss die Tür des Hauses auf, in dem er zwei Jahre zuvor eine Eigentumswohnung gekauft hatte. Sein Shirt aus Mikrofasern klebte ihm am Oberkörper und die langen Haarsträhnen im Nacken. Er hatte heute sogar noch eine Runde draufgelegt, nur um mit einem Sprint am Ende die letzten Reserven seines Körpers zu mobilisieren. Das hatte er gebraucht.

Im Treppenhaus begegnete ihm der kleine Nachbarjunge, der mit seinen sechs Jahren eher zu kurz gewachsen war, das aber mit seiner pfiffigen Art wettmachte. Timmi war vor etwa einem Jahr zusammen mit seiner alleinerziehenden Mutter in die Wohnung gegenüber eingezogen.

„Uiih, Niko, bist du nass. Regnet's draußen?" Er blickte verwundert mit großen Augen auf Nikolas' Haar.

„Ja, ziemlich sogar. An deiner Stelle würde ich mich warm und wasserdicht einpacken, wenn du im Hof spielen willst", meinte er und strubbelte durch die weichen, blonden Haare des Jungen.

Im letzten halben Jahr hatte sich zwischen ihnen beiden ein freundschaftliches Verhältnis entwickelt. Das merkte Nikolas nicht zuletzt an solchen Kleinigkeiten, dass Timmi ihm seine geheime Sammlung getrockneter Regenwürmer gezeigt hatte, die er vor seiner Mutter versteckt hielt.

„Mist. Ich wollte im Garten eigentlich Schnecken sammeln und sie um die Wette rennen lassen." Er tippte sich mit dem Zeigefinger nachdenklich auf die Nasenspitze.

„Das ist eine gute Idee. Bei Regen kommen sie alle aus ihren Schlupflöchern."

„Wirklich?" Seine Augen leuchteten vor kindlicher Begeisterung. „Dann kann ich das ja doch machen. Mama hat das nämlich nicht so gern, aber die ist beim Einkaufen." Er drehte sich schon wieder auf dem Absatz herum. „Und der Oma erzähle ich, ich geh Pfützenspringen."

Mit einem Schmunzeln schloss Nikolas seine Wohnungstür auf. Angenehme Wärme umfing ihn, während er zur Küche ging, um etwas zu trinken. An diesem Tag hatte er nur eine längere Besprechung wegen eines neuen Auftrags gehabt und war im Anschluss daran gleich laufen gegangen. Morgen würde er unterwegs sein. Aber darüber musste er sich heute keine Gedanken machen. Erst einmal würde er sich eine heiße Dusche gönnen und den Abend ruhig ausklingen lassen.

Bereits eine halbe Stunde später feuerte er seinen offenen Kamin an und freute sich an den fröhlich flackernden Flammen. Er wohnte zwar nur in einer Zwei-Zimmer-Wohnung, hatte dafür aber ein überdimensionales Wohnzimmer, das er auch zum Arbeiten nutzte. Dementsprechend viele Schränke waren um einen geräumigen Schreibtisch angeordnet und nahmen zwei Drittel des Raums ein. In der Ecke mit dem Kamin stand ein bequemes Sofa vor einem großen Flachbildschirm und ein Regal mit Bildbänden, Sachbüchern und einigen Romanen.

Während das Feuer munter prasselte, ging Nikolas in die kleine Küche, stellte einen doppelwandigen Topf auf den Herd und bröckelte Zartbitterschokolade zum Schmelzen hinein. Nachdem er die Schachtel mit Schokoladeneis aus dem Gefrierfach geholt und drei Kugeln in ein bauchiges Dessertglas gegeben hatte, begann die Schokolade bereits weich zu werden.

Als er gedankenverloren eine Dose Sprühsahne aus dem Kühlschrank holte, hatte er auf einmal das Gefühl, der kalte Behälter würde sich in die Haut seiner Handfläche brennen. Yvonnes Gesicht tauchte vor seinem inneren Auge auf, übersät von kleinen weißen Sprenkeln, nachdem er sie mit Sahne besprüht hatte.

Sein schlechtes Gewissen und das Wissen um seine Schuld an diesem ganzen Desaster flammten erneut in ihm auf und loderten in seinem Magen wie das Höllenfeuer. Er hatte Yvonne nicht so gehen lassen wollen. Am liebsten hätte er sie in seinen Armen festgehalten und ihr versichert, dass alles ein großes Missverständnis sei.

Doch das war es nicht gewesen.

In jenem Urlaub entwickelte die anfangs so harmlose Idee eine Eigendynamik, die von niemandem vorauszusehen war. Der Plan wandelte sich von einem Wattebausch in ein unkontrollierbares, tödliches Geschoss.

Nikolas war von Hannes im letzten Winter wieder einmal zum WG-Wochenende eingeladen worden, weil er bisher aus beruflichen Gründen nie hatte teilnehmen können. Erst als er meinte, es könne abermals eng mit den Terminen werden, rückte sein Freund mit der Sprache heraus. Er hätte Nikolas echt gern um der alten Zeiten Willen dabei. Allerdings habe er auch noch ein anderes Anliegen.

„Um ehrlich zu sein: Ich brauche deine Hilfe", druckste er damals am Telefon herum und korrigierte sich sofort: „Nein, eine Freundin von mir braucht dringend deine Hilfe."

Da wurde Nikolas hellhörig und ließ sich die Geschichte erzählen. Seine spontane Reaktion war ein trockenes Auflachen und die Frage, ob Hannes noch alle Tassen im Schrank habe. Als dieser für seine Verhältnisse ziemlich lange schwieg – und vermutlich mit sich rang –, meinte Nikolas nur überrascht: „Das ist tatsächlich dein Ernst, nicht wahr?"

Am nächsten Tag hatte er eine E-Mail von Noreen im Posteingang, der zwei Fotos angehängt waren. Nachdem er sich ihre Bitte durchgelesen hatte, wollte er schon ablehnen. Aber dann öffnete er die Dateien und besah sich die Frau, die er von einer alten Liebesgeschichte ablenken und auf andere Gedanken bringen sollte.

Die Bilder fesselten ihn, wie er feststellte. Besonders das im Straßencafé. Als Fotograf fing er Geschichten ein, die Menschen mit ihrem Gesichtsausdruck erzählten. Doch diese Frau mit den unterschiedlichen Charakterseiten erzählte allein mit diesen beiden Fotos einen ganzen Roman.

Wahrscheinlich war das der Grund, warum er schlussendlich zustimmte. Er wollte Yvonne kennenlernen. Einfach nur erleben, ob sie in natura ebenso faszinierend und vielschichtig war, wie sie auf den Bildern wirkte.

Allerdings stellte er bei Noreen von Anfang an klar, dass er ihre kleine Schwester nicht wie ein Gigolo verführen würde. Das widersprach völlig seinem Wesen. Er sei schließlich kein Callboy, meinte er, der auf Abruf fremde Frauen betöre, um sie von ihren Alltagssorgen abzulenken und ihnen ein gutes Gefühl zu geben.

Er war mit der Überzeugung aufgewachsen, Frauen zu achten und zu respektieren. Seine Großmutter legte darauf sehr viel Wert und vermittelte ihm diese Denkweise schon als kleines Kind. Wenn er sich je anders verhielte, würde sie ihm was husten. Außerdem wollte er nicht an einem gebrochenen Herzen schuld sein, wenn der Urlaub vorüber war. Er würde, beruhigte er sich, diese Frau einfach nur kennenlernen, ein Bett mit ihr teilen und fertig.

Dass allerdings das romantische Landhotel seine guten Vorsätze derart torpedieren würde, hatte er nicht vorausahnen können, als er sich zu diesem Abenteuer bereit erklärte.

Als er am ersten Abend mit Yvonne das Zimmer betrat, blieb er überrascht stehen und starrte wie hypnotisiert auf sein zukünftiges Nachtlager. Wie er zynisch feststellen musste, war ein Doppelbett nicht gleich ein Doppelbett. Denn dieser wahr gewordene Traum eines Himmelbetts hatte nur einen Sinn, eine Bestimmung: Eine Frau in jeder freien Minute des Urlaubs zu lieben, zu verwöhnen und auf Rosen zu betten, bis sie alles um sich herum vergaß.

Mit einem solchen romantischen Ansturm auf seine Gefühle hatte er nicht gerechnet.

Der Abend, als Yvonne im Mondschein vor dem offenen Fenster stand, war um nichts besser. Ihre wilden Locken, in denen das silberne Mondlicht spielte. Der kurze Kätzchenpyjama mit den gekräuselten Rändern. Ihre ätherische Schönheit gepaart mit der unschuldigen Aura, die so sinnlich und verlockend auf ihn wirkte. All das ließ den Augenblick wildromantisch und äußerst unwirklich erscheinen. Spätestens in diesem Moment bereute er es bitter, Hannes' Wunsch nachgekommen zu sein. Doch so sehr er sich auch bemühte, er konnte sich dem Zauber nicht entziehen, den das Hotel, Yvonne oder die Situationen, in die sie beide gerieten, auf ihn ausübten.

Seinen persönlichen Tiefpunkt erreichte er jedoch am Abend in der Bar, als er sie beim Tanzen fest an sich gedrückt hielt. *Teufel noch eins!* Irgendetwas passierte mit ihm ... wenn er nur wüsste, was. Er hatte schon oft und mit vielen Frauen Merengue getanzt. Doch bei Yvonne machte es in seinem Inneren irgendwie *Klick* und ein kleines Zahnrädchen rastete ein ... das noch nie richtig funktioniert hatte.

Und später in der Nacht, als sie von der Tanzbar ins Hotel zurückkehrten, musste er all seine erbärmliche Selbstbeherrschung zusammenkratzen, um nicht wie ein wildes Tier über sie herzufallen. Auch wenn sein Verstand wusste, dass er nichts mit ihr anfangen sollte, reagierte sein Körper auf eine ganz eigenartige Weise auf sie: als wohnte ein ungezähmtes Wesen in ihm, das sich zu der süßen Yvonne hingezogen fühlte. Das beständig nach ihrer Gesellschaft suchte. Das sich nach ihrer Berührung sehnte – und danach, eng mit ihr zu verschmelzen. Das eifersüchtig darüber wachte, mit wem sie sich gerade abgab.

Das sie nur für sich beanspruchen wollte.

Er war gottfroh, dass sie schon schlief, als er aus dem Bad trat. Die Kraft, ihrem entströmenden Liebreiz zu widerstehen, hätte er nicht mehr aufgebracht.

In diesem Moment beschloss er, die Notbremse zu ziehen.

Der nächste Tag war für ihn die reinste Folter. Sich auf dem Schiff und in Worms von ihr fernzuhalten, obwohl sich jede Faser seines Körpers zu ihr hingezogen fühlte, war das Schwerste, was er je in seinem Leben vollbracht hatte. Sie wirkte so süß und verführerisch – und gleichzeitig irgendwie traurig. Aber wenn er sich ihr nähern würde, versuchte er, sich zu überzeugen, wäre die Katastrophe vorprogrammiert. Denn er wollte sie nicht verletzen – egal, welchen Freibrief ihm Noreen ausgestellt hatte. Er war nicht so ein Schwein, redete er sich ein, einer Frau den Kopf zu verdrehen und sie dann eiskalt abzuservieren.

Tja, das waren wirklich lobenswerte Vorsätze.

Er schaffte es auch tatsächlich, sich den Tag über von ihr fernzuhalten. Aber zu welchem Preis? Von der Schifffahrt und vom anschließenden Stadtbummel bekam er nicht viel mit, da er sie – immer wenn sie es nicht mitbekam – von Weitem beobachtete.

Und die ganze Zeit litt das unbekannte Wesen in seiner Brust …

Doch abends wurde er rückfällig, da er einfach ihre Stimme und ihr leicht heiseres Lachen hören musste, komme, was wolle. Und als er nach so vielen Stunden der Abstinenz wieder die ersten Worte mit ihr tauschte und dabei ihr warmes Strahlen bemerkte, verspürte er das absurde Gefühl heimzukommen.

Während des Feuerwerks stand sie dann so nah vor ihm, dass er ihr Shampoo riechen und ihre Körperwärme spüren konnte. Die Lichter der explodierenden Raketen funkelten in ihren Haaren, als ob sie mit Rubinen, Diamanten und Smaragden durchwirkt seien. Er konnte nicht sagen, wie oft er in diesen Tagen seine Hände in den Hosentaschen vergraben musste, um nicht in ihre herrlich seidenen Locken zu greifen.

Und dann kam der eine Tag, an dem sich alles aufschaukelte: der Nachmittag am See. Jede Geste, jede Bewegung, jedes ihrer Worte wirkten wie ein Aphrodisiakum auf ihn. Stachelten seine Hormone zu Schandtaten an und legten seine ehrenhaften Vorsätze lahm.

Als er seine Hand beim Abendessen probeweise auf ihren Oberschenkel schob, hätte er vor Freude fast aufgejault, als er spürte, wie sie erschauderte. Sie wollte ihn auch. Das konnte er fühlen. Es war ihm mittlerweile völlig egal, was er mit Hannes oder Noreen – oder mit sich selbst – ausgemacht hatte.

Diese Frau gehörte in dieser Nacht ihm.

Er hatte tatsächlich trotz gegenteiliger Absichten einen Fünferpack Kondome mit in den Urlaub genommen – nur für alle Fälle. Er war jemand, der auf solche Dinge lieber vorbereitet war. Aber er hatte schon nach dem zweiten Tag befürchtet, es würde bei Weitem nicht reichen, sollte es wirklich dazu kommen. Deshalb hatte er in einer Drogerie Nachschub besorgt.

Und dann passierte es tatsächlich … und wurde zu einer der unglaublichsten und bereicherndsten Erfahrungen seines Lebens – in körperlicher, seelischer wie auch emotionaler Hinsicht.

Danach folgte der totale Absturz …

Am letzten Morgen musste er sie schweren Herzens gehen lassen, weil sie situationsbedingt nicht empfänglich für irgendwelche Entschuldigungen oder Argumente war. Er spielte mit dem Gedanken, sich nach einigen Tagen bei ihr zu melden. Doch die Frage war für ihn: Hätte er überhaupt eine Chance, sich bei ihr zu entschuldigen, oder würde sie ihm die Tür vor der Nase zuschlagen? Oder sofort auflegen, sobald sie seine Stimme durchs Telefon hörte?

Und dann kam er ins Nachdenken.

Er wusste zu dem Zeitpunkt nicht, wie er zu dem stand, was in der letzten Nacht passiert war. So etwas hatte es in seinem bisherigen Leben nämlich noch nie gegeben. Normalerweise würde er bei einer so flüchtigen Bekanntschaft von unverbindlichem Gelegenheitssex sprechen. Aber sie hatten drei fantastische Verschmelzungen erlebt, bei denen sie nicht nur körperlich wunderbar harmonierten. Und dann ein weiteres Mal am Morgen nach dem Frühstück, was sich in dem Zusammenhang schon fast wieder nach dem Beginn einer Langzeitbeziehung anfühlte.

Viermal wahnsinnigen, überraschenden, alle Sinne erweiternden Sex …

Bei der Erinnerung an damals zuckten seine Finger, da sie sich erneut in Yvonnes weichen Locken vergraben wollten, nur um zu spüren, wie die seidigen Strähnen über seine Haut strichen. Er schloss kurz die Augen und gab sich dem wunderbaren Gefühl hin, wie es war, sie zu berühren.

Ihre weiche Haut zu streicheln.

Ihren fordernden Mund zu küssen.

Ihre butterzarten Lippen zu schmecken.

Ihre festen Pobacken zu umfassen.

Als er die Augen öffnete, überlief ihn ein heißer Schauer. Yvonnes Wirkung auf ihn hatte nach all den Wochen und Monaten kein bisschen nachgelassen. Was war nur mit ihm los? Diese Frau wollte nichts mehr von ihm wissen. Er konnte froh sein, dass er so glimpflich davongekommen war. Es hätte ihn nicht gewundert, wenn sie ihm die Augen ausgekratzt und mit seinem besten Stück noch Schlimmeres angestellt hätte.

Dass Yvonne jedoch diese vermaledeiten Briefe, die er schon längst vergessen hatte, unbedingt am letzten Morgen finden musste, hatte ihn völlig fertiggemacht. Er wusste jetzt, dass er versucht hätte, sie nach dem Urlaub wiederzusehen, sie besser kennenzulernen. Sein Hunger nach ihr war bei Weitem nicht gestillt – und das nicht bloß auf physischer Ebene.

Immer noch merkte er fast täglich, wie ihm die Gespräche mit ihr fehlten. Auch hätte er gern die Freude und den Stolz im Zusammenhang mit der Vernissage seiner ersten Ausstellung mit ihr geteilt. Doch diese Briefe hatten ihn in voller Fahrt ausgebremst und mit der Schnauze voran aufschlagen lassen. Nur dass er diesmal keinen Helm und keine Schutzkleidung getragen hatte wie bei seinem Motorradunfall vor so vielen Jahren.

Nikolas kniff die Augen wieder zusammen und rieb sich mit der Hand übers Gesicht.

Plötzlich merkte er, dass die Kühlschranktür immer noch offen stand und er die Dose Sprühsahne so fest umklammert hielt, dass seine Fingerknöchel weiß hervortraten. Der Appetit auf sein Lieblingsdessert war ihm gründlich vergangen. Mit einem Blick sah er, dass die Schokoladensoße zwar geschmolzen, das Eis dafür völlig zerlaufen war. Bewusst versuchte er, seine Finger zu lockern, um den Sahnebehälter in den Kühlschrank zurückstellen zu können. Dann schloss er die Tür, drehte den Herd ab und ging kalt duschen.

Schon wieder ein roter X5.

Der linke Daumen suchte sich wie von selbst einen Weg zwischen Yvonnes Zähne, während sie im strömenden Regen an der Ampel auf Grün wartete. Ihre Augen wanderten dabei instinktiv zum Nummernschild des vorbeifahrenden Wagens.

Mittlerweile war sie fest davon überzeugt, dass sich die Automobilindustrie gegen sie verschworen hatte und Katz und Maus mit ihr spielte. Noch nie zuvor hatte sie so viele rote X5 wie in den vergangenen Wochen gesehen. Der Letzte war ihr auf der Heimfahrt von ihren Eltern vor ein paar Tagen begegnet. Und jedes Mal machte sich in Yvonnes Magen eine latente Spannung breit – obwohl es schon über drei Monate her war. Dieser hier hatte auch wieder das falsche Kennzeichen, woraufhin sie beruhigt ausatmen konnte.

Theoretisch.

Erneut schweiften ihre Gedanken zu der Probefahrt in Nikolas' Auto, bei der sie völlig aufgewühlt neben ihm gesessen und über die Autobahn gedonnert war. Damals hatte sie daran gedacht, wie es wäre, schnellen, heißen Sex mit ihm in seinem roten BMW zu haben. Irgendwo auf einem Waldweg – auf der Rückfahrt zum Hotel. Mit großer Willenskraft hatte sie diese Idee unterdrückt, bevor sie noch vor lauter Unkonzentriertheit einen Unfall baute.

Die Erinnerung an ihre intensiven Gefühle war so präsent, als sei es erst gestern passiert.

Yvonne schreckte aus ihren Gedanken auf, weil jemand hinter ihr penetrant hupte. Schnell legte sie den ersten Gang ein und fuhr kopfschüttelnd los.

Als sie vor ihrem dreistöckigen Mietshaus parkte, wappnete sie sich für die wenigen Meter bis zur Haustür, die sie im Regen mit der Klappkiste voller Einkäufe zurücklegen musste. Erst als sie triefend nass ihre Wohnungstür aufschloss, fiel ihr ein, dass sie das Wichtigste überhaupt vergessen hatte zu besorgen: das Geschenk für ihre Großmutter, die nächste Woche ihren siebenundsiebzigsten Geburtstag feierte.

Fluchend stellte Yvonne die Kiste in der Küche ab und schlug mit der flachen Hand auf die Arbeitsplatte. *So ein Mist!!* Heute hatte sie sich extra früher von der Arbeit losgeeist, um die bestellten Tickets abzuholen. Kurz vor Weihnachten gab nämlich die Lieblingssängerin ihrer Großmutter ein großes Konzert.

Stattdessen hatte sie Lebensmittel besorgt und das Geschenk vergessen. Irgendwann würde sie unterwegs noch ihren Kopf verlieren und sich wundern, dass sie den Heimweg nicht mehr fand.

Leise vor sich hin fluchend begann sie, die Einkäufe aus der Klappkiste zu räumen. Dann sah sie die Post durch und legte die neueste Ausgabe ihrer abonnierten Autozeitschrift auf den Esstisch. Darum würde sie sich später kümmern. Im Moment hatte sie keinen Kopf für Hubraum, PS oder Vergleichstests irgendwelcher Mittelklassefahrzeuge. Die Zeitschrift für Oldtimer-Liebhaber, die schon vor zwei Tagen erschienen war, hatte sie noch nicht einmal durchgeblättert.

Als ihr Blick zufällig auf ihr Spiegelbild im dunklen Küchenfenster fiel, musste sie sich beherrschen, nicht erschreckt zusammenzuzucken. Was ihr da entgegenblickte, war jämmerlicher als ein abgemagerter Straßenköter im Regen und furchterregender als eine zwei Monate alte Wasserleiche: Yvonnes rotes Haar klebte wirr an ihrem Kopf, die Augen schienen sich im grellen Deckenlicht der Küche tief in ihre Augenhöhlen zurückgezogen zu haben und ihr herzförmiges Gesicht wirkte grau und hohlwangig. In diesem Zustand würde sie jeder sofort in die Notaufnahme einliefern.

Schaudernd wandte sie sich ab und begann, verderbliche Lebensmittel in den Kühlschrank zu räumen. Da sie so mit ihren Erinnerungen und den vergessenen Konzertkarten beschäftigt war, machte sie sich keine Gedanken, als das Telefon klingelte. Statt den Anrufbeantworter rangehen zu lassen, hob sie automatisch ab und nannte ihren Namen.

Nach einer kurzen, überraschten Pause hörte sie eine wohlbekannte Stimme: „Ich bin's."

Yvonne atmete geräuschvoll aus, da sie sich ärgerte, nicht auf den AB gewartet zu haben.

„Ich halte das nicht mehr länger aus", brach es aus Noreen hervor. „Ich vermisse deine Freundschaft. Ich weiß, dass ich viel falsch gemacht habe. Aber ich wollte dir nur helfen …“ Ihre Stimme erstarb. „Bitte gib mir die Gelegenheit, alles zu erklären und mich richtig bei dir zu entschuldigen.“

„Hat Mama dich angerufen?“

Beredtes Schweigen dröhnte aus dem Telefonhörer. „Wieso?“

„Du brauchst nicht zu denken, dass ich – bloß weil ich vor ein paar Tagen ein bisschen an Papas Auto herumgeschraubt habe – milder gestimmt bin, was dich betrifft.“

Noreen schniefte. „Es muss dir wirklich dreckig gehen, wenn du Trost in Papas Werkstatt suchst.“

Dazu hatte Yvonne nichts zu sagen.

Kapitel 47

Durchaus ernüchternd

Er hatte kein gutes Gefühl. Irgendetwas war anders.

Während er sich beim Aufwachen durch die Nebelbänke seines schlummernden Bewusstseins kämpfte, versuchte er, einen klaren Kopf zu bekommen. Es war noch früh am Morgen, das merkte er, da er immer wieder wie mit sanften Händen in Morpheus' Arme gezogen wurde.

Beim Umdrehen spürte er unerwartet einen anderen Körper neben sich, der ihn beruhigt ausatmen ließ. Yvonne war bei ihm und sie befanden sich nach einer berauschenden Liebesnacht im Himmelbett des stimmungsvollen Romantikhotels. Erneut wollte er entspannt im Schlaf versinken.

Dann traf ihn jedoch wie ein Donnerschlag die Erkenntnis über den wahren Sachverhalt – und er war hellwach. Er riss seine Augen auf und starrte im Dämmerlicht an eine unbekannte Decke. Auf einmal fiel ihm alles wieder ein.

Irgendwie war er gestern in dieser Kneipe gelandet.

Nach Beendigung eines zweitägigen Auftrags in einem Kölner Vorort hatte er sich auf den Heimweg gemacht. Ein Ort weiter war ihm dann eine Kneipe ins Auge gesprungen, die mit ihrem ansprechenden Äußeren plötzliche Gelüste nach einem kleinen, kühlen Kölsch und einem herzhaften Abendessen bei ihm entfacht hatte.

Und genau dort hatte er diese Frau kennengelernt …

Spontan entschied er, vor der Kneipe zu parken, und merkte, dass es die richtige Entscheidung war. Die letzten beiden Tage hatten ihn geschlaucht, weshalb er deutlich spürte, wie verkrampft seine Schultern und die Nackenmuskeln waren.

Drinnen setzte er sich an einen kleinen Tisch in einer ruhigen Ecke und blickte sich um. Die dunkel getäfelten Wände hingen voller nostalgischer Werbeschilder aus Metall. Die lange Bar aus dunklem Holz wurde von hohen Hockern gesäumt, die allesamt noch nicht besetzt waren. Nur ein Pärchen hatte einen Zweiertisch belegt und saß in einem leisen Gespräch vor seinen Getränken. Er nahm den ersten Schluck von seinem Bier und studierte die übersichtliche Speisekarte. Allmählich löste sich ein Teil der Anspannung. Er seufzte.

An diesem Morgen war die Maskenbildnerin nicht rechtzeitig im Studio erschienen, da sie in einen Autounfall verwickelt worden war. Und dann hatten sich zu allem Überfluss das männliche und weibliche Fotomodel die ganze Zeit am Set gezofft, obwohl sie für eine Versicherungsgesellschaft ein glückliches Paar darstellen sollten.

Am liebsten hätte er alle hochkant rausgeworfen.

Als Nikolas ein überbackenes Baguette aß, das erstaunlich gut schmeckte, kam diese Frau herein, die er zunächst nicht beachtete. Er saß einfach nur da, starrte vor sich auf den Tisch und ließ seine Gedanken wandern. Erst als er sein zweites Getränk bestellte, fiel ihm auf, dass sich die Kneipe gefüllt hatte. Die Barhocker waren mit Stammgästen belegt, die mit der Wirtin hinter der Theke lautstark herumschäkerten. Auf den anderen Plätzen saßen viele junge Leute, aber auch ein paar ältere, die sich sichtlich wohlfühlten.

Als Nikolas' Augen über den Nachbartisch schweifte, blieb er an einer blonden Frau hängen, die leise und frustriert in ihr Handy sprach. Er konnte dem Telefonat entnehmen, dass sie von einer Freundin versetzt worden war.

Dann schaute die Frau auf und begegnete seinem Blick. Nach einem

Lächeln und einem kurzen Zucken ihrer Schulter kamen sie ins Gespräch, wobei sich Nikolas bald darauf die Frau an seinen Tisch einladen hörte. Er brauchte geistige Ablenkung nach diesem anstrengenden Tag. Und er wollte auch nicht mehr an Yvonne denken.

Nachdem sie sich mit ihrem Wodka-Lemon zu ihm gesetzt und sich als Sandra vorgestellt hatte, unterhielten sie sich angeregt über Gott und die Welt. Es war schön, wie ungezwungen die Konversation verlief, obwohl sie sich überhaupt nicht kannten.

Nach seinem zweiten Bier erschien Nikolas die Frau deutlich attraktiver als zuvor. Ihr Haar glänzte goldener, ihre Augen funkelten ihn frech an und ihr Lächeln strahlte trotz leicht schief stehender Schneidezähne wie die Sonne an einem strahlend blauen Julihimmel. Und je mehr ihre Augen im Wettbewerb mit ihren erhitzten Wangen glühten, desto unklarer wurde die Erinnerung an Yvonne.

Während des dritten Biers war für Nikolas klar, dass er an diesem Abend nicht mehr heimfahren konnte. Er würde sich ein Zimmer nehmen ... oder ... vielleicht ...

„Sollen wir noch auf einen Sprung zu mir? Ich habe selbst gemachte Mousse au Chocolat im Kühlschrank", lud Sandra ihn mit einem kleinen Lächeln ein. „Ich wohne gleich um die Ecke."

Das Angebot war zu verlockend, als dass Nikolas es hätte ausschlagen können. Er zahlte für sie beide und ließ sein Auto stehen, wo es war. In gelöster Stimmung schlenderten sie lachend Arm in Arm zwei Straßen weiter zu ihrer Wohnung. Kaum war die Tür hinter ihnen ins Schloss gefallen, war die Nachspeise schneller vergessen, als man „Mousse au Chocolat" hätte sagen können.

Die Ernüchterung am nächsten Morgen kam mit der Gewalt einer Abrissbirne über Nikolas. Die Nacht hatte nicht anders geendet, als zu erwarten gewesen war: mit der Befriedigung seiner körperlichen Bedürfnisse.

Mehr nicht.

Irgendwie hatte er sich bisher noch davor gescheut, mit anderen Frauen zu schlafen, um sich die Erinnerung an Yvonne nicht kaputtzumachen. Doch das war alles Bockmist. Gequirlte Scheiße.

Er brauchte kein schlechtes Gewissen zu haben, denn er war niemandem untreu.

Schon gar nicht Yvonne.

Nikolas vögelte seit Langem nicht mehr wahllos umher. Zu Beginn seines Erwachsenenlebens, das gab er zu, waren ihm sein Aussehen und seine Wirkung auf Frauen zu Kopf gestiegen. Eine Zeit lang. Aber nach wenigen Jahren – ziemlich genau nach seinem schweren Motorradunfall – hatten sich der gesunde Menschenverstand und die innere Reife eingeschaltet und ihn wieder zur Vernunft gebracht. Es gab zwar noch genug Frauen, die auf ihn flogen. Doch er nahm nicht mehr jedes Angebot an.

Vorsichtig drehte er den Kopf und warf einen Blick auf die Frau neben ihm. Er konnte sich vielleicht nicht mehr so genau erinnern, wie sie Sandras Bett gefunden hatten. Aber er wusste noch sehr genau, was er mit ihr dort gemacht – und *an wen* er trotz allem gedacht hatte.

Himmel, Arsch und Zwirn!

Selbst in den Armen einer anderen Frau ließen ihn seine Gedanken an Yvonne nicht los. Immerhin schien Sandra gefallen zu haben, was er mit ihr angestellt hatte, wenn man ihre lautstarke Reaktion auf sein hormonelles Bedürfnis nach Ablenkung betrachtete. Sie hatte definitiv ihren Spaß gehabt – so betrunken war er auch wieder nicht gewesen.

Nun lag er hier in diesem Bett und überlegte, was er machen sollte. Der Wecker zeigte sieben Uhr elf an. Doch je länger er still neben dieser fremden Frau lag, desto drängender wurde sein Wunsch aufzustehen. Als ob er auf einer rot glühenden Metallplatte liegen würde, trieb es ihn weg von hier. Raus aus der fremden Wohnung.

Er wusste, dass dies die schrecklichste aller Arten war, ein solch flüchtiges Abenteuer zu beenden und sich für eine gemeinsame Nacht *nicht* zu bedanken: sich klammheimlich aus dem Bett zu stehlen. Doch er konnte nicht anders. Der Drang zu fliehen war übermächtig.

Nachdem er seine Jeans über sein nacktes Gesäß und das T-Shirt über den Kopf gezogen hatte, regte sich Sandra und drehte sich zu seiner Seite um. Da sie ihn nicht spürte, blinzelte sie schläfrig und schenkte ihm ein kleines Lächeln.

Nikolas sammelte seine wenigen Habseligkeiten zusammen und beugte sich zu ihr hinunter. Zum Abschied gab er ihr nur einen Kuss auf die Wange und murmelte: „Danke", aber kein: „Ich melde mich." Er wusste, er wollte diese Frau nie wiedersehen.

Mit schlechtem Gewissen bemerkte er genau den Moment, in dem sie realisierte, dass es kein gemeinsames Frühstück im Bett und kein zweites Treffen geben würde. Ein Schatten legte sich über ihr vom Schlaf rosig entspanntes Gesicht und ließ sie ihre Stirn leicht runzeln. Der Hoffnungsschimmer in ihren braunen Augen erlosch.

Gott, er widerte sich an!

Drei Stunden später stand Nikolas in seinem kleinen Bad unter der Dusche und wusch sich die Spuren der letzten Nacht vom Körper. Er brauchte jetzt einen Kaffee.

Stark. Bitter. Schwarz.

Dem Himmel sei Dank hatte er einen freien Tag. Er nahm einen großen Schluck aus seiner Jumbotasse und fuhr sich durch die feuchten Haare. Zum Friseur musste er auch noch irgendwann. Aber nicht heute.

Er bestrich sein Brötchen mit Butter und gab einen Klecks Erdbeermarmelade drauf. Dabei fiel sein Blick auf die vor ihm liegende Zeitung und den Zeitschriftenstapel am anderen Ende des geölten Holztisches. Einige Unterlagen waren verrutscht und wurden von einem Kameraobjektiv aufgehalten, das ebenfalls dort stand.

Sein Blick wanderte weiter über das dunkle Sofa, den Fernseher bis zum Kamin. Er fühlte sich wohl in seiner Wohnung, auch wenn sie eher zweckmäßig eingerichtet war. Sein Sofa könnte ein paar bunte Kissen vertragen. Das Fensterbrett irgendwelche Grünpflanzen, die seine stiefmütterliche Pflege überlebten. Die Wand über dem Fernseher ein gerahmtes Bild. Oder mehrere schöne Bilderrahmen mit vielen Fotos seiner eigenen Kinder.

Nikolas blinzelte und stellte seinen Blick wieder scharf. Wo kam denn *der* Gedanke auf einmal her? Vor allem, wenn er sich daran erinnerte, wie er Yvonne wie ein Waschlappen vorgeheult hatte, er wüsste nicht, ob er ein guter Vater wäre.

Kopfschüttelnd überflog er die Schlagzeilen der Zeitung. Doch keine Nachricht konnte seine wandernden Gedanken lange genug fesseln, bis ... bis er die Worte *Erinnerungen an den ersten Kuss* neben dem Foto eines verliebten Pärchens las.

Sein erster Kuss ...

Vergessene Bilder strömten aus den Tiefen seines Unterbewusstseins und überschwemmten sein inneres Auge. Starke Empfindungen schossen an die Oberfläche wie dampfend heißes Wasser aus einem Geysir. Denn sein erster Kuss war für Nikolas etwas ganz Besonderes gewesen – obwohl er mit seinen sechzehn Jahren nicht mehr ungeküsst war!

Durch die Medien war er schon früh gut vorbereitet. Er hatte immerhin ein paar Erfahrungen sammeln können wie zum Beispiel das schüchterne Lippenaufeinanderpressen beim Flaschendrehen und die Knutscherei mit einem Mädchen aus der Parallelklasse. Und trotzdem hatte sein erster richtiger Kuss seinen jugendlichen Alltag auf den Kopf gestellt und seine Gefühlswelt ordentlich durcheinandergeschüttelt.

Denn als er Mia zum ersten Mal küsste, tat er es mit seinem ganzen Herzen. Weil er sie mochte. Weil sie mit ihren großen, runden Augen so unschuldig wirkte. So zart und verletzlich. Weil sie eine süße Stupsnase hatte und sich ihre Wangen jedes Mal mit einer dezenten Röte überzogen, wenn ihr Blick dem seinen im Klassenzimmer begegnete.

Er hatte sie schon immer gemocht, weil sie bereitwillig Schwächeren in Mathe half und stets ein wunderbar warmes Lächeln auf ihren Lippen trug. Außerdem hatte sie – im Gegensatz zu anderen Mädchen – bereits einige aufregende Kurven vorzuweisen.

Es hatte ihn damals ziemlich erwischt.

Als sie sich dann bei der Mittelstufendisco in der Schule trafen, passierte es endlich. Er bekam seine Chance. Nachdem er sich eine Stunde lang gut mit ihr unterhalten und mit Schmetterlingen im

Bauch getanzt hatte, gingen sie zum Luftschnappen nach draußen, um Cola zu trinken, die er ihr spendiert hatte.

Eins führte zum anderen, bis Nikolas ihr ehrfürchtig mit den Fingerspitzen über ihre erhitzte Wange strich und merkte, dass ihr Lächeln bei seiner Berührung erblühte wie eine Blume an einem warmen Sommertag. Dann senkte er langsam seinen Mund auf ihren, um ihr Zeit zu lassen, sich an den Gedanken zu gewöhnen und im Notfall „Halt" zu sagen.

Doch Mia wollte es ebenso sehr wie er. Als sich ihre Lippen schließlich trafen, hatte Nikolas das Gefühl, noch einmal seine Unschuld zu verlieren. Erst in diesem Moment verstand er den Unterschied zwischen wahllosem Herumgeknutsche auf Partys und einem Kuss aus Liebe. Und er liebte Mia mit einer jugendlichen Wildheit, die ihn in seinem unerfahrenen Herzen berührte. Diese berauschende Empfindung ging tiefer, fühlte sich intensiver an als alle Erfahrungen, die er vorher mit anderen Mädchen gemacht hatte.

Mit Mia erlebte er die erfüllendste Phase seiner Jugendtage, bis sich ihre Wege nach dem Abitur trennten. Wenn er an die Gefühle seines ersten Kusses und die gemeinsame Zeit danach zurückdachte, wurde ihm klar, dass ihm damals etwas Kostbares, Wertvolles und Tiefgehendes geschenkt worden war. Denn diesen harmonischen Einklang gepaart mit der stillschweigenden Verständigung in einer Partnerschaft hatte er, wie ihm auffiel, seit Mia in keiner seiner Beziehungen gefunden – nur in diesem Kurzurlaub bei Yvonne in einer reiferen, erwachsenen Version. Sie hatten menschlich außergewöhnlich gut harmoniert.

Wenn er die Erinnerung an diese fünf Tage im Juli heraufbeschwor, wurde ihm jetzt erst bewusst, wie sehr ihn dieses Gefühl an Mia erinnerte und wie selten man einen Menschen traf, mit dem man sich vollständig fühlte. Der zu einem passte wie ein Knopf durch sein Knopfloch. Außerdem hatte Nikolas in Yvonnes Gesellschaft zum ersten Mal seit Jahren wieder eine tiefe Zufriedenheit verspürt, von der er schon gar nicht mehr wusste, dass er sie vermisste. Am liebsten wäre er damals in sie hineingekrochen und hätte sie ganz und gar in Besitz genommen. Er wollte von ihrer Freundlichkeit und Güte eingehüllt werden und sie im Gegenzug in eine kuschelig warme Decke aus Liebe und Fürsorge wickeln, um sie nie wieder herzugeben. Diese Grundharmonie in einer Beziehung bildete für ihn eine wichtige Basis, um auch einem gelegentlichen Wirbelsturm an Gefühlen zu trotzen. Denn Yvonnes starke Persönlichkeit versprach viele unterhaltsame Turbulenzen am Horizont ...

Nikolas' Blick wanderte von der Zeitung zurück zu dem Zeitschriftenstapel am Ende des Tisches. Wie von selbst schwebten seine Gedanken zu der Frage, wie Yvonnes eigene vier Wände aussahen. Alles vermutlich mit kräftigen Farben und femininen Details. Noch einmal ließ er die Augen über seine Einrichtung wandern und überlegte, wie sie seine Wohnung in Beschlag nehmen würde, wenn sie zusammen wären. Gestreifte Kissen auf dem Sofa. Auf dem Esstisch ein Läufer in Karomuster, auf dem ein farbenfroher Blumenstrauß stand, während sie sich beim Frühstück gegenübersaßen und füßelten. Bilderrahmen mit fröhlichen Motiven von ihnen beiden. Ein gepunkteter BH mit Schleifchen von der letzten Liebesnacht achtlos über eine Stuhllehne geworfen. Einer ihrer strassbesetzten Pumps halb unter das Sofa gerutscht, während sie lachend auf allen vieren nach ihm suchte.

Nikolas stellte fest, dass ihm diese Vorstellung sehr gefiel und ein sehnsüchtiges Ziehen in seinem Bauch hinterließ. Vielleicht war es wirklich an der Zeit, etwas in seinem Leben zu verändern. Er fand es bezeichnend, dass die letzte Nacht bei Sandra es nicht geschafft hatte, ihn von seinen ständigen Gedanken an Yvonne abzulenken.

Nun stellte sich für ihn die Frage, ob er doch Kontakt zu ihr aufnehmen sollte – und ob sie ihm überhaupt eine Gelegenheit zum Entschuldigen geben würde. Oder ihm mit Ekel im Blick begegnete, als ob sie im Vorratsschrank eine Küchenschabe entdeckt hätte ...

Und dann war da noch die Eine-Million-Euro-Frage: Wollte er sich diesem Risiko aussetzen und sich die frostige Abfuhr persönlich an ihrer Haustür abholen?

Kapitel 48

Etwas verunsichert

Gedankenverloren schob Yvonne ihren Kuli von der einen zur anderen Seite ihrer dunkelgrünen Schreibtischunterlage.

Er hatte ihr heute wieder einen Kaffee gemacht.

Verstohlen beobachtete sie ihren Chef durch den Glasstreifen neben ihrer Bürotür, die in einem erfrischenden Mausgrau erstrahlte und mit den ebenso grauen Aktenschränken harmonierte.

Nicht, dass er das jeden Tag tat – oder ihr sogar eine Tasse bis an den Schreibtisch brachte. Nein. Aber es geschah in letzter Zeit so häufig, dass sie ins Nachdenken kam. Früher waren die Aufgabenbereiche klar verteilt gewesen: Er Chef – Moni Kaffeeköchin – Yvonne Zuarbeiterin. Doch gerade heute zweifelte sie sehr daran.

Als sie vorhin in die Kaffeeküche gekommen war, blickte er sie aus seinen warmen, braunen Augen an und fragte, ob er auch für sie einen Kaffee zubereiten solle. Überrascht blinzelte sie kurz, nickte dann und griff überrumpelt nach einem Keks, den er ihr auf einem Teller mit der Feststellung entgegenstreckte, ihm gefalle ihre neue Frisur. Dabei hatte sie das Haar nur auf etwas andere Art und Weise hochgesteckt. Gerade ein Mann musste ein sehr genaues Auge, ein besonderes Interesse an der Frau haben, um das zu bemerken. Zum krönenden Abschluss strich er zweimal seine Krawatte glatt und lächelte ihr beim Hinausgehen zu.

Seit sie wieder auf ihrem Platz saß, klebte ihr Blick förmlich an ihrem Chef, der bereits eine Weile neben Monis Schreibtisch stand und etwas mit ihr besprach. Eigentlich sah er gar nicht so schlecht aus, stellte sie verwundert fest. Er hatte zwar hohe Geheimratsecken, trug sie jedoch mit einem kurzen Haarschnitt auf vorteilhafte und seriöse Weise, die seine schöne Kopfform betonte. Seine Gesichtszüge waren wohlproportioniert, aber nicht zu regelmäßig, um ihn als Schönling abzustempeln. Während seines Urlaubs hatte er eine gesunde Gesichtsfarbe bekommen, die gut zum warmen Braun seiner Augen passte. Wenn er den Raum oder ein Rednerpult betrat, strahlte er gleichsam Sympathie wie auch berufliche Kompetenz aus.

Gerade erhellte ein breites Lächeln seine Gesichtszüge, als Moni ihm etwas zeigte und er zustimmend nickte. Dann strich er sich seitlich über den Kopf und stützte seine Hand in die Taille. Dabei gab das zur Seite geschobene Sakko den Blick auf die darunterliegende Region frei. Sein Bauch unter dem hellblauen Hemd und der passenden Krawatte war für einen Mann seines Alters und Berufs beneidenswert flach. Er schien sich in Form zu halten. Yvonne schmunzelte, da sie sich nie Gedanken darüber gemacht hatte, was ihr Chef in seiner Freizeit trieb. Vor allem konnte sie ihn sich nicht in Jeans und T-Shirt vorstellen – obwohl er zweifelsohne solche Kleidungsstücke besaß.

Ob seine romantischen Neigungen ihr gegenüber tatsächlich existierten?, fragte sich Yvonne zum x-ten Mal, während sie auf die kleine Vase neben ihrem Bildschirm starrte, in der sie stets eine einzelne frische Blume stehen hatte.

Mittlerweile verdichteten sich die Verdachtsmomente, obwohl sie noch immer keine handfesten Beweise für sein Interesse an ihr hatte. Aber konnte sie sich eine Beziehung mit ihrem Chef überhaupt vorstellen, die unter Garantie Beständigkeit und Sicherheit versprach? Genau das, was ihr in den letzten Monaten so gefehlt hatte.

Er wäre dann nicht mehr Herr Wegner für sie, sondern Harald. Wie wäre es, seine sanften Lippen auf ihren zu spüren? In Haralds Armen einzuschlafen, nachdem sie sich zärtlich geliebt hatten? Und sie war sich fast zu hundert Prozent sicher, dass er ein zärtlicher Liebhaber war. Alles, was er nämlich tat, verfolgte er mit Gewissenhaftigkeit und Achtung. Er gäbe einen fantastischen Vater ab.

Der Vater *ihrer* Kinder?

Erschrocken scheute sie vor diesem Gedanken zurück. Das ging ihr zu schnell. So weit war sie noch nicht. Sie wusste, dass sie Herrn Wegner als Chef schätzte, ihn als Mensch mochte. Doch sie war nicht in ihn verliebt. Kein Schmetterling breitete seine Flügel aus, um von innen an ihren Bauchwänden zu kitzeln.

Konnte sie mehr für ihn empfinden, wenn sie ihn besser, vor allem aber auch privat kennenlernte? Sie hatte keine Ahnung. Darüber musste sie erst noch nachdenken. Geistesabwesend strich sie sich über die hochgesteckten Locken.

Als es in diesem Moment klopfte, hätte sie beinahe einen kleinen Satz auf ihrem Stuhl gemacht. Auf den ersten Blick sah sie, dass Herr Wegner nicht mehr draußen bei Moni stand, die sich wieder konzentriert über ihre Arbeit beugte. Hektisch griff sie nach einem spanischen Dokument und hätte dabei fast ihre leere Kaffeetasse vom Schreibtisch gefegt. Herzklopfend rief sie: „Herein" und versuchte, sich wenigstens beschäftigt zu geben.

Ihr Chef trat mit einigen Unterlagen ein und meinte: „Frau Hohlbein hat mir gerade von den Komplikationen im Fall Hernandez berichtet, den Herr Breitenbach bearbeitet. Ich wollte Sie bitten, in einer halben Stunde zu mir ins Büro zu kommen, damit wir zu dritt ein Schreiben aufsetzen können. Ginge das?"

„Natürlich, Herr Wegner."

Als er die Türklinke ergriff, zögerte er kurz. „Frau Peters, dürfte ich Sie was fragen?"

Yvonne schaute verwundert hoch. „Selbstverständlich, Herr Wegner."

„Äh …" Noch mal zögerte er. „Vielleicht lieber später."

Dann blickte er auf seine Armbanduhr, wandte sich zum Gehen … und hielt abermals inne. Sie überlegte, ob jetzt etwa der Augenblick gekommen war, in dem er sie zum Essen einlud. Und wie zur Hölle sie darauf reagieren sollte?

„Äh … Ich weiß, das ist eine sehr staubige Angelegenheit, deshalb frage ich nur ungern. Aber könnten Sie mir eventuell aus dem Magazin die vollständige Korrespondenz vom Fall Morales von 2002 heraussuchen? Den möchte ich als Präzedenzfall hinzuziehen."

Vor Überraschung brachte sie erst kein Wort heraus und konnte nur nicken. Sollte sie nun erleichtert oder enttäuscht sein?

Kapitel 49

Innere Unruhe

Nikolas' Großmutter hatte ihn bereits von klein auf abgöttisch geliebt. Jedoch hatte sie sich von diesen Gefühlen nicht von ihrer Verantwortung und ihrer Gewissenhaftigkeit ablenken lassen. Sie stellte diese Liebe hinter eherne Gesetze und strenge Regeln, die für Nikolas' Entwicklung unglaublich wichtig gewesen waren. Denn er musste jede Regel und jede Grenze erst einmal unerbittlich austesten, bevor er sie akzeptierte.

Als Kind fühlte er sich deshalb oft ungerecht behandelt und begehrte rebellisch dagegen auf. Er war eben ein wilder Rabauke: unbändig, energiegeladen, mit verrückten Flausen im Kopf. Es gab eine Phase, in der Ruth fast monatlich zu einem Gespräch in die Schule kommen musste, da sich Nikolas wieder einen Streich ausgedacht oder sich der Anordnung eines Lehrers widersetzt hatte.

Doch immer spürte er das tiefe Verständnis, die Wertschätzung und die bedingungslose Liebe seiner Großmutter. Sie erzog ihn mit viel Herzenswärme und festen Grenzen zu Selbstständigkeit und Verantwortungsbewusstsein.

Nikolas wollte sich nicht mal ansatzweise ausmalen, zu welch einem Mann er sich entwickelt hätte, wäre Ruth seinem Charme erlegen und hätte die Zügel seiner Zukunft nicht so eisern in Händen gehalten. Dafür war er ihr als Erwachsener unendlich dankbar.

Er verdankte ihr viel. Wirklich viel. Deshalb liebte er sie sehr.

Seinen Großvater hatte er nie kennengelernt.

Ruth hatte es in ihrem jungen Leben nicht leicht gehabt, mit der Schande eines unehelichen Kindes, das Nikolas' Mutter gewesen war, zu leben. Doch sie hatte die Prüfung hoch erhobenen Hauptes bestanden und war mit ihrer Tochter mutig und stolz durchs Leben geschritten.

Vor einigen Tagen hatte sich Ruth bei ihm gemeldet und war nach einer kurzen Einleitung gleich auf den Punkt gekommen – wie es ihrem Charakter entsprach: Sie würde demnächst eine größere Lieferung gelagertes Holz für ihren Kachelofen bekommen, von der ein Teil schon zerkleinert sei, der andere jedoch nicht. Sie benötige Hilfe beim Hacken und anschließenden Aufschichten. Ob Nikolas ihr in den nächsten Tagen helfen könne?

Da ihm ein freies Wochenende bevorstand, verabredeten sie sich gleich für den kommenden Samstag.

Nun war er zu unchristlicher Zeit auf dem Weg zu seinem kleinen Heimatdorf in der Nähe von Speyer. Der Himmel war zwar bewölkt, aber der kalte Dauerregen hatte glücklicherweise schon zwei Tage zuvor aufgehört und den Platz für spätsommerliche Temperaturen geräumt.

Holzhacken war unheimlich anstrengend, das wusste Nikolas aus Erfahrung, da er seiner Großmutter bereits seit Jahren dabei half. Dennoch war er im Moment dankbar für jede körperliche Arbeit, bei der er sich abreagieren konnte.

Sein Leben lief momentan überhaupt nicht rund. Dinge gingen ihm auf den Geist, die er früher gelassen bewältigt hatte. Seine Auftraggeber verlangten Unmögliches, wie ihm schien, und die Models, die er für Kataloge und Prospekte ablichten sollte, nervten ohne Ende.

Und immer kreisten seine Gedanken nur um eine Person. Ein rothaariges Geschöpf mit niedlichen Sommersprossen auf ihrem hübschen Näschen. Nikolas fluchte und schaltete das Radio ab, aus dem ihn ein enervierend gut gelaunter Song der Neuen Deutschen Welle anplärrte. Nein, er hatte zurzeit keinen Spaß. Jedenfalls nicht von der Sorte, die der Sänger besang.

Er startete karibische Musik, die seine Seele nach einem arbeitsreichen Tag stets beruhigte, und drehte sie auf mittlere Lautstärke. Nach einigen Kilometern merkte er jedoch, dass er wie so oft in letzter Zeit die immer gleichen Argumente in seinem Kopf hin und her wälzte, die sein Ansehen bei Yvonne wiederherstellen – und seine Rolle in diesem hinterhältigen Theaterstück plausibel erklären sollten.

Aber alles, was er zu seiner Verteidigung vorbrachte, hörte sich selbst in seinen Ohren schwach an.

Das, was ihn jedoch am meisten nervte, war die Tatsache, dass ihn die Erinnerung an Yvonne in vielen alltäglichen Situationen ohne Vorwarnung überfiel, wenn er es gerade überhaupt nicht brauchen konnte. Vor zwei Tagen hatte er beispielsweise ein Geschäftsessen mit einer Kundin gehabt, die ihm nebenbei schöne Augen machte. Dabei war etwas passiert, das ihn kurzfristig völlig aus der Bahn warf.

Sie hatte wie er Crème brûlée als Nachtisch bestellt und nach dem ersten Löffel geseufzt: „Wenn man die offensichtliche Süße der goldbraun gebrannten Karamellschicht durchstoßen hat, gelangt man zum wahrhaft sündigen Kern dieses göttlichen Desserts: Die sahnige Vanillecreme, die sich mit ihrem zarten Schmelz seidenweich um die Geschmacksknospen legt und sie betört. Finden Sie nicht auch, Herr Wulff?"

Er wollte nicht wissen, was sie damit bezweckte. Dafür stahl sich ein Erinnerungsfetzen in sein Gehirn, der hartnäckig an seinem Frontallappen kitzelte. Was hatte es mit Crème brûlée auf sich?, fragte er sich, während er den zweiten Löffel des leckeren Desserts auf der Zunge zergehen ließ.

Als es ihm schließlich einfiel, verharrte er in seiner Bewegung und starrte in die verzückten Augen seiner Auftraggeberin. Er hatte Yvonne am letzten Morgen mit rauer Stimme zugeraunt, sie sei wunderschön und schmecke so süß wie Crème brûlée, bevor er …

Schlagartig kroch sengende Hitze seinen Oberkörper hinauf bis hoch in den Hals und bescherte ihm Atemnot und Herzrasen. Das konnte er jetzt so was von überhaupt nicht brauchen!! *Himmelherrgott noch mal!* Er benötigte einen klaren Kopf und keinen hormongeladenen Flashback.

Er bemühte sich erfolglos, tief durchzuatmen und entschuldigte sich, er müsse den Waschraum aufsuchen. Auf dem Weg dorthin versuchte er, die Erinnerung an Yvonnes Geschmack zu ignorieren, scheiterte aber kläglich. Gefühle stürmten wie ein heftiges Gewitter auf ihn ein und verwirrten seine Gedanken, die sich nur noch auf eine Erkenntnis konzentrieren konnten: wie sehr Yvonne ihm fehlte, wie inbrünstig er ihr Lachen und die kleinen Kabbeleien vermisste.

In der Toilette angekommen, wusch er sich das Gesicht mit kaltem

Wasser und versuchte, seine Fassung wiederzugewinnen, damit er der Geschäftspartnerin sachlich gegenübertreten konnte.

Doch das war leichter gesagt als getan.

Zurück an seinem Platz war er jedenfalls gottfroh, dass der Kellner sein Dessert bereits abgeräumt hatte.

Als Nikolas den Motor vor dem Haus seiner Großmutter ausschaltete, bemerkte er einen kleinen Anhänger mit gespaltenen Holzscheiten und auf dem Rasen daneben viele Baumabschnitte, die nur darauf warteten, von ihm bearbeitet zu werden. Da würde er sich heute garantiert nicht langweilen.

Ruth lebte immer noch im Haus ihrer früh verstorbenen Eltern. Es war klein, aber gemütlich eingerichtet – und Nikolas hatte sich sein Leben lang sehr wohl darin gefühlt. Ganz besonders liebte er den großen, alten Kachelofen in Waldgrün, auf dem er sich als Kind in jedem Winter nach wilden Schneeballschlachten wärmen konnte. Der Ofen war über ein Rohr mit einem alten Herd in der Küche verbunden, den Ruth gelegentlich zum Kochen oder Brot backen nutzte. Nach Streifzügen durch den Wald, auf denen er als kleiner Junge auf Bäume kletterte, Steine sammelte oder Speere schnitzte, roch es manchmal nach frischgebackenem Brot. Und auch wenn er einen Klaps auf die Finger riskierte, weil es noch zu heiß war, musste er es dennoch anschneiden, Butter draufstreichen und mit Salz bestreut essen.

Diese Momente gehörten zu seinen glücklichsten Kindheitserinnerungen.

„Guten Morgen, Nikolas", hörte er von der weinrot gestrichenen Haustür, die von einem weißen Rosenstrauch gerahmt wurde. Dort stand Ruth. Groß, schlank und mit einer sportlichen Kurzhaarfrisur, die von grauen Strähnen durchzogen war. Sie sah keinen Tag älter als Mitte sechzig aus, war aber tatsächlich schon vierundsiebzig. Mit weit geöffneten Armen und einem freudigen Lächeln auf den Lippen hieß sie ihren Enkelsohn willkommen.

Nikolas umschloss sie fest und hob sie kurz hoch, damit sie wie jedes Mal auflachte und ihn einen unverbesserlichen Lausejungen schimpfte, so mit einer alten Frau umzugehen.

„Wo ist eine?", fragte er gespielt verwirrt, als er sie sanft absetzte. „Ich sehe keine alte Frau. Hast du eine in der Küche versteckt?" Lachend schlug sie ihm auf den Arm und zog ihn ins Haus. Er schnupperte. „Was riecht hier denn so gut? Ist es das, was ich vermute und sehnlichst erhoffe?"

„Ja. Ich bereite gerade die Soße für meine weltberühmte Lasagne vor, die du heute Mittag genießen darfst – aber bloß, wenn du fleißig warst", scherzte sie mit einem warmen Lächeln.

Seit er von zu Hause ausgezogen war, wurde er nie zum obligatorischen Kaffeekränzchen wie bei anderen Großmüttern eingeladen. Nein, dafür war Ruth zu unkonventionell. Sie verwöhnte ihn immer mit seinem Lieblingsessen, das nur sie kochen konnte wie eine waschechte Italienerin.

Wieder einmal hatte sie für ihn eine große Auflaufform vorbereitet, damit er ihr nicht vom Fleisch fiel und die nächste Woche noch davon essen konnte. In der Beziehung war sie nicht anders als andere Mütter – oder Großmütter.

Schon allein aus dem Grund war er sich sicher, dass sie Yvonne mögen würde. Und umgekehrt. Yvonne war auch ein Genussmensch und wusste gutes Essen zu schätzen – ganz im Gegenteil zu diesen hirnlosen Hungerhaken, die sich ihm gern an den Hals warfen und beinahe repräsentativ für viele seiner lockeren und gleichsam oberflächlichen Bekanntschaften waren. Die hätte Ruth noch nicht mal eines Blickes gewürdigt. Und nicht nur deshalb, weil sie die wenigen Salatblätter auf ihrem Teller bloß von einer Seite auf die nächste schoben, ohne etwas zu essen.

Doch so, wie er das sah, würden sich Yvonne und seine Großmutter nie kennenlernen.

„Und, wie geht es dir?", fragte Ruth und drehte sich kurz vom Herd zu ihm um. „Was machen die Geschäfte?"

„Ganz gut. Letzte Woche habe ich drei grinsende Zahnbürsten für eine Zahnpastawerbung fotografiert. Das war wirklich anspruchsvoll und nervenaufreibend. Mir war vorher gar nicht klar, dass Zahnbürsten auch Starallüren besitzen. Und drei zusammen waren die Hölle." Er grinste breit. „Stell dir vor: Jede Bürste wollte ihre eigene Umkleidekabine haben. Die eine hat nur Perrier-Wasser getrunken und die andere Schokoladencroissants gegessen, die man extra aus Frankreich hat einfliegen lassen. Die Dritte bestand in den Pausen immer auf eine ausgedehnte Borstenmassage. Und alle drei haben die ganze Zeit um die Aufmerksamkeit der gut gebauten Zahnpastatube gebuhlt. Das hättest du sehen sollen."

Ruth lachte und streute geriebenen Käse in die Auflaufform. „Ich hoffe, du hast mir ein paar Autogramme mitgebracht. Von Zahnbürsten habe ich noch keine."

Nikolas trat an den Herd und schaute zu, wie seine Großmutter mit geübten Fingern Lasagneplatten für die nächste Lage auf passende Größe brach. „Wie geht es deinem Schultergelenk?" Ruth war vor einiger Zeit über einen Treppenabsatz gestolpert und hatte sich beim Sturz eine böse Prellung zugezogen.

„Wieder ganz gut. Die Salbe und die osteopathische Behandlung haben geholfen. Jetzt ist die Schulter fast wie neu."

„Schön", nickte Nikolas.

Ruth zwinkerte ihm zu. „Lange Haare hast du bekommen."

Automatisch strich er sich über den tief gebundenen Pferdeschwanz, der ihm beim Holzhacken das Haar aus dem Gesicht halten sollte. Irgendwie hatte er sich bisher nicht überwinden können, es schneiden zu lassen. Doch er wollte sich nicht eingestehen, dass er gern daran dachte, wie Yvonne die Hände in seiner dunklen Mähne vergraben hatte.

„Ja. Hatte noch keine Zeit, zum Friseur zu gehen." Bevor Ruth ihn hindern konnte, tunkte er einen Finger in die heiße Soße und schleckte ihn ab. „Dann ziehe ich mich mal um und fange an. Soll ich die Holzscheite wieder auf dem Gestell hinter dem Haus stapeln wie letztes Jahr?"

Als seine Großmutter nickte, holte er seine Arbeitskleidung aus seinem Rucksack und begann mit dem Hacken.

Kapitel 50

Weise Ratschläge

Nach noch nicht mal zwei Stunden Holzhacken taten Nikolas die Handflächen höllisch weh und seine Arme zitterten heftig. Es war schon ein Unterschied, den ganzen Tag nur mit dem Zeigefinger auf den Auslöser einer Kamera zu drücken oder stundenlang ein schweres Beil durch die Luft zu schwingen, das von einem Stück Holz unbarmherzig abgebremst wurde.

Erschöpft zog Nikolas den Saum seines T-Shirts zum Gesicht und wischte sich die Schweißperlen ab. Als er zu seiner Wasserflasche griff, öffnete Ruth die Hintertür und trat aus dem Haus.

„Wir essen in zehn Minuten."

Der appetitliche Duft von Hackfleisch, Käse und Tomaten erreichte seine Nase. „Mmh, das wird auch Zeit. Ich spüre meine Arme schon nicht mehr. Wenn ich mich ausgeruht habe, geht es sicher wieder besser."

Als sie nach dem Essen gemütlich bei einem Espresso auf der Eckbank saßen – Nikolas wie immer auf seinem Stammplatz –, gab Ruth ein bisschen lokalen Klatsch und Tratsch zum Besten. Er hatte seine langen Beine bis zum gegenüberstehenden Stuhl ausgestreckt und lachte, als seine Großmutter von den Streichen eines Nachbarjungen erzählte.

„Ja, auf *dem* Baum bin ich damals auch schon herumgeklettert und habe die Vögel erschreckt."

Ruth erhob sich und ergriff die achteckige Espressokanne, die auf dem Herd stand. „Möchtest du noch einen?" Als Nikolas zustimmend nickte, schenkte sie ihm ein und meinte: „Jetzt schmelze ich noch Schokolade für das Eis. Danach kannst du weiterarbeiten und ich helfe dir beim Aufschichten."

Er stöhnte und hielt sich den Bauch. „Nein danke. Nach drei Portionen Lasagne packe ich kein Eis mehr." Er quittierte Ruths erstaunt hochgezogene Braue mit einem tiefen Lachen, trank seinen Espresso aus und machte sich wieder an die Arbeit.

So vergingen fast drei Stunden, in denen Nikolas hackte und seine

Großmutter ihm beim Aufschichten zur Hand ging. Das Wetter war für diese Tätigkeit ideal. Nicht zu warm, aber auch nicht zu kalt. Eine leichte Brise trug den würzigen Duft des Herbstes von den abgeernteten Feldern zu ihnen und erinnerte Nikolas an die vielen Male, bei denen er mit Freunden Drachen hatte steigen lassen. Die Walnüsse am Baum über ihm waren reif und warteten nur noch auf einen starken Wind, der sie von den Ästen schüttelte. Daneben funkelten rote Äpfel wie riesengroße Rubine zwischen den grünen Blättern und schienen bloß einem Zweck zu dienen, nämlich Schneewittchen von der bösen Königin feilgeboten zu werden.

„Hast du jemanden, der dir die Äpfel aberntet?"

„Ja, Hans macht das wie in den letzten Jahren auch." Hans war der Sohn ihres Nachbarn und in Nikolas' Alter.

Nachdem sie die Arbeit beendet hatten, sprang er schnell unter die Dusche und nahm frisch angezogen am Kaffeetisch Platz. „Mmh, Apfelkuchen." Er schnitt zwei Stücke ab und wartete, bis Ruth sich mit den dampfenden Kaffeebechern zu ihm setzte.

Als sie in harmonischer Stille fast aufgegessen hatten, fragte sie: „Was liegt dir wie ein Pflasterstein auf dem Herzen?"

Er hielt in seiner Bewegung inne und schaute verwundert auf. „Warum sollte mir was auf dem Herzen liegen?"

„Nikolas Wulff! Ich bin zwar keine junge Frau mehr, aber so verblödet bin ich nun auch wieder nicht." Sie schnaubte. „Das ist doch überdeutlich. Du hast noch nie ein Eis mit Schokoladensoße ausgeschlagen, obwohl du *jedes Mal* drei Portionen Lasagne verschlingst. Daran kann es also nicht liegen. Und heute Nachmittag warst du ganz gegen deine Gewohnheit so gesprächig wie eine ägyptische Mumie in einem Sarkophag. Irgendetwas beschäftigt dich, das spüre ich." Auf Widerspruch wartend reckte sie herausfordernd ihr Kinn vor und schaute ihn mit hochgezogenen Augenbrauen an.

Nikolas blickte sie eine ganze Weile stumm an. Er konnte Ruth nichts vormachen. Dafür kannte sie ihn zu lange und war einfach schon immer zu clever gewesen.

Deshalb fragte er sie allgemein, wie sie die Situation einschätze, wenn man zwar nicht gelogen, aber auch nicht die volle Wahrheit gesagt habe und sich ein kleines Täuschungsmanöver zu einer handfesten Intrige entwickelt hätte.

„Und dir liegt etwas an der getäuschten Person."

Verflucht, das hörte sich nicht wie eine Frage an. Woher wusste sie bloß immer, wie sie genau ins Schwarze treffen konnte? Weibliche Intuition? Oder ganz einfach eine Oma-Spürnase, die schon seit Jahrzehnten geschult war?

Deshalb antwortete er nach einem kurzen Zögern: „Ja."

„Dann kann ich dir nur zu absoluter Ehrlichkeit raten … Dabei solltest du auch in Erwägung ziehen, auf Knien um Vergebung zu betteln – wenn es diese Person wert ist." Sie blickte ihn mit ihren klugen Augen an. „Und danach solltest du beten, dass sie dir vergibt."

„Und genau in dem Punkt bin ich mir nicht sicher." Er fuhr sich frustriert mit einer Hand übers Gesicht. „Ich glaube nicht, dass sie mich wiedersehen möchte. Deshalb wird eher die Hölle zufrieren, als dass sie mir vergibt."

Zum ersten Mal in seinem Leben verfolgte ihn eine Frau hartnäckig bis in seine Gedanken … und Träume. Die ernsthaften Beziehungen, die er früher gehabt hatte, besaßen auch Herzklopfpotenzial und erzeugten Schmetterlingsgefühle im Bauch. Aber so, wie es im Moment war, kannte er es nicht. Wenn ihn etwas im Alltag an Yvonne erinnerte, schossen die Schmetterlinge wie wild in die Höhe und flatterten aufgeregt umher – nur um zwei Sekunden später wie tonnenschwere Steine tot zu Boden zu fallen, nachdem ihm eingefallen war, wie unbeliebt er sich bei ihr gemacht hatte. Sein Geist gierte nach Verschmelzung mit seiner verwandten Seele – und schrie wegen der Hoffnungslosigkeit des Unterfangens vor Schmerz auf.

„Das Schlimme ist, dass ich sie voll und ganz verstehen kann. Ich würde mich auch bis zu meinem Lebensende für das, was ich getan habe, verachten. Deshalb mache ich mir keine gesteigerten Hoffnungen, dass sich an der Situation etwas ändert."

„Das kann man nie wissen. Frauen sind in Gefühlsdingen schnell verletzt. Aber wenn sie merken, dass eine Entschuldigung – gerade bei einem Mann – von Herzen kommt und er es ehrlich meint, passieren oft Wunder." Ruth blickte ihren Enkel mit einem kleinen, liebevollen Lächeln an. „Und manchmal ist es auch gut, wenn man im Alltag ständig an diese Person erinnert wird."

Woher zum Teufel wusste sie *das* jetzt schon wieder?!

„Denn wenn diese Frau dein Schicksal ist, wird es dir so viele Fingerzeige vor die Füße rollen, bis du endlich verstehst, was dir das Universum damit sagen will und wie du vorgehen musst, um sie wieder für dich zu gewinnen."

Nikolas zog seine Augenbrauen zusammen, dass sich über der Nasenwurzel eine steile Falte bildete. Er hielt nichts von dem ganzen Schicksalsgequatsche. Dass jemand die Stimme eines Menschen im Radio hört und daraufhin 3000 Meilen fliegt wie diese Frau in *Schlaflos in Seattle,* nur um denjenigen persönlich zu treffen, weil er ihre Bestimmung ist.

Schwachsinn.

Vor einigen Jahren hatte er gedacht, seine große Liebe gefunden zu haben – und hätte fast wieder an göttliche Fügung geglaubt. Doch das hatte sich schnell erledigt. Mittlerweile war er zu alt für den Scheiß. Nach unzähligen und unbefriedigenden Liebeleien hatte er sich den Gedanken an die Eine, die einzig wahre Partnerin abgeschminkt. Er war inzwischen fünfunddreißig Jahre alt und glaubte nicht mehr an den Weihnachtsmann. Sein Leben hatte er sich gut eingerichtet, war nicht glücklich, aber ganz zufrieden mit seinen Beziehungen, die – wenn man ehrlich war – im Grunde genommen keine waren. Er hatte den Glauben daran verloren, der Richtigen über den Weg zu laufen.

Und dann war er Yvonne begegnet. Die Zeit mit ihr ließ ihn heftig an seiner Weltanschauung zweifeln.

Doch manche Gegebenheiten in seinem jetzigen Alltag konnten einfach kein Zufall sein. Vor allem nicht x-Mal hintereinander. Er hatte schon davon gehört, dass man sich Dinge beim Universum bestellen konnte, die zum richtigen Zeitpunkt geliefert wurden: einen Parkplatz, einen für beide Seiten befriedigenden Abschluss eines Geschäftsessens, die passende Lebenspartnerin wie auch einen guten Job. Dafür musste das Universum aber im übertragenen Sinne so oft an der eigenen Haustür klingeln, bis man bereit war, die Tür zu öffnen, um das Päckchen entgegenzunehmen. Das hieß, die ganzen Situationen, die ihn an Yvonne erinnerten und seine Gedankenmaschinerie am Laufen hielten, müssten also Signale des Universums sein, die ihm den richtigen Weg wiesen, um ihn seinem Ziel einen Schritt näher zu bringen – wie auch immer das Ziel aussehen mochte.

Mmh. Bis jetzt hatte er das als Schwachsinn abgetan. Aber vielleicht lohnte es doch, sich darüber ein paar Gedanken zu machen. Schließlich hatte er damals im Juli bereits nach zwei Tagen eine innige Verbindung zu Yvonne verspürt. Und jeder Tag hatte ihm deutlicher gezeigt, wie gut sie zusammenpassten.

Nikolas wurde von Ruths warmer Hand auf seinem Unterarm in die Wirklichkeit zurückgeholt. „Du wirst schon das Richtige tun. Da habe ich keinen Zweifel."

Tja, und was war das Richtige? Sollte er vor Yvonne zu Kreuze kriechen und eine eiskalte Zurückweisung riskieren? Oder lieber auf Nummer sicher gehen und sich zurückhalten? Und falls sich ihm ein passender Weg eröffnete, würde er wissen, was zu tun war?

Kapitel 51

Familienbande

Puh, endlich mit allem fertig, dachte Yvonne, als sie den engen rauchblauen Rollkragenpulli über den Kopf zog und ihre Haare mit den Fingern auflockerte.

Dieser Samstagvormittag war nach einer stressigen Arbeitswoche hektisch ohne Ende gewesen. Immerhin hatte sie zwischendurch den versprochenen Kuchen backen können und war ultraschnell unter die Dusche gehüpft. Aber den Sektempfang konnte sie jetzt schon knicken. Wenigstens zum Mittagessen würde sie rechtzeitig da sein.

Kurze Zeit später parkte sie am Straßenrand vor ihrem Elternhaus, wo die Feier des siebenundsiebzigsten Geburtstags ihrer Großmutter stattfand, und war dankbar, dass sie aus Zeitmangel unbewusst nach ihrer Alltagshandtasche gegriffen hatte. Darin befanden sich nämlich noch die Eintrittskarten, die sie am Tag zuvor abgeholt hatte. Sonst wäre sie jetzt mit leeren Händen dagestanden.

Als sie den Fußweg zur Haustür entlangging, bewunderte sie die Weinranken, die sich bereits in feuriges Rotorange verfärbt hatten und die weiße Hauswand zierten. Der Herbst hatte endgültig Einzug in die Natur gehalten. Bald schon würde Weihnachten an die Tür klopfen. Ein Fest, das sie in diesem Jahr wieder allein feiern würde – unabhängig davon, dass sie bei ihrer großen, temperamentvollen Familie nie allein feiern musste. Aber sie würde es doch wieder sein.

Anders allein. Sie seufzte.

Als sie auf die Klingel drückte, wurde ihr bewusst, dass sie sich zwar auf ihre Großeltern freute, jedoch ein ungutes Kribbeln verspürte. Sie würde Noreen heute zum ersten Mal seit dem WG-Urlaub gegenübertreten. In den letzten Tagen hatte sie das erfolgreich verdrängt, hoffte aber, dass gleich ihre Mutter vor ihr stand und nicht ihre Schwester. Sie brauchte noch eine kleine Galgenfrist.

Sie hatte Glück. Ihr Vater öffnete die Tür und begrüßte sie erfreut, indem er ihr den Kuchen abnahm und sie herzlich an sich drückte. Nachdem sie die vergangenen Wochenenden fast ausschließlich in seiner Werkstatt verbracht hatte, fühlte sie sich immerhin so ausgeglichen wie schon lange nicht mehr. Es würde zwar etwas dauern, bis der neueste Oldtimer ihres Vaters fertiggestellt wäre. Dadurch hätte Yvonne aber genügend Arbeit, um sich gedanklich abzulenken.

„Du bist spät“, meinte er nur.

„Ja, ich hatte heute Morgen so viel zu tun und musste auch den Kuchen backen“, entschuldigte sie sich verlegen.

„Es sind schon alle da“, war der diskrete Hinweis ihres Vaters, dass Nono bereits angekommen war.

Nachdem sie ihre Jacke an die Garderobe gehängt hatte, atmete sie einmal tief durch und betrat das Wohnzimmer ihrer Kindheit, das für das Fest umgeräumt worden war. Das Sofa und die Sessel waren an die Wand gerückt, um einer festlichen Tafel Platz zu machen. Diese hatte ihre Mutter mit edlem Porzellan, frischen

Blumen und Dekomaterial geschmückt.

Der verlockende Duft nach Essen stieg Yvonne in die Nase. Erst jetzt merkte sie, dass sie vor Hunger fast umkam, da sie am Morgen noch nicht einmal die Zeit für ein ordentliches Frühstück gehabt hatte. Sie freute sich auch schon auf die „beschwipste Schnapswälder“, wie ihr Vater die Schwarzwälder Kirschtorte nannte, die in ihrer Familie zu Schnapszahl-Geburtstagen traditionell mit besonders viel Kirschwasser zubereitet wurde.

Neben einem antiken, hellen Bauernschrank stand ein weinroter Plüschsessel, in dem das Geburtstagskind thronte und seine Gäste empfing. Es waren die üblichen Verwandten da, die bei kleineren Familienfeiern auch immer eingeladen waren: die Großeltern, zwei Großtanten und ein Großonkel, die beiden Geschwister ihres Vaters und die drei ihrer Mutter, jeweils mit Lebenspartnern. Und natürlich Noreen mit Tanja. Sie drei senkten den Altersdurchschnitt vermutlich um zwanzig Jahre.

Bei runden Geburtstagen oder anderen wichtigen Anlässen wurde meist in einem großen Restaurant gefeiert. Denn dann kamen sie inklusive Urenkel auf stolze dreiundsechzig Gäste. Und das war nur die engste Familie.

Als Yvonne ihre Verwandten im Wohnzimmer begrüßte, konnte sie nicht umhin festzustellen, dass es wieder so zuging wie bei den meisten Familienfesten: Alle saßen mit einem Sektglas in der Hand schwatzend auf allerlei Sitzgelegenheiten. Die temperamentvollen Angehörigen vonseiten ihrer Mutter rissen die ruhigeren Familienmitglieder ihres Vaters mit sich, bis das Ganze wie eine heiße Quelle munter vor sich hin blubberte. Sie liebte diese lebhaften Treffen.

Dann blieben ihre Augen an Noreen hängen, die sich genau diesen Zeitpunkt aussuchte, um von ihrem Sektglas aufzuschauen und ihrem Blick zu begegnen.

Während sich Yvonnes Rücken sofort versteifte, bemerkte sie, wie unterschiedliche Gefühle über Nonos Gesicht huschten: Freude, Angst, ein schlechtes Gewissen und Vorsicht. Noreen machte ein entschuldigendes Gesicht und formte mit ihren Lippen ein lautloses „Hallo“, das sie Yvonne über fünf Köpfe hinweg durch den Raum schickte.

Bevor Yvonne auch nur reagieren konnte – sei es, den Gruß zu erwidern oder sich wortlos abzuwenden, sie hatte sich noch nicht entschieden –, tauchte ihre Mutter neben ihr auf und drückte ihre Tochter kurz an sich. „Hallo, mein Schatz. Sekt steht da drüben, Essen kommt gleich. Und du kannst mit Nono und Tanja mal die Familie an die Festtafel scheuchen." Und schon war sie wieder in der Küche verschwunden.

Na ja, auf Nonos Gesellschaft legte sie keinen gesteigerten Wert. Sie wollte ihr heute lieber so weit wie möglich aus dem Weg gehen. Deshalb drehte sie ab und schlängelte sich an ein paar Gästen vorbei, um erst noch ihrer Großmutter zu gratulieren.

Diese schloss ihre Enkelin herzlich in die Arme und versuchte, sie im Sitzen an ihre Brust zu drücken.

„Oma", keuchte Yvonne lachend, „ich krieg keine Luft – und mein Kreuz bricht gleich ab."

„Wir haben uns viel zu lange nicht mehr gesehen. Den ganzen Sommer über war ich mir nicht sicher, ob ich zehn oder elf Enkel habe, weil du dich so rar gemacht hast. Fast hätte ich schon eine Vermisstenanzeige aufgeben." Sie schob Yvonne auf Armeslänge von sich weg und betrachtete sie prüfend aus ihren weisen Augen. „Du hättest mich besuchen sollen, dann hätte ich dich wieder aufgepäppelt. Du bestehst ja nur noch aus Haut und Knochen." Sie schnalzte mit der Zunge, als ob sie ein Pferd antreiben wollte. „Und deine Augen haben auch ihren Glanz verloren. Es wird Zeit, dass du etwas an dem Zustand änderst, der dich so belastet."

Yvonne seufzte. Sie war sich sicher, dass ihre Großmutter über alles bestens Bescheid wusste. In ihrer Familie gab es schlichtweg keine Geheimnisse. „Wenn das so einfach wäre. Ich habe mir das schließlich nicht ausgesucht."

„Nein, das hast du nicht. Du trägst keine Schuld daran. Doch es ist deine Entscheidung, wie du damit umgehst und wie sehr du diesen Zustand dein Leben und deine Zukunft bestimmen lässt."

Tja, da hatte ihre Oma schon recht. Aber es war verteufelt schwer, über den eigenen Schatten zu springen.

Nach einigen aufmunternden Worten seitens ihrer Großmutter half Yvonne ihren zwei Großtanten an den Esstisch, dirigierte Opa Herbert ihrem Vater gegenüber ans andere Tischende und platzierte eine Tante neben ihn. Dann ging sie reihum und schenkte Wein in bauchige Kristallgläser und holte Bier aus dem Kühlschrank.

Das Essen kam – und sie hatte noch kein Wort mit Noreen wechseln und keinen Blick mit ihr tauschen müssen. Trotzdem konnte sie nicht anders, als deren Bewegungen aus dem Augenwinkel zu verfolgen. Ihre Schwester ging ihr offenbar an diesem Tag ebenfalls aus dem Weg, wofür Yvonne sehr dankbar war. Gut. Dann würde sie das Fest doch noch genießen können, ohne auf eine lautstarke Konfrontation zuzusteuern.

Dennoch erlebte sie das Mittagessen wie in einem Traum. Alles war so unwirklich. Sie unterhielt sich zwar gut mit ihren Tischnachbarn, hatte aber immer das Gefühl, von jemandem beobachtet zu werden. Vielleicht entwickelte sie ja langsam eine Paranoia … Doch hätte sie sich niemals die Blöße gegeben, zu offensichtlich in Noreens Richtung zu sehen, um ihren Verdacht zu überprüfen.

Auch beim anschließenden Spaziergang fühlte sie sich unwohl. Lag es daran, dass sie wirklich von ihrer Schwester mit Blicken verfolgt wurde und dadurch irgendwelche Schwingungen empfing? Oder spielte ihr das Gewissen bloß einen Streich?

Nein, sie würde sich heute nicht mit Nono zu einem klärenden Gespräch zusammensetzen. Ihre Wut war zwar nur noch ein schwacher Abklatsch im Vergleich zu früher, aber sobald sie Noreens Augen begegnete, kochte der alte Kaffee wieder hoch und brannte in ihrer Kehle.

Betont gelassen ließ sie ihren Blick wandern, während sie den Ausführungen ihrer Großtante Maria zu den unterschiedlichen Qualitäten von Haftcremes lauschte. Nono lief etwa zehn Meter hinter ihr und war in ein Gespräch mit Opa Herbert vertieft. So viel zu ihrem Gefühl, beobachtet zu werden. Kopfschüttelnd wandte sie sich wieder Maria zu und bestätigte ihre Meinung, dass die teuersten Haftcremes sicher nicht zwangsläufig die Besten seien.

Nachdem sie zum Haus ihrer Eltern zurückgekehrt waren und

noch eine ganze Weile Neuigkeiten ausgetauscht hatten, klatschte ihre Mutter in die Hände und rief: „So, setzt euch mal alle an die Kaffeetafel. Die älteren Semester werden von uns bedient. Ihr müsst uns nur sagen, welchen Kuchen ihr essen wollt."

Als alle auf ihren Plätzen saßen, erfüllte Yvonne die Kuchenwünsche der älteren Verwandten und nahm mit einem Stück Zwetschgenkuchen Platz. Nebenbei bemerkte sie, dass Noreen immer noch umherflitzte und sich um die Gäste kümmerte. Dabei hatte sie – wie so oft – für jeden aus ihrer Familie ein liebes Wort oder eine passende Bemerkung übrig: Opa Herbert erntete eine freche Antwort, als er sie lachend nach ihrem Liebesleben fragte. Das Geburtstagskind bekam das zweite Stück Torte mit einem herzlichen Lächeln und einem Kompliment für die festliche Frisur überreicht. Ihren Vater Karl-Heinz verschonte Nono nicht mit ihrem losen Mundwerk, das seine Vorliebe, jeden Kuchen mit geschlagener Sahne zu ersticken, auf die Schippe nahm. Auch als Großtante Gertrud nach koffeinfreiem Kaffee fragte, meinte Noreen mit einem liebevollen Lächeln, sie würde ihn ihr gleich bringen.

Yvonne merkte plötzlich, wie sich ein trüber Schleier vor ihren Augen hob, der ihr schon lange die klare Sicht auf die Tatsachen behindert hatte. Sie nahm Nono auf einmal so wahr, wie sie sie in all den Jahrzehnten als Schwester wie selbstverständlich erlebt hatte, wie sie schlicht und ergreifend war: Noreen war zu jedem freundlich – und da gab es nur wenige Ausnahmen. Sie war ein herzensguter Mensch, der sich um andere kümmerte und sie beschützte, wenn sie einem Problem hilflos gegenüberstanden. Das lag einfach in ihrer Natur und machte aus ihr die Noreen, die Yvonne immer geliebt und in den letzten Monaten schmerzlich vermisst hatte.

Und wenn sich Nono um jemanden sorgte, versuchte sie zu helfen. Erst mit Fragen, dann mit Ratschlägen, schließlich mit tatkräftiger Unterstützung – je nachdem, was in der betreffenden Situation angebracht war. Selbst bei ganz hartnäckigen Fällen gab sie die Hoffnung nicht auf, solange es noch ein Fünkchen davon gab. Diese Hilfsbereitschaft konnte aber auch dazu führen, dass sie sich im Eifer des Gefechts in etwas einmischte, wofür der andere nicht bereit war.

Als Yvonne beobachtete, wie Noreen ihre Großmutter lachend umarmte und mit ihr scherzte, merkte sie, wie die so unüberwindliche Mauer der Ablehnung in ihrem Herzen zu bröckeln begann. Unvermittelt fielen ihr die Worte ihres Vaters ein: *Entscheidungen aus Liebe getroffen sind nicht immer rational und vernünftig. Dafür hat sich Nono zu viele Sorgen um dich gemacht.*

Tief in ihrem Herzen verstand sie nun, dass Noreen ihr Leiden nach dem Bruch mit Rolf als besonders schweren Fall angesehen hatte – da sie sich einfach Sorgen um das seelische Gleichgewicht ihrer Schwester machte. Sie fühlte sich verpflichtet einzugreifen, um Yvonne einen neuen Weg aufzuzeigen, obwohl sie nicht darum gebeten hatte. Deshalb war Nono nach den anfänglichen Hilfestellungen, die sie alle abgeblockt hatte, sicher ziemlich verzweifelt gewesen – und dann auf diese Idee mit Nikolas gekommen.

Und so, wie Yvonne das rückblickend nach ihrem intensiven Gespräch mit ihrem Vater einschätzte, war ihre Lage wirklich zum Verzweifeln gewesen. Ganz besonders für Noreen, die bloß tatenlos zusehen konnte, wie sich ihre geliebte Schwester immer weiter abkapselte.

Yvonne konnte ihr Bedürfnis zu helfen nachvollziehen – weil Nono sie liebte. Vielleicht hatte sie tatsächlich einen Schuss vor den Bug gebraucht, um aus dieser eingefahrenen Schiene auszubrechen. Doch der Schuss hatte sie nicht nur wachgerüttelt, sondern ihr auch ein großes Loch in die Brust gerissen, das immer noch nicht verheilt war.

In diesem Augenblick trafen sich ihre Blicke – und beide Schwestern verharrten in der Bewegung. Für ein paar Herzschläge versanken sie in den Augen der anderen und erlebten einen Moment der Klarheit. Yvonne spürte die grenzenlose Liebe Noreens in deren Blick, der aber auch überschattet war von Sorge und einem schlechten Gewissen.

Ein großes Sehnen machte sich in Yvonnes Herz breit, das ihr fast die Brust zerriss, da sie sich wieder mit Nono verstehen, mit ihr lachen wollte. Sie wünschte, dass alles so war wie früher.

Ja, sie liebte Noreen – egal, was diese ihr angetan hatte.

Die Mauer um ihr Herz bröckelte weiter, aber die heruntergefallenen Steine lagen noch herum und versperrten die Zufahrt. Erst würde Yvonne den Schutt abtragen müssen, damit ihr Herz vor Liebe erblühen konnte.

Doch das würde ein bisschen dauern.

Yvonne senkte nach einer gefühlten Ewigkeit als Erste ihren Blick – und spürte, wie sich ihr Herzschlag beschleunigte.

Kapitel 52

Bis über alle Maßen gereizt

Zum zweiten Mal an diesem Tag blaffte Nikolas vor versammelter Mannschaft Rüdi, den Dekorateur, an, der sich etwas hatte zuschulden kommen lassen, das augenscheinlich nur Nikolas nervte. Denn alle anderen am Set lachten entspannt über dessen Bemerkung.

Tammy, eine Maskenbildnerin, mit der Nikolas bereits früher zusammengearbeitet hatte, drehte sich zu ihm um und meinte leise: „Du meine Güte, Niko. Mach' mal einen Schritt zur Seite. Du stehst seit Tagen auf deinem Humor. Was ist denn mit dir los?"

Nikolas warf seinen Kuli auf einen kleinen Beistelltisch und fuhr sich durchs lange Deckhaar. „Ach, Rüdi nervt mich schon die ganze Zeit maßlos mit seinen pseudowitzigen Kommentaren, die die Stimmung am Set heben sollen. Wir sind schließlich hier, um zu arbeiten, und nicht, um eine Riesenparty zu veranstalten. Er soll einfach mal die Klappe halten, seine Schals, Dekoschälchen und Blumenvasen ins rechte Bild rücken und mich meine Arbeit machen lassen!" Ah, tat das gut, endlich mal Dampf abzulassen! „Außerdem finde ich seinen farblichen Geschmack in dieser Wohnung zum Kotzen. Dieses mauvefarbene Kleid des Models geht mir tierisch auf den Sack. Das beißt sich entsetzlich mit dem Schlammbeige des Sofas – aber Rüdi findet's schick! Ich weiß auch nicht, warum die Leute zurzeit alles in Grau- und hellen Brauntönen wollen. Man könnte meinen, die Welt besteht nur aus Architekten, Designern und Pensionären, die sich Möbel in Rentnerbeige kaufen."

Nach dieser Tirade sah Tammy Nikolas mit hochgezogenen Brauen und leicht verdattertem Gesichtsausdruck an. „Oookay ..." Und obwohl es als Maskenbildnerin eigentlich nicht ihre Aufgabe war, klatschte sie laut in die Hände und rief: „Dann machen wir mal weiter."

Zum ersten Mal seit Langem verspürte Nikolas wieder Lust auf eine Zigarette. *Verdammte Scheiße!* Er wusste nicht, was mit ihm los war. Dieser ganze Auftrag nervte ihn kolossal!

Rüdi war schon von Beginn an wie ein eitler Gockel durch diese riesige Wohnung scharwenzelt, die Nikolas für das Hochglanzmagazin einer renommierten Möbeldesignfirma fotografieren sollte. Seine engen Hosen mit den weiten, farbenfrohen Seidenhemden waren jenseits des guten Geschmacks, wie Nikolas fand. Dass der lebenslustige Stardekorateur dem männlichen Model außerdem Avancen machte, sollte Nikolas eigentlich kalt lassen. Doch selbst das ließ seine Stimmung um noch ein paar Grad fallen, weil es den ganzen Betrieb aufhielt. Und in anderen Bereichen, in denen er normalerweise die Geduld in Person war, hatte er das Gefühl aus der Haut fahren zu müssen, weil alles nicht so klappte, wie er es wollte. Das Schlimmste aber war, dass Rüdi sich dazu berufen fühlte, die Atmosphäre am Set mit saloppen Sprüchen aufzulockern. Das hieß, er konnte den ganzen Tag seine verdammte Schnauze nicht halten – und provozierte dadurch in Nikolas' Kopf permanent grausame Ideen für dessen qualvolle Hinrichtung.

Tammy trat erneut neben ihn und legte ihre Hand tröstend auf seinen Unterarm. „Nur noch heute und morgen. Dann ist der Auftrag erledigt – und du wirst Rüdi nie wiedersehen."

Nikolas konnte bloß hoffen, dass seine schlechte Laune tatsächlich nur mit Rüdis blödem Gequatsche zusammenhing. Deshalb griff er wieder zur Kamera und murmelte leise: „Dein Wort in Gottes Ohr."

Als Nikolas am nächsten Abend endlich mit einem Teller Spaghetti al pesto auf seiner Couch saß und Nachrichten schaute, spürte er, wie die Anspannung langsam aus seinem Körper wich.

Zum Glück hatte er seinen letzten Arbeitstag mit Rüdi erfolgreich hinter sich gebracht. Hätte er noch zwei Stunden länger mit ihm in einem Raum verbringen müssen, hätte er für seine Selbstbeherrschung und Rüdis gesundheitliches Wohlergehen nicht garantieren können. Die einstündige Rückfahrt nach Hause hatte Nikolas immerhin die Gelegenheit gegeben, Abstand zu diesen kräftezehrenden Arbeitstagen und Rüdis nervenaufreibenden, geistigen Ergüssen zu bringen. Und nach einem guten Abendessen würde sich seine miese Laune aus den bodenlosen Tiefen hoffentlich auf ein fast schon erträgliches, sprich gesellschaftsfähiges Niveau emporgearbeitet haben.

Er würde heute früh ins Bett gehen und einen Krimi weiterlesen, dessen erzählerische Zähigkeit es locker mit Patentkleber aufnehmen konnte – und der ihn spätestens nach zwei Seiten ins Land der Träume verfrachten würde. Das sollte ihm auch recht sein.

Als es an der Haustür klingelte, fragte sich Nikolas verwundert, wer ihn jetzt noch besuchen käme. Beim Öffnen der Tür grinste ihm Timmi mit einer Zahnlücke entgegen.

„Da guck!" Er deutete stolz auf den fehlenden Zahn. „Ist mir gestern Abend rausgefallen."

„Hey, cool", meinte Nikolas nur grinsend. „Der wievielte?"

„Mein Dritter."

„Und? War die Zahnfee heute Nacht da?"

„Klaro." Timmi zog die rechte Hand hinter seinem Rücken hervor und überreichte ihm ein Blatt Papier. „Für dich. Als Dankeschön für die Lebkuchen, die du mir letzte Woche von deinem Auftrag in Nürnberg mitgebracht hast."

Überrascht nahm Nikolas das selbstgemalte Bild entgegen und schaute drauf. „Oh, bist du das beim Fußballspielen?"

„Genau! Ich habe am Sonntag ein Turnier. Hast du Lust zuzugucken?"

Er überlegte. „Mmh ja, ich denke, ich habe Zeit. Am Wochenende habe ich keine Termine. Ich frag deine Mama, wann und wo ihr spielt, okay?" Timmi nickte zustimmend. „Magst du auf eine heiße Schokolade reinkommen?"

Doch der schüttelte den Kopf. „Ich muss noch in die Badewanne, bevor ich ins Bett gehe. Schon das zweite Mal in dieser Woche", schimpfte er verächtlich.

Man konnte ihm deutlich ansehen, wie zuwider ihm die übertrieben hygienischen Ansprüche seiner Mutter waren. Seiner Miene nach würde es völlig reichen, wenn ein ganzer Kerl nur einmal im Monat duschte. Die Cowboys im Wilden Westen hatten früher schließlich auch keine mobilen Badewannen auf ihren Trecks dabeigehabt.

„Deine Mama kuschelt sicher lieber mit dir, wenn du frisch und sauber riechst und nicht nach deinen getrockneten Regenwürmern", frotzelte Nikolas gutmütig.

Doch Timmi legte alle Verachtung in seine junge Stimme, als er sagte: „Kuscheln – bäh!"

Nun musste er noch mehr lachen und wuschelte dem Kleinen durch die blonden Haare. Als der Junge schon auf halbem Weg zu seiner Haustür war, drehte er sich erneut um und fragte: „Und du kommst wirklich am Sonntag zu meinem Spiel?"

„Klar."

„Versprochen?"

„Versprochen."

Plötzlich hing er an Nikolas' Seite und umklammerte seine Taille. Dann sprach Timmi das größte Lob eines Kindes seines Alters für einen Erwachsenen aus: „Du bist echt cool, Niko."

Er konnte vor Überraschung gerade noch kurz über seinen Kopf streichen und sagen: „Du auch, Kleiner", als Timmi schon durch die Haustür in seiner Wohnung verschwunden war.

So viel zum Thema: „Kuscheln ist bäh."

Nikolas musste auf einmal daran denken, wie Yvonne ihm versichert hatte, er wäre ein guter Vater. Obwohl sich an dieser Situation in absehbarer Zeit nichts ändern würde, gab ihm diese Beteuerung in Anbetracht von Timmis Reaktion doch ein kleines Stück Selbstvertrauen.

„Und du glaubst wirklich, dass sich die Anwälte im Fall Hernandez zu einem Vergleich bereit erklären?", fragte Yvonne Thilo Breitenbach, der kurz auf seine Armbanduhr blickte und von seinem Schreibtischstuhl aufstand, um sein Jackett anzuziehen.

„Ich hoffe es. Sonst wird sich die ganze Angelegenheit noch einige Jahre hinziehen – und keine der beiden Seiten wird damit glücklich werden." Er rückte seine Krawatte zurecht und meinte augenzwinkernd: „Jetzt ist aber erst mal was anderes dran. Es ist Freitagnachmittag und unser Chef feiert zwei Büros weiter seinen dreiundvierzigsten Geburtstag."

Als sie dort ankamen, hatten sich schon alle Mitarbeiter der Kanzlei zum Umtrunk eingefunden und standen redend und lachend um den Besprechungstisch voller Knabbereien, süßen Stückchen und Butterbrezeln.

Herr Wegner begrüßte Yvonne mit einem leichten Nicken, wobei er ihr und Thilo ein Glas Sekt reichte und mit erhobener Stimme begann: „Nun, da wir alle vollzählig sind, möchte ich Sie herzlich willkommen heißen. Nicht nur ich bin ein Jahr älter geworden, sondern auch die Kanzlei, deren Bestehen sich zum achten Mal jährt …"

Yvonne hörte bloß mit halbem Ohr zu, während Herr Wegner humorvoll über einige Stolpersteine der Anfangsjahre berichtete. Sie hatte sich in letzter Zeit vermehrt Gedanken über ihn gemacht, war aber immer noch nicht so ganz überzeugt davon, dass er der ideale Partner für sie sein sollte. Sicher, das Leben mit ihm wäre gleichsam schön wie beschaulich und berechenbar. Etwas, das sie im Augenblick gutheißen würde. Als seine Frau wäre sie finanziell abgesichert, falls sie sich für Kinder entscheiden sollten.

Was allerdings wirklich negativ ins Gewicht fiel, war die Tatsache, dass er ihr Chef war. Denn, wenn es schief ginge, wusste sie nicht, ob sie in der Kanzlei bleiben konnte. Sie liebte aber ihren Job, der genau das war, was sie sich immer erträumt hatte. Wollte sie ihre Anstellung für ein Hirngespinst riskieren, das sich als heiße Luft entpuppen konnte?

Automatisch hob sie das Glas und prostete ihrem Chef zu,

der sich für die gute Zusammenarbeit bedankt und ihnen allen weitere erfolgreiche Jahre gewünscht hatte.

Auf einmal bemerkte sie, wie ein warmes Lächeln seine Miene erhellte, als er zur Bürotür blickte, durch die eine schlanke Frau Ende dreißig getreten war. Sie trug einen engen Rock mit kurzem, tailliertem Blazer darüber und eine Aktentasche unter dem Arm. Ihr halblanges Haar fiel ihr schwer auf die Schultern und glänzte wie dunkelbraune Seide. Auf ihrem Gesicht strahlte ein breites Lächeln, das fröhliche Grübchen auf ihre Wangen zauberte. Die Frau war Yvonne auf Anhieb sympathisch.

Erst als sie bemerkte, wie Herr Wegner sie begrüßte, ging ihr auf, dass es sich nicht um eine Klientin oder neue Kollegin handelte. Er legte ihr locker den Arm um die Taille und gab ihr einen leichten Kuss, nur um anschließend zu verkünden: „Ich möchte Ihnen Lara Brückner vorstellen, die ich vor zwei Monaten bei einem Fachvortrag in München kennengelernt habe. Sie ist Anwältin für Vertragsrecht und praktiziert in einer Kanzlei in Ulm."

Als alle erfreut klatschten, reagierte Yvonne unbewusst mit Erleichterung. An ihrer spontanen Reaktion merkte sie, dass es gut so war. Herr Wegner lebte in einer glücklichen Beziehung – und sie musste sich keine Gedanken mehr darüber machen, ob er sich wirklich zu ihr hingezogen fühlte und wie sie dazu stehen sollte. Nun war sie der Entscheidung enthoben worden.

Zum Glück.

Ein breites befreites Grinsen legte sich über ihre Züge, als sie in den Applaus mit einstimmte. Dabei merkte sie, wie ihr Chef ihr einen kurzen, prüfenden Blick zuwarf. Ihre Reaktion schien ihn sichtlich zu erleichtern, denn er lächelte zurück, als er Yvonnes aufrichtige Freude bemerkte.

Allem Anschein nach war er mit dem Ausgang dieser Geschichte ebenfalls zufrieden.

Kapitel 53

Entscheidung gefällt

Nikolas betrat das elegante Restaurant mit gemischten Gefühlen. Er hatte sich breitschlagen lassen – wider besseres Wissen. Aber was sollte er machen? Das Leben ging weiter. Er konnte sich nicht ewig von den Gedanken an Yvonne beherrschen lassen und sein Liebesleben auf Eis legen. Deshalb hatte Ornella diesmal relativ leichtes Spiel mit ihm gehabt.

Als er heute mit ihr gearbeitet hatte, war Yvonne wie ein aufsässiger Geist durch seinen Kopf gespukt, bis er fast wahnsinnig geworden war. Er war immer noch keinen Schritt weitergekommen, was die Frage anging, ob und wie er sich ihr wieder nähern sollte.

Es hatte ihn wirklich gewundert, dass Ornella vor seiner miserablen Laune nicht schreiend Reißaus genommen hatte. Die Kleider, die sie für die Aufnahmen trug, wären nämlich genau Yvonnes Stil: Romantisch geblümte, weite Röcke mit spitzenbesetzten Tops, die frech von der Schulter rutschten; breite Gürtel, die tief auf der Hüfte saßen und eine weite Crashbluse über einem Bauernrock bändigten; Cargohosen, die mit kleinen Spielereien an Taschen und Säumen den Blick auf sich zogen.

Ornella war ein erfahrenes Fotomodel und hatte großes Talent, sich in Szene zu setzen, was sie bei den Fotografen so beliebt machte. Sie hatte eine intuitive Gabe, mit der Kamera zu flirten und den späteren Betrachter der Fotos mit Blicken zu verführen.

Doch heute hatte sich Nikolas nicht des Eindrucks erwehren können, dass sie *ihm persönlich* Avancen machte. In den Pausen wurde es noch deutlicher. Sie hielt sich in seiner Nähe auf und umgarnte ihn. Sie verwickelte ihn in Gespräche und trank auf eine Art aus ihrer Wasserflasche, die unterschwellig sexy wirkte – und bei ihm die gewünschte Wirkung erzielte. Er wurde empfänglicher für ihre späteren Flirtversuche – obwohl er eigentlich gar nichts von Ornella wollte. Sie hatte früher schon versucht, ihn zu Dates zu überreden. Doch er war immer standhaft geblieben, da er Beruf und Privatleben so weit wie möglich trennen wollte.

Aber heute hatte sie ihn auf dem falschen Fuß erwischt und seinen Widerstand gekonnt untergraben.

Er verfluchte die Tatsache, dass Männer so leicht zu manipulieren waren.

Noch keine fünf Minuten saß er an seinem Platz im Restaurant, als er Ornella schon durch den Eingang kommen sah. Sie war erstaunlich pünktlich, als hätte sie geahnt, dass er nicht lange auf sie warten würde. Als sie mit wiegendem Schritt auf ihren hohen Pumps auf ihn zukam, folgten ihr viele – vorwiegend männliche – Blicke, die sie aufzufressen schienen.

Sie sah gut aus, das musste Nikolas ihr lassen. Ihr langes, dichtes Haar fiel bis zu ihrer Taille und war fast so schwarz wie die Nacht. Ihre tiefgrünen Augen waren stark, aber vorteilhaft geschminkt und zogen den Betrachter wie in die Tiefen eines irischen Sees. Dazu bildeten ihre üppigen dunkelroten Lippen ein Gegengewicht, das die Hormone eines Mannes in Brand setzte und über den Verwendungszweck dieses Mundes auf unanständigste Weise sinnieren ließ.

Trotz des kühlen Spätherbstwetters steckten ihre vollen Brüste in einem engen, paillettenbesetzten Top, das ihre schlanke Taille mit dem Nabelpiercing kaum erreichte – wohingegen die hautengen Hüftjeans so tief saßen, dass es nur noch weniger Millimeter bedurfte, um zu beweisen, dass ihre natürliche Haarfarbe wirklich so dunkel war.

Als er sich zur Begrüßung erhob, verzichtete Ornella auf die in ihrer Branche üblichen Luftküsschen. Stattdessen ging sie vehement auf Tuchfühlung, schlang einen Arm um seine Taille und drückte ihm einen heißen, feuchten Kuss auf den Mund in Erwartung der Ereignisse, die nach dem Essen ganz offensichtlich folgen würden.

„Ich hoffe, du trägst kussechten Lippenstift, damit ich jetzt nicht aussehe wie ein Zirkusclown“, meinte Nikolas nur trocken, als sie ihren Oberkörper leicht nach hinten beugte, um ihm glutvoll in die Augen zu blicken. Dabei kitzelten die Spitzen ihres langen Haares seine Hand, die noch um ihre Taille lag.

„Natürlich! Was denkst du von mir?!“, tat sie gespielt entrüstet und zwinkerte ihm zu. „Ich habe die Arbeit mit dir echt schon vermisst. Das Shooting heute hat viel Spaß gemacht."

Das konnte sich Nikolas in Anbetracht seiner miesen Laune eigentlich nicht vorstellen.

„Es gibt nur wenige Fotografen, die ein Mädchen wirklich gut aussehen lassen – und es beim Posieren vor der Kamera auch richtig motivieren können." Dabei schenkte sie ihm einen lasziven Augenaufschlag und fuhr ihm durch das offene Haar. „Ich liebe deine langen Haare. Die lassen dich so … animalisch wirken." Sie gab ein leises Fauchen von sich, bevor sie sich lächelnd setzte. Nikolas rückte ihr den Stuhl zurecht und nahm dann gegenüber Platz.

Kaum hatten sie die Getränke bestellt, spürte er schon nackte Zehen, die sich unter den Hosenaufschlag seiner Jeans schoben. Doch im Gegensatz zu sonst, wenn er mit einer Frau ausging, ließ er sich heute nicht so leicht von seinen Alltagsgedanken ablenken. Ornella plapperte zwar in einem fort und erzählte von ihrem *extrem* stressigen Alltag als Model und wie *unmöglich* manche Kolleginnen seien, die glaubten, der *Nabel der Welt* zu sein. Aber Nikolas ertappte sich dennoch des Öfteren dabei, wie er seine Gedanken wandern ließ …

Dieses Modepüppchen, das ihm gegenübersaß, war fast schon repräsentativ für viele seiner lockeren Bekanntschaften der letzten Jahre. Das war geradezu beängstigend, wurde ihm bewusst. Demzufolge siegte in seinem Leben die Quantität über die Qualität der Beziehungen, an die er meist nur halbherzig heranging. Er hatte nie Probleme, eine Frau zu finden, wenn er nicht allein sein wollte. Aber was sagte das über ihn aus?

Er wollte es gar nicht wissen.

Eins wusste er jedoch: Ruth hätte Ornella keine Minute lang ernst genommen. Sie würde sich ihr gegenüber natürlich korrekt verhalten und sich Nikolas zuliebe um höfliche Konversation bemühen. Doch ihrem Gesichtsausdruck würde er sofort anmerken, dass sie nicht verstand, was er mit einer solchen Frau anfangen wolle – außer den kurzweiligen Vergnügungen im Bett.

Tja, das war die alles entscheidende Frage: Was versprach er sich von diesem Abend mit Ornella? Mehr als eine schnelle

Nummer war nicht zu erwarten.

Verdammt. Was erhoffte er sich eigentlich *vom Leben*? Wollte er einfach so weitermachen wie bisher, bis aus ihm ein gealterter Playboy geworden war, der sich glücklich schätzen konnte, wenn nicht hinter seinem Rücken mitleidig oder gar hämisch gelacht wurde? *Definitiv nein, zum Teufel!* Er hatte es satt, sich öffnende, geschminkte Münder vor sich zu sehen, aus denen zwischen aufgespritzten Lippen ständig hirnlose Gedanken würfelhustengleich hervorpurzelten.

Er hatte es so satt …

Dieser Abend würde ihm nicht viel mehr bieten als die Entladung seiner Anspannung und seines Frusts bei schnellem und schmutzigem Sex, den sich Ornella zweifelsohne erhoffte. Wenn sie nicht ein so mikroskopisch kleines Handtäschchen bei sich hätte, hätte er seine Kameraausrüstung darauf verwettet, dass sie für diese Verabredung ein Paar Handschellen eingepackt hatte.

Aber wollte er diese gemeinsame Nacht mit ihr wirklich? War das Ornella gegenüber fair?

Wie bei seinem One-Night-Stand in Köln würden sich dabei eh bloß Bilder von Yvonne mit ihren wilden Locken aus den Tiefen seines Gehirns erheben. Bilder von ihrem schönen, bemerkenswerten Gesicht. Wie sie mit geschlossenen Augen und vor Erregung geöffneten Lippen seinen Stößen begegnete.

„… und was glaubst du, was dann passiert ist?“ Ornella schnaubte undamenhaft auf, nur um ein kleines, giggelndes Lachen folgen zu lassen. Träge fuhr sie mit ihren Fingern durch die langen, schwarzen Haare und ließ sie wieder über die Schulter fallen.

Soweit Nikolas mitbekommen hatte, erzählte sie gerade von einem Auftrag, nach dessen Abschluss sie einige der Designerklamotten günstig hatte erstehen können.

„Stell dir vor, ich trete in meinem neuen Hosenanzug von Armani durch den Ausgang und will mir ein Taxi rufen. Kurz davor hat es wie aus Kübeln gegossen und überall sind Pfützen. Und während ich noch die frische Luft einatme, merke ich, wie etwas an meinem Schienbein entlangstreift. Als ich hinunterschaue, reibt sich so ein kleines herumstreunendes Katzenvieh, das so abgemagert ist wie ein Model nach einer Magen-Darm-Grippe, an meinem Hosenbein." Sie lachte bei ihrem Scherz laut auf. „Kannst du dir das vorstellen?! Ich trage Armani und diese Katze benutzt mein Bein als Badetuch, um sich trocken zu reiben! Ich hätte ihr am liebsten mit meinen Manolos einen ordentlichen Kick gegeben, bevor sie mich vollhaart. Aber so ein Unmensch bin ich ja auch wieder nicht. Im Endeffekt habe ich sie mit dem Fuß weggeschoben und davongescheucht."

Ornella stieß erneut dieses giggelnde Lachen aus und winkte mit der Hand ab, als sei das alles schon längst passé. Dann wandte sie sich anderen Themen zu und schien überhaupt nicht zu merken, dass Nikolas gar nicht reagierte.

Sein erster Gedanke war nämlich, dass Yvonne das Tier – egal, welch sündhaft teure Klamotten sie gerade trug – garantiert auf den Arm genommen und an sich gedrückt hätte. Da hätte die Katze noch so nass sein und noch so haaren können. Zu Hause hätte sie ihr etwas zum Fressen gegeben und sie am Ende adoptiert.

Nikolas schloss kurz die Augen und dachte an Yvonne. Sie hatte mit einer Leichtigkeit, die ihn nach wie vor verblüffte, einen Weg in sein Herz gefunden. Es mit ihrer warmen, schlagfertigen und herzlichen Art in Beschlag genommen – wie ein kleines Vögelchen, das sich in seiner Brust einnistet. Damit hatte sie etwas geschafft, was keiner Frau vor ihr je gelungen war. Nachdem die Gefühle in seinem Herzen jahrelang wie eingefroren waren, hatte das Klima darin während dieser gemeinsamen Tage mit Yvonne auf Tauwetter geschaltet. Seine Seele hatte begonnen aufzuatmen – und ein Stückchen zu heilen.

Unvermittelt tauchte ein unerfreulicher Gedanke auf, der Nikolas erstarren ließ.

Wenn er nur daran dachte, dass sie mittlerweile von einem anderen Mann begehrt wurde … Ihm erlaubte, sie zu nehmen … Diesen Mann selbst mit all ihrer Leidenschaft eroberte … Dann brüllte sein inneres Tier laut auf – vor ureigenstem Besitzanspruch und grenzenlosem Schmerz.

Er hatte eine Scheißangst, sich zu verlieben. Sich in eine Frau zu verlieben, die nichts mehr mit ihm zu tun haben wollte. Die ihn bis in den Tod verachtete.

Er befürchtete bloß, dass es dafür längst zu spät war.

Denn er wollte sie. Sehnte sich so verzweifelt nach ihr, dass es ihm fast die Brust zerriss. Yvonne war ihm tief unter die Haut gegangen und bestimmte sein Denken und Sein. Er wollte sie für immer – wenn sie es überhaupt so lang mit ihm aushielt. Denn nur mit ihr zusammen fühlte sich sein Leben vollkommen und richtig an.

Er liebte sie.

Diese Erkenntnis traf ihn wie ein Keulenschlag. Wie gelähmt saß er da und ließ Ornellas Redefluss an sich abperlen. Urplötzlich fühlte er sich schwindelig, aber gleichzeitig auch so leicht wie eine Feder, die von einer Brise hinfort getragen wurde.

Als Erwachsener war er noch nie verliebt gewesen. Jedenfalls nicht mit einem solchen Gefühl, wie er es bereits seit Wochen in seiner Brust spürte, wenn er sich mit wildem Herzklopfen an die schönen Tage im Juli erinnerte: Das süße Ziehen in seinem Magen, das ihr kleines Lächeln verursachte. Die unglaubliche Zufriedenheit im Herzen, wenn er manche Wortgefechte erneut durchlebte, bei denen sie ihm in Bezug auf Schlagfertigkeit und Frechheit in nichts nachstand. Das friedvolle Gefühl, als er in ihren Armen lag.

Am Ende der gemeinsamen Zeit hatte er zum ersten Mal in seinem Leben gewusst, wie sich echte seelische Erfüllung – nicht bloße körperliche Befriedigung – anfühlte.

Das erkannte er erst jetzt.

Diesen Zustand wollte er wiederhaben. Er wollte *Yvonne* wiederhaben! Koste es, was es wolle. Das alles bestärkte ihn in seiner Gewissheit: Er musste endlich aktiv werden und hoffen, dass es nicht schon zu spät war.

Ornella ihm gegenüber schien nichts von seinem inneren Aufruhr mitzubekommen. Sie hatte sich von der streunenden Katze bereits einem neuen Thema zugewandt: ihrem magersüchtigen Hündchen Fiffi … oder wie diese kleine haarlose Ratte hieß.

„Ornella, entschuldige bitte“, unterbrach Nikolas seinen Gast, als er sich erhob. „Mir ist gerade eben eingefallen, dass ich etwas

Wichtiges vergessen habe." Er zog seinen Geldbeutel hervor und legte ein paar Scheine auf den Tisch. „Du kannst gern mein Essen auch noch haben, wenn es gebracht wird."

Mit diesen Worten ließ er sie mit offenem Mund zurück und stürmte Richtung Ausgang. Erst als er draußen die frische Luft tief einatmete und zu seinem Auto eilte, merkte er, dass sein Vorschlag ganz und gar idiotisch gewesen war. Ornella aß sowieso kaum etwas. Was sollte sie mit seinem Steak und einem Haufen Bratkartoffeln schon anfangen? Sie selbst hatte sich einen kleinen Beilagensalat ohne Dressing bestellt, von dem sie noch die Hälfte zurückgehen ließ.

Doch das war ihm im Moment völlig egal. Er würde sich bei Yvonne entschuldigen. Wenn es sein musste, würde er auf Knien um Vergebung betteln und hoffen, dass sie ihn nicht auf direktem Weg in die Hölle schickte.

Wie angewurzelt blieb er stehen. Was, wenn seine Entschuldigungsversuche nichts an ihrer Verachtung änderte? Wenn sie ihn überhaupt anhörte ...

Würde er sich an ihrer Stelle selbst verzeihen?

Nachdenklich ging er weiter, bis er sein Auto erreichte. Nein, er würde sich zum Teufel jagen.

Verdammt noch mal! Dann musste er eben einen Weg finden, wie er sich entschuldigen konnte, ohne dass sie die Möglichkeit hatte, ihm ins Wort zu fallen oder das Ende des Gesprächs selbst zu bestimmen.

Ja, nur so würde es gehen!

Zwei Tage später, irgendwann weit nach Mitternacht, drehte Nikolas gedankenverloren Yvonnes Perlenohrstecker zwischen den Fingern und ließ sie anschließend in ein königsblaues Samtsäckchen mit goldener Kordel fallen. Das befestigte er dann an einem dünnen Päckchen und nickte zufrieden. Das könnte funktionieren.

Kapitel 54

Irres Herzklopfen

Liebe Zeit, sie war ja so erleichtert! Seit sie die neue Freundin ihres Chefs kennengelernt hatte, ging es ihr bedeutend besser. Yvonne wusste endlich, woran sie war, und musste sich nicht bei jeder seiner Äußerungen fragen, was dahintersteckte.

Seit einer Woche konnte sie nun wieder befreit aufatmen und sich um ihre Arbeit kümmern. Und sie war froh, dass die Situation ohne ihr Zutun entschieden worden war. Herr Wegner war ein sympathischer Mann, dem sie nur das Allerbeste wünschte – und Lara Brückner eine warmherzige, geistreiche Frau, die fantastisch zu ihm passte. Viel besser als sie selbst.

Zufrieden lächelnd widmete sie sich wieder den Unterlagen, die sie in einem Ordner abheften wollte, und lochte ein paar Kopien. Nachdem sie alles in den Schrank geräumt hatte, setzte sie sich an den Schreibtisch und nahm einen Schluck von ihrem Kaffee, bevor sie sich an die nächste Arbeit machte. Als sie eine Bewegung aus dem Augenwinkel wahrnahm, wanderte ihr Blick wie von selbst zum Glasstreifen neben ihrer Bürotür.

Doch es war nicht ihre Kollegin Moni, die ihre Aufmerksamkeit auf sich zog, sondern Nikolas, der durch die Eingangstür der Kanzlei getreten war.

Yvonnes zufriedenes Lächeln gefror.

Oh-Gott-oh-Gott-oh-Gott! Das hatte ihr gerade noch gefehlt. Wieder einmal verwandelte sich ihr Magen in einen Eisklumpen, von dem sich arktische Kälte ausbreitete.

An der Körpersprache ihrer Kollegin erkannte Yvonne genau den Moment, in dem sie beim Aufsehen mit Nikolas' Charisma konfrontiert wurde: Moni wäre fast vom Drehstuhl gekippt.

Tja, das war seine übliche Wirkung auf die Frauenwelt.

Er trug zu seinen Jeans lediglich ein nachtblaues Hemd, dessen Ärmel lässig bis zu den Ellenbogen hochgekrempelt waren – ganz so, als sei es gerade erst September und nicht Ende November. Yvonne stellte unbewusst fest, dass sie damals im Juli recht gehabt hatte, was seine Hautfarbe anging. Sie war nur geringfügig heller als bei ihrer letzten Begegnung im Sommer – aber immer noch so braun, wie ihre eigene selbst nach einem dreiwöchigen Karibikurlaub nie sein würde.

Sein fast schwarzes Haar glänzte im Deckenlicht und gab Nikolas eine dunkle, faszinierende Ausstrahlung. Wie Yvonne jedoch bemerkte, trug er es im Nacken bedeutend kürzer in einem vorteilhaften Schnitt. Wenigstens schatteten die weichen Ponyfransen wie früher sein rechtes Auge ab und versprachen immer noch den Hauch eines Abenteuers – und ließen ihn höllisch sexy wirken. Er sah jetzt sogar besser aus als auf diese verwegene Art, die sie kannte. Fast wie ein Dressman. Dennoch merkte Yvonne, wie ihr die lange wilde Frisur fehlte.

In der Hand hielt er ein flaches Päckchen, auf das er kurz deutete, als er Moni etwas fragte. Diese zeigte statt einer Antwort bloß auf Yvonnes Bürotür. Nikolas schaute auf und begegnete ihrem Blick – was ihre Welt ruckartig zum Stehen brachte. Yvonne spürte den altbekannten Sog, der sie in die Tiefen seiner bernsteinfarbenen Augen zog und ein Feuer in ihr entfachte.

Dann war der Moment auch schon vorbei, als er sich in Bewegung setzte und mit großen Schritten auf ihr Büro zusteuerte. Sie wappnete sich herzklopfend für die Begegnung mit der größten Enttäuschung ihres Lebens und erwartete, dass Nikolas die Tür aufriss, um ins Zimmer zu stürmen.

Doch im ersten Augenblick passierte überhaupt nichts. Erst nach einer kurzen Pause klopfte es leise. Überrascht zog sie die Augenbrauen hoch und begegnete Monis ratlosem Blick. Am liebsten hätte sie ihn gar nicht erst hereingebeten, da sie schon wieder merkte, wie ihre Standfestigkeit ins Wanken geriet – allein durch ihre eigene körperliche Reaktion auf Nikolas' Anwesenheit.

Doch er wartete höflich vor der Tür, bis sie ihn hereinbat.

In Dreiteufelsnamen, dachte Yvonne, *dann soll es halt so sein!* Sie atmete tief ein und sagte das eine Wort, worauf er respektvoll zu warten schien.

Als Nikolas dieses eine kleine Wort vernahm, bedeutete es für ihn das Sesam-öffne-dich. Sein Magen sackte vor Erleichterung ab, da er nie im Leben erwartet hätte, so schnell hereingebeten zu werden.

Natürlich war er nicht so blauäugig zu glauben, dass mit dieser Einladung seine Chance auf Vergebung sprunghaft angestiegen und damit ihre Absolution garantiert war. Doch er war seinem Ziel immerhin einen kleinen Schritt näher. Denn er hatte tatsächlich mit mehr Widerstand gerechnet und hätte zur Not auch bis Büroschluss geduldig wie ein demütiger Bittsteller vor ihrer Tür ausgeharrt.

Er hatte sich absichtlich für neutrales Terrain entschieden, da Yvonne sicher keinen großen Aufstand vor den Kollegen provozieren würde. Außerdem hoffte er, sie würde hier zugänglicher sein als allein mit ihm vor ihrer eigenen Wohnungstür.

Erleichtert stellte er fest, dass er richtig gepokert hatte, da er nun immerhin einen Fuß in der Kanzlei hatte – und die Aufforderung, den letzten entscheidenden Schritt zu tun. Mit einem nervösen Flattern im Magen drückte er die Klinke nach unten und betrat Yvonnes Reich, nur um die Tür wieder leise hinter sich zu schließen.

Ihr Büro war nicht besonders groß, besaß aber genug Platz für die wichtigsten Möbelstücke. Obwohl die Grundausstattung in farblicher Hinsicht eher schlicht und fantasielos war, hatte Yvonne es geschafft, durch wenige Akzente Behaglichkeit und Wärme hineinzubringen: zwei Grünpflanzen, ein gerahmter Druck von Kandinsky, eine kleine türkisfarbene Vase mit einer einzelnen weißen Rose und ein aufgebrochener Amethyst, dessen rosaviolettes Innenleben Nikolas fröhlich anfunkelte.

Und inmitten all dieser persönlichen Dinge saß Yvonne an ihrem Schreibtisch und blickte ihm ruhig entgegen.

Sie nach der langen Zeit wieder vor sich zu sehen, war wie ein Schlag in die Magengrube. Sie war noch schöner, als er sie in Erinnerung hatte. Ihre aufgesteckten Haare mit den kleinen gelockten Strähnen im Nacken leuchteten in diesem dunklen Feuerrot, an dem er sich nicht sattsehen konnte, und betonten das klare Blau ihrer großen Augen. Ihr voller Mund erinnerte ihn an die intimen Stunden, die sie zusammen erlebt hatten, und ließ ihn hoffen, sie bald wieder lächeln zu sehen. Und dann entdeckte er noch ein aufgesticktes Blümchen in derselben Farbe wie ihr Blazer, das ihm auf ihrem Revers aufmunternd zuzuzwinkern schien.

Auf einmal kam er sich so unsicher vor wie damals in der Schule, als er zweimal pro Monat vor den Direx zitiert wurde – und mit einem schlechten Gewissen vor dessen Schreibtisch stand, weil er wusste, dass an den Anschuldigungen etwas Wahres dran war.

Er merkte, wie er zögerte und das Päckchen verlegen in den Händen drehte. Immer noch blickte sie ihm kühl und abwartend entgegen, fast ohne zu blinzeln. Diese distanzierte Selbstbeherrschung war ihm bei ihrem Temperament beinahe unheimlich. Er hatte keinen blassen Schimmer, was in ihrem Kopf vor sich ging – konnte es nicht einmal annähernd einschätzen. Wenn sie ihn wegen seines Verhaltens einschüchtern wollte, gelang ihr das ausgezeichnet.

Doch dann fasste er sich ein Herz und trat an ihren Schreibtisch. Er hatte nicht vor, viele Worte zu machen. Sein Geschenk sollte für sich selbst sprechen.

Er legte es vor sie hin und machte gleich wieder zwei Schritte zurück, wobei er leise sagte: „Gib meiner Entschuldigung bitte eine Chance." Danach drehte er sich um, verließ das Zimmer und verabschiedete sich bei Yvonnes Kollegin.

Als er schlussendlich im Auto saß, umfasste er das Lenkrad mit beiden Händen und ließ den Kopf auf seine Handrücken sinken. Sein Herz hämmerte gegen die Rippen, als ob er einen anstrengenden Spurt hinter sich hätte. Auf seiner Stirn stand ein leichter Schweißfilm und seine Finger zitterten. Eine solche Reaktion hatte er bei einer Frau noch nie erlebt – weil ihm noch nie eine Frau so wichtig gewesen war wie Yvonne.

Was sollte er nur tun, wenn sie sich nicht bei ihm meldete?

Yvonne saß in derselben Haltung, wie Nikolas sie verlassen hatte, und starrte auf die geschlossene Tür.

Sein aufrichtiger Blick aus diesen unglaublichen Augen hatte sie wieder einmal erstarren lassen wie eine Kirschblüte in der letzten frostigen Nacht des Frühjahrs. Und er hatte sie so hungrig zurückgelassen wie nach einer dreiwöchigen Fastenkur.

Sie schämte sich so. Erneut war sie rettungslos in diesen goldbraunen Whiskytiefen versunken. Wie stand es bloß um sie, wenn sie die monatelang gepflegte Wut einfach so in den Wind schoss für einen intensiven Blick in seine Augen? Der Mann war wie eine Droge für sie: Sobald sie auch nur mit einer kleinen Dosis von ihm in Berührung kam, war der kalte Entzug komplett für den Müll. Außerdem hatte sie unauffällig und ganz nebenbei jedes noch so winzige, optische Detail an Nikolas aufgesaugt wie ein trockener Schwamm. Ihn dabei angestarrt wie ein hypnotisiertes Kaninchen die aufgerichtete Klapperschlange.

Leise schimpfte sie vor sich hin und senkte den Blick direkt auf das Päckchen, ohne einen Seitenblick auf Moni zu werfen, die zweifelsohne noch auf eine Reaktion von ihr wartete.

Was hatte er gesagt, als er vor ihr gestanden und ihr das Geschenk gegeben hatte? Sie solle seiner Entschuldigung eine Chance geben? Sie lachte bitter in sich hinein. Sie befürchtete, dass sie ihm sofort verziehen hätte – wenn nicht sogar in seine Arme gesunken wäre –, hätte er sie in diesem Moment auf Knien um Verzeihung gebeten.

Das war wirklich erbärmlich! Empört schnaubte sie auf.

Dieser Mann war einfach nicht gesund für sie, wenn er sie allein mit seiner Gegenwart so aus der Fassung bringen konnte, dass sich jede Zelle ihres Körpers nach seiner Berührung verzehrte.

Und dabei hatte er noch nicht mal gelächelt!

Yvonne erschauderte. Sie wollte sich gar nicht vorstellen, wie ihre Hormone bei solch schweren Geschützen reagiert hätten!!

Als sie ihren Blick scharf stellte, konnte sie lesen, was auf dem sauberen, braunen Packpapier schwungvoll in Tusche geschrieben stand: *Yvonne Peters*.

Zum ersten Mal sah sie Nikolas' Schrift und musste feststellen, dass sie zu einem Künstler passte. Die Anfangsbuchstaben wirkten dynamisch und großzügig, die kleineren fügten sich optisch mit runden Bögen und spitzen Enden an. Ihr Name wäre in dieser Schreibart eines Namenszugs auf einem Parfümflakon würdig.

Was sollte sie jetzt tun? Das Geschenk *hier* aufpacken, obwohl sie nicht wusste, was auf sie zukam, und jeder ihre Reaktion durch die Glasscheibe beobachten konnte? Womöglich würde sie so wütend werden, dass ihr wieder die Tränen kamen und sie am liebsten auf etwas eingeschlagen hätte.

Diese emotionale Entgleisung wollte sie hier in der Kanzlei nicht riskieren, weshalb sie auf die Uhr blickte und erleichtert feststellte, dass bald Feierabend war. Vielleicht konnte sie ja heute früher heimgehen. Die Korrespondenz zu einem dringenden Fall hatte sie bereits erledigt und weggeschickt. Ja, sie würde kurz mit Herrn Wegner sprechen und dann das Päckchen zu Hause in ihren sicheren vier Wänden öffnen. Fünf Minuten später war sie herzklopfend auf dem Weg zu ihrem Auto.

Kapitel 55

Verunsichert

Vor ihrem Haus stellte sie den Motor ihres SL ab und klemmte sich das Päckchen beim Aussteigen unter den Arm. Dabei überkam sie eine Gänsehaut, da sie das Gefühl hatte, Nikolas' Geschenk würde ihr die Rippen wegbrennen.

Schon während der gesamten Heimfahrt hatte sie mit pochendem Herzen darauf geschielt und sich nicht entscheiden können, ob sie es nicht in die nächste Mülltonne stopfen oder doch lieber sofort am Straßenrand der viel befahrenen Landstraße aufreißen sollte.

Sie wusste nicht, was auf sie zukam. Das schmucklose braune Packpapier war nicht gerade das, was sie bei einem Entschuldigungsgeschenk erwartete. Normalerweise wären ein großer Strauß Rosen angebracht oder eine üppige Pralinenschachtel eingewickelt in buntes Geschenkpapier mit überdimensionaler pinker Schleife.

Nicht, dass sie dadurch milder gestimmt worden wäre.

Dennoch war sie neugierig – obwohl sie wusste, dass es ihr wieder das Herz zerreißen konnte.

Leise vor sich hin argumentierend ging sie raschen Schrittes

Richtung Hauseingang und hoffte, dass sie keinem ihrer Nachbarn begegnete, der sie in diesem geistigen Zustand reif für die Psychiatrie gehalten hätte.

„Huhu, Yvi!", hörte sie zwei hohe Stimmchen jauchzen.

Als sie aufschaute, sah sie Steffis dreijährige Zwillinge auf ihren kurzen Beinchen und mit weit schlackernden Röcken auf sich zu rennen. Die Locken der beiden blonden Mädchen hüpften übermütig bei jedem Schritt und ihre blauen Augen strahlten vor Freude. Begeistert warfen sie sich in Yvonnes freien Arm und gaben ihr feuchte Schmatzer auf die Wangen.

Sie drückte die Zwillinge an sich und vergrub ihr Gesicht in deren weichen Haaren. Natürlich liebte sie Steffis Kinder von ganzem Herzen. Aber gerade war sie nicht in der Stimmung, *Hoppe, Hoppe Reiter* oder Verstecken mit ihnen zu spielen.

Ihre Freundin kam ihr lächelnd entgegen. „Als wir vorhin Waffeln gebacken haben, wollten Maja und Lena dir welche vorbeizubringen. Deshalb sind wir hier." Sie zog eine Augenbraue hoch, als sie Yvonnes Gesicht sah. „Du bist heute früh zu Hause."

Yvonne richtete sich wieder auf, sodass die Mädchen herumrennen konnten, und umarmte Steffi zur Begrüßung.

„Ist irgendetwas?", fragte diese. „Du siehst nicht gerade glücklich aus, uns zu sehen."

Wie gut ihre Freundin sie doch kannte. Verlegen strich Yvonne ihren violetten Wollmantel glatt. „Nein, ich freue mich immer über euren Besuch. Aber heute ist im Geschäft etwas vorgefallen." Sie deutete auf das Päckchen unter ihrem Arm. „Nikolas war da."

„Nikolas?!" Steffi machte große Augen.

„Ja. Und ich wollte es nicht im Büro öffnen, weil ich nicht wusste, was mich erwartet."

„Okay, dann werden wir jetzt auch gehen." Sie zögerte. „Oder brauchst du seelisch-moralische Unterstützung? In einer halben Stunde kommt Bernd eh nach Hause und könnte die Zwillinge hier abholen – und wir hätten unsere Ruhe."

Yvonne schmunzelte, da sie ihrer Freundin für ihr Angebot sehr dankbar war, vermutete jedoch einen Hintergedanken. „Du bist nur neugierig, was drin ist? Gib's zu."

„Nein, nein", wehrte Steffi ab und wurde leicht rot. „Ich möchte dir bloß in einer so schweren Stunde zur Seite stehen und … bin zugegebenermaßen auch ein wenig neugierig. Wenn du aber nicht willst, dass ich das Geschenk sehe, mache ich die Augen zu oder gehe aus dem Zimmer. Versprochen."

Yvonne grinste und nahm sie in den Arm. „Du bist die beste Freundin, die ich mir vorstellen kann. Und ich würde dich echt gern als seelisch-moralische Unterstützung an meiner Seite haben."

„Super, dann rufe ich Bernd gleich an."

Als sie auf Yvonnes gemütlicher Couch saßen, hörten sie die Mädchen im Schlafzimmer quieken. Steffi lachte. „Was täten wir nur ohne deine Sockenschublade?! Das ist die beste Kinderbeschäftigung, die es gibt. So haben wir wenigstens ein bisschen Ruhe, bis die zwei abgeholt werden. Soll ich dir was zu trinken machen? Tee, Kaffee – oder doch lieber was Stärkeres?"

„Wir setzen Tee auf", beschloss Yvonne und stand auf. „Ich bin innerlich schon wieder total angespannt und könnte eine Sauna vertragen. Ich habe noch von den Schokoladenkeksen, die du so magst."

Als Yvonne kurze Zeit später – von Steffi fürsorglich in eine flauschige Decke gewickelt – den ersten Schluck Tee schlürfte, fragte diese nach: „Und was genau ist heute im Geschäft passiert?"

„Ich war am Arbeiten. Plötzlich sah ich durch den Glasstreifen, dass Nikolas die Kanzlei betrat. Ich dachte, mich trifft der Schlag. Im Endeffekt kam er in mein Büro, legte das Päckchen mit den Worten vor mich hin, ich solle seiner Entschuldigung doch bitte eine Chance geben, und ging raus."

„Und das war's?! Kein ‚Wie geht es dir?' – kein ‚Es tut mir so leid, dass ich mich wie ein Arschloch verhalten habe' – kein ‚Komm bitte wieder zurück, du bist die Liebe meines Lebens'?"

„Nein. Wenn ich es recht bedenke, hat er noch nicht mal Hallo gesagt. Ich allerdings auch nicht, weil ich so perplex über sein Auftauchen war."

„Hm", gab Steffi von sich. „Wahrscheinlich liegt dem Geschenk ein Brief bei. Eigentlich war das ziemlich schlau von ihm, keine große

Szene heraufzubeschwören, sondern gleich wieder zu verschwinden. So lässt er dir ein bisschen Raum, dich mit dem Gedanken auseinanderzusetzen – und du kannst den Zeitpunkt selbst bestimmen, wann du für seine Entschuldigung bereit bist."

„Hm", machte nun ihrerseits Yvonne und zupfte nervös an der Decke herum. Dann legte Steffi den Kopf schief und schien nach einem Geräusch zu lauschen. „Was ist? Hörst du etwas?"

„Nein. Ich höre eben *nichts*. Und das macht mir eine Heidenangst." Sie hievte sich von der weichen Couch hoch und eilte zu ihren Töchtern. „Wenn ich nämlich nichts von meiner Teufelsbrut höre, ist die Kacke meist ziemlich heftig am Dampfen."

Als Yvonne gleich darauf Steffis überraschten Schrei und dann ihr lautes Lachen aus dem Schlafzimmer hörte, stand sie ebenfalls auf und folgte neugierig ihrer Freundin. Die saß vor Lena in der Hocke und hielt lachend deren Händchen fest, die mit einer weißen Creme vollgeschmiert waren. Diese hatte die Kleine mit offensichtlicher Freude nicht nur bei ihrer Schwester und sich selbst im Gesicht verteilt, sondern auch als weißes Muster aus kleinen Handabdrücken auf dem Schlafzimmerspiegel. Beide strahlten Yvonne glückselig an.

„Ihr zwei kleinen Schlingel!! Yvonne, hol mal ein paar Kosmetiktücher, damit wir die beiden Indianer auf dem Kriegspfad zu Friedensgesprächen überreden können."

Unter viel Geschrei und Gekicher wurden die zwei Mädchen gesäubert. Danach lachten sie mit rosigen Wangen und leuchtenden Augen ihre Mama an und riefen: „Noch mal!"

„Das könnte euch so passen", lachte Steffi, als es in dem Moment an der Wohnungstür klingelte. „Oh, das muss Bernd sein. Das nenne ich perfektes Timing."

Kapitel 56

Herzüberquellend

Als Yvonne mit Steffi kurze Zeit später allein war, merkte sie, wie sich wieder ein leichter Druck auf ihre Brust setzte. Nun gab es keinen Aufschub und keine Ablenkung mehr. Sie würde endlich das Päckchen öffnen, damit sie zu guter Letzt nicht noch vor Neugierde starb.

„Mmh, schöne Schrift. Schwungvoll, aber männlich“, stellte Steffi fest und fragte im Anschluss: „Soll ich rausgehen, wenn du es auspackst?“

Doch Yvonne schüttelte nur angespannt den Kopf. „Nein, ich brauche dein neutrales Auge, deine Unvoreingenommenheit und deinen rasiermesserscharfen Verstand, damit ich mich nicht von sentimentalem Firlefanz einwickeln lasse und zu schnell einknicke.“

„Du glaubst, er hat was Sentimentales eingepackt? Was könnte das bloß sein, wo er dich doch kaum kennt?“

„Ich habe keine Ahnung. Wahrscheinlich sind es nur Pralinen oder etwas ähnlich Unverbindliches. Es wäre zwar eine ziemlich große Schachtel, aber er hat sich schließlich auch eines großen Vergehens schuldig gemacht.“

Steffi wog das Geschenk in der Hand. „Das müsste dann verdammt viel oder verdammt schweres Naschwerk sein. Vielleicht gibt es ja Pralinen mit Goldfüllung. Das würde jedenfalls das Gewicht erklären.“

Yvonne drehte das Päckchen auf dem Schoß herum und öffnete die Klebestreifen, die das Papier zusammenhielten. Darunter befand sich noch eine Lage braunes Packpapier, an dessen Ecke als Blickfang ein Samtsäckchen in königlichem Blau befestigt war. Ohne darüber nachzudenken nahm sie es zwischen Daumen und Zeigefinger und befühlte den Inhalt.

„Hey, da steht aber, dass du zuerst den Brief lesen sollst“, protestierte Steffi.

Doch Yvonne achtete nicht darauf, da sie schon zu sehr von der bekannten Form des Inhalts gefesselt war. Kurzerhand öffnete sie es und griff hinein. Auf ihrer Handfläche lagen die Perlenohrstecker, die sie niemals erwartet hatte wiederzusehen.

Tränen der Freude schossen ihr in die Augen. „Oh Gott, ich habe sie wieder!"

„Sind das etwa die, die du im Hotel vergessen hast?"

„Ja. Nikolas muss sie entdeckt haben", schniefte Yvonne vor Erleichterung. „Die sind ein Erbstück von meiner Oma, weißt du?"

Steffi nickte verständnisvoll. „Er hat also doch etwas Passendes gefunden, um dein Herz zu rühren." Sie betrachtete das verpackte Geschenk.

Jetzt erblickte auch Yvonne, was ihre Freundin fesselte: Auf dem Packpapier war mit schwarzer Tusche ein kunstvolles Muster aus Blümchen, Karos und Punkten gemalt.

Steffi schien beeindruckt. „Dieser Nikolas hat sich ganz schön Mühe gegeben, seine materielle Entschuldigung durch diese persönliche Note nicht wie ein Bestechungsgeschenk wirken zu lassen."

Mit seiner charakteristischen Schrift stand auf dem Papier: „Für Dich, Yvonne. Lies aber bitte zuerst den Brief."

Sie überlegte laut: „Welchen Brief?"

Als sie das Geschenk anhob, kam ein langer fliederfarbener Umschlag zum Vorschein. Herzklopfend, jedoch sehr skeptisch griff sie danach und spürte, wie dick er war.

Steffi schnappte hörbar nach Luft, als Yvonne die Briefbögen herauszog. „Wow! Vier vollgeschriebene Blätter! Bernd hat mir noch nie einen Brief geschrieben, also jedenfalls keinen von Hand. Du weißt, wir wohnten als Jugendliche nebeneinander. Und die kurze Zeit, in der wir wegen unserer Berufe getrennt lebten, überbrückten wir immer per Telefon oder E-Mail. Ein handschriftlicher Brief hat schon Klasse und eine ganz andere Bedeutung."

Yvonne zögerte.

Ihre Freundin deutete ihre Reaktion scheinbar richtig. Denn sie meinte nur: „Wenn mir ein Mann einen so langen, handgeschriebenen Brief schicken würde, würde ich ihn auf jeden Fall lesen!!"

Yvonne atmete tief durch und vertiefte sich in Nikolas' Worte, während Steffi gespannt abwartete.

Liebe Yvonne,

ich weiß nicht, ob Du diesen Brief überhaupt lesen wirst. Aber ich hatte Angst, Du würdest sofort auflegen, wenn Du meine Stimme am Telefon hörst – oder dass ich in der kurzen Zeit, die Du mir für eine Entschuldigung vor Deiner Wohnungstür gewähren würdest, einfach nicht die richtigen Worte fände.

Zuallererst möchte ich Dir versichern, dass mir alles unendlich leidtut. Ich hatte nicht vor, Dich zu verletzen. Ich hatte auch nicht vorgehabt, es zwischen uns überhaupt so weit kommen zu lassen, wie es gekommen ist. Aber es ist passiert. Dazu später mehr.

Yvonne schnaubte ungläubig auf und verdrehte die Augen.

Zuerst möchte ich Dir meine Motivation erklären, warum ich mich damals auf dieses ungewöhnliche Theaterstück einließ.

Nikolas beschrieb mit wenigen Worten, wie fasziniert er von Yvonnes Fotos gewesen sei, die Noreen ihm zugeschickt hatte. Und wie neugierig auf diese Frau, die auf dem einen Foto ausgelassen wie ein Schulmädchen lache und auf dem zweiten aussähe, als habe sie die Weisheit und Lebenserfahrung einer achtzigjährigen Frau.

Na ja, dachte ich, im schlimmsten Fall würde ich ein paar Tage lang im Bett neben einer Fremden schlafen. Ich hatte früher schon Nächte in Massenquartieren zugebracht, ohne dass mir der Sinn nach meiner Schlafsacknachbarin gestanden hätte.

Schließlich lautete die Jobbeschreibung ganz einfach: Treffe sie, verbringe eine nette Zeit mit ihr, mach ihr Komplimente und lass sie sich gut fühlen, damit sie lockerer wird und ihre Sorgen vergisst.

So weit, so gut.

Doch ich unterschätzte völlig Deinen Charme zusammen mit Deiner betörenden Wirkung auf mich, die durch die romantische Atmosphäre des Hotels noch verstärkt wurde.

Deshalb kam alles anders.

Bereits in der ersten Nacht war ich Deiner unschuldig sinnlichen

Ausstrahlung verfallen, als Du mit Deinem Shorty und einem zauberhaften Erröten aus dem Bad kamst.

Der Spruch „Streichel mich und ich schnurr' für dich" hatte sich an diesem Abend wie Säure in mein Hirn gefressen und mir fast eine schlaflose Nacht beschert, wenn ich nicht schon so übernächtigt im Hotel angekommen wäre.

Yvonne konnte ein Schmunzeln nicht unterdrücken, als sie an ihre eigenen Gefühle in dieser Situation zurückdachte.

Du warst selbstsicherer und selbstständiger, als ich erwartete. Femininer, aber auch burschikos. Hattest einen wunderbaren Humor und ein umwerfendes Lächeln, mit dem Du mich tief in meinem Herzen berührtest. Deine Locken verführten meine Finger, deren Weichheit zu spüren – Deine glatte Haut lud mich zum Streicheln ein. Deine Warmherzigkeit gepaart mit Deiner Intelligenz und Deiner Fingerfertigkeit, was alte Autos angeht, raubte mir den Atem und beeindruckte mich sehr.

Und so bin ich Dir nach jedem Tag, nach jeder Begegnung mehr verfallen.

Als wir nach der Tanzbar wieder zurück im Hotel waren, wusste ich, dass ich mich auf Teufel komm raus von Dir fernhalten musste, wenn ich eine größere Katastrophe verhindern wollte. Denn mit diesen Gefühlen, die in meiner Brust tobten, hatte ich nicht gerechnet. Ich wollte Dich. Ich begehrte Dich. Doch ich wollte Dich auf gar keinen Fall verletzen.

Der Tag ohne Deine Gesellschaft auf dem Schiff und in Worms war die Hölle für mich.

Aus den Tiefen ihres Gehirns tauchte die Erinnerung an Nikolas' düsteren Gesichtsausdruck auf, der sie an drei Tage Regenwetter erinnert hatte. Dann hatte sie sich das also doch nicht eingebildet!

Denn ich merkte, wie mir der ständige Schlagabtausch, die vielen Kabbeleien mit Dir und Dein kehliges, ansteckendes Lachen fehlten.

Deshalb beschloss ich abends wider alle Vernunft, erneut Deine Gesellschaft zu suchen – und hatte das überaus befriedigende Gefühl, endlich nach Hause gekommen zu sein.

Yvonne schluckte. Genauso war es ihr am Freitagabend auch vorgekommen, als Nikolas zum ersten Mal wieder das Wort an sie gerichtet hatte. Daran konnte sie sich noch gut erinnern.

Und dann kam der Samstag, an dem das Knistern zwischen uns fast unerträglich wurde – und ich bis zuletzt mit mir und meinen egoistischen Wünschen kämpfte. Doch beim Abendessen gab ich jeden Widerstand, jede Selbstbeherrschung auf, als ich merkte, wie empfänglich Du für meine Zärtlichkeiten warst.

Eine Gänsehaut zog sich über Yvonnes Arme und ließ sie erschaudern, als sie an Nikolas' sanfte Liebkosungen unter dem Tisch dachte.

Bevor sie weiterlesen konnte, musste sie schlucken. Sie spürte, wie ihr Herz sich bei jedem geschriebenen Satz weiter öffnete, sich ihre Anspannung löste zugunsten einer anderen Spannung, die nichts mit diesem Verrat zu tun hatte, dafür alles mit Nikolas' wunderbaren Worten.

Aber konnte sie ihm einfach so vergeben? Sie schwor sich, dass sie nicht bloß wegen eines schönen Briefs vor Wonne zerfließen und seufzend in seine Arme sinken würde.

Ich kann Dir nicht beschreiben, wie sehr ich unser Beisammensein in dieser Nacht genoss – und das meine ich nicht nur in sexueller Hinsicht. Ich erlebte während dieser Zeit mit Dir eine geistige Erfüllung, auf die ich mein ganzes Leben lang gewartet habe.

Kennst Du das Gefühl, wenn man sich nach jahrelanger Suche zum ersten Mal in Geist und Seele vollständig fühlt? Wenn das eigene Herz im Gleichklang mit einem anderen schlägt und man sich wünscht, es würde für immer so bleiben?

Ich wusste, dass sich während dieser Tage etwas tief in meinem

Inneren gewandelt hatte. Aber ich unterschätzte diese gravierende Veränderung völlig. Ich versuchte, Dich zu vergessen, diese Zeit im Juli ad acta zu legen und mich meinem Alltag zuzuwenden. Doch es ist mir nicht gelungen. Und ich habe erst jetzt verstanden, warum.

Du hast in diesen wenigen Tagen mein Herz erobert und geisterst seither ständig durch meine Gedanken. Ich kann nicht mehr arbeiten, ohne dass Du vor meinem inneren Auge auftauchst. Ich kann nicht mehr atmen, ohne mir zu wünschen, Dich wieder in meinen Armen zu halten und mit Dir zu lachen. Ich muss bei jedem Atemzug an Dich denken. Denn:

Wenn ich arbeite – sehe ich statt der Models vor meiner Linse immer nur Dich.

Wenn ich koche – würde ich es gern für Dich tun.

Wenn ich mir abends die Zähne putze – wünsche ich mir, dass Deine Zahnbürste neben meiner steht.

Wenn ich versuche einzuschlafen – tastet meine Hand wie von selbst nach Deinem Körper.

Und wenn ich morgens aufwache – würde ich Dir gern bei einem Frühstück im Bett einen Gutenmorgenkuss geben.

Nach dieser Aufzählung musste Yvonne erst einmal tief durchatmen. Hatte sie jemals schönere Komplimente bekommen?

Okay, ihr guter Vorsatz, *nicht* kritiklos dahinzuschmelzen, wurde auf eine harte Probe gestellt. Eine extrem harte Probe.

Ich sehe Dich überall in meinem Alltag – ob ich an einem Dönerstand vorbeikomme oder einen Latte macchiato trinke. Du bist mir in jedem Moment meines Alltags nahe – egal, was ich tue. Ich wünsche mir, dass wir zusammen sind. Denn ich glaube, ich habe mein ganzes Leben nur auf Dich gewartet.

Ich liebe Dich von ganzem Herzen und hoffe, dass Du mir vergeben kannst. Denn alles, was ich zu Dir gesagt habe, was wir gemeinsam erlebt haben, war ehrlich gemeint. Ich habe Dich nie und in keinem Punkt belogen.

Nikolas

P. S.: Da ich selbst keine Geschwister habe, kann ich nur ungefähr nachvollziehen, wie Du Dich nach Noreens Verrat fühlst. Doch ich erkenne es, wenn ich auf Liebe, Respekt und Harmonie treffe. Und darum beneide ich euch beide unendlich. Das, was Du mit Deiner Schwester hast, ist zu wertvoll, um es einfach so wegzuwerfen – egal, wie sehr der eine den anderen verletzt hat. Ich bitte Dich, ihr einen Schritt entgegenzukommen, damit ihr euch aussprechen und den Streit beilegen könnt.

Aufgewühlt legte sie die Blätter in den Schoß und starrte Steffi an.

„Und?"

„Ich habe keine Ahnung", murmelte Yvonne nur und spürte dem Toben ihrer Gefühle nach, die in eine heftige Diskussion mit ihrem Verstand verstrickt waren.

Kapitel 57

Der Moment der Entscheidung

Der Brief würde Yvonne einige Stunden des Nachdenkens bescheren, das war klar. Doch in einem Punkt hatte Nikolas recht. Sie musste sich mit Noreen aussprechen. Die Gedankengänge, die in der Werkstatt ihres Vaters begonnen hatten und beim Geburtstag ihrer Großmutter gereift waren, wurden ihr in diesem kurzen Postskriptum erneut vor Augen geführt. Dieser Kalte Krieg hatte schon zu lange gedauert und sie beide bloß unglücklich gemacht.

„Willst du jetzt das Geschenk öffnen?", fragte Steffi vorsichtig.

„Ja", meinte Yvonne entschlossen.

Irgendwie hatte sie noch Probleme, die ganze Tragweite des Briefs zu verstehen. Wirkliche Zweifel an seiner Ehrlichkeit hatte sie eigentlich nicht, da sie Nikolas immer nur aufrichtig und authentisch erlebt hatte. Nach dieser wunderschönen Liebesbekundung war sie aber neugierig, was er sich für sie ausgedacht hatte.

Als das schön verzierte Packpapier entfernt war, kam ein dünnes Fotoalbum mit aufgedruckten Blumen zum Vorschein. Diese erinnerten Yvonne an eines ihrer Sommerkleider, das sie in diesen Tagen getragen hatte. Mit überrascht hochgezogenen Augenbrauen klappte sie das Album auf und starrte auf ihr eigenes lachendes Gesicht im Großformat. Danach folgte eines, auf dem sie gerahmt von weißen Spitzen tief und fest schlief.

Die nächsten Bilder zeigten besonders schöne Szenen von Yvonne mit Nonos Freunden während des WG-Urlaubs. Es gab viele, auf denen sie lachten. Einige, auf denen sie in Gespräche vertieft oder in Siegerpose nach dem anstrengenden Aufstieg zum Heidelberger Schloss zu sehen waren. Und dann natürlich noch das Gruppenbild vom ersten Ausflugstag. Doch immer wieder waren Fotos von Yvonne mit ihrer Schwester zu sehen, auf denen ihre gegenseitige Liebe, die Wertschätzung und Achtung klar zu erkennen waren. Das war eine mehr als deutliche Botschaft.

Eine wunderschöne Fotocollage von Yvonne im Profil war auch dabei, wie sie gelöst und glücklich die explodierenden Raketen des Feuerwerks betrachtete. Beim nächsten Bild stöhnte Yvonne auf, da genau der Moment festgehalten war, als sie im Schwimmbad in ihren Döner gebissen hatte und mit fettglänzenden Lippen vor Wonne dahinschmolz. Sie hatte noch nicht einmal bemerkt, dass Nikolas ein Foto von ihr gemacht hatte.

Und dann kam ein Bild von ihm und ihr selbst, das Yvonne erzittern ließ. Das hatten sie am Freitagabend, als sie auf den Beginn des Feuerwerks warteten, mit Fernauslöser gemacht.

Als Steffi Nikolas zum ersten Mal zu Gesicht bekam, stieß sie einen leisen Pfiff aus und meinte: „Der Mann ist ja der Wahnsinn! Kein Wunder."

„Kein Wunder, was?", fragte Yvonne automatisch, während sie sein glückliches, entspanntes Lächeln in sich aufnahm, das seine exotischen Gesichtszüge weicher wirken ließ.

„Kein Wunder bist du ihm in diesen wenigen Tagen so verfallen."

Auf dem Bild sah man sie beide, wie sie ausgelassen in die Kamera grinsten. Sie waren auf einer Mauer eng beieinander gesessen, wobei Nikolas seinen Arm um sie gelegt hatte – natürlich nur, damit sie zu zweit besser auf das Foto passten, wie er sagte. Sie konnte sich noch gut an das aufwühlende Gefühl in ihrem Magen erinnern, als sie seine Seite warm und verführerisch an ihrem Körper spürte. Wieder meinte sie, seinen berauschenden Duft von sonnenüberfluteten Feldern einzuatmen. An dem Abend hatte sie darin in der Annahme geschwelgt, es sei der letzte Körperkontakt zu diesem aufregenden Mann, bevor sie zwei Tage später heimfuhren. Noch hatte sie nicht ahnen können, was sie in der letzten Nacht des Urlaubs erwarten würde.

Gedankenverloren schlug sie die nächste Seite auf. Dort sah man ein zweites Bild aus dieser Serie, auf dem Nikolas ihr gerade etwas ins Ohr flüsterte. Er hatte sie wissen lassen, wie man vorlaute Mädchen wie sie bestrafte, weil sie ihm kurz davor lachend einen anrüchigen Spruch an den Kopf geworfen hatte. Yvonne dachte lächelnd an das Kribbeln im Bauch und diese neuen Glücksgefühle, die ihr damals fast den Atem raubten, da Nikolas sie in diesem Moment mit seinem kräftigen Arm noch näher an sich herangezogen hatte.

Als sie auf die letzte Seite blätterte, sah sie ein Bild, auf dem sie über das ganze Gesicht lachte, da er kurz zuvor eine freche Bemerkung von sich gegeben hatte. Nikolas neben ihr blickte sie dabei so liebevoll an, dass es ihr ins Herz schnitt. Denn genau dieser Gesichtsausdruck war die Antwort auf ihre Frage, ob er sich wirklich in sie verliebt hatte. Falls sie je Zweifel an der Ehrlichkeit seiner Gefühle haben sollte, wurden sie durch dieses Foto vom Tisch gefegt.

Oh Mann, dieser Abend war so schön gewesen.

Du kannst es wiederhaben, flüsterte eine kleine, leise Stimme in ihrem Kopf. *Du musst ihn nur anrufen.*

Mit einem frustrierten Aufstöhnen gab sie Steffi den Brief zum Lesen. „Da, bilde dir deine eigene Meinung. Ich habe keine Ahnung, was ich tun soll."

Kurze Zeit und einige wonnige Seufzer später legte ihre Freundin die Blätter zur Seite und fragte: „Was willst du hören? Das, was mein Verstand mir sagt, oder das, was mein Herz wie wild glauben will?"

„Beides."

Steffi machte eine Pause, um sich zu sammeln. „Also, um beim Formalen zu beginnen: Seine schwungvolle, angenehme Schrift zeugt von einem starken Charakter – und die Tatsache, dass er keinen einzigen Rechtschreibfehler gemacht hat, zeigt, wie wichtig ihm dieser Brief ist."

Was das anging, musste Steffi es wissen. Denn sie legte auf die Orthografie mindestens genauso viel wert wie Yvonne auf die korrekte Aussprache fremdsprachiger Wörter in der deutschen Konversation.

„Das, was er schreibt", fuhr Steffi fort, „hört sich für mich logisch und nachvollziehbar an. Ich weiß nicht, welche Fotos Nono ihm geschickt hat. Aber ich glaube ihm, dass er als Fotograf von deinem Gesicht fasziniert war, und deshalb einwilligte mitzufahren. Ich glaube ihm sogar, dass er gar nicht vorhatte, etwas mit dir anzufangen. Trotzdem könnte man im späteren Teil des Briefs Zweifel hegen, dass er sich in diesen wenigen Tagen wirklich Hals über Kopf in dich verliebt hat. Man könnte einwenden, dass so etwas nur im Märchen oder in Hollywood-Romanzen passiert. Man könnte ihm auch vorwerfen, dass es ihm im Moment an Bettgefährtinnen fehlt – was ich mir bei seinem Aussehen und Beruf nicht vorstellen kann –, weswegen er nach so vielen Monaten da anknüpfen möchte, wo ihr aufgehört habt. Nach deinen wenigen Andeutungen muss diese Nacht wirklich der Hammer gewesen sein, weshalb sein Wunsch nachvollziehbar wäre. Allerdings wirst du das nur dann herausfinden, wenn du dich wieder auf ihn einlässt."

Als Steffi sah, wie Yvonnes Gesicht in sich zusammenfiel, fragte sie mit einem kleinen Lächeln: „Soll ich dir jetzt sagen, was mein Herz denkt?"

„Gott, ich liebe dich dafür!" Sie strahlte auf und umarmte ihre Freundin.

„Mein Herz ... tja, mein Herz findet, dass ich so etwas Romantisches noch nie gesehen und gelesen habe und du dir den Typ unbedingt krallen musst, bevor es irgendeine andere tut. Vor allem, wenn man bedenkt, wie gut du dich mit ihm während dieser kurzen Zeit verstanden hast. Ich hatte bei unserem letzten Gespräch das

Gefühl, dass es nicht nur im Bett jesusmäßig zwischen euch gefunkt hat, sondern auch auf zwischenmenschlicher Ebene. Und selbst wenn Ersteres in einer Beziehung sehr wichtig ist, macht doch das Zweite die Qualität und den Erfolg einer Partnerschaft aus. Du musst ihn ziemlich beeindruckt haben, dass er sich so unsterblich in dich verliebt hat."

„Du glaubst ihm also? Ich meine, dass er mich wirklich liebt?"

„Ja", antwortete Steffi schlicht und grinste Yvonne verschmitzt an. „Aber ich würde ihn wenigstens noch einen Tag zappeln lassen. Als gerechte Strafe sozusagen."

„Tanja, weiß du, wo ich mein Buch über Avantgardismus hingelegt habe? Ich brauche es morgen auf der Arbeit."

Tanja streckte ihren dunklen Schopf aus der Küche und meinte: „Hast du schon auf dem Regal neben dem Fernseher nachgeschaut? Ich habe da was liegen sehen."

„Danke."

Gerade, als Noreen das Buch entdeckt hatte, klingelte es. In Gedanken versunken ging sie mit dem Bildband in der Hand zur Haussprechanlage und meldete sich. Sie erwartete niemanden und hatte deshalb auch keine Ahnung, wer abends nach acht noch bei ihnen klingeln könnte. Doch als sie Yvonnes Stimme durch das Haustelefon hörte, erstarrte sie.

„Oh, hallo!", war das Einzige, was sie herausbrachte, während sie mit zitternden Fingern auf den Türöffner drückte. Sie konnte nicht glauben, dass sie richtig gehört hatte.

Mit heftigem Schwung riss sie die Wohnungstür auf und ging ihrer Schwester entgegen. Erst, als sie mit eigenen Augen deren rostrote Locken sah, wusste sie, dass es kein Traum war. „Yvonne!"

Mit einem kleinen unsicheren Lächeln blieb diese auf dem Treppenabsatz stehen und blickte zu ihr auf. „Ich habe gedacht, ich komme mal vorbei ... Hast du Zeit?"

„Für dich immer", gab Nono voll Inbrunst von sich und warf sich an deren Brust.

Himmel, sie dankte Gott dafür, dass Yvonne zu ihr gekommen

war! Dass sie nun die Möglichkeit hatte, alles zu erklären. Dass ihr eine Chance gegeben wurde, ihre Schwester für sich zurückzugewinnen.

Dann merkte Noreen, wie ihr Tränen der Erleichterung in die Augen stiegen und sie schniefen musste. Erst jetzt gestand sie sich ein, welch bedrückende Angst sie gehabt hatte, nie wieder Yvonnes Liebe spüren zu dürfen. Nie wieder mit ihr lachen zu können. Sie nie wieder im Arm zu halten. Die Selbstvorwürfe wegen ihrer idiotischen Idee hatten Noreen in den letzten Monaten an den Rand der Verzweiflung getrieben.

Als sie sich von ihr löste, merkte sie, wie ihre Schwester mit den Tränen kämpfte. „Ich bin so froh, dass du hergekommen bist. Ich habe dich schon so vermisst."

Dann griff sie nach ihrer Hand und zog sie hinauf in ihre Dachgeschosswohnung. Nachdem Tanja Yvonne herzlich in die Arme genommen und ihr versichert hatte, wie schön es sei, dass sie gekommen war, nahm sie sich ihren Mantel und meinte: „Ich lasse euch beide mal für 'ne Weile allein."

Als Noreen ein paar Minuten später mit ihrer Schwester im Wohnzimmer auf der schwarzen Ledercouch saß, sprudelte es aus ihr heraus: „Mir tut das alles so schrecklich leid. Ich war so ein Idiot ..."

Yvonne nickte bestätigend: „Das stimmt."

„... und ich hätte mir im Nachhinein echt in den Arsch treten können ..."

„Das kann ich immer noch liebend gern für dich übernehmen", bot sie mit trockener Stimme an.

„... aber ich machte mir damals solche Sorgen um dich. Das ist die einzige Entschuldigung, die ich für meine hirnverbrannte Idee anführen kann. Und dass ich dich sehr liebe und dich nicht mehr leiden sehen konnte."

Kurz seufzte sie auf und legte Yvonne die Hand auf den Unterarm, weil ihr die Nähe so gefehlt hatte. Dann erzählte sie von dem ersten Telefonat mit Hannes, bei dem sie sich beklagte, wie nüchtern und beherrscht Yvonnes Gesichtsausdruck nach diesem lang zurückliegenden Desaster mit Rolf immer noch sei und wie erschreckend höflich ihr Lächeln. So höflich, dass Noreen am liebsten schreiend davongelaufen wäre. Ein Zombie habe mehr Lebensfreude und Temperament als ihre über alles geliebte Schwester, jammerte sie ihm vor.

Nach einigem Hin und Her während des Telefonats meinte Noreen, irgendetwas müsse wie ein rettendes Seil aus dem Nichts auftauchen, um Yvonne aus ihrer Lethargie zu reißen. Vielleicht würde es sogar helfen, wenn sie einen gut aussehenden Mann kennenlernte, der sie auf andere Gedanken brächte – und sie sich wieder als Frau fühlen ließ.

Als Hannes erwiderte, er kenne so einen, gab ein Wort das andere, bis aus einer dahingesagten Bemerkung eine Idee und anschließend ein Konzept reifte.

Damit hatte alles begonnen.

Außer dem Portier wusste niemand Bescheid – und der sollte auch entscheiden, welches Zimmer am besten für dieses Vorhaben geeignet war. Dass in allen nur französische Doppelbetten standen, war Nono zu diesem Zeitpunkt nicht klar gewesen.

Trotzdem war sie überglücklich, wie gut sich ihre Schwester in diesen Tagen mit den anderen – und besonders mit Nikolas – verstand. Als sie Yvonne immer wieder lauthals lachen hörte und den alten fröhlichen Glanz in ihren Augen entdeckte, war sie überzeugt, dass der Zweck die Mittel heiligte. Die Zeit voller erdrückender Sorgen um ihre geliebte Schwester war endlich vorbei.

Als sie am letzten Morgen beim Frühstück jedoch Yvonnes überaus befriedigtes Lächeln wahrnahm, kam sie ins Nachdenken. Mit einer solchen Entwicklung hätte sie – wenn sie ehrlich war – nie gerechnet.

Was würde passieren, überlegte sie, wenn sich Yvonne und Nikolas auch weiterhin trafen? So weit voneinander wohnten sie schließlich nicht entfernt. Würde er es ihr erzählen? Und bevor Noreen zu einem Schluss kommen konnte, war ihre Schwester schon in ihr Hotelzimmer gestürmt und hatte vor Wut bebend eine Antwort gefordert.

„Oh Gott, es zerriss mir das Herz, dich in diesem Zustand gehen zu lassen – und dich danach nicht mehr zu sehen. Deine Freundschaft und Liebe fehlten mir mehr, als ich sagen kann. Tanja verpasste mir nach dem Wochenende auch einen ziemlichen Rüffel." Sie fuhr sich zerknirscht durchs stoppelige Haar. „Ich hätte damals halt doch auf Nikolas hören sollen."

Yvonne, die ihrer Schwester ebenfalls den Kopf waschen wollte, stutzte. „Wieso das? Was hat er gesagt?"

„Er fragte mich, ob ich das allen Ernstes durchziehen wolle. Außerdem warnte er mich davor, was geschehen würde, wenn du es herausbekämest. Aber ich überhebliche Trotteline schlug seine Warnung in den Wind, da ich mir nicht vorstellen konnte, wie das in den wenigen Tagen passieren sollte." Kurz zuckte sie mit einer Schulter. „Dass es so zwischen euch funken könnte, dass ihr euch noch nach dem Kurzurlaub treffen wolltet, kam mir nie in den Sinn."

„Damit hätte ich auch niemals gerechnet", murmelte Yvonne und blickte verlegen auf ihre verschränkten Finger im Schoß. „Ich hätte nie erwartet, dass er mich auch nur ansatzweise attraktiv finden würde. Geschweige denn, nach dem Urlaub wiedersehen wollte."

Überrascht schaute Noreen ihre Schwester an. „Nein, das meinte ich nicht. Du bist eine wunderschöne Frau, feminin und doch energisch. Deine ausgeglichene Art gepaart mit deinem Temperament tut jeder Beziehung gut, wenn ein Mann damit umgehen kann. Warum sollte er dich nicht attraktiv finden und gern mit dir schlafen wollen?" Sie griff nach Yvonnes Hand und drückte sie leicht. „Ich hätte nur nicht gedacht, dass du dich nach diesen zwei einsamen Jahren so in ein Abenteuer stürzen würdest. Dass du alle Vorsicht in Herzensdingen in den Wind schießen und dich einem leidenschaftlichen Mann hingeben könntest, den du nicht kennst – und damit dein Herz und deinen Seelenfrieden gefährdest. Als ich dir nach dieser Nacht morgens beim Frühstück ins Gesicht sah, hätte ich heulen können, so freute ich mich für dich. So strahlend, so gelöst, so überglücklich hatte ich dich noch nie gesehen. Nicht in den Jahren mit Rolf und schon gar nicht danach." Erneut drückte sie Yvonnes Hand. „Ich hätte diesen Ausdruck in deinem Gesicht am liebsten für immer festgehalten."

Ihre Schwester lächelte sie stumm an, während ihr die Augen feucht wurden.

Dennoch schien sie noch etwas unmissverständlich klären zu wollen. Sie setzte eine strenge Miene auf, blinzelte die letzten Tränen weg und zog eine Augenbraue nach oben. „Eins möchte ich unbedingt klarstellen: Ich verbiete mir zukünftig jedwede Einmischung in mein Privatleben ohne vorherige Rücksprache mit mir – egal, in welchem seelischen Zustand ich bin."

Nono hob eine Hand und legte die andere auf ihr Herz. „Ich gelobe es feierlich. Diese Erkenntnis habe ich auf die harte Tour gelernt und bin ehrlich nicht scharf auf eine Wiederholung. Ich werde dich allerhöchstens mal verbal mit der Nase auf einen Sachverhalt stoßen, der deinen Augen oder deinem Herzen entgeht. Das sehe ich als schwesterliche Pflicht."

„Erlaubnis erteilt." Beide hoben grinsend ihre Hand und klatschen sich wie früher in der Luft ab.

Dann wurde Noreen wieder ernst. „Hannes erzählte mir vor Kurzem, dass Nikolas in den letzten Monaten mehrmals bei ihm nachgefragt hatte, wie es dir ginge. Hannes hatte den Eindruck, dass ihm viel an dir liegt. Hat er sich schon bei dir gemeldet?"

„Ja, er hat mir einen wirklich langen Brief geschrieben und ein Fotoalbum beigelegt. Er erklärte seine Gründe, bei deinem Vorhaben mitzumachen, und bat mich am Ende, mich mit dir auszusprechen, da er uns sehr um unsere Freundschaft beneidet." Sie strich sich eine Locke aus der Stirn. „Ich glaube, ich brauchte genau das als Anstoß, um zu dir zu kommen. Er machte mir mit diesen wenigen Sätzen bewusst, was ich verloren habe." Sie zog Noreen in ihre Arme und murmelte: „Ich habe dich so vermisst."

„Ich dich auch", nuschelte sie an Yvonnes Schulter und drückte sie fest an sich.

Als Yvonne spät am Abend die Tür zu ihrer Wohnung aufschloss, fühlte sie sich so leicht wie ein trockenes Blatt, das vom herbstlichen Wind herumgewirbelt wurde. Es war richtig gewesen, zu Noreen zu gehen. Erst jetzt erkannte sie, in welchem Maße sie unter der gefühlskalten Distanz gelitten – und wie sehr sie die liebevolle Beziehung zu ihrer Schwester vermisst hatte.

Bevor sie ins Bett gehen würde, wollte sie noch ein wenig im Wohnzimmer sitzen und durch die Fernsehprogramme zappen. Das gab ihr die Möglichkeit, ihre Gedanken zu sortieren und sich etwas abzulenken.

Auch wenn Yvonne das Ganze nach wie vor unglaublich fand, verstand sie mittlerweile, warum ihre Schwester sich zu einem so radikalen Schritt genötigt fühlte. Im letzten Juli hatte sie schließlich selbst gemerkt, wie sehr sie mit angezogener Handbremse gelebt hatte – und wie befreiend der Spaß mit Nonos Freunden gewesen war, aber auch die tiefgründigen Gespräche mit Nikolas und dessen Nähe.

Was sollte sie nun mit diesem besonderen Mann machen? Wollte sie ihn wiedersehen?

Sie spürte, wie sich alles in ihr nach diesen Gefühlen zurücksehnte, die er damals in ihr wachgerufen hatte. „Ja-ja-ja!!!", hätte sie am liebsten geschrien und wäre auf der Couch herumgehopst.

Bereits im Juli war ihr klar gewesen, dass sie sich unsterblich in ihn verliebt hatte: in sein warmes, manchmal auch verruchtes Lächeln; in seine ungewöhnlichen Augen; in seine liebevollen Zärtlichkeiten, die ihren Körper reizten und in einen hungrigen Zustand versetzten; in seinen wunderbaren Humor und die Art, sie zu foppen, nur um sie danach lachend in seine Arme zu ziehen.

Mit einem kleinen Lächeln nahm sie Nikolas' Brief zur Hand, um ihn erneut zu lesen. Als sie beim letzten Satz angelangt war, wusste sie, dass ihre Entscheidung richtig war.

Sie würde sich bei Nikolas melden. Doch zuerst würde sie ihn noch einen weiteren Tag schmoren lassen.

Kapitel 58

Nervöse Ungeduld

Am nächsten Abend nahm Yvonne den Hörer ab und wählte Nikolas' Nummer, die in der oberen Ecke seines Briefs stand. Es hatte sie fast ihre gesamte Selbstbeherrschung gekostet, den ganzen Freitag abzuwarten. Aber im Nachhinein stellte sie fest, war sie froh über diese kurze Auszeit, die sie zum Nachdenken brauchte.

Als es bereits einige Male geläutet hatte, wollte Yvonne schon enttäuscht auflegen, nur um sich zu verfluchen, dass sie womöglich zu lange gewartet hatte – als abgenommen wurde.

„Hallo", meldete sich Nikolas' tiefe Stimme etwas atemlos. Der Klang seines dunklen Timbres rieselte über Yvonnes Rücken wie tausend feine Regentropfen. Bebend schloss sie die Augen, um dem Echo nachzuspüren. Dabei vergaß sie völlig zu antworten.

Sie spürte fast, wie Nikolas zögerte und überlegte, wieder aufzulegen. Doch dann fragte er: „Yvonne?"

Sie öffnete die Augen und atmete aus. „Ja."

Ein erleichtertes Seufzen stahl sich durchs Telefon und er murmelte: „Gott sei Dank!" Nach einer kurzen Pause wollte er wissen: „Hast du meinen Brief gelesen?"

„Ja, habe ich."

„Hast du schon mit Nono gesprochen?"

Yvonne zog überrascht die Augenbrauen hoch. Es wunderte sie nicht, dass er zuallererst nachfragte, ob sie sich mit ihrer Schwester versöhnt hatte, bevor er wissen wollte, ob sie ihm vergab. Es passte zu dem Mann, den sie im Juli kennengelernt – und in den sie sich verliebt hatte.

„Ja. Gestern haben wir uns ausgesprochen."

„Gut", meinte er zufrieden.

„Danke für deine diesbezügliche Bitte. Das war der letzte Schubs, den ich noch brauchte."

„Das freut mich." Nikolas schien kurz die Luft anzuhalten. Dann fragte er: „Und sonst?" Wieder machte er eine Pause, als ob er sich selbst erst Mut zusprechen musste. „Nimmst du meine

Entschuldigung an und gibst mir eine zweite Chance?"

Yvonne zögerte ihre Antwort zwei Herzschläge lang hinaus. Doch sie musste ihn einfach fragen. „Wie stellst du dir das mit uns beiden vor?"

„Ich weiß nicht, wie das genau laufen soll. Wenigstens wohnen wir nicht allzu weit auseinander. Was ich aber mit hundertprozentiger Sicherheit weiß, ist, dass ich dich wiedersehen möchte. Ich habe mich im Juli in dich verliebt und habe über vier Monate gebraucht, um das zu kapieren. Vier lange Monate, in denen ich nicht wusste, weshalb ich so unzufrieden war und alle Leute grundlos anschnauzte. Warum ich mich so zerrissen und unvollständig fühlte. Bis ich einen klaren Moment hatte. Ich wollte dieses vertraute Gefühl zurück, das ich in deiner Gegenwart spüre. So, als ob wir uns schon ewig kennen. Ich wollte *dich* zurück, weil ich dich schrecklich vermisse." Er seufzte auf und Yvonne konnte fast vor ihrem inneren Auge sehen, wie er sich durch sein langes Deckhaar strich. „Ich hatte nie vor, dich zu verletzen, das musst du mir glauben. Deshalb ging ich dir damals bewusst aus dem Weg, als ich merkte, wie hilflos ich im Treibsand deines Charmes versank. Ich hatte fürchterliche Angst, dich nicht mehr gehen lassen zu können, wenn ich dich einmal in meine Arme nahm. Aber diese Distanz ertrug ich nicht lange. Ich wollte dich an mich ziehen und deine Wärme spüren, deine weichen Locken berühren, dich um den Verstand küssen …" Seine Stimme versiegte.

„Dein Brief war wunderschön." In den letzten beiden Tagen hatte sie ihn unzählige Male gelesen und war seinen Worten mehr und mehr verfallen. „Ja, ich möchte dich wiedersehen."

Das erleichterte „Danke", das sie durch das Telefon vernahm, traf sie direkt in der Seele und ließ ihr Herz vor Liebe überquellen.

„Wann und wo sollen wir uns treffen?", fragte Yvonne atemlos.

„Hast du morgen Nachmittag Zeit? Ich würde gern bei dir vorbeikommen. Aber vorher muss ich noch etwas erledigen."

Beinahe musste sie bei Nikolas' eifrigem Tonfall lachen. „Morgen habe ich keine Termine." Dennoch war sie fast ein bisschen enttäuscht, dass er nicht vorgeschlagen hatte, sie an diesem

Abend zu besuchen. So weit wohnte er schließlich nicht weg. Und der nächste Tag war ein Samstag.

„Gut. Dann komme ich gegen zwei vorbei."

Sie sah sein zufriedenes Gesicht beinahe vor sich, als ihr etwas einfiel. „Wie ist eigentlich deine Ausstellung in München gelaufen?"

„Besser als erwartet. Ich würde sogar sagen, ein voller Erfolg", schmunzelte Nikolas. „Ich hätte dich liebend gern bei der Vernissage dabei gehabt. Aber die Ausstellung läuft noch fast einen Monat. Hättest du Lust, mit mir nach München zu fahren, um sie anzuschauen?"

„Sehr gern!", sagte Yvonne und meinte es von Herzen.

„Dann können wir das morgen besprechen. Ich freue mich auf dich. Schlaf gut, Rotschopf, und träum' was Süßes. Ich muss wieder unter die Dusche, sonst frier' ich mir noch mein bestes Stück ab."

„Oh, deshalb warst du vorhin so außer Atem! Lass mich raten: Du stehst jetzt gerade klatschnass im Wohnzimmer, tropfst alles voll und erfreust eine nette Nachbarin mit deinem Anblick?!", wunderte sie sich.

„Ja – ja – nein", antwortete er. „Ich habe nämlich keine nette Nachbarin, die mich durchs Fenster sehen könnte. Außerdem trage ich ein Badetuch um die Hüften."

„Dann ist ja alles in Ordnung", lachte sie. Es tat so gut, Nikolas zu foppen und ihn durchs Telefon grinsen zu hören. „Ich freue mich auch. Bis morgen."

Glücklich lächelnd legte sie auf.

Als Yvonne an diesem Dezembermorgen erwachte, war es in ihrem Schlafzimmer noch stockfinster. Sie war erst sehr spät eingeschlafen, nachdem sie mit Nono und Steffi ausführlichst telefoniert – und sich danach ewig im Bett herumgewälzt hatte.

Jetzt lag sie hellwach da und starrte an die Decke, wo ihr Projektionswecker sechs Uhr dreiunddreißig anzeigte. An Schlaf war nicht mehr zu denken. Sie spürte, wie sich ihr Puls beschleunigte, als sie an Nikolas dachte. Noch knapp siebeneinhalb Stunden, bis er da wäre.

Eine halbe Ewigkeit.

Dafür aber Zeit genug, ihren wöchentlichen Wohnungsputz durchzuführen, ihr Bett frisch zu überziehen und sich eine große Packung Kondome in der Drogerie um die Ecke zu besorgen. Sie hegte berechtigte Hoffnungen, dass Nikolas nicht nach einer kurzen Begrüßung wieder aufbrechen würde.

Vielleicht sollte sie noch einen Kuchen backen?

Beschwingt stand sie auf, trank einen Kaffee und machte sich summend in altem T-Shirt und schlabberiger Jogginghose ans Putzen. Als sie fertig war, war es gerade mal halb neun.

Sie sah sich zufrieden in ihrer gemütlichen Wohnung um. Sie liebte jedes ihrer IKEA-Möbelstücke, die gut zusammenpassten, obwohl sie nicht alle aus einer Serie stammten. Die farbenfrohen Kissen, die vielen Pflanzen und die weißen Regale, die sich gegen die lindgrünen Wände des Wohnzimmers abhoben, ließen den Raum frisch und behaglich wirken.

Nachdem sie einen Kuchen in den Ofen geschoben hatte, genoss sie eine ausgiebige Dusche, cremte sich mit ihrer Lieblingskörperlotion ein und schminkte sich dezent. Sie würde noch ein paar Lebensmittel einkaufen gehen und auf dem Rückweg in der Drogerie vorbeischauen. Auch wenn sie durch ihre Fenster auf einen grauen Wintertag mit nasskaltem Wetter blickte, fühlte sich Yvonne doch so beschwingt, als würde die warme Sonne vom azurblauen Himmel strahlen.

Irgendwann war es dann halb zwei. Sie hatte keine Ahnung, was genau sie erwartete, wenn Nikolas sie besuchte. Oder wie ihre gemeinsame Zukunft aussehen würde. Aber das war jetzt nicht wichtig. Sie wusste nur, dass sie diesem Mann völlig verfallen war. Sie würde die Zeit zu zweit genießen – egal, wie lange sie schlussendlich dauerte.

Als es klingelte, stellte sie überrascht fest, dass Nikolas zwanzig Minuten zu früh dran war. Doch es gab Schlimmeres im Leben, grinste sie in sich hinein.

Über die Hausssprechanlage meldete sich niemand. Dann klopfte es leise an der Wohnungstür. Mit flatterndem Herzen öffnete sie und sah Nikolas vor sich stehen. Kleine Regentröpfchen glitzerten in seinen dunklen Haaren und auf seinen gebräunten Wangen. Doch in seinen warmen Augen ging die Sonne auf, als er Yvonne erblickte. Mit einem Schritt war er bei ihr und schlang seine langen Arme um sie. Als sie sich an seine Schulter schmiegte, spürte sie, dass seine Winterjacke feucht war. Aber das störte sie nicht.

Er hob ihr Gesicht an und suchte ihren Blick. „Ich habe dich so vermisst."

„Ich dich auch", erwiderte sie.

Und dann, ganz langsam senkte Nikolas den Kopf und gab ihr einen leichten hingebungsvollen Kuss, der all seine Liebe, seine zärtlichen Gefühle und den Respekt für Yvonne ausdrückte. Und sie schmolz dahin. Sie vergaß alles um sich herum und fühlte tief in ihrem Inneren, dass es richtig war. Dass es genau so sein musste. Denn Nikolas war ihr passendes Gegenstück.

„Weißt du eigentlich, dass ich dich liebe?", murmelte er an ihren Lippen.

„Du hattest so was in die Richtung geschrieben. Aber es ist noch schöner, wenn ich die Worte direkt aus deinem Mund höre", flüsterte sie und gab sich ganz dem Sturm ihrer Gefühle hin. „Weil ich dich auch liebe."

Dankbar blickte Nikolas in Yvonnes Augen und versank in deren polarblauen Tiefen, die sein aufgewühltes Inneres besänftigten – gleichzeitig aber auch seine Lust und sein Verlangen nach ihr anheizten. Er würde sie auf keinen Fall wieder gehen lassen, das schwor er sich. Sein Herz hatte sich nämlich noch nie so vollständig angefühlt – oder seine Seele so erfüllt. Und nach seinen unzähligen (Halb-) Beziehungen und Erfahrungen mit One-Night-Stands, konnte er sich gesteigerte Hoffnungen machen, dass Yvonne ebenso fühlte wie er und sie sehr, sehr, sehr lange zusammenbleiben würden.

Versonnen strich er mit dem Daumen von ihrer Wange zu ihren kastanienroten Locken. „Mann, wie ich deine sieben neckischen Sommersprossen und diese Haare vermisst habe", stöhnte er leise und fuhr mit gespreizten Fingern durch ihre Haarpracht, nur um seine Nase tief darin zu vergraben. Dann suchten seine Lippen erneut Yvonnes Mund und gaben ihr einen feurigen Kuss, der ihr das Adrenalin durchs Blut jagen sollte.

Dementsprechend erhitzt wühlte sie durch sein feuchtes Haar und meinte etwas atemlos: „Willst du nicht die nasse Jacke ausziehen?"

Erst nickte er, schüttelte dann aber den Kopf. „Ich muss noch mal kurz zum Auto, um was zu holen."

Widerstrebend ließ er Yvonne los, nur um zufrieden zu lächeln, als er bemerkte, dass sie ihn nicht gehen lassen wollte. „Bleib hier oben und mach deine Augen zu, wenn ich wiederkomme. Ich bin gleich zurück."

Zwei Stufen auf einmal nehmend, sprang Nikolas die Treppen hinunter und spurtete durch den feinen Nieselregen zu seinem Auto. Herzklopfend öffnete er eine der hinteren Türen, um Yvonnes Geschenk herauszunehmen. Er war gespannt wie eine Sprungfeder, ob er ihr damit eine Freude bereiten würde. Aber so, wie er sie kannte, wäre sie garantiert absolut entzückt. Dann griff er noch zu einem in blaues Papier gewickelten Karton.

Im Treppenhaus sah er sie schon in der Wohnungstür – mit geschlossenen Augen – auf ihn warten. Trotzdem hielt er zur Sicherheit beide Hände hinter den Rücken, falls sie blinzelte. Er trat ein und drückte mit dem Fuß die Tür zu.

„Bist du bereit?", fragte er. Sie nickte. „Ich möchte dir etwas schenken, das ich mein Leben lang immer mit dir verbinden werde." Er zog den rechten Arm hervor und bedeutete ihr, die Augen zu öffnen.

Als Yvonne sah, was er in der Hand hielt, schlüpfte ein überraschtes Kieksen über ihre Lippen. Sie griff vorsichtig nach dem kleinen Katzenbaby. „Oh Gott, ist die süß!!! Und sie sieht der schwarzen Katze im Hotel ähnlich. Sogar ein weißes Pfötchen hat sie", rief sie begeistert.

„*Sie* ist ein Kater und heißt ‚Le loup'." Er grinste, als er ihren verblüfften Gesichtsausdruck bemerkte, weil das Tier fast so hieß wie Nikolas mit Nachnamen: der Wolf. „Die Katze eines Nachbarn bei mir im Haus hat Junge bekommen. Und da dessen Frau Französin ist, hat sie den Kätzchen auch französische Namen gegeben. Als ich hörte, wie dieser süße Kerl heißt, musste ich ihn einfach nehmen." Er streichelte den Kopf des kleinen Katers, der lauthals zu schnurren begann. „Aber vielleicht würde dir Wolfi besser gefallen?"

Doch auf eine Antwort würde er noch eine Weile warten müssen. Denn Yvonne legte ihre Hand in Nikolas' Nacken und zog ihn für einen heißen Dankeskuss an ihre Lippen. Gerade, als er sich auf mehr freute und sie fester an sich ziehen wollte, ließ sie ihn abrupt los und marschierte mit ihrem kleinen Mitbewohner auf dem Arm zielgerichtet Richtung Küche. „Na, Wolfi, hast du Durst? Soll ich dir ein Schälchen richten?"

Frustriert und mit sehnsüchtigem Herzen blickte Nikolas ihr nach. „Kaum ist ein Kater im Haus, ist man schon abgemeldet", murmelte er missmutig. Dann folgte er Yvonne. „Ich habe übrigens noch Katzenstreu und ein paar Dosen mit Futter für den Kleinen im Auto." Er sah sich neugierig um. „Noreen hat mir gesagt, dass Haustiere in deinem Mietshaus erlaubt sind. Stimmt das?"

„Ja", meinte sie glücklich und legte ihre Wange an Wolfis weiches Fell, während sie eine Plastikschale aus einem Küchenschrank holte.

„Gut, sonst hätte ich ihn nämlich wieder zurückgeben können."

Der entsetzte Blick, mit dem Yvonne ihn bedachte, während sie den Kater fest an ihre Brust drückte, sprach Bände und brachte ihn zum Lachen. „Genau für diese Reaktion liebe ich dich", meinte er zärtlich, da er an den Abend mit Ornella und ihr herzloses Verhalten der streunenden Katze gegenüber denken musste.

Nach einer halben Stunde stellte Nikolas fest, dass Wolfi gut versorgt war. Yvonne hatte ihm einen Karton mit Badetüchern ausgelegt, in dem er die nächsten zwei Nächte schlafen würde, bis sie ihm etwas Eigenes kaufen konnte. Wie ein schwarzes Fellknäuel lag der Kleine in seinem provisorischen Körbchen und hielt ein Nickerchen.

Diese Gelegenheit konnte sich Nikolas nicht entgehen lassen. Deshalb zog er Yvonne auf seinen Schoß und meinte: „Jetzt will ich auch wieder etwas von dir haben." Genüsslich strich er über ihre Schenkel und ihr wohlgeformtes Hinterteil in den gut sitzenden

Jeans. „Mmh", murmelte er genießerisch, als er an ihrem Hals knabberte. „Ich hatte solche Sehnsucht nach dir."

Yvonne entfuhr ein leises Stöhnen, als er mit seiner warmen Hand unter ihren Pulli fuhr und über ihre Rippen strich. Gott, diesen Laut hatte er schon so vermisst!

Ihre Finger wanderten zur Knopfleiste seines Hemdes und öffneten die obere Hälfte. Als sie bemerkte, dass er darunter nackt war, fragte sie ihn fassungslos: „Du trägst im Dezember keine Unterhemden?"

„Nicht, wenn ich dich besuche und mir bereits von deinem Anblick so heiß wird wie unter der Wüstensonne. Außerdem will ich, dass du dich ohne Zeitverzögerung über die essenziellen Dinge hermachen kannst, wenn du mir das Hemd ausziehst."

„Das war sehr vorausschauend von dir", murmelte Yvonne und hauchte Küsse auf seine glatte Brust. Stellenweise sog sie dabei ein wenig Haut zwischen die Lippen, dass ihm heiß und kalt wurde.

Nikolas griff ungeduldig unter ihr Hinterteil und setzte sie so um, dass sie mit gespreizten Beinen auf seinem Schoß saß. Dann zog er ihr mit einem Ruck den Pulli über den Kopf, dass sie nur in Jeans und einem entzückenden smaragdgrünen BH mit cremefarbenen Tupfen und spitzenbesetzten Rändern dasaß.

„So ist es schon besser", murmelte er heiser und strich mit seinen gebräunten Händen über ihre elfenbeinfarbene Haut. Sie war so zart und weich. Er könnte sich für immer in ihrem Anblick verlieren.

Als seine Handflächen wie von selbst zu ihren vollen Brüsten wanderten, um sie von unten zu umfassen, legte Yvonne genießerisch ihren Kopf in den Nacken und stöhnte leise auf. Dann durfte Nikolas ihren tiefen Kuss genießen, bei dem sich ihre Zunge tänzerisch um seine bewegte – bevor Yvonne aufreizend langsam an deren Spitze zu saugen begann.

Zwischen zwei Küssen murmelte er: „Ich habe übrigens noch ein Geschenk für dich."

„Noch eins?", fragte sie dicht an seinem Mund. „Und ich habe gar nichts für dich außer einem Käsekuchen, den ich heute Morgen schnell gebacken habe."

„Du brauchst mir nichts zu schenken. Ich habe dich. Das genügt mir vollkommen." Er hauchte einen zarten Kuss auf die nackte Stelle über ihrem Büstenhalter. „Ich habe das Päckchen draußen im Flur. Du warst so mit Wolfi beschäftigt, dass du nicht gesehen hast, wie ich es auf die Kommode gelegt habe." Er kitzelte mit seiner Zunge die empfindliche Haut zwischen ihren Brüsten. „Ich bin schon gespannt, ob es dir passt."

Er hob Yvonne kurzerhand von sich und setzte sie neben sich auf die Couch. Dann verschwand er im Flur und kam mit der flachen Schachtel zurück.

Als er seiner alten Freundin Vivian vor einigen Tagen am Telefon seinen Wunsch und dessen Verwendungszweck beschrieben hatte, lachte diese mit ihrer tiefen, vom vielen Rauchen heiseren Stimme auf und fragte schmunzelnd: „Ist es nun endlich so weit? Hast du die Frau fürs Leben gefunden? Ich habe schon gedacht, ich werde es nicht mehr erleben. Tausend Frauenherzen werden um dich weinen – und auch der eine oder andere männliche Kollege der Branche, das kann ich dir versichern."

Bevor Nikolas Yvonne das Geschenk gab, schmunzelte er: „Es hat mich gute Kontakte und viel Überredungskunst gekostet, das in so kurzer Zeit zu bekommen. Aber es hat sich gelohnt."

„Oh!", machte Yvonne mit großen Augen und spürte ein neugieriges Flattern im Bauch. Ganz offensichtlich hatte er ihr Dessous gekauft oder ein Spitzennachthemd mit Pünktchen oder ein …

Ungeduldig zog sie die orangefarbene Schleife auf und wickelte das blaue Geschenkpapier von einem schönen weißen Karton. Als sie den Deckel öffnete und das Kleidungsstück hochhob, war sie im ersten Moment sprachlos. So etwas hätte sie nie im Leben erwartet. Das war kein typisches Geschenk, das ein Mann für seine Freundin und Geliebte besorgen würde.

Vor ihr lag eine dunkelblaue Latzhose mit silbernen Schnallen an den Trägern, wie sie sie in der Werkstatt ihres Vaters immer trug. Doch der Stoff war über und über mit bunten Blumen bestickt, die in allen Farben des Regenbogens leuchteten. Zudem war an jedem Träger über dem Verschluss eine grüne Schleife mit weißen Tupfen befestigt.

„Ah …“, gab sie ganz verzückt von sich. „Wo hast du denn *die* Hose her?“

„Ich kenne eine Modedesignerin, mit der mich schon seit Langem eine herzliche, platonische Beziehung verbindet. Als ich mir endlich eingestand, dass ich mich haltlos in dich verliebt hatte und dich unbedingt wiedersehen wollte, erzählte ich ihr, was ich brauchte. Sie versprach mir, nach einem geeigneten Stoff Ausschau zu halten und in einer Nacht-und-Nebel-Aktion diese Latzhose zu nähen. Sie war zu dem Zeitpunkt ziemlich ausgebucht, konnte es aber dennoch dazwischenschieben.“

„Dann muss sie dich sehr mögen, wenn sie das getan hat“, meinte Yvonne zweifelnd und stellte sich voll Unbehagen eine feingliedrige Modedesignerin in einem eleganten schwarzen Hosenanzug vor, die Nikolas bezirzte und gern in Naturalien bezahlt wurde.

„Ja“, lachte er, „sie mag mich tatsächlich sehr. Sie ist seit fast vierzig Jahren im Geschäft und hat mein Ego gleich bei einem meiner ersten Aufträge auf gesunde Größe zurechtgestutzt. Seither sind wir Freunde.“

Nikolas legte den Arm um sie. „Es ist ein Einzelstück – für eine einzigartige Frau.“

„Aber … aber die Hose ist ja viel zu schade, um mit ihr in der Werkstatt zu arbeiten“, stammelte sie völlig überwältigt.

„Nein, ist sie nicht. Vivian wäre tödlich beleidigt, wenn du sie nicht für ihren vorbestimmten Zweck verwenden würdest.“ Er gab ihr einen innigen Kuss. „Obwohl … Ich hätte da noch eine andere Idee. Trägst du sie jetzt für mich – ohne was darunter?“

Yvonne wurde von einem heißen Gefühl durchflutet und begann zu lächeln. „Liebend gern.“

Schon stand sie auf und zog Nikolas vom Sofa. Als sie sich Richtung Schlafzimmer aufmachten, hörten sie ein leises fragendes „Miauuu?“

Erschrocken drehte sie sich um. Wolfi hatte sie völlig vergessen. Er blickte aus seinem provisorischen Körbchen verschlafen blinzelnd zu ihr auf. Als sie sich vor ihm auf die Knie setzte, meinte Nikolas warnend: „Du willst ihn doch nicht etwa mit ins Schlafzimmer nehmen, oder? Ich weiß nicht, ob das jugendfrei ist, was ich mit dir anstellen werde."

„Du würdest Wolfi tatsächlich an seinem ersten Abend ganz allein hier in einem fremden Wohnzimmer lassen?", fragte sie ihn mit gespielter Entrüstung, während sie den kleinen Kater auf den Arm nahm und zu streicheln begann.

Mit einem theatralischen Seufzen gab er nach und meinte resigniert: „Also gut. Nimm ihn von mir aus mit. Daran muss ich mich wohl ab jetzt gewöhnen. Aber sobald wir nackt sind, bekommt er eine Augenbinde um, bis er alt genug ist."

Yvonne sprang auf und kuschelte sich mit Wolfi auf dem Arm an seine feste Brust. „Dafür liebe ich dich, Nikolas Wulff. Dass du einsamen Tieren und Menschen dein Herz schenkst und sie sich bei dir geborgen fühlen dürfen."

Dann verschmolzen ihre Lippen zu einem tiefen, liebevollen Kuss.

Epilog

Der Motor heulte wie ein hungriger Löwe auf, als Yvonne im Leerlauf Gas gab. Sie lauschte mit geschlossenen Augen dem tiefen, dämonischen Röhren und spürte die aufregenden Vibrationen, die den Wagen erfassten. Als sie einen Blick durchs Seitenfenster warf, sah sie Nikolas grinsend und mit nach oben gerecktem Daumen am Rande der Fahrbahn stehen.

Ihren Mann. Seit nun beinahe vier Wochen.

So wie er dastand in seinen ausgewaschenen Jeans und einer dunklen Kapuzenjacke, mit seinen fast schwarzen Haaren und diesem sündhaften Lächeln, konnte sie immer noch nicht glauben, dass sie jetzt zusammengehörten. Sie spürte, wie ihr eh schon wild klopfendes Herz noch einen Zahn zulegte und der Drehzahl des Motors Konkurrenz machte.

Yvonne und Nikolas. Für immer.

Sie erwiderte verzückt sein Lächeln und drückte erneut aufs Gaspedal, um den Wagen lautstark hochdrehen zu lassen.

Das letzte Jahr war ziemlich aufregend gewesen. Gleich nachdem sie zusammengekommen waren, lernte sie Ruth kennen, die sie mit offenen Armen und einem herzlichen Lächeln in die Familie aufnahm. Yvonne wusste mittlerweile, dass ihre „Schwiegeroma", wie sie Ruth liebevoll nannte, mit der Wahl ihres Enkels mehr als zufrieden war – nicht zuletzt, weil sich Yvonne bei ihrem ersten Besuch mit Genuss auf deren Lasagne stürzte, ohne die Kalorien zu zählen.

Dann überzeugte Nikolas Yvonne bereits wenige Wochen nach ihrer Versöhnung davon, bei ihm einzuziehen – allerdings hatte sie zu dem Zeitpunkt sowieso schon ihren halben Haushalt bei ihm deponiert. Denn er wollte sie in keiner Minute missen, in der er zu Hause war. Und sie verzehrte sich mit einer Leidenschaft nach ihm, die sie noch nie zuvor in ihrem Leben verspürt hatte.

Nur wenige Monate später fragte Nikolas sie, ob sie seine Frau werden wolle.

Vor Überraschung gab sie ganz aufgeregt zu bedenken, dass sie – trotz all ihrer intensiven Gefühle für ihn – erst so kurz zusammen seien. Dennoch merkte sie schon bald, dass es nicht nötig war, ihre tiefe, aufrichtige Liebe zu Nikolas ständig zu hinterfragen. Es war so, wie ihre Mutter gesagt hatte: Wenn der Deckel auf den Topf passt, wisse man das. Da brauche man nicht noch zwei Jahre zu warten.

Deshalb sagte sie strahlend Ja – und musste sich wegen Nikolas' Freudengeheul lachend die Ohren zuhalten. Er hätte sie am liebsten schon am nächsten Tag vor den Traualtar geschleppt. Doch sah er immerhin ein, dass ein Mindestmaß an Vorbereitung nötig war, um diesen festlichen Tag zu begehen.

Später, nachdem sie sich zärtlich geliebt hatten, nahm Nikolas sie in den Arm und streichelte über ihre Wange. Dabei gestand er ihr, dass er gern Kinder wolle. Sie könnten mal mit einem beginnen und – wenn alles gut laufe – über die Produktion weiterer nachdenken. Er wolle im Wohnzimmer nämlich unbedingt eine Wand mit vielen gerahmten Fotos seiner Familie behängen. Damit er seinen ganzen Stolz stets vor Augen habe.

Und er würde sich schon sehr auf Yvonnes runden Bauch freuen, meinte er lächelnd, da er wunderschöne Aktfotos zur Erinnerung an das Wunder des Lebens von ihr machen wolle. Dabei küsste er zärtlich ihre Fingerspitzen und legte sie auf ihre flache, nackte Bauchdecke. Yvonne war wieder einmal rettungslos in seinem liebevollen Blick versunken.

Für die Hochzeit halfen dann alle bei der Vorbereitung mit: Yvonnes Eltern, Nono, Tanja, Ruth und Steffi. Auch Nikolas' Eltern reisten für das große Ereignis aus Afrika an und schlossen ihre Schwiegertochter herzlich in die Arme. Und Yvonne freute sich sehr, dass Nikolas ihnen entspannt, zufrieden und glücklich gegenübertreten konnte.

Natürlich sorgten beim Einzug in die Kirche Steffis Zwillingsmädchen als süße Blumenkinder für etliche „Ohs“ und „Ahs“. Und während der Trauung hätten viele – nicht zuletzt Hannes und die anderen aus dem WG-Urlaub – die coole Nono nicht mehr wiedererkannt: Sie schluchzte zum Steinerweichen – als ob sie gerade das Ende von *Vom Winde verweht* im Fernsehen sehen würde. So wie die ganze Geschichte zwischen Yvonne und Nikolas begonnen hatte und schlussendlich ausgegangen war, musste man unwillkürlich an eine Hollywood-Schnulze denken.

In der Hochzeitsnacht versprach ihr frisch gebackener Ehemann ihr ein Geschenk, das sie nach der Hochzeitsreise von ihm bekommen würde. Trotz hartnäckigen Nachfragens, zärtlicher Gewaltanwendung und süßer Folter im Bett bekam Yvonne nichts aus Nikolas heraus.

Vor zehn Tagen waren sie nun aus der Karibik heimgekehrt – und sie war seither auf glühenden Kohlen gesessen.

Am gestrigen Abend hatten sie sich wie so oft an einem Freitag nach der Arbeit vor das prasselnde Kaminfeuer gekuschelt – bis Nikolas ihr eröffnete, dass sie am nächsten Tag ihr nachträgliches Hochzeitsgeschenk von ihm bekäme: einen unvergesslichen Renntag auf dem Nürburgring.

Voll Vorfreude saß sie jetzt in einem geliehenen silbernen Porsche 997 Carrera S und grinste Nikolas an, der zusammen mit ihrem Vater neben der Rennstrecke stand. Eine aufregende Renntaxifahrt als Beifahrerin auf der berühmt berüchtigten Nordschleife hatte sie bereits hinter sich. Nun durfte sie nach einer ausführlichen technischen Einweisung selbst hinters Steuer – begleitet von einem erfahrenen Trainer, der ihr Tipps zur Ideallinie und zum perfekten Anbremsen von Kurven geben konnte.

Nikolas trat ans Auto, beugte sich zu Yvonne hinab und legte seine Hand auf ihre glühende Wange. „Und jetzt will ich sehen, wie du Gummi gibst. Aber sei vorsichtig. Ich brauche dich noch für die nächsten sechzig Jahre." Er gab ihr einen zärtlichen Kuss. „Du bist mein Leben, weißt du das?"

Yvonne nickte glücklich. „Ich liebe dich – und vielen Dank für dein Geschenk. Du hast mir damit einen großen Traum erfüllt."

Dann wechselte sie ein paar Worte mit ihrem Fahrtrainer und setzte anschließend ihren Helm auf. Nachdem sie einen kurzen Blick zu Nikolas und ihrem Vater geworfen hatte, konzentrierte sie sich auf die Fahrbahn vor sich, legte den ersten Gang ein und trat das Gaspedal bis zum Anschlag durch.

– Ende –

Danksagung

Mein ganz besonderer Dank gilt meinem Mann, mit dem ich monatelang darüber diskutiert habe, welcher SUV zu Nikolas' Charakter passt. Ich bin sehr froh, dass er so gern über Autos redet, mir bei allen technischen Dingen weiterhilft und so geduldig meine Fragen beantwortet.

Meinem Vater bin ich sehr dankbar für sein Sachverständnis zu Automotoren und für die Informationen, wie man eine Kupplung wechselt. Falls ich in der Hinsicht etwas falsch beschrieben haben sollte, geht das voll zu meinen Lasten.

Meinen herzlichen Dank auch an Lilli Wall, Evelin Cataldi, Angelika Gillich und Simone Wetzel, die diesen Roman mit kritischem Auge Korrektur gelesen haben.